SONJA ROOS
Eine grenzenlose Welt
Aufbruch

Sonja Roos
Eine grenzenlose Welt

Aufbruch

GOLDMANN

Der Verlag behält sich die Verwertung der urheberrechtlich geschützten Inhalte dieses Werkes für Zwecke des Text- und Data-Minings nach § 44b UrhG ausdrücklich vor. Jegliche unbefugte Nutzung ist hiermit ausgeschlossen.

Penguin Random House Verlagsgruppe FSC® N001967

3. Auflage
Originalausgabe April 2024
Copyright © by Sonja Roos 2024
Copyright © dieser Ausgabe 2024
by Wilhelm Goldmann Verlag, München,
in der Penguin Random House Verlagsgruppe GmbH,
Neumarkter Straße 28, 81673 München
Die Veröffentlichung dieses Werkes erfolgt auf Vermittlung
der literarischen Agentur Peter Molden, Köln.
Umschlaggestaltung: UNO Werbeagentur, München
Umschlagmotiv: Richard Jenkins;
Bridgeman Images / Arkivi UG All Rights Reserved;
© FinePic®, München
Redaktion: Eva Sterzelmaier
ES · Herstellung: ik
Satz: GGP Media GmbH, Pößneck
Druck und Bindung: GGP Media GmbH, Pößneck
Printed in Germany
ISBN: 978-3-442-49413-2

www.goldmann-verlag.de

Für alle, die mutig genug sind,
an ihren Träumen festzuhalten und
dafür zu kämpfen:
Keep on going!

Und

wie immer für meine Familie

Teil eins

1

Hamburg, August 1892

Hamburg stank zum Himmel in diesem Sommer. Es roch nach dem fauligen Wasser aus den innerstädtischen Kanälen, den Fleeten. Es roch nach dem Chlor der Desinfektionsmittel, die großzügig von Zweimanngespannen mit Handkarren dort verteilt wurden, wo es Ausbrüche gab. Und es roch nach der Angst der Menschen, die sich bange fragten, wen die Seuche als Nächstes holen würde. Die Mittagshitze lag dabei wie ein träges, vollgefressenes Raubtier über der Stadt, ließ die Luft flirren und die wenigen Passanten, die unterwegs waren, leise stöhnen.

Das pralle Bündel Hemden, mit dem Marga Stahl sich abmühte, wog deshalb heute besonders schwer. Wie jeden Freitag hatte sie neue Wäsche bei Kreipes Schneiderei zum Ausbessern abgeholt. Mama war eine gute Näherin und konnte sie beide mit dieser Arbeit einigermaßen über Wasser halten. Marga hingegen war lange nicht so geschickt mit Nadel und Faden, doch sie versuchte anderweitig zu helfen, wo es ging. Mit solchen Botengängen zum Beispiel.

Sie blieb einen Augenblick stehen, um Atem zu holen. Zum Glück hatte Frau Kreipe ihr einen Fahrschein für die Pferdebahn geschenkt. Der fast einstündige Fußmarsch zurück in die Gängeviertel wäre mit dieser Last und bei den Temperaturen kaum zu bewältigen.

Von Weitem sah sie das Gespann, das der Haltestelle entgegentrabte. Trotz ihres Gepäcks begann Marga nun zu rennen. Keuchend erreichte sie zeitgleich mit der Bahn den Haltepunkt. Der Schaffner schob die Tür auf, doch bedeutete ihr hektisch, stehen zu bleiben. Dann trugen er und der Fahrer eine junge Frau heraus. Die beiden Männer hatten sich Tücher um Mund und Nase gebunden, während einer die halb Bewusstlose unter den Armen gegriffen hatte und der andere die Beine umfasste. Das Mädchen, das kaum älter als sie selbst sein konnte, stöhnte leise. Der Fahrer brachte sie zu einer Bank, wo sich die offenkundig Kranke schwerfällig niederließ, während der Schaffner den Boden der Bahn mit einem Eimer Lysol abspülte. Die wenigen anderen Fahrgäste hatten sich so lange wartend draußen aufgestellt, bis das Wasser mit dem chlorhaltigen Desinfektionsmittel die Stufen herabtroff, dann stiegen sie ungerührt wieder ein. Von der Bank hörte man nun ein leises Wimmern. Marga ließ das Bündel Hemden sinken und wollte zu der Frau gehen, um zu sehen, ob sie helfen konnte, doch da fasste sie ein älterer Herr am Arm.

»Nicht, Fräulein«, sagte er eindringlich. Unschlüssig ließ Marga ihren Blick zwischen der Kranken und dem anderen Fahrgast hin- und herschweifen. Es fiel ihr unendlich schwer, einen anderen Menschen, ja überhaupt eine Kreatur, leiden zu sehen. Schon als Kind hatte sie jeden verletzten Vogel gesund gepflegt und jeden Streuner mit nach Hause gebracht, der ihren Weg kreuzte. *Du hast ein zu großes Herz, Margalein*, hatte Mama dann immer kopfschüttelnd getadelt, doch Papa hatte sie später zur Seite genommen, um ihr augenzwinkernd zu sagen, dass ein Herz gar nicht groß genug sein konnte.

Nun aber war sie zur Untätigkeit verdammt. Sie hatte Mama versprochen, auf sich achtzugeben. *Ich hab doch nur noch dich.* Das sagte Helga Stahl seit Ausbruch der Epidemie mehrmals täglich. Ginge es nach ihr, sie würde Marga einsperren, bis die Cholera zu Ende gewütet hatte. Die mahnende Stimme ihrer Mutter, die ihr im Hinterkopf schwirrte, hielt sie schlussendlich schweren Herzens davon ab, ihrem Impuls nachzugeben und sich um die Kranke zu kümmern.

»Sie können doch nichts tun, außer sich anstecken. Es wird gleich jemand kommen. Die Sanitätskolonnen sind den ganzen Tag in der Stadt unterwegs«, sagte der ältere Herr mit einem Schulterzucken. Dann stieg er ein, ohne der zusammengekrümmten Gestalt auf der Bank auch nur noch einen Blick zu schenken. Leider waren solche Szenen seit Ausbruch der Krankheit an der Tagesordnung in Hamburg. Wochenlang hatten die Behörden versucht, den Ausbruch zu vertuschen. Es wurde von vermehrten Fällen von Brechdurchfall gesprochen, das Wort Cholera hatte niemand in den Mund nehmen wollen. Erst seit der Pathologe Eugen Fraenkel den Nachweis des Bakteriums erbracht hatte, mussten die Hamburger auch offiziell eingestehen, dass sie der Epidemie nicht mehr Herr wurden. Die Cholera kam für ihre Opfer ohne Vorwarnung, die Befallenen konnten in der einen Minute noch gesund in eine Pferdebahn steigen und in der nächsten todkrank zusammenbrechen. Die Alltäglichkeit solcher Vorfälle ließ die Menschen abstumpften. Marga wusste nicht, ob sie dankbar dafür sein sollte, dass das Leid der anderen sie immer noch zu berühren vermochte. Die Hilflosigkeit, die sie an manchen Tagen empfand, setzte ihr mehr und mehr zu.

»Wollen Se nu mit, Fräulein?«, fragte der Schaffner ungeduldig und riss Marga damit aus ihren Gedanken. Sie balancierte das Bündel Hemden auf ihrer Hüfte, um eine Hand freizubekommen, mit der sie ihm den Fahrschein reichte. Dann holte sie noch einmal tief Luft, schob sich ihren Seidenschal über Mund und Nase und stieg in die Bahn. Zum Glück waren alle Fenster geöffnet, sodass sie nur noch einen Hauch des Lysols in der Luft wahrnahm, das ohnehin alle anderen Gerüche überdeckte. Sie wählte einen Platz gegenüber dem älteren Herrn, der sie eben davon abgehalten hatte, zu der Kranken zu eilen. Das Bündel Hemden legte sie neben sich auf den freien Sitz, weil der Boden noch feucht war. Der Fahrer war auf seinen Platz zurückgekehrt, und die durch zwei Pferde gezogene Bahn fuhr nun ruckelnd an. Erleichtert sah sie, wie ein Gespann um die Ecke bog, auf dessen Wagen das rote Kreuz prangte. Das Klinikum Eppendorf war nicht weit, und Helfer patrouillierten den ganzen Tag in der Stadt, um Infizierte schnellstmöglich ins Hospital zu schaffen. Als die Straßenbahn um eine Kurve fuhr, verlor Marga die Frau aus den Augen, doch sie sandte ein stilles Gebet nach oben, dass ihr geholfen werden konnte.

Der ältere Herr hatte die Tageszeitung aufgeschlagen, hinter der er einen großen Schluck aus einem silbernen Flachmann nahm. Es hieß, Schnaps sei gut gegen die Cholera. Mit einem Nicken hielt er ihr den kleinen Flacon hin, doch Marga lehnte mit einem freundlichen Lächeln ab.

»Ich bin erst siebzehn«, sagte sie zur Erklärung.

»Ist wie Medizin«, befand der Fahrgast und gönnte sich noch einen Schluck, bevor er den Flachmann wieder in seiner Jacke verschwinden ließ.

Marga starrte versonnen zum Fenster hinaus, wo die Häuser der Stadt jetzt kleiner und baufälliger wurden. Ihre Finger spielten wie so oft, wenn sie in Gedanken war, mit dem Stoff ihres Seidenschals. Sie liebte das kühle Material und die bunten Farben, auch wenn das Halstuch mittlerweile eine stete Erinnerung daran war, wie viel sie verloren hatte.

Papa hatte es ihr von einer seiner Reisen mitgebracht. Nur zwei Tage später war er an einem Herzinfarkt gestorben, kurz vor seinem dreiundvierzigsten Geburtstag. Marga war damals vierzehn gewesen und hätte nie geglaubt, wie grundlegend sich ihr Leben nach seinem Tod verändern würde. Sie war behütet und in relativem Wohlstand groß geworden, hatte die Schule besucht, und Papa hatte sie stets ermutigt, weiter zu lernen, um sich ihre eigene Meinung über die Dinge zu bilden. Er hatte mit seiner Begeisterung für Bücher ihre Leidenschaft für das geschriebene Wort entfacht. Seine Einstellung zum Leben, zu Bildung und der Gleichheit aller Menschen hatten sie in der Gewissheit aufwachsen lassen, dass sie auch als Frau ihren Weg in dieser Welt gehen konnte. Doch diese Gewissheit war mit ihm gestorben, die kleine Wohlstandsblase, in der sie lebten, zerplatzt. Man kam schnell von Haus und Hof, wenn der Haupternährer der Familie wegfiel. Vor allem, wenn nach dessen Tod herauskam, dass der Schritt, sich als Handelsvertreter selbstständig zu machen, um die Geschäfte seines Vaters weiterzuführen, ein großer Fehler gewesen war. Hatte er zuvor als leitender Angestellter in einer Fabrik gut verdient, so geriet er als Einzelkämpfer schnell in finanzielle Schieflage. Papa hatte viel Geld in die Textil- und Kurzwaren gesteckt, die er an den Haustüren feilbot. Doch er war zu gutmütig, verschenkte oft Muster an die Armen und schreckte davor zurück, mit minderwertigen Produkten größeren Gewinn zu erzielen. Am Ende hatte er eine Hypothek auf sein Elternhaus, in das sie nach dem Tod der Großeltern gezogen waren, aufgenommen und sich das Geld aus seiner Lebensversicherung auszahlen lassen, um seine Außenstände zu begleichen.

Als er so plötzlich starb, blieben Mutter und sie deshalb mit nichts als Schulden zurück. Mehr als die kleine Wohnung in den Gängevierteln hatten sie sich am Ende nicht leisten können, nachdem sie alles veräußert hatten, um wenigstens schuldenfrei zu sein. Trotzdem waren weder Mama noch sie bitter geworden.

Papa war eben zu gutmütig, um als Geschäftsmann erfolgreich zu sein. Seine Bestimmung wäre es vielleicht gewesen, in einer Bibliothek zu arbeiten oder als Lehrer an einer Schule zu unterrichten, doch sein Vater hatte ihn schon früh dazu genötigt, ihn bei seinen Haustürgeschäften zu begleiten, damit er die Profession von der Pike auf lernen konnte. Vermutlich war er deshalb nie seinen eigenen Weg gegangen, sondern nur den Fußstapfen seines Vaters gefolgt.

Marga dachte trotzdem mit nichts als Zuneigung an ihn. Nach seinem viel zu frühen Tod hatte sie jedoch aufgehört, von einem selbstbestimmten Leben zu träumen. Solche Träume – das hatte sie schmerzlich gelernt – waren etwas für die Wohlhabenden.

Entschlossen schob sie die trüben Gedanken zur Seite. Sie verbat es sich, selbstmitleidig zu werden, wo um sie herum so viel Elend war.

Der ältere Herr neben ihr blätterte geräuschvoll seine Zeitung auseinander und breitete sie so aus, dass Marga ohne Probleme mitlesen konnte. *Jeden Tag tausend neue Kranke*, titelten die *Hamburger Nachrichten*. Marga überflog den Artikel, in dem es einmal mehr um die Epidemie ging. Fast fünfzig Prozent der Erkrankten starben an der Cholera. Die Krankenhäuser waren überfüllt, ebenso die schnell hochgezogenen Feldlazarette und die zum Krankensaal umfunktionierten Baracken. Die Leichen stapelten sich auf abgesperrten Plätzen, bis sie zum Friedhof Ohlsdorf abtransportiert werden konnten, wo hundertfünfzig Totengräber Tag und Nacht in Schichten Massengräber aushoben.

»Und die Russen haben es uns eingebrockt«, sagte der ältere Herr mit einem Kopfschütteln mehr zu sich selbst als zu ihr. Ärgerlich faltete er seine Zeitung zusammen, um einen erneuten Schluck aus seinem Flachmann zu nehmen.

»Darf ich?«, fragte Marga und zeigte auf das zerlesene Exemplar. Der Mann setzte sein Schnapsfläschchen ab und blickte kurz mit gerunzelter Stirn auf die Zeitung.

»Es steht nur Unerfreuliches drin«, befand er dann mit einem bedauernden Lächeln, doch er half ihr, die auseinandergefallenen Blätter zu sortieren. Marga fühlte fast ehrfürchtig über das Papier. Wie lange sie keine Zeitung mehr gelesen hatte. In diesem neuen Leben gab es weder Geld noch Zeit für solchen Luxus. Begierig überflog sie die Artikel, die sich zu einem Großteil ebenso wie die Titelgeschichte mit der Epidemie befassten. Hamburgs Senator Hachmann hatte angeordnet, dass alle aus Russland eintreffenden Auswanderer am Amerika-Kai in Baracken interniert wurden. Der Arzt Robert Koch, der kurz nach dieser Anweisung die Lager besuchte, hatte der Politik insofern recht gegeben, als dass auch er die Ursache für den Ausbruch hier vermutete. Durch die anhaltenden Pogrome in Russland waren es vor allem Juden, die nun in großer Zahl nach Hamburg drängten und versuchten, auf einen der gigantischen Ozeanriesen der Hapag zu gelangen, die Richtung Amerika in See stachen. Es zeichnete sich allerdings ab, dass wegen der Epidemie bald keine Schiffe mehr den Hafen verlassen würden.

Marga wollte schon weiterblättern, als der ältere Herr plötzlich von gegenüber mit seinem gichtgekrümmten Finger auf den Artikel wies.

»Die werden die Grenzen dicht machen für die Russen, zumindest für die Armen, die nur eine Fahrkarte fürs Zwischendeck haben«, prophezeite er.

»Als ob die Cholera einen Unterschied zwischen Arm und Reich macht«, befand Marga zweifelnd, doch ihr Mitfahrer nickte energisch.

»Die Cholera mag keinen Unterschied machen, wen sie holt.

Aber die Reichen können sich schützen und sich Ärzte und Medizin leisten, während die Armen krepieren.«

»Das ist alles so ungerecht.« Marga klappte die Zeitung frustriert zu.

»Sehen Sie, Fräulein, ich habe Ihnen gesagt, dass da nur Unerfreuliches drinsteht.« Er fasste sich an die Krempe seines Huts und erhob sich. Am nächsten Halt war er verschwunden.

2

Marga fuhr noch eine Station weiter, dann verließ auch sie die Bahn. Sie nahm ihr Bündel, das bis zum Bersten voll war mit Ausbesserungsarbeiten. Zerrissene Ärmel, offene Nähte, zerschlissene Krägen. Mama würde vermutlich wieder nächtelang bei Kerzenlicht sitzen, um den Auftrag fristgerecht zu erledigen. Wäre sie selbst nur geschickter mit den Händen, dann könnte sie sie mehr unterstützen. Doch so war sie nur als Handlanger zu gebrauchen.

Die Sonne brannte immer noch erbarmungslos von einem makellos blauen Himmel. Früher wäre sie bei solchem Wetter mit Mama und Papa hinaus zum Bramfelder See gefahren. Im Schatten der Bäume hätten sie gelesen, und sie und Papa hätten danach eine Wasserschlacht gemacht. Im Moment war wegen der Epidemie das Baden dort aber ohnehin untersagt, versuchte sie sich zu trösten. Statt Erholungssuchende karrte man nun die Toten in diese Richtung, denn der Badesee lag unweit des Ohlsdorfer Friedhofs.

Erschöpft erreichte Marga die südliche Neustadt, deren verwinkelte Twieten, wie die Hamburger die engen Gänge nannten, in labyrinthartige Hinterhöfe führten. Sie passierte die Caffamacherreihe, eine Straße, die nahe dem Dammtorwall lag und nach den Webern benannt war, die hier den typischen geblümten Samt, den Caffa, herstellten. Sie musste wieder an Papa denken, der hier das ein oder andere Mal im Lokal Von Salzen gewesen war, einem Treffpunkt für die Sozialdemokraten. Ihre Ideen für das Frauenwahlrecht und die Arbeiterrechte fand er interessant, auch wenn er sich selbst stets als unpolitisch bezeichnet hatte. Den altbekannten Schmerz in der Brust, bog sie ab in die Fuhlentwiete, wo es an diesem heißen Tag pestilenzartig nach fauligem Wasser und menschlichen Ausdünstungen stank. Marga versuchte, nicht durch die Nase zu atmen. Hilfesuchend blickte sie zu dem schmalen Streifen Himmel über den Gebäuden, von dem jedoch weder ein kühles Lüftchen, noch ein Regenschauer zu erwarten war. Ihr Blick glitt zu den Häusern rechts und links. Wie altersschwache Liebende, die sich Halt suchend aneinanderklammerten, standen die windschiefen Fachwerkbauten hier. An manchen Stellen sah es so aus, als neigten sich die Giebel wie ins Gespräch vertieft einander zu. Die Fuhlentwiete war wie die meisten Gassen in dieser Gegend trostlos und beklemmend. Schmutzige, halb verhungerte Kinder lungerten mit ihren von der Rachitis gekrümmten Beinen in den dunklen Ecken, und zerschlissene Wäsche, die schon lange nicht mehr rein wurde, spannte sich zwischen den engen Häuserreihen über das ganze Elend.

Verschwitzt und atemlos erreichte sie den Herrengraben, den sie gedankenverloren entlanglief.

Seit sie in den Gängevierteln lebten, hatte Marga oft das Gefühl, dass ihre Vergangenheit nur ein schöner Traum gewesen war, so unwirklich erschien ihr nun das schicke Einfamilienhaus in Hohenfelde, wo sie von ihrem Fenster aus auf die Gärtnerei Seyderhelm hatte blicken können, die sogar die Bismarcks in Friedrichsruh belieferte.

Immerhin wohnten sie im Brauerknechtgraben, der zumindest an die Wasserversorgung angeschlossen war und den sie jetzt endlich erreicht hatte. In anderen Straßen der beiden Gängeviertel war man mit dem Leitungsbau nicht so weit vorangekommen. Die Bewohner schöpften dort ihr Wasser aus den Fleeten. Und dort starben sie derzeit auch wie die Fliegen. Marga kochte ihr

Trinkwasser trotzdem vorsorglich ab, sie hatte gehört, dass das die Bakterien tötete.

Sie blieb kurz stehen, um sich den Schweiß von der Stirn zu wischen, der drohte, ihr in die Augen zu laufen. Sogar das Kleid klebte ihr am Körper. Immerhin hatte Frau Kreipe heute für die Näharbeiten des letzten Monats bezahlt. Mama hatte ihr aufgetragen, von dem Geld Gemüse und Suppenfleisch zu besorgen. Marga machte Halt beim Gemischtwarenladen und beim Metzger und balancierte danach schwer keuchend ihre Einkäufe sowie den Wäschesack das enge Treppenhaus hinauf, das nach angebranntem Kohl roch. Die alte Frau Michels hatte wohl wieder einmal versucht zu kochen. Marga kam sich vor wie ein Packesel, während sie ihre Last schulterte und sechzig abgetretene Stufen hinauf in den vierten Stock schleppte.

Als sie in den winzigen Flur der Wohnung trat, stellte sie überrascht fest, dass Mutter heute nicht wie sonst üblich in ihrem Sessel am Fenster saß, wo das Licht besser war, und nähte. Sie hatte stattdessen am Küchentisch Platz genommen und blickte Marga erwartungsvoll an.

»Wir haben Post«, sagte sie ohne Begrüßung. Marga stellte das Bündel Hemden im Flur ab und trug das Netz mit ihren Einkäufen in die Küche, wo sie es auf dem Tisch neben der kleinen Tasse mit kalt gewordenem dünnem Schwarztee abstellte.

»So, wer schreibt uns denn?«, wollte sie wissen, während sie sich mit ihrem Seidenschal Luft zufächelte. Erfreuliche Post bekamen sie so gut wie nie. Nur Rechnungen und Mahnungen und ab und zu Reklame.

»Dein Onkel Xaver.«

Marga verdrehte innerlich die Augen. Xaver Hubert war nicht ihr Onkel, sondern der zweite Mann ihrer Tante Gudrun und somit der Stiefvater ihrer Cousine Rosemarie. Sie mochte den grobschlächtigen Hünen nicht, der ihr mit seinem durchdringenden Blick und seinen anzüglichen Bemerkungen jedes Mal Angst einjagte, wenn sie ihn traf. Die Familie lebte in einem kleinen Dorf im Hunsrück, wo Xaver Hubert die familieneigene Fleischerei übernommen hatte, nachdem ihr richtiger Onkel vor vielen Jahren bei einem Unfall ums Leben gekommen war. Das letzte Mal hatte sie ihn und ihre Cousine vor einem Jahr auf Tante Gudruns Beerdigung gesehen, die dem Krebs erlegen war. Marga erinnerte sich noch genau, wie verloren und einsam Rosie gewirkt hatte. Doch als sie sie hatte umarmen und trösten wollen, war Xaver dazwischengetreten und hatte Rosie am Ellbogen gegriffen, um sie mit sich fortzuziehen. Danach hatte sie keine Gelegenheit mehr gehabt, mit ihr allein zu sprechen. Wenigstens hatte Xaver ihnen damals eine ganze Tasche mit Dörrfleisch und Würsten geschenkt, bevor er sie nach der Trauerfeier zum Bahnhof brachte.

Marga und ihre Mutter hatten in den Wochen nach der Beerdigung versucht, mit Rosie Kontakt zu halten, doch all ihre Briefe waren ungeöffnet wieder zurückgekommen. Marga ahnte, dass dieses Ekel dahintersteckte, doch ihnen waren die Hände gebunden, denn per Gesetz war Xaver Hubert nun Rosis Vormund, die zwar wie Marga schon siebzehn, aber eben noch nicht volljährig war. Nicht einmal besuchen konnten sie die Cousine, da ihnen das Geld fehlte für die weite Reise, was ihm vermutlich nur recht war. Umso überraschender war es nun, Post von diesem Menschen zu bekommen.

»Was will er denn nach all der Zeit?«, wollte Marga wissen. Wortlos schob ihre Mutter ihr den Brief hin. Sie überflog die Zeilen und blickte dann überrascht auf.

»Nach Amerika?«

Helga Stahl nickte. Marga las den Brief ein zweites Mal. Ein sogenannter Agent war durch Kirchbach gefahren, ein Werber der Hapag, der vom großartigen Leben in den Vereinigten Staaten berichtete, Zeitungen herumreichte, in denen von Gold und fruchtbarem Land berichtet wurde und vom großen Glück, welches die Auswanderer erwartete. Weil die Fleischerei seit Tante Gudruns Tod ohnehin nicht mehr gut lief, hatte Xaver kurzerhand Haus und Laden verkauft und sich und Rosemarie Fahrkarten für eine Überfahrt gesichert. Sie baten nun darum, ein paar Tage bei den Stahls unterkommen zu dürfen, da sich durch die Choleraepidemie die Abfahrten verzögerten und es in ganz Hamburg durch den anhaltenden Strom an Auswanderern ohnehin kaum eine bezahlbare Bleibe mehr gab.

Marga ließ überrascht den Brief sinken. Ob Rosie bei dieser Entscheidung hatte mitreden dürfen? Sie bezweifelte es, denn sie konnte sich nicht vorstellen, dass ihre Cousine freiwillig mit diesem schrecklichen Menschen in ein anderes Land gehen würde. Immerhin hätte sie bald Gelegenheit, ihre Cousine selbst danach zu fragen.

»Rosie ist mir herzlich willkommen, aber *er*?« Innerlich schüttelte sie sich. »Außerdem, wo sollen wir denn noch zwei Menschen unterbringen? Und was, wenn die Stadt wirklich abgeriegelt wird, wie es in der Zeitung stand? Dann haben wir noch zwei Mäuler mehr zu stopfen und müssen hier in dieser Enge für unbestimmte Zeit zu viert klarkommen.« Sie blickte sich in der ärmlichen Behausung um, deren Tapeten so grau und trostlos waren wie der Hamburger Himmel im Winter. Farbe blätterte von Tür- und Fensterrahmen, und die Teppiche waren zerschlissen und auch mit größter Mühe nicht mehr sauber zu bekommen. Neben dem Wohnraum, zu dem auch die winzige Küche zählte, gab es nur noch ein Schlafzimmer, welches Mutter und sie teilten.

»Platz ist in der kleinsten Wohnung«, sagte ihre Mutter eine Spur zu fröhlich.

Misstrauisch ließ sich Marga ihr gegenüber auf den altersschwachen Küchenstuhl sinken.

»Warum siehst du so heiter aus? Du magst Xaver doch auch nicht?«

Helga Stahl zog den Brief zu sich und strich über das gefaltete Papier.

»Ich mag ihn nicht, aber trotzdem wird er dein Weg hier heraus sein«, sagte sie triumphierend und wedelte nun mit dem Brief wie mit einer Flagge.

Verständnislos starrte Marga ihre Mutter an.

»Ich habe ihm bereits geantwortet und darin gebeten, dass er dich mitnimmt. Es werden nicht mehr viele Schiffe den Hamburger Hafen verlassen, Marga. Das könnte deine letzte Chance sein, hier herauszukommen.«

Marga stand auf und legte eine Hand an die Stirn ihrer Mutter.

»Bist du krank? Hast du Fieber?«

Helga Stahl schüttelte den Kopf, wobei ihre grauen Locken wie bei einem jungen Mädchen hin und her flogen.

»Ich bin nicht krank, mein Kind. Aber ich habe mir seit Vaters Tod Gedanken gemacht, wie ich dir ein besseres Leben ermöglichen kann, und hier ist die Antwort.«

Marga ließ sich mit einem Stöhnen auf den Stuhl fallen. Mutter und ihre verrückten Einfälle. Das Dumme war nur, dass man Helga Stahl, hatte sie sich einmal etwas in den Kopf gesetzt, nur sehr schwer von ihrem Vorhaben abbringen konnte.

»Mama, mal ganz abgesehen davon, dass ich dich auf keinen Fall hier allein lassen würde, hätten wir nicht einmal ansatzweise das Geld für eine Fahrkarte.«

Schwerfällig erhob sich ihre Mutter und schlurfte zu dem kleinen Schrank, der ihr weniges Hab und Gut enthielt. Kurz darauf kehrte sie mit einer Schmuckschatulle zurück. Sie klappte das Kästchen auf und hielt es Marga wie ein Geschenk hin.

»Das sind echte Süßwasserperlen. Und der Ring ist aus Gold. Ich habe beides nach Papas Tod im Pfandhaus schätzen lassen. Das Geld sollte für die Fahrkarte reichen, und in Amerika würde dir Onkel Xaver sicher erst einmal unter die Arme greifen, bis du Arbeit findest.«

Mit Tränen in den Augen berührte Marga ehrfürchtig die Kleinode, die auf blauem Samt gebettet waren.

»Mama, den Schmuck hat Vati dir zur Hochzeit geschenkt. Du hast damals gesagt, dass du dich niemals davon trennen kannst«, flüsterte sie heiser. Es war alles, was Helga Stahl aus ihrem alten Leben herübergerettet hatte, und es brach Marga das Herz, dass ihre Mutter diesen Schatz nun opfern wollte.

Helga Stahl machte eine wegwerfende Handbewegung.

»Was hab ich von dem Schmuck, wenn ich dabei zusehen muss, wie mein einziges Kind hier in diesem Elend leben – oder schlimmer noch sterben muss.« Sie griff über den Tisch hinweg Margas Hand und sah sie eindringlich an, bevor sie weitersprach. »Du bist hier nicht sicher, Marga. Gerade in unserem Viertel wütet die Cholera wie ein toll gewordener Hund. Fast jeder hat schon jemanden verloren. Tu mir das nicht an. Das würde ich nicht verkraften.«

Marga sprang auf und lief unruhig in der engen Küche auf und ab. Als sie stehen blieb, hatte sich ein entschlossener Zug um ihren Mund gebildet.

»Ich werde dich auf gar keinen Fall hier alleinlassen, Mama. Damit ist die Sache erledigt.«

Doch Helga Stahl sah das anders. Erstaunlich behänd war sie ebenfalls wieder von ihrem Stuhl hochgekommen und baute sich vor ihrer Tochter auf, wobei sie hochblicken musste, weil diese sie um einen Kopf überragte. Marga fühlte sich bei der strengen Miene ihrer Mutter wieder wie das kleine Mädchen, das mit dem Nachbarsjungen Streiche ausgeheckt hatte.

»Mach dir um mich keine Sorgen. Ich werde Hamburg den Rücken kehren, sobald du sicher auf dem Schiff bist. Meine Cousine Herta hat schon mehrfach angeboten, dass ich zu ihr in die Pfalz kommen kann. Ich wollte warten, bis du gut verheiratet bist, aber jetzt ist keine Zeit dafür. Du musst hier weg. Mein Bauchgefühl sagt es mir.«

Marga musste kurz an die junge Frau aus der Bahn denken. Ob sie überlebt hatte? Sie bekam eine Gänsehaut. Mutter hatte schon mehrfach richtig gelegen mit ihren düsteren Prognosen. Sie hatte auch Vaters Tod kommen sehen, doch er hatte nicht hören wollen, hatte geschuftet und war rund um die Uhr auf Achse gewesen, bis sein Herz versagte. Sie sah in das geliebte Gesicht ihrer Mutter und spürte, wie ihr Tränen in die Augen schossen.

»Mama, ich will nicht ohne dich gehen. Wir finden einen anderen Weg.«

Betrübt schüttelte ihre Mutter den Kopf.

»Es gibt keinen anderen Weg. Das Geld reicht nur für eine Fahrkarte, und ich bin ohnehin zu alt, um in einem fremden Land neu anzufangen. Herta braucht Hilfe auf dem Hof, und auch in der Pfalz haben Menschen kaputte Kleidung. Da kann ich mit der Näherei noch etwas dazuverdienen.«

Marga schüttelte nun zornig den Kopf.

»Ich kann ebenso gut auf dem Hof helfen, und ich versuche, besser zu werden beim Nähen. Wir gehen zusammen in die Pfalz. Hier hält uns doch nichts mehr. Papa war es, der Hamburg so sehr geliebt hat. Wir können uns eine neue Heimat suchen.«

Ihre Mutter blieb jedoch eisern. »Hertas Haus ist winzig, und ihre beiden Töchter sind wie du noch unverheiratet. Ein Maul mehr zu stopfen ist schon schwierig. Und du hast bessere Optionen«, sagte sie eindringlich.

Marga war schwindelig von den neuen Entwicklungen. Sie lehnte sich erschöpft gegen die kahle Wand, durch deren Mauerwerk sich ein Riss wie eine alte Narbe zog.

»Niemand kann sagen, wie es wirklich in Amerika ist, Mama. Alle reden vom Eldorado, vom Land, in dem Milch und Honig fließen. Aber ich habe auch schon anderes gehört. Die Menschen werden mit Versprechungen dorthin gelockt, die unmöglich zu halten sind. Auch dort gibt es mit Sicherheit Armut und Krankheit und Tod.«

Ihre Mutter war zu ihr getreten und strich Marga eine blonde Strähne aus dem Gesicht.

»Sieh dich um, Marga. Sieh, wie wir leben. Egal, was du dort vorfindest, es wird besser sein als das. Ich weiß, dass dich das Glück dort finden wird.«

Sie umfasste Margas Gesicht und zwang sie so, ihr in die Augen zu blicken.

»Ich bitte dich.« Dann ging sie zum Tisch zurück und holte das Schmuckkästchen, das sie Marga in die zitternden Hände legte. Ihre müden Augen leuchteten. »Tu es für mich, Liebes. Leb du unseren Traum von einem besseren Leben.«

3

Rosie schloss zum letzten Mal in ihrem Leben die Tür zur Fleischerei. Nicht dass sie darüber betrübt gewesen wäre. Im Gegenteil, sie hasste die Arbeit. Hasste es, die Tierkadaver aufschneiden und ausnehmen zu müssen. Den metallischen Geruch von Blut bekam sie den ganzen Tag nicht mehr aus der Nase. Allein der Gedanke verursachte ihr Übelkeit. Mama hatte sich etwas so viel Besseres für sie erhofft. Doch Mama war fort.

»Steh nicht rum und halt Maulaffen feil«, fuhr ihr Stiefvater sie an, dessen gereizte Stimme genügte, um sie zusammenzucken zu lassen. Sie hatte schon oft genug am eigenen Leib gespürt, wie locker seine Hand saß, wenn er übellaunig war.

Ungehalten riss er ihr den Schlüssel aus der Hand und stiefelte mit vorgeschobenem Kiefer durch den nun leeren Laden, um nach oben in die Wohnung zu gehen, die nicht minder verwaist war. Die Möbel hatten bereits einen neuen Besitzer gefunden, ebenso wie Mutters gute Vorhänge und Teppiche. Einzig ein Tisch und vier Stühle warteten in den kargen Räumen auf neue Bewohner. Im Flur standen ihre Koffer, in denen sich das Wenige befand, das sie mitnehmen würden. Der Agent, der Xaver beraten hatte, war sehr deutlich geworden, als es um das Thema Gepäck ging: nur das Allernötigste. Rosie hatte den Mann nicht gemocht. Er wirkte zu glatt, zu freundlich, hatte auf alle Fragen eine Antwort, und wenn nicht, lenkte er so geschickt ab, dass man die Frage im nächsten Augenblick selbst wieder vergessen hatte. Xaver jedoch war der Idee, nach Amerika auszuwandern, nach dieser Begegnung völlig verfallen. Vor allem das Gold lockte ihn. Reichtum und die Aussicht auf ein Leben in Luxus. Natürlich fragte er sie nicht nach ihrer Meinung. Er entschied einfach, dass er genug von der Fleischerei und dem Leben in Kirchbach hatte. Mit seinem Entschluss, ihr Elternhaus zu verkaufen, hatte er Rosie vor vollendete Tatsachen gestellt und die letzten Wurzeln zu ihrem alten Leben gnadenlos gekappt. Sie musste an das Schreiben vom Landratsamt denken, in dem man ihrer Auswanderung zugestimmt hatte – seither besaß sie nicht einmal mehr eine Staatsbürgerschaft.

Xaver hatte geflucht über die vielen Steuern und Gebühren, die zu entrichten waren und die ein großes Loch in seinen Geldbeutel gerissen hatten. Jedoch konnten nur die Ärmsten der Armen das Land heimlich verlassen. Der Verkauf all ihres Besitzes hatte zu viel Aufmerksamkeit erregt, um Kirchbach fluchtartig den Rücken kehren zu können. Das restliche Geld war für den Kauf der Fahrkarten bestimmt. Diese wollte ihr Stiefvater beim Umstieg in Koblenz bei einer Agentur besorgen, die ihre Dienste in der Auswandererzeitung anbot, die der Agent ihnen dagelassen hatte. Was dann noch übrig war, würde hoffentlich reichen, um in Amerika Wagen und Pferde zu erstehen, sodass sie sich nach Kalifornien aufmachen konnten. Dort war das Land angeblich noch billig, und mit Glück konnte man ganze Felder mit Nuggets abernten. Das hatte ihnen zumindest der zwielichtige Reisevermittler vorgeschwärmt.

Rosie war ihrem Stiefvater ins obere Geschoss gefolgt und blickte sich um, wobei sie feststellte, dass sie nichts vermissen würde. Seit Mamas Tod war es ohnehin kein Zuhause mehr für sie.

Nicht zum ersten Mal durchstreifte sie die Wohnung aus Sorge, etwas Wichtiges vergessen zu haben. In ihrem ehemaligen Zimmer machte sie halt. An der Tapete waren immer noch die Striche zu sehen, die Papa gemacht hatte bis zu ihrem fünften Geburtstag. Je Kerbe immer ein paar Zentimeter mehr. Danach endeten die Striche und auch das Ritual, denn Papa hatte einen Unfall mit dem Gespann gehabt und war gestorben. Wehmütig strich sie über die Markierungen.

Xaver Hubert, der damals als Fleischergeselle bei ihnen arbeitete, hatte nicht lange gebraucht, um ihre Mutter davon zu überzeugen, dass sie einen neuen Mann an ihrer Seite benötigte, um alles am Laufen zu halten. Er übernahm die Fleischerei und den freien Platz im Ehebett, doch die Rolle des Vaters hatte er nie ausgefüllt. Im Gegenteil. Von Anbeginn an hatte er Rosie spüren lassen, dass sie unerwünschter Ballast war. Das hatte sich erst geändert, als sie älter und Mama krank wurde. Ein Frösteln durchlief sie, obwohl die Wohnung jetzt im August stickig und überhitzt war. Sie rieb sich ihre Arme, als er plötzlich hinter sie trat.

»Kalt?« Seine Stimme klang nun anders, freundlich, verführerisch. Rosie spürte, wie ihr übel wurde, als er seine großen, schwieligen Hände auf ihre legte. Schnell trat sie von ihm fort und schüttelte den Kopf. Seine Miene verdüsterte sich.

»Erkält' dich jetzt nur nicht. Ich will nicht wegen dir die Überfahrt verpassen.«

Er griff in eine offen stehende Tasche und warf ihr einen Schal hin. Wunderschöne Häkelarbeit. Mama hatte ein Talent für so etwas besessen. Rosie warf sich das Tuch über die Schultern und glaubte für einen winzigen Moment, Mamas Geruch darin wahrzunehmen. Doch das war unmöglich. Sie war schon über ein Jahr tot, und statt nach ihr roch es wohl eher nach Mottenkugeln und dem Holz der Kommode, in der es seither gelegen hatte.

»Herr Hubert?« Die Stimme des Maklers drang von der Rückseite des Hauses her zu ihnen herauf, wo sich der Hintereingang der Fleischerei befand.

»Herr Brauer, hier oben.« Ihr Stiefvater setzte sein bestes Lächeln auf und lief die Treppe hinunter, um den Mann zu begrüßen, der den Verkauf der Immobilie geregelt hatte. Rosie folgte ihm, beladen mit ihrem wenigen Gepäck. Wortlos ging sie an den beiden Männern vorbei um das Haus herum, damit sie einen letzten, melancholischen Blick auf die Fassade werfen konnte. Der ursprüngliche Name der Fleischerei war auf dem verwitterten Schild an der Hauswand immer noch lesbar, obwohl ihr Stiefvater nach Papas Tod den Familiennamen *Pauls* durchgestrichen und seinen eigenen darübergemalt hatte.

Die Schlüsselübergabe war kurz und schmerzlos, und nur wenig später stand Rosie neben ihrem Stiefvater an dem kleinen Bahnhof von Kirchbach. Sie mussten mit dem Zug nach Koblenz fahren, wo er die Fahrkarten besorgte. Dann nahmen sie einen weiteren Zug, um nach Hamburg zu gelangen. Rosie war jedoch schon erschöpft, als sie den Zwischenhalt erreichten. Die Reise in der Regionalbahn war anstrengend gewesen, das Abteil überfüllt, die Holzbänke hart und unbequem. Immerhin hatten sie ab Koblenz Fahrkarten für die zweite Klasse. Die Bänke hier waren gepolstert, und sie ergatterte sogar einen Sitz am Fenster. Xaver neben ihr rückte sich, sobald der Zug anfuhr, seinen Hut ins Gesicht und begann wenig später, leise zu schnarchen.

4

Rosie starrte blicklos in die vorbeifliegende Landschaft und wünschte sich nicht zum ersten Mal, jemand anderes zu sein. Verstohlen beobachtete sie die Mitreisenden. Schräg gegenüber saß eine junge Mutter mit vier Buben, die vergeblich versuchte, das muntere Gespann auf den Sitzen zu halten. Sie schien trotz ihrer strengen Ermahnungen eine liebevolle Frau zu sein, die den Jüngsten auf dem Schoß hielt, während sie den anderen einen Apfel schnitt, um die Kinder wenigstens für einen Moment ruhigzustellen. Als die Frau mit ihrer Rasselbande einen Halt später ausstieg und einem glücklich strahlenden Mann um den Hals fiel, sah Rosie schnell fort. Das Bild der kleinen Familie erinnerte sie allzu schmerzhaft daran, was sie alles verloren hatte. Ihr Blick fiel auf eine alte Dame weiter vorn, die entspannt und zufrieden aussah im Schlaf. Ihr Gesicht zeigte Spuren eines harten Lebens, doch ihr Mund lächelte im Traum.

Rosie konnte sich kaum daran erinnern, wann sie das letzte Mal gelächelt oder gar von Herzen gelacht hatte. In dem Moment, in dem ihr Stiefvater in ihr Leben getreten war, hatte sich ein großer dunkler Schatten über sie gesenkt, der alles Gute auslöschte. Und sie wusste nicht, wie sie diesen dunklen Schatten jemals wieder loswerden sollte. Xaver Hubert führte ein strenges Regiment. Er überwachte jeden ihrer Schritte. Sie durfte sich nicht mit Gleichaltrigen treffen, hatte die Schule abgebrochen, um ihm den Haushalt zu führen und im Laden zu helfen, und musste ihm schlussendlich in jeder Beziehung die Ehefrau ersetzen. Nur dass sie sich ihm niemals freiwillig hingegeben hätte. Rosie starrte auf seine großen, schwieligen Hände, die er im

Schlaf in seinem Schoß wie zum Gebet gefaltet hatte. Sie wusste, wie schnell diese Hände zu Fäusten wurden, wenn sie ihm irgendetwas verweigerte. Sie schluckte schwer, bevor ihr Blick wieder leer und haltlos auf der am Fenster vorbeifliegenden Landschaft hängen blieb.

Nach einer guten Stunde fuhr ihr Stiefvater mit einem Grunzen aus dem Schlaf. Er schob seinen Hut aus der Stirn und wühlte in dem Korb, der zu ihren Füßen stand. »Hunger?«, fragte er und hielt ihr auffordernd ein paar Würste hin. Rosie wusste, dass es nur wieder mühsame Diskussionen geben würde, wenn sie nicht aß. Also griff sie eine und biss lustlos davon ab.

»Braves Mädchen, du willst doch für mich schön bei Kräften bleiben.« Er zwinkerte, was ihr, gepaart mit seinen zweideutigen Worten, Übelkeit verursachte. Sie rückte ein wenig von ihm ab, gerade genug, dass er nicht wütend wurde, aber ihre Arme sich nicht mehr berührten.

Vielleicht sollte sie versuchen, in einem unbeobachteten Moment aus dem fahrenden Zug zu springen. In Büchern trauten sich die Helden so etwas schließlich auch. Aber Rosie war noch nie ein mutiger Mensch gewesen. Zudem neigte sie dazu, die Dinge noch schwärzer zu sehen, als sie ohnehin schon waren. Sogar wenn sie nur fantasierte, so wie jetzt. Denn gleich spann sie die Geschichte weiter, wie sie vielleicht verletzt und hungrig durch die Wälder irrte und am Ende von den Wölfen geholt wurde. Und selbst wenn sie es schaffte, wo sollte sie hin? Sie hatte kein Geld, keine Freunde, keinerlei Erfahrung mit der Welt da draußen. Die einzigen Verwandten waren Tante Helga und Cousine Margarete, die sie nun besuchen würden. Mutlos schloss sie die Augen. Sie war eine leere Hülle, in der es nicht einmal mehr Tränen gab. Das gleichmäßige Rattern des Zuges sorgte immerhin dafür, dass sie ihren finsteren Gedanken im Schlaf für wenige

Stunden entkam, auch wenn sie wie üblich von schlechten Träumen geplagt wurde.

»Wach auf, wir sind gleich da.« Seine stets gereizt klingende Stimme weckte Rosie unsanft. Müde rieb sie sich die Augen. Aus dem Zugfenster heraus konnte sie die Türme der Stadt ausmachen. Onkel Heiner hatte ihr vor Jahren bei einem Besuch erklärt, wie die Kirchen hießen: Sankt Nikolai, Sankt Petri, Sankt Jakobi und der anmutige Michel, wie ihr Onkel den sakralen Bau nannte. Der Zug überquerte nun die Süderelbe, und der Hafen kam in Sicht. Unzählige Schiffe lagen dort, ihre schwarzen Rümpfe glänzten in der Sonne, während die Möwen über den Decks kreisten. Kräne und Schornsteine streckten sich dem Himmel entgegen, der verdeckt wurde von einem gelbgrauen Dunst, der wie eine alte, schmutzige Decke über dem Wasser hing. Hier würden sie in wenigen Tagen einen dieser schwimmenden Kolosse besteigen und in eine ungewisse Zukunft fahren. Wobei eines gewiss war: Xaver Hubert würde dafür sorgen, dass er Teil dieser Zukunft sein würde.

Der Altonaer Bahnhof kam in Sicht. Als sie vor vielen Jahren ihre Familie hier das erste Mal besuchten, hatte Rosie geglaubt, geradewegs auf Schienen in ein Schloss einzufahren. Mit großen Türmen und halbrunden Fensterfronten erinnerte der klassizistische Bau tatsächlich eher an den Wohnsitz eines Königs als an einen Bahnhof. Sie schluckte schwer bei der Erinnerung – damals war ihre Welt noch in Ordnung gewesen.

Sie vermied es, den Mann neben sich anzusehen, der nichts als Unglück über sie gebracht hatte. Als der Zug sich mit kreischenden Bremsen zum Halt anschickte, konnte Rosie bereits die schlanke Silhouette ihrer Cousine ausmachen. Margarete, die alle nur Marga nannten, stand am Gleis und umklammerte ihren Hut, der ihr durch den Luftzug der einfahrenden Bahn vom

Kopf zu fliegen drohte. Während die Waggons langsam zum Stehen kamen, hatte Rosie Zeit, Marga zu beobachten. Wie hübsch und sorglos sie wirkte mit ihren blonden, zu zwei Schnecken geflochtenen Haaren, der kleinen Stupsnase und den Sommersprossen, auch wenn sie vielleicht ein wenig zu dünn war, um schon weiblich zu wirken. Ihre grünen Augen glitten suchend über die Fenster, bis sie Rosie ausgemacht hatte und mit einem Lächeln aufgeregt winkte. Rosie erwiderte den Gruß, wobei ihr Blick an ihrem eigenen Spiegelbild im Glas hängen blieb. Sie sah deutlich älter aus als ihre Cousine, obwohl sie beide gerade erst siebzehn geworden waren. Rosie hatte ihr langes dunkles Haar zu einem lockeren Dutt hochgesteckt, der ihre hohen Wangenknochen hervorhob und ihren vollen Lippen schmeichelte. Sie wusste, dass die Menschen sie schön fanden, vor allem die Männer. Nach den Maßstäben, die an eine Frau gesetzt wurden, war sie es vermutlich auch. Sie hatte ein üppiges Dekolleté und Kurven an genau den richtigen Stellen. Aber die blauen Augen, die ihr nun unverwandt aus der Scheibe entgegensahen, hatten in den vergangenen Jahren jeden Funken Leben eingebüßt.

»Los, beweg dich, wir sind da«, sagte Xaver, während er bereits die Koffer aus dem Gepäckfach herunterholte. Obwohl sie beide beladen waren, griff er nach ihrem Arm, um sie durch die Menge zu dirigieren, als fürchtete er, sie könnte ihm auf diesem kurzen Stück abhandenkommen. Rosie wollte sich umwenden und ihn bitten, seinen Griff zu lockern, als ein junger Mann vor ihr in den Gang trat. Zunächst stand er mit dem Rücken zu ihr, weil er ebenfalls dabei war, sein Gepäck aus den Stauräumen über den Sitzen zu zerren. Aber dann drehte er sich um.

Rosie starrte ihn einen Moment lang überrascht an. Nie zuvor war ihr ein Mann attraktiv erschienen, was daran liegen mochte, dass sie außer ihrem Stiefvater kaum anderen Männern begegnete. Doch dieser hier hatte etwas Anziehendes an sich. Dabei war er nicht einmal im eigentlichen Sinne schön. Er trug abgewetzte Kleidung, einen Dreitagebart und sein dunkles Haar war eine Spur zu lang. Doch sein Gesicht war gut geschnitten mit einer geraden Nase, einem Grübchen im Kinn und warmen graublauen Augen, die sie nun bewundernd betrachteten. Ein Lächeln breitete sich auf seinen sympathischen Zügen aus.

»Hallo«, sagte er, und seine Stimme kitzelte Rosie tief in ihrem Bauch. Bevor sie antworten konnte, hatte sich Xavers Griff jedoch noch einmal verstärkt, sodass sie, statt das Lächeln zu erwidern, die Zähne aufeinanderbiss.

»Sie stehen im Weg«, herrschte er den jungen Mann an, der entschuldigend mit den Schultern zuckte, bevor er sich zwischen die Sitze presste, um Rosie und ihren Stiefvater durchzulassen. Rosie konnte seinen Blick noch auf sich spüren, bis sie den Zug verlassen hatte, wo ihr Marga mit der für sie üblichen, fröhlich-ungestümen Art um den Hals fiel.

5

Simon Broder starrte der Schönheit hinterher, die eben wie aus dem Nichts im Gang des Zuges vor ihm aufgetaucht war. Dabei war es nicht einmal ihr Äußeres, das ihn so fasziniert hatte, sondern der Ausdruck in ihren tiefblauen Augen. Er hatte selten solche Traurigkeit gesehen. Simon verrenkte sich den Hals, doch sie war mit dem hünenhaften Kerl, der locker ihr Vater hätte sein können, sich aber wie ein eifersüchtiger Liebhaber benahm, aus seinem Sichtfeld verschwunden.

Er nahm sein Gepäck und ließ sich von dem Strom der Reisenden, der unablässig durch den engen Durchgang der zweiten Klasse floss, in Richtung Tür treiben. Als er ausstieg, sah er sie wieder. Sie unterhielt sich auf dem Bahnsteig mit einem jungen blonden Mädchen, das wie ein übermütiges Fohlen aufgeregt auf und ab sprang, während der finstere Begleiter dicht im Kreuz der dunkelhaarigen Schönheit stand und nur mit dem Mund lächelte. Seine Augen blieben kalt.

Simon passierte die drei auf seinem Weg zum Ausgang des Bahnhofs. Als hätte sie seine Blicke gespürt, wandte sie sich um. Es war kein Lächeln, aber es war, als hätte sein Anblick etwas in den blauen Tiefen ihrer Augen zum Leben erweckt. Für einen Moment schien sie ihm mehr von sich zu zeigen, als hätte sie ihr Visier einen Spaltbreit geöffnet. Dann legte sich jedoch wieder dieser traurige Schleier über das Blau, und das kleine Licht erlosch. Nach einem letzten, fast entschuldigenden Blick drehte sie sich zu ihren Begleitern um. Zu gerne wäre er stehen geblieben und hätte sie nach ihren Namen gefragt. Danach, wohin sie unterwegs war, und ob dort jemand auf sie wartete. Doch der Hüne hatte ihren Blickwechsel bemerkt und starrte ihm nun so finster hinterher, dass Simon eine Gänsehaut im Nacken bekam. Schweigend verließ er das Gebäude. Vor dem prächtigen Altonaer Bahnhof setzte er seine Reisetasche ab und zog den handgeschriebenen Stadtplan von Hamburg heraus, den der Hapag-Agent ihm mitgegeben hatte. Danach angelte er nach seiner Taschenuhr, die ein Abschiedsgeschenk seines Vaters war. Simon ließ den Deckel aufspringen und blickte liebevoll auf die Gravur. *Erinnere dich, erblickst du mich.* Als ob er Papa jemals vergessen würde. Er schloss den Deckel und rieb gedankenverloren über die glatte Metallfläche des Gehäuses, bevor er die silberne Uhr wieder in seiner Brusttasche verschwinden ließ. Eine Welle Heimweh nach seinen Eltern erfasste ihn. Er hatte sie zurückgelassen. Hatte seinen Traum über alles gesetzt. *Ich kann dich verstehen, Sohn. Was erwartet dich hier schon?*, hatte sein Vater mit traurigen Augen gefragt. *Kommt doch mit*, hatte Simon vorgeschlagen, doch Papa wollte davon nichts hören. *Die Leute bauen auf mich*, hatte er nicht ohne Stolz angemerkt und mit ausgestrecktem Arm durch die Werkstatt gezeigt, in der unzählige Uhren in einer Kakofonie von unterschiedlich schnellen Zeigerbewegungen vor sich hin tickten. Er verkniff sich die Anmerkung, dass die Geschäfte alles andere als gut gingen in der neuen Heimat. Simon und seine Eltern hatten Russland nach dem Attentat auf Zar Alexander II. vor etwa zehn Jahren wegen der wachsenden Judenfeindlichkeit den Rücken gekehrt und sich nahe Königsberg niedergelassen, wo sie jedoch auch nicht willkommener waren. Überall wuchs der Antisemitismus.

Als ein Werber der Hapag ins Dorf gekommen war und von Amerika schwärmte, wo alle Menschen gleich waren, egal, woher sie kamen oder woran sie glaubten, hatte Simon all seinen Mut zusammengenommen und Papa darum gebeten, ihn ziehen zu lassen. *Ich wäre ohnehin nie ein guter Uhrmacher geworden*, hatte er angemerkt, und Papa hatte ihm mit einem traurigen Lächeln zugestimmt. *Nein, das wärst du nicht.* Simon hatte all sein Erspartes genommen und dazu das Geld, das Papa für ihn zur Seite gelegt hatte, doch es reichte immer noch nicht für die Fahrkarte. *Himmel, die Überfahrt kostet mehr, als ein Mann in einem ganzen Jahr verdient!*, hatte Mama aufgebracht gerufen, als er ihr sagte, wie viel der Agent für eine Fahrt im Zwischendeck haben wollte. Gut, dass sie nicht wusste, wie teuer das ganze Unterfangen geworden wäre, hätte er in einer Kabine reisen wollen. Am Ende lieh ihm sein Onkel Jakob, der in Königsberg Bankdirektor war, den Rest. *Ich werde ihm alles bis auf den letzten Groschen zurückzahlen*, schwor Simon sich.

Am Tag seiner Abreise hatte Mama geweint und ihm ein Proviantpaket zugesteckt, in dem sie Brot, Wurst und Äpfel verstaut hatte. Papa überreichte ihm die Uhr, die er selbst gefertigt hatte, und ein in Leder gebundenes Tagebuch. *Da kannst du deine Abenteuer aufschreiben*, hatte er gesagt und ihn dann an sich gedrückt, wie man jemanden drückt, den man nie wieder sehen wird. Mit einem letzten Blick auf das alte Backsteingebäude, in dem er nie richtig zu Hause gewesen war, hatte Simon seine Reisetasche gegriffen und war die lange, staubige Straße durch das Dorf hinaus einem neuen Leben entgegengelaufen.

Ihm wurde es schwer ums Herz bei der Erinnerung. Einmal mehr schwor er sich, dass er als gemachter Mann heimkehren und seine Eltern nachholen würde. Er blickte sich um, weil der handgemalte Plan in seiner Hand ihm wenig Aufschluss gab. Als er glaubte, sich orientiert zu haben, schlug er den Weg über die Admiralitätstraße zum Hafen ein.

6

Simon ging auf die Brooksbrücke zu, die wie das Tor zu einer anderen Welt anmutete. Sie führte von der Straße *Bei den Mühren* über den Zollkanal nahe dem Binnenhafen hinüber zum Brook auf dem Kehrwieder. Während Simon die Brücke passierte, kam es ihm vor, als wäre er versehentlich in einen Ameisenhaufen geraten. Überall waren Menschen, manche mit Gepäck, andere mit Kisten und Säcken beladen. Jeder schien ein Ziel und eine Aufgabe zu haben, so unübersichtlich, wie dieses Treiben hier auch war. Als er das Ende der Brücke erreicht hatte, blieb er überwältigt stehen. Das also war der berühmte Hafen. Statt nach Abenteuer und Fernweh roch das Wasser am Kai nach faulem Fisch und Exkrementen. Vor ihm breitete sich die Speicherstadt aus, die, wie er gelesen hatte, neu angelegt worden war, um den wachsenden Bedürfnissen der Händler nachzukommen. 20 000 Menschen hatten dafür umgesiedelt werden müssen. Wo all diese Menschen geblieben waren, das wusste niemand, und da es die Ärmsten der Armen waren, interessierte es vermutlich auch keinen. Der rötliche Backstein der Gebäude spiegelte sich im Kehrwiederfleet, es roch nach den Abwässern, aber auch nach etwas anderem, Exotischem, das Simon nicht genau zuordnen konnte, bis er einen Arbeiter sah, der einen aufgeplatzten Sack auf einen Karren lud, um danach gelbliches Pulver aufzukehren. »Scheiß Curry«, hörte er den Mann fluchen, der mehrfach niesen musste. Es musste ein fremdländisches Gewürz sein, schließlich wurden hier Waren aus der ganzen Welt ausgeladen, gelagert, gewogen, taxiert, verpackt und zur Weiterreise umgeladen. Ein riesiges Warenhaus, eine Stadt in der Stadt, in der jedoch niemand lebte, nur gearbeitet wurde hier.

Simon war so in Gedanken, dass er fast vor ein Pferdefuhrwerk gelaufen wäre. Mit einem beherzten Sprung rettete er sich zur Seite, nur um in einer trüben gelben Pfütze zu landen. Der Wind hatte das Gewürz bis hierher getragen, wo jemand einen Putzeimer ausgeschüttet zu haben schien. Seine guten Lederschuhe bekamen Flecken, ehe er aus der Lache treten konnte. Seine Mutter hätte ihm die Ohren langgezogen.

Barkassen, Ewer und Schuten lagen zum Löschen und Beladen der Waren am Sandtorkai, an dem sich die Kräne wie einarmige Riesen dem Himmel entgegenreckten.

»Platz da«, bellte ihn ein Arbeiter an und deutete mit dem Kinn nach oben, wo gerade eine Palette mit Waren von einem der Kräne herabgelassen wurde. Schnell wich Simon zurück und presste sich mit dem Rücken an die Fassade einer Lagerhalle.

»Können Sie mir sagen, wo ich den Hafenmeister finde?«, rief er, während der Arbeiter von unten dirigierte, wo der Kranführer die Ware ablassen sollte. Ohne ein Wort zeigte der Mann auf ein rötliches Gebäude, dessen Fenster den ganzen Hafen überblickten. Simon eilte darauf zu, doch wurde er von einem bärtigen älteren Mann aufgehalten, bevor er die Treppe erklimmen konnte.

»Moin, hier gibt's nix zu kieken«, sagte der Mann und zog Simon zurück.

»Ich will zum Hafenmeister«, sagte er und erklärte dem Mann sein Anliegen.

»Der bin ich.«

Erleichtert hielt Simon dem Bärtigen seine Papiere und seine Fahrkarte hin.

»Russe«, stellte dieser nach einem kurzen Blick auf Simons Pass abschätzig fest.

»Wir leben nahe Königsberg – seit mehr als zehn Jahren«, versuchte Simon zu erklären, doch der Hafenmeister machte nur eine wegwerfende Handbewegung.

»Egal, du gehst wie die anderen russischen Juden erst einmal in Quarantäne.«

»Ich muss morgen auf das Schiff. Ich habe eine gültige Fahrkarte«, sagte er eindringlich und eine Spur verzweifelt, doch das schien den Hafenmeister wenig zu interessieren.

»Wir haben die Cholera wegen euch Russen hier. Du fährst erst einmal nirgendwo hin. Du kommst mit den anderen Auswanderern da hinten in die Baracken am Amerika-Kai, bis feststeht, dass ihr keine Krankheit aufs Schiff einschleppt. Vermutlich wird sich die Sache eh in ein paar Tagen erledigt haben. Hab gehört, dass jetzt, nachdem der Hachmann dem amerikanischen Konsul kleinlaut gestehen musste, dass es doch die Cholera ist, bald ohnehin keine Schiffe mehr auslaufen werden. Die wollen Hamburg dichtmachen.«

Simon spürte, wie sich Verzweiflung in ihm breitmachte. Er musste auf dieses Schiff. Wenn die Fahrkarte verfiel, hatte er nichts mehr. Nicht einmal genug Geld, um wie ein geprügelter Hund nach Hause zurückkehren zu können.

»Danke, ich finde den Weg«, sagte er und nahm dem Hafenmeister vorsichtig die Papiere ab, die dieser immer noch umklammert hielt.

»Nichts da, Jungchen, ich bring dich schön dahin, wo du hingehörst. Sonst machst du dich am Ende noch dünne.«

Der Hafenmeister bedeutete ihm voranzugehen. Simon blieb nichts anderes übrig, als seiner Aufforderung Folge zu leisten. Mit einem Seufzer steckte er seine Dokumente ein und griff nach seinem spärlichen Gepäck, als es plötzlich ohrenbetäubend schepperte. Simon und der Hafenmeister verrenkten sich die Köpfe, um zu sehen, was passiert war. Der Arbeiter von eben lag nun unter der Palette, sein Bein eingeklemmt, während seine Schmerzensschreie Simon das Trommelfell zu zerreißen drohten. Sein Puls schnellte in die Höhe bei dem furchtbaren Anblick.

»Gott, Wilke«, brüllte der Hafenmeister und hatte Simon völlig vergessen, während er zu dem verletzten Arbeiter rannte. Simon blickte sich verstohlen um. Niemand nahm von ihm Notiz. Mit einem letzten, mitleidigen Blick auf den Verletzten ergriff er die Gunst der Stunde und floh. Wohin, das wusste er allerdings nicht. Ohne die Bestätigung des Hafenmeisters, dass er die Quarantäne abgesessen hatte, würde man ihn vermutlich morgen nicht auf das Schiff lassen. Seine fleckigen Stiefel trommelten übers Pflaster, während er den Hafen immer weiter hinter sich ließ, um im wilden Treiben des Hamburger Nachtlebens eine Lösung zu finden – oder Vergessen.

7

Marga lag dicht gedrängt an ihre Mutter auf der alten, mit Stroh gestopften Matratze, die eine Nachbarin ihnen für die Zeit des Besuchs geliehen hatte. Ihre Gäste schliefen in der kleinen Kammer, die sie sich sonst teilten. Ein milchiger Vollmond lugte durch das Fenster und ließ die grauen Strähnen in Mamas Haar silbrig glänzen.

»Du wirst mir fehlen«, flüsterte Mama kaum hörbar. Marga griff nach ihrer Hand wie nach einer Rettungsleine. Sie hatte das Gefühl, die Worte würden ihr das Herz zerreißen.

»Dann lass mich bleiben. Ich kann versuchen, das Geld für die Fahrkarte beim Kontor zurückzubekommen.« Beklommen dachte sie an den horrenden Preis, den Mutter für die Zweite-Klasse-Kabine bezahlt hatte, die Marga mit Onkel Xaver und Rosie teilen würde, ganz zu schweigen von den vielen Gebühren für den Auswanderungsprozess.

Mama schnaubte leise. »Dafür ist es zu spät, Margalein, ihr fahrt ja morgen bereits ab – und ich will dich an Bord dieses Schiffes sehen. Wie heißt es noch gleich?«

»*Bohemia*«, erinnerte Marga ihre Mutter wenig enthusiastisch.

»Das klingt edel. Bestimmt ist schon die Kabine luxuriöser als unsere Wohnung.«

»Das ist mir egal. Ich will dich nicht verlassen. Wegen mir könnten wir auch in einer Höhle hausen«, entfuhr es Marga, die spürte, wie ihr einmal mehr die Tränen kamen. Ihre Mutter streichelte sanft Margas Haar wie früher, als sie noch ein kleines Mädchen gewesen war.

»Kind, ich bin erst beruhigt, wenn ich dich an Deck dieses Schiffes stehen und winken sehe.«

»Mir kann auch in Amerika etwas zustoßen«, erinnerte Marga finster. Doch ihre Mutter hatte es sich in den Kopf gesetzt, dass ihr einziges Kind hier in Hamburg in größerer Gefahr wäre als anderswo.

»Ich diskutiere das nicht«, war die kategorische Antwort. Marga seufzte. Gegen Mutters Sturheit war sie noch nie angekommen. Doch schon jetzt schien es ihr unmöglich, den einzigen Menschen, der ihr auf der Welt geblieben war, in Deutschland zurückzulassen.

»Ich finde, Rosie hat sich sehr verändert«, wechselte ihre Mutter geschickt das Thema. »Sie ist so still und in sich gekehrt seit Gudruns Tod. Sie scheint ihre Mutter schmerzlich zu vermissen. Deine Gesellschaft wird ihr sicherlich guttun.«

Marga starrte an die dunkle Zimmerdecke, auf der sich getrocknete Wasserflecken im Licht des Vollmondes abzeichneten. Das Dach war schon seit Langem undicht, und der Speicher über ihnen wurde bei Regenwetter immer wieder nass, weshalb sich bereits der Schimmel durch die Tapeten fraß. Gut lebte es sich hier wirklich nicht, so viel musste sie Mama zugestehen. Trotzdem schien es ihr grundfalsch, Mutter allein zu lassen, während sie in einem fremden Land ein neues Leben beginnen sollte.

»Denkst du nicht?«, bohrte Mama nach, und Marga versuchte, sich zu erinnern, was das Thema gewesen war. Ein leises Husten im Nebenzimmer half ihrer Erinnerung auf die Sprünge: Rosie, genau. Mutter war es also auch aufgefallen. Sie war freundlich, jedoch selbst zu ihr und Mama distanziert, ihr Lächeln erreichte nicht ein einziges Mal ihre Augen. Auch schien sie sich vor Xaver Hubert zu fürchten, der sie wie ein Wachhund immer im Auge behielt. Ein unsympathischer Zeitgenosse. Und ausgerechnet mit ihm musste sie nun reisen.

Na ja, vielleicht hatte Mutter recht und sie würde Rosie aus der Reserve locken. Es wäre schön, wieder wie früher mit ihr zu lachen und Geheimnisse auszutauschen.

»Ich hoffe, dass ich sie aufheitern kann«, befand sie leise, was Mama lächeln ließ.

»Wenn das jemand schafft, dann du, Margalein.«

Eingehüllt in die Liebe und das Zutrauen ihrer Mutter fiel sie schlussendlich in einen unruhigen Schlaf.

Viel zu früh kam der nächste Morgen und damit der Tag der Abreise. Marga hatte ihren guten Rock und die weiße Bluse angezogen, dazu trug sie ihren einzigen Hut und ihre besten Stiefel. Den Rest ihrer wenigen Kleidung hatte sie in der alten Reisetasche verstaut, die schon bessere Zeiten gesehen hatte. Der unruhige Schlaf steckte ihr in den Knochen, sie fühlte sich müde, zerschlagen und mutlos, trotzdem versuchte sie noch einmal, ihre Mutter mit leiser Stimme umzustimmen, doch Helga legte ihr schon nach wenigen Worten den Finger auf den Mund und schüttelte den Kopf.

»Jetzt gibt es kein Zurück mehr. Für uns beide nicht. Und das ist gut so.«

Xaver und Rosie standen bereits mit ihrem Gepäck im Flur, wobei sein Fuß ungeduldig auf und ab wippte, während er darauf wartete, dass Helga sich anzog. Jetzt, wo es ernst wurde, schien auch ihre Mutter es nicht mehr ganz so eilig zu haben. Sein genervtes Schnauben trieb sie jedoch zur Eile, sodass sie schlussendlich zu viert die kleine Wohnung verließen. Ein dicker Kloß machte sich in Margas Kehle breit. Auch wenn es eher eine Behausung als ein Zuhause gewesen war, war es doch alles, was Heimat für sie bedeutete – allein wegen Mama. Sie wischte sich schnell eine Träne aus dem Augenwinkel. Weinen würde sie gleich noch genug.

Draußen erwartete sie erneut ein warmer Tag. Die Sonne hatte sogar schon zu dieser frühen Stunde die Stadt aufgeheizt. Ihre Strahlen würden spätestens am Mittag die Straßen und engen Gassen der Gängeviertel in einen Glutofen verwandelt haben. Überall hatten die Menschen wegen der Hitze ihre klapprigen Fensterläden zugezogen, sodass es aussah, als hätten die Häuser ihre Augen für ein Nickerchen geschlossen. Marga ging neben Rosie her, die stur geradeaus blickte.

»Nervös?«, fragte sie, doch ihre Cousine zuckte nur die Schultern.

Also gut, sie würde wohl die Gesprächsführung übernehmen müssen.

»Ich bin froh, dass ich mit euch kommen kann. Allein hätte ich mich das nie getraut.« Ein Nicken war die Antwort.

»Weißt du schon, was ihr tun werdet, wenn wir ankommen? Ich will mir eine Arbeit suchen und Geld sparen, um Mama nachzuholen. Aber sag ihr das nicht, sonst muss ich mir wieder anhören, dass man einen alten Baum nicht mehr verpflanzt.« Sie lachte leise – und allein, denn Rosie zeigte immer noch keinerlei Regung. Nun gut, Marga war niemand, der leicht aufgab.

»Vielleicht kann ich sogar zurück zur Schule gehen. Papa hat immer gesagt, Bildung öffnet einem alle Türen. Natürlich muss ich erst einmal die Sprache lernen. Ein wenig kann ich schon. *Hello, how are you? What's your name? My name is Marga.*«

Sie wusste, dass sie plapperte, aber Rosies Schweigsamkeit schien bei ihr das genaue Gegenteil zu bewirken. Außerdem wollte sie ihre Cousine aus der Reserve locken und hoffte auf eine Reaktion.

»Schön, dass du noch Träume hast.«

Rosie war so abrupt stehen geblieben, dass Marga den leise geäußerten Satz fast überhört hätte. Sie drehte sich um und sah gerade noch, wie ihre Cousine einen abfälligen Blick in Richtung ihres Stiefvaters warf, der mit Helga bereits ein paar Schritte vorausgegangen war.

Sie ging zu Rosie zurück und hakte sich unter. Langsam folgten sie den beiden Erwachsenen.

»Weißt du, du kannst über alles mit mir reden«, flüsterte sie, um sicherzugehen, dass ihr Onkel sie nicht hören konnte. Rosies Blick war fest auf das Pflaster des Gehwegs geheftet.

»Es gibt nichts zu sagen«, war alles, was sie nach einer längeren Pause resigniert auf das Angebot erwiderte. Marga betrachtete im Gehen Rosies schönes Profil. Sie wünschte, sie könnte verstehen, was ihre Cousine so traurig und bitter gemacht hatte. Aber sie hatte nun mindestens vierzehn Tage Zeit, das herauszufinden.

8

Am Hafen ging es zu wie in einem Taubenschlag. Menschen kamen und gingen. Massen strömten zu den Schiffen, um sich anzustellen und dann um Punkt zehn Uhr, wenn die Hapag-Angestellten die Tür vor der Zugangsbrücken öffneten, den schmalen Gang hochzustreben. Für die Mutigen begann ab dort ein Abenteuer und für die Verzagten eine Reise ins Ungewisse. Marga griff nach ihrem Hut, der von einer frischen Brise gepackt wurde. Ein aufgeregtes Kribbeln hatte sie erfasst. Hier standen so viele unterschiedliche Menschen mit Träumen, mit Hoffnungen, mit einer Vergangenheit und einer Idee von der Zukunft. *Menschen sind wie Bücher, Marga, jeder hat eine Geschichte zu erzählen,* hatte Papa immer gesagt und sich bei Ausflügen und langen Wartezeiten mit ihr entsprechend etwas über jeden ausgedacht, der ihnen begegnete. Gerade jetzt vermisste sie ihn mehr, als sie sagen konnte.

Ihr Blick wanderte über die Gesichter der anderen Reisenden, die sich brav in die lange Schlange eingereiht hatten. Marga beobachtete eine alte Dame mit viel Schmuck und einem enorm großen Hut, die einen kleinen weißen Hund auf dem Arm trug. Was wohl ihre Geschichte war? Ein Mädchen mit Zöpfen und Sommersprossen rempelte Marga an und riss sie damit aus ihren Gedanken. Sie blickte dem Kind nach, das eine zerschlissene Stoffpuppe umklammerte, während es sich in die schützenden Arme seiner Mutter rettete. Margas Herz schmerzte bei dem Anblick. Sie drehte sich zum Kai um und suchte die Menge nach dem vertrauten Gesicht ihrer Mutter ab. Sie stand ganz vorne und lächelte tapfer. Marga hätte vorhin beim Abschied so gerne noch länger in der schützenden Umarmung ausgeharrt, doch Mama hatte sie sanft, aber bestimmt von sich geschoben. »Mach es uns beiden nicht noch schwerer«, hatte sie geflüstert und Marga dann hinter Rosie und Xaver Hubert hergescheucht.

»Ich schreib dir, sobald ich ankomme«, hatte Marga mit tränenerstickter Stimme versprochen, bevor sie den anderen folgte, die sich bereits weiter vorn in der Schlange eingereiht hatten.

Als Marga ihren Blick von Mamas kleiner Gestalt losriss, fiel ihr ein Junge auf, der etwas weiter vor ihr in der Reihe stand und sich verstohlen nach allen Seiten umsah. Er war jünger als sie, vielleicht vierzehn oder fünfzehn, schlaksig, mit Gesichtszügen, die noch unentschlossen waren, ob sie später einmal männlich attraktiv oder feminin und weich werden wollten. Er hatte braune Locken und Augen wie zwei Kohlestücke, dazu volle Lippen, um die ihn jedes Mädchen beneidet hätte, und eine Nase, die wie die der alten Griechen oder Römer leicht gebogen und aristokratisch wirkte. Was man von seiner Kleidung nicht sagen konnte. Seine Hose war schmutzig, so als ob er sie schon lange am Leib trug. Seinem Hemd fehlten Knöpfe, und der Kragen war gerissen. Außerdem waren seine Schuhe abgewetzt, an einem löste sich bereits die Sohle. Marga beobachtete fasziniert, wie er sich wieder umwandte, um dann blitzschnell einem älteren Herrn mit Frack und Zylinder in die Tasche zu greifen und etwas herauszuziehen. Jedoch schien Marga nicht die Einzige zu sein, die den kleinen Dieb bei seiner Tat beobachtet hatte.

»He da, Langfinger, gib dem Mann sofort seine Fahrkarte zurück«, brüllte einer der Schauerleute, der gerade einen Karren mit Koffern zum Schiff brachte. Der Bestohlene fuhr herum und starrte den Jungen eine Sekunde lang perplex an. Dann rannte dieser los, und der Mann im Zylinder setzte ihm nach. Genau vor Marga trat ein bulliger Kerl aus der Reihe und packte den

Dieb, der in der Umklammerung zappelte wie ein Fisch im Fangnetz.

»Nicht so eilig, Jungchen.«

Der Bestohlene hatte zu ihm aufgeschlossen und hielt dem Jungen auffordernd die Hand hin, in die dieser nun mit hängenden Schultern und betretenem Gesicht die entwendete Fahrkarte gleiten ließ.

»Als ob dich jemand in die erste Klasse gelassen hätte. Du bist nichts weiter als Dreck«, sagte der Mann und spuckte dem kleinen Übeltäter, der immer noch von dem fremden Mann festgehalten wurde, ins Gesicht. Empört sog Marga die Luft ein. Natürlich war es nicht richtig, eine Fahrkarte zu stehlen, aber die Not des Jungen war offensichtlich. Sie blickte sich hilfesuchend um, doch die anderen Passagiere schienen sich nicht besonders für das Schicksal des kleinen Diebs zu interessieren.

»Abschaum, genau das bist du«, setzte der Mann seine wütende Tirade fort. Irgendetwas an der Art, wie der kleine Langfinger nun stolz sein Kinn hob, rührte ihr Herz und gab ihr den Mut, aus der Reihe zu treten und sich vor den Jungen zu stellen.

»Lassen Sie ihn zufrieden.«

»Mit Verlaub, junge Dame, aber das geht Sie nichts an«, wies der Mann sie zurecht, während er sie mit dem Arm wie einen streunenden Hund zur Seite schob. Dann holte er mit seinem Stock aus, dessen vergoldeter Knauf den erfolglosen Dieb an der Wange traf. Die Haut platzte auf, und Blut schoss aus der Wunde. Ohne zu überlegen, stürzte Marga sich auf den Schläger und versuchte, ihm den teuren Stock zu entreißen, den dieser jedoch mit überraschender Kraft umklammerte. Er nutzte den Gehstock stattdessen dafür, sie von sich zu stoßen, als wäre sie ein lästiges Insekt. Marga geriet ins Taumeln, fing sich aber wieder. Entrüstet richtete sie sich auf, wobei sie ihr Kreuz durchdrückte, um größer zu erscheinen. Der Zylinderträger überragte sie trotzdem um einen guten Kopf. Dieser Umstand bremste ihren Zorn jedoch nicht aus.

»Sie sind mit Sicherheit kein Ehrenmann, wenn Sie es nötig haben, wehrlose Kinder zu schlagen.«

Der Mann schien versucht, seinen dummen Stock nun gegen sie zu erheben. Doch er überlegte es sich anders, denn vermutlich hätte es einen Tumult gegeben, wenn er in aller Öffentlichkeit eine Frau geschlagen hätte. Stattdessen tippte er sich mit hämischem Grinsen an seinen Zylinder und deutete eine Verbeugung an.

»Ein Fischweib und ein Dieb, da haben sich die zwei Richtigen gefunden.« Mit diesen Worten schritt er kerzengerade davon, die Fahrkarte fest in der geballten Faust.

»Neureicher Pinsel«, zischte eine alte Dame in schäbiger Kleidung. Marga musste ihr zustimmen. So hätte sich ein Angehöriger der gehobenen Klasse niemals aufgeführt. Der andere Mann hatte den Jungen nun mit einem Schubs losgelassen, der diesen zu Boden beförderte, wo er sich mit dem Stoff seines verdreckten Hemdes über seinen blutigen Kratzer fuhr. Marga ließ sich vor ihm auf die Knie fallen und zog ein sauberes Taschentuch aus ihrem Ärmel, das sie eigentlich dort platziert hatte, um gleich ihrer Tränen bei der Abfahrt Herr werden zu können. Sanft berührte sie seine geschundene Wange. Er zuckte zurück und blickte sie trotzig an.

»Machen Sie sich nicht Ihre hübschen Sachen schmutzig an mir.«

Doch Marga ließ sich von seiner Feindseligkeit nicht beirren. Sanft tupfte sie das Blut ab und presste danach das Leinen auf die Wunde. Der Blick seiner kohlefarbenen Augen ruhte fragend auf ihr.

»Wie ist dein Name?«, wollte sie wissen, während sie seine Hand auf das Tuch legte, damit er selbst auf die Verletzung drücken konnte. Sie kamen zeitgleich wieder auf die Beine. Obwohl er jünger war, überragte er sie bereits um einen guten Kopf, sodass Marga nun aufblicken musste.

»Fernando Keitel, aber alle nennen mich Nando«, sagte er, hielt ihr kurz seine Hand hin, zog diese aber plötzlich wieder zurück, als sein Blick beschämt auf seine schmutzigen Nägel fiel. Marga verkniff sich ein Lächeln. Der Kleine war in jedem Fall mehr Ehrenmann, als es dieser gelackte Affe mit seinem Zylinder jemals sein würde. Nando strich sich eine seiner widerspenstigen Locken aus dem Gesicht.

»Danke«, sagte er leise, während er von einem Bein aufs andere trat. Es war ihm sichtlich unangenehm, sich von einer Frau verteidigen zu lassen, auch wenn diese älter war als er.

»Und du willst nach Amerika?«, fragte Marga leise, während sie die Reihe weiterschreiten ließ, um bei Nando stehen zu bleiben.

»Mehr als alles andere auf der Welt«, platzte es aus ihm heraus.

»Was denkst du denn, was dich dort erwartet?«

Er blickte sie lange an mit seinen Augen, die viel älter wirkten als er selbst. Dann seufzte er.

»Ich weiß es nicht, aber hier erwartet mich nichts. Ich bin ein Bastard, mein Vater war vermutlich ein spanischer Seemann, meine Mutter...« Er brach ab und zuckte verlegen mit den Schultern. »Meine Mutter wird mich nicht vermissen. Ich hab gehört, in Amerika sind alle Menschen gleich, egal, woher sie kommen. Und alle können etwas aus sich machen mit harter Arbeit und bloßem Willen. Und ich will etwas aus mir machen.«

Margas Herz wurde weich. Er war wie einer der Streuner, die sie früher auf der Straße aufgelesen und nach Hause gebracht hatte – schmutzig und etwas feindselig, aber am Ende treu wie

Gold. Sie legte den Kopf schief, während sie ihn eingehend betrachtete.

»Und du hast hier sonst niemanden mehr?«, fragte sie leise. Er schüttelte den Kopf und blickte auf den Boden. Er wirkte angespannt.

»Gibt es noch einen anderen Grund, der dich auf dieses Schiff treibt?«, hakte sie nach, weil sie spürte, dass er etwas verheimlichte.

Er holte tief und etwas zittrig Luft, dann blickte er sie wieder an.

»Ich schulde ein paar Typen Kohle, wenn ich nicht weit wegkomme, werden sie mich finden.« Er klang ängstlich, aber auch entschlossen.

Marga nickte bedächtig, seine Aufrichtigkeit imponierte ihr.

»Ich hab eine Idee«, sagte sie und begann bereits, in ihrer Tasche zu wühlen.

»Ich werde auf keinen Fall Geld von Ihnen annehmen, Fräulein.«

»Pah, als ob ich so viel Geld in dieser alten Reisetasche mit mir herumtragen würde«, stieß sie lachend hervor. Misstrauisch beäugte er sie, während Marga sich durch ihre dürftige Habe wühlte.

»Da ist sie«, verkündete sie stolz und hielt eine alte Strickjacke hoch. Sie war etwas groß und aus der Mode, aber sauber. Papa hatte diese Jacke geliebt, weshalb Marga es nicht übers Herz gebracht hatte, sie mit seinen anderen Sachen ans Armenhaus zu geben. Beim Packen war sie ihr in die Hände gefallen, und in einem Anflug von Sentimentalität hatte sie sie in ihre Reisetasche gleiten lassen. Jetzt konnte die Jacke von Nutzen sein.

Nando zuckte hilflos mit den Schultern.

»Ich verstehe nicht...«

Weiter kam er nicht, denn Marga begann, an seinem schief geknöpften, schmutzigen Hemd zu nesteln.

Nando lief rot an wie eine Tomate.

»He, ich bin kein Kind mehr, davon abgesehen, was tun Sie denn da?« Er schob ihre forschen Hände fort und hielt den fadenscheinigen Stoff über seiner schmalen Brust zusammen, als Marga energisch auf ihn zutrat.

»Du stellst dich aber an wie eins. Ich wollte dir nur das Hemd ordentlich zuknöpfen. Zieh die Jacke drüber. Dann geh und säuber' dich hinten bei den Toiletten. Ich warte hier.«

Verständnislos sah er sie an.

»Vertraust du mir?«

»Ich kenn Sie doch gar nicht«, entfuhr es ihm.

»Ich bin deine Schwester. Marga Stahl. Und du bist Ferdinand Stahl, mein kleiner Bruder. Jemand hat deine Fahrkarte und all deine Papiere gestohlen, aber du musst unbedingt mit mir auf dieses Schiff«, führte sie ihre schnell erdachte Geschichte aus. Er runzelte wenig überzeugt die Stirn. »Das glaubt doch kein Mensch. Und selbst wenn, dann ist es eben mein Pech. Niemand schenkt Habenichtsen etwas, schon gar nicht die Überfahrt nach Amerika.«

»Aber ich habe eben gehört, wie der Hafenmeister dem Kapitän sagte, dass ein paar Mitglieder der Crew wegen der Cholera ausgefallen sind. Die brauchen jede Hand. Und vor Arbeit scheust du dich doch sicher nicht?«

Langsam schüttelte er den Kopf, wobei seine Locken noch mehr durcheinandergerieten.

»Dann geh und beeil dich. Das Schiff legt um zwölf Uhr ab.«

»Warum helfen Sie mir?«

Sie sah ihn einen Augenblick lang an, bevor sie unbekümmert mit den Schultern zuckte.

»Weil ich es will«, lautete ihre knappe Antwort. Dann zeigte sie zu dem Gebäude, in dem die sanitären Anlagen für die Passagiere untergebracht waren. Nando nickte und stob davon, während Marga den Blick über die Menge wandern ließ in der Hoffnung, den bärtigen Hafenmeister auszumachen. Als Nando zehn Minuten später zurückkehrte, stand Marga neben dem Gesuchten, dem sie eine rührselige Geschichte über verstorbene Eltern und verlorene Dokumente auftischte. Als Nando zu ihnen stieß, beäugte der Hafenmeister sie beide argwöhnisch.

»Geschwister, ja? Ich fress 'nen Besen, wenn ihr verwandt seid, aber gut, es stimmt, wir brauchen jede Hand. Geh dort drüben zu Hans Bleck, er ist der Bootsmann. Arbeit genug wird er für dich schon haben. Aber Sie bürgen für ihn. Wenn der Junge Dummheiten macht, stehen Sie für ihn gerade.«

Mit diesen Worten drehte sich der Hafenmeister um und verschwand. Nando blickte ihm mit offenem Mund hinterher, dann wanderten seine dunklen Augen zu Marga.

»Danke, ich stehe für immer in Ihrer Schuld.«

»Keine Sorge, kleiner Bruder, es wird bestimmt Gelegenheit geben, dich zu revanchieren. Und wo wir jetzt Geschwister sind, solltest du mich duzen, sonst wirkt es noch unglaubwürdiger.« Sie zwinkerte ihm aufmunternd zu. »Jetzt muss ich mich sputen, sonst verpasse ich selbst am Ende noch die Abfahrt.«

Sie eilte los, obwohl sie den Platz in der Schlange längst eingebüßt hatte. Leicht frustriert stellte sie fest, dass sie nun doppelt so lange warten musste, weil sich nun auch die Passagiere für das Zwischendeck, die gerade aus den Baracken am Amerika-Kai gekommen waren, anstellten. Nun gut, es war die Sache wert gewesen.

9

Simon war nervös und verkatert. Müde rieb er sich über seine blutunterlaufenen Augen. Er hatte in dieser Nacht keinen Schlaf abbekommen, aber schlafen konnte er noch genug, wenn er erst einmal auf den Ozeanriesen gekommen war. Seine feuchte Hand umklammerte eine gefälschte Quarantänebestätigung. Gut, dass er gestern in diese dunkle Spelunke geraten war. Sonst wäre er nie mit Moshe Greul ins Gespräch gekommen, der wiederum jemanden kannte, der den russischen Juden half, auch ohne Papiere aufs Schiff zu gelangen. Manche brauchten eine neue Identität, das wäre natürlich aufwendiger gewesen. Andere, wie er, mussten nur beim Betreten des Dampfers beweisen, dass sie sich an die derzeit geltenden Regeln hielten. Moshe hatte ihn mit in eine heruntergekommene Wohnung in den Gängevierteln genommen, wo es nach menschlichen Ausscheidungen, toten Tieren und fauligen Lebensmitteln roch. Der Fälscher war ein übellauniger Mitvierziger, der aber sein Handwerk verstand. Billig war es nicht gewesen, Simon besaß nun kaum noch Bargeld, aber Hauptsache, er kam gleich auf die *Bohemia*. Alles andere würde sich fügen, davon war er überzeugt. Immerhin hätte er später eine gute Geschichte für sein Reisetagebuch.

Während er noch darüber grübelte, welche Zufälle manchmal neue Wege eröffneten, drangen die unverkennbaren Geräusche einer Auseinandersetzung an sein Ohr. Er blickte auf und sah gerade noch, wie ein Mann mit seinem Gehstock nach einem Jungen schlug. Er wollte dazwischengehen, Ungerechtigkeit hatte er noch nie leiden können. Und dieser Akt stand für alles, was Simon ungerecht fand – reich gegen arm, stark gegen schwach, die Arroganz der Mächtigen gegen die Ohnmacht der einfachen Leute. Doch da schmiss sich ein Mädchen zwischen den mittlerweile blutenden Jungen und den befrackten Schläger. Ihre blonden, schulterlangen Haare wippten keck unter ihrem Hut, während sie den Mann in seine Schranken wies. Ein Lächeln stahl sich auf Simons eben noch grimmige Züge. Mutig, die Kleine. Der Mann stob indigniert davon, während sie als Einzige in der langen Schlange auf die Knie ging, um den Verletzten zu versorgen. Als sie sich erhob und in seine Richtung drehte, dauerte es einige Augenblicke, bis er das ihm vage bekannt vorkommende Gesicht einordnen konnte: Sie war das blonde Mädchen vom Bahnhof, das seiner unbekannten Schönen um den Hals gefallen war. Sogleich beschleunigte sich sein Puls und seine Augen flogen über die Köpfe der Wartenden, aber er konnte die andere in der Menschenmenge nicht ausmachen.

Simon spürte eine leichte Enttäuschung. Bevor er sich jedoch klar darüber werden konnte, was er sich eigentlich erhoffte, wenn er sie in der Schlange entdeckte, sah er ein anderes bekanntes Gesicht: den Hafenmeister. Simon brach der Schweiß aus. Er blickte sich verstohlen um, ob ihn jemand beobachtete, dann schlug er den Kragen seiner Jacke hoch und zog sich seinen alten Hut in die Stirn. Hoffentlich würde der Mann ihn einfach in der Masse übersehen.

»Petersen! Glock und Wichmann bringen gleich die Russen aus der Baracke, die aus der Quarantäne dürfen. Werden wohl die Letzten sein, ab Montag sind die Zwischendecks erst mal gesperrt.«

Simon sah einen blonden Seemann, der wohl der angesprochene Petersen war. Dieser nickte und positionierte sich bei den anderen beiden Kontrolleuren. Vermutlich war er dafür verantwortlich, die Bescheinigungen zu überprüfen. Hektisch flog

Simons Kopf herum in der Hoffnung, den Tross aus den Baracken ausmachen zu können, um sich ihm heimlich anzuschließen. Und tatsächlich, zwei Bedienstete der Hapag steuerten wie Gänseeltern mit ihren Küken auf den Kai zu, mindestens achtzig müde, ausgezehrte Gestalten trotteten hinter ihnen her. Simon trat vorsichtig aus der Reihe und ließ sich hinter die anderen Wartenden zurückfallen. Immer ein Stückchen mehr, bis er das Ende der Schlange erreicht hatte. Als sich der Tross hier anschloss, rückte er wiederum etwas ab, um sich weiter hinten einen Platz zu suchen.

»Gefälschter Quarantänenachweis?«, fragte plötzlich eine amüsierte Stimme. Röte schoss Simon ins Gesicht. Fast glaubte er, alle Umstehenden, inklusive der beiden Hapag-Männer, hätten es gehört, doch tatsächlich war der Lärmpegel so hoch, dass der Mann schon hätte schreien müssen, und selbst dann hätten es vielleicht gerade mal die paar Leute gehört, die unmittelbar um sie herumstanden. Trotzdem fuhr Simon nun wütend herum.

»Was fällt Ihnen ein?«

Der Mann klopfte ihm versöhnlich auf die Schulter.

»Keine Bange, Jungchen. Ich verrate dein kleines Geheimnis schon nicht. Aber erst Sonntag hat so ein Schmock versucht, mit einem selbst gemalten Papier die Quarantäne zu umgehen. Sitzt jetzt im Bau, bei so was haben die hier gerade wenig Humor. Kranke werden nämlich auf Kosten der Redereien wieder zurückgeschickt, wenn sie versuchen, nach Amerika zu kommen.«

Simon beäugte den Mann, der ihn an seinen Vater erinnerte. Vielleicht war er leichtsinnig und zu vertrauensselig, jedoch zog er langsam den gefälschten Nachweis aus seiner Tasche. Der Mann schob sich seine mit Draht geflickte Brille auf die Nase und studierte das Schreiben, dann nickte er mit einem kleinen Lächeln.

»Ist gute Arbeit. Hat sicher eine Stange Geld gekostet.«

Simon nickte und schob seine Eintrittskarte in die neue Welt schnell wieder in die Jackentasche.

»Woher wussten Sie es?«

Der Mann zuckte mit einem schelmischen Grinsen die Schultern.

»Ich war jetzt tagelang in dieser verdammten Baracke. Ich kenn jedes Gesicht. Aber die Hapag-Leute zum Glück nicht. Für die sind wir eine gleichförmige Masse Taugenichtse, die ihnen die Seuche in die Stadt getragen haben. Wobei es ein Wunder ist, dass wir in den Unterkünften nicht bereits alle an der Cholera verreckt sind. Wie die Tiere haben die uns da eingepfercht.« Er spuckte zur Untermalung seiner Abscheu auf den Boden. Die Schlange rückte vor und Simon mit ihr.

»Simon Broder.« Er streckte dem anderen die Hand hin, die dieser freundlich schüttelte.

»Abraham Goldmann. Das ist meine Frau Esther und unser Sohn Levy.«

Simon begrüßte die Familie und ging wieder ein paar Schritte vor.

»Darüber sollten die Zeitungen mal schreiben. Ich wette, kein Reporter hat je einen Fuß in eure Baracke gesetzt.«

»Immerhin war dieser Arzt da, Koch. Er hat dem Ballin ordentlich Feuer gemacht.«

»Ballin?« Simon sah Goldmann fragend an.

»Der Leiter der Passageabteilung der Hapag. Plant jetzt eine Art Auswandererstadt am Amerika-Kai. Will, dass die Neuankömmlinge menschenwürdiger untergebracht werden.«

»Also einer von den Guten«, befand Simon, doch sein Gegenüber machte eine wegwerfende Handbewegung.

»Eher einer von den guten Geschäftsleuten. Die Hapag macht eine Menge Geld mit uns Auswanderern.«

Die Schlange war nun so weit vorgerückt, dass Simon vor seiner nächsten Hürde stand: Petersen, der gelangweilt nach seinen Dokumenten fragte. Mit zitternder Hand hielt er dem Mann alles hin. Dieser überflog die Papiere nur schnell und reichte sie Simon zurück.

»Der Nächste«, ertönte seine Stimme, die verriet, dass er müde war und keine Lust mehr auf die endlose Kontrolle hatte.

Erleichterung durchströmte Simon, doch das Gefühl sollte nicht lange anhalten.

»Moment mal, Petersen.«

Der Hafenmeister war zu ihnen getreten und betrachtete Simon mit schief gelegtem Kopf. Sein Herz setzte einen Moment aus, nur um danach doppelt so schnell gegen seine Brust zu schlagen.

»Ich kenn Sie irgendwoher. Zeigen Sie mir mal Ihre Papiere.«

Jetzt war es aus. Simon schloss die Augen, hinter denen bereits Tränen lauerten vor Wut und Enttäuschung. Warum hatte Gott ihn so weit gebracht, nur um im allerletzten Moment seinen Traum von einem neuen Leben wie eine Seifenblase zerplatzen zu lassen? Seine Schultern fielen herab, während er ergeben in seine Tasche griff, um erneut seine Nachweise zu zeigen. Da drängte sich Abraham Goldmann vor und klopfte dem Hafenmeister auf die Schulter. »Ich bürge für den Jungen, er ist der Neffe meiner Gattin.« Simon versuchte, sich seine Überraschung nicht allzu sehr anmerken zu lassen.

»Und er war die ganze Zeit über in der Quarantäne bei Ihnen?«, bohrte der Hafenmeister argwöhnisch nach.

»Natürlich«, sagte Goldmann, wobei er das Wort wie Gummi langzog und das *r* dabei übertrieben rollte.

Der Hafenmeister starrte erneut zu Simon und dann zu Petersen.

»Waren die Papiere in Ordnung?«

»Nichts Auffälliges.«

Er schien noch nicht überzeugt, doch weiter hinten kippte eine verbale Auseinandersetzung zwischen zwei Seeleuten in einen handfesten Streit, sodass er Simon mit einem letzten, misstrauischen Blick bedachte, sich dann jedoch abwandte, um zum nächsten Problem zu eilen. Dabei stieß er fast das blonde Mädchen um, das etwas weiter hinter Simon in der Reihe stand.

»Oh, gut, Sie zu sehen. Können Sie schon etwas dazu sagen, wo mein ...«

Weiter kam sie nicht, weil der Hafenmeister ihr genervt ins Wort fiel. »Sie schon wieder. Stehlen Sie mir nicht noch mehr meiner ohnehin knappen Zeit«, blaffe er sie an, wobei er sich anschickte, eilig weiterzugehen, doch sie hielt ihn am Ärmel fest.

»Bitte?«

Er rollte mit den Augen, nickte dann jedoch knapp.

»Er ist auf dem Schiff, und jetzt lassen Sie mich meine Arbeit tun.«

Sie grinste frech, während sie dem Hafenmeister nachblickte, der nun eilig davonstob. Was auch immer ihre Geschichte mit dem strengen Aufseher war, sie schien genauso siegreich daraus hervorgegangen zu sein wie er. Die Erleichterung, es endlich geschafft zu haben, durchflutete ihn bei dieser Erkenntnis so heftig, dass seine Knie zu zittern begannen. »Ich schulde Ihnen was«, sagte er, während er Abraham die Hand hinstreckte. Dieser winkte mit beifälliger Geste ab.

»Wir Juden müssen zusammenhalten, mein Jungchen, wir haben schon genug gegen uns im Leben.« Er zwinkerte und schob Simon dann auf die Zugangsbrücke zu.

»Lassen Sie mich wenigstens Ihr Gepäck tragen«, bat er, als er sah, wie Goldmann sich schwerfällig nach seinem Lederkoffer bückte.

»Da sage ich nicht Nein«, sagte der andere lachend und ging mit Frau und Sohn voran. Simon folgte mit seinem eigenen Gepäck und den Koffern der Familie. Als das blonde Mädchen sich anschickte, ihn zu überholen, lächelte er sie verschwörerisch an.

»Sie sind wohl auch mit dem Hafenmeister kollidiert, was?«

»Sagen wir es so: Ich habe ihn mit Nachdruck um einen Gefallen gebeten«, antwortete sie mit einem Zwinkern. Ihre blonden Locken flatterten im Wind, und ihre grünen Augen sprühten vor Schalk, während sie mit beiden Händen ihren bescheidenen Hut umklammerte. Ein Lächeln zupfte an seinen Mundwinkeln. Er stellte sein schweres Gepäck ab.

»Simon Broder«, sagte er und hielt ihr die Hand hin.

»Margarete Stahl, sehr erfreut.« Sie knickste leicht und legte ihre feingliedrige Hand in seine.

»Sie haben sich vorhin für den Jungen eingesetzt, sehr mutig«, sagte er, wobei er erneut das Gepäck schulterte und neben ihr her die Laufbrücke hochging. »Hing der Gefallen damit zusammen?«, hakte er nach.

»Womöglich«, sagte sie grinsend, wobei sich zwei Grübchen auf ihren vom Wind geröteten Wangen zeigten.

»Haben Sie sich nicht ganz rechtmäßig auf dieses Schiff geschlichen?«, wollte sie plötzlich wissen. Ihre Frage brachte ihn fast zum Stolpern.

»Wie kommen Sie darauf?«, fragte er eine Spur zu barsch.

»Ihr Blick, als der Hafenmeister nach Ihren Dokumenten fragte, war eindeutig. Das Schuldeingeständnis stand sozusagen in Großbuchstaben auf Ihrer Stirn.«

Er schüttelte verwundert den Kopf. Einem Mädchen wie ihr war er noch nie begegnet.

»Ich beobachte gut, so bekommt man die besten Geschichten

erzählt. Papa hat immer gesagt, dass ich ein Auge dafür habe, die kleinen Teile im großen Ganzen zu erkennen.«

Gern hätte er noch mehr über sie erfahren, doch sie blickte plötzlich über seine Schulter und begann zu winken.

»Rosie, hier bin ich. Warte bitte.«

Er folgte ihrem Blick und konnte sein Glück kaum fassen: Etwas weiter hinten an der Reling stand die schöne Unbekannte aus dem Zug.

Simons Herz begann, im Takt der Schiffskapelle zu schlagen, die just in diesem Moment zu einer Polka aufspielte. Das Leben war schön.

10

Marga musterte Simon Broder eingehend, der irgendwo sein vieles Gepäck abgestellt hatte und ihnen zum äußersten Ende des Schiffes gefolgt war, wo sich nun die Abfahrenden drängten, um einen letzten Blick auf ihre Liebsten zu erhaschen. Er war attraktiv, das war ihr gleich aufgefallen. Außerdem war sein Gesicht ein offenes Buch. War eben klar gewesen, dass er sich schuldig fühlte, so war nun nicht zu übersehen, dass Rosie es ihm angetan hatte. Seine Augen glänzten, seine ganze Haltung war ihrer Cousine zugetan. Obwohl er sich eben noch angeregt mit ihr unterhalten hatte, schien er sie nun völlig vergessen zu haben. Es versetzte ihr einen kleinen Stich.

Marga kam nicht dazu, weiter darüber nachzusinnen, warum sein Interesse an Rosie sie verletzte, denn auch sie wurde nun von der Aufregung erfasst, die wie eine Welle über die Reisenden hinwegschwappte. Das Schiffshorn der *Bohemia* ertönte mit einem dumpfen Laut, den sie bis tief in ihren Magen spürte. Einer der Offiziere gab das Kommando zum Einholen der Laufbrücken, und dann sprangen die Motoren mit lautem Getöse an. Das ganze Schiff schien zu vibrieren, während nun Bewegung in die Menschenmenge kam. Manche weinten, andere schwenkten lachend ihre Hüte oder Taschentücher. Marga schob sich hinter Rosie her ganz nach vorne, zu dem Platz, an dem der breite Rücken von Xaver Hubert aus der Masse herausragte. Um ihn herum hielten die anderen Passagiere einen gebührenden Abstand, so als spürten sie ebenfalls, dass von diesem Mann nichts Gutes ausging. Besitzergreifend fasste er Rosies Ellenbogen und dirigierte sie vor sich.

»Sie bekommen eine kleine Stirnfalte hier oben, wenn Ihnen etwas nicht passt.«

Simon Broder stand einmal mehr neben Marga und malte zur Verdeutlichung mit Daumen und Zeigefinger auf seiner Stirn ihre Falte nach.

Sie blickte kurz zu dem Mann, den sie nur widerwillig Onkel nannte.

»Er ist ihr Stiefvater«, sagte sie dann, als würde das alles erklären. Und in gewisser Weise tat es das auch. Simon Broder schien trotzdem überrascht.

»Er benimmt sich nicht so«, stellte er nach einer Weile fest, in der sie beide schweigend das Paar beobachtet hatten.

Marga nickte. Auch sie hatte bemerkt, wie besitzergreifend Xaver Rosie gegenüber war. Ihr war auch nicht entgangen, wie gequält Rosie bei jeder seiner Berührungen und jedem Wort aus seiner Richtung aussah.

Die Kapelle spielte nun eine traurige Weise, während am Kai unzählige Taschentücher in der steifen Brise wehten, die vom Wasser herüberkam. Marga spürte, wie ihr Tränen in die Augen schossen. Ihr Taschentuch hatte Nando, also wischte sie die Feuchtigkeit mit dem Ärmel ihrer guten Bluse fort, bis jemand ihr etwas Weißes vor die Augen hielt.

»Danke«, sagte sie schniefend und zupfte Simon Broder das mit Initialen bestickte Stück Stoff aus der Hand. Sie schnäuzte sich kräftig, während immer neue Tränen liefen.

»Sie können es behalten«, sagte Broder mit einem milden Lächeln. »Dafür verraten Sie mein kleines Geheimnis nicht«, befand er mit einem Zwinkern.

»Natürlich nicht«, bekräftigte sie, dankbar dafür, dass er sie etwas von dem Schmerz ablenkte, den ihr der Abschied bereitete. Sie betete, dass Mama ihr Versprechen nun auch wahr machen und Hamburg ebenfalls verlassen würde. Mit mulmigem Gefühl hatten sie eben die Fasswagen mit Frischwasser und die Garküchen mit keimfrei zubereiteter Nahrung passiert. Es wurde zwar gekämpft in Hamburg, doch dort, wo sie lebten, gab es einfach zu viele Verlierer.

Sie schob das Taschentuch in ihren Ärmel, um danach den kleinen dunklen Punkt am Kai zu suchen, der ihre Mutter war. Der Anblick ihrer immer winziger werdenden Gestalt schnürte ihr die Kehle zu. Sie fühlte sich plötzlich unendlich einsam. So wie damals, als sie die Nachricht von Papas Tod erhalten hatten. In diesem Moment hatte sie geglaubt, erwachsen geworden zu sein. Doch in Wahrheit war da immer noch Mutters Liebe und Fürsorge gewesen, die sie durch die Brandung des rauen Lebens trugen, das sie nach der Beerdigung erwartete. Nun war sie auf sich gestellt, auf dem Weg in ein fremdes Land. Allein der Gedanke verursachte ihr weiche Knie. Sie musste an etwas anderes denken, sonst würde sie sich noch in Tränen auflösen. Entschlossen atmete sie durch und ließ ihren Blick neugierig über die Menschenmenge schweifen.

Der schwarze Rauch aus dem ockerfarbenen Schornstein des riesigen Dampfers legte sich in kleinen, rußigen Tröpfchen auf die Kleidung der Passagiere und hinterließ dunkle Striche. Das Boot, das die *Bohemia* durch die Norderelbe aus dem Hafen schleppte, plagte sich wie ein altersschwacher Ackergaul mit einem zu großen Karren ab. Die Kapelle hatte nun zu einem fröhlicheren Lied gewechselt. Auf dem Elbhang leuchteten die Villen derjenigen, die keinen Grund hatten, diesem Land den Rücken zu kehren. Die Menschen, die um sie herumstanden, hingegen schon – sie ließen Armut und Perspektivlosigkeit zurück. Ihre Gesichter leuchteten, so wie nur ein neuer Anfang Gesichter zum Leuchten bringen konnte. Man nannte es auch Hoffnung.

Marga spürte es ebenfalls. Neben all der Angst, der Traurigkeit und der Sorge um ihre Mutter war da eine große Portion Zuversicht. Genug, um sie von innen heraus wie ein erster Sonnenstrahl im Frühling zu wärmen. Sie reckte sich mit geschlossenen Augen dem Wind entgegen, der nun, wo sich auf Höhe von Brunsbüttel die Ufer weiteten, noch einmal aufgefrischt hatte.

Nach einer guten Stunde, die es gedauert hatte, den Ozeanriesen aufs offene Meer zu schleppen, begann nun das eigentliche Abenteuer.

»Marga, wir wollen uns die Kabine ansehen«, sagte Rosie neben ihr. Simon Broder fasste sich kurz an die Krempe seines Huts.

»Simon Broder, sehr erfreut, Ihre Bekanntschaft zu machen.« Er hielt Rosie die Hand hin, die sie schüchtern ergriff, aber sofort wieder losließ, als die schweren Schritte ihres Stiefvaters hinter ihnen auf den Planken des Decks zu vernehmen waren.

»Rosemarie Pauls«, sagte sie leise. Ihr Blick ruhte eine Spur zu lang auf seinem Gesicht, bevor sie die Lider artig niederschlug und die Hände faltete, sodass Xaver nicht merkte, was hier gerade vorgegangen war. Marga jedoch war es aufgefallen. Sie spürte, dass zwischen diesen beiden Menschen etwas in der Luft lag, ein unsichtbares Leuchten und Knistern. Wie Elektrizität. Sie wusste nicht, ob ihr diese Erkenntnis gefiel.

»Kommt«, warf Xaver ihnen befehlsmäßig hin, bevor er vom Promenadendeck zum Kajütdeck strebte, wo sich ihre Kabine befand. Rund hundert Gäste waren erster Klasse unterwegs, 1200 Passagiere konnten zudem entweder die günstigeren Kabinen in der zweiten Klasse beziehen oder mit einem Fahrschein für das Zwischendeck Platz in den beengten Sammelunterkünften finden, die unter der Wasserlinie lagen. Marga kam die Menge an Menschen auf diesem Schiff gewaltig vor.

Ihre Kabine war zweckmäßig eingerichtet mit einem doppelstöckigen Hochbett, vor das man einen Vorhang ziehen konnte, um etwas Privatsphäre zu haben. Dazu ein Einzelbett, auf das Xaver seinen Koffer warf, um gleich sein Revier zu markieren. Der bordeauxrote Teppich war abgetreten, aber sauber. Zwischen den Betten gab es einen Waschtisch mit Spiegel, und am Fußende des Hochbetts stand ein schmaler Kleiderschrank. Ein mit kleinen Gardinen umrandetes Bullauge erlaubte den Blick nach draußen, wo das Meer kaum vom Himmel zu unterscheiden war, weil beides mittlerweile grau und stürmisch wirkte. Das Wetter war pünktlich zur Abreise umgeschlagen. Auch hatte der Seegang zugenommen. Marga spürte, wie das stetige Schlagen der Wellen und das konstante Grummeln der Maschinen ihr Übelkeit und Kopfschmerzen bescherten. Sie ließ sich auf die untere Liege des Hochbetts sinken und schloss benommen die Augen.

»Wir wollen essen gehen.« Xavers unfreundliche Stimme riss Marga aus dem Schlaf, der sie kurzzeitig übermannt hatte. Sie fuhr hoch, doch gleich war die Übelkeit wieder da. Sie schlug sich die Hand vor den Mund und stand auf, in wilder Panik nach einem Gefäß suchend, weil sie spürte, dass das bisschen Mageninhalt einen Weg ins Freie suchte. Xaver trat ihr mit finsterer Miene gerade noch rechtzeitig den Nachttopf hin, in den Marga sich erbrach. Als nichts mehr in ihr war, ließ sie sich wieder auf das Bett sinken.

»Es tut mir leid, aber ich bekomme keinen Bissen hinunter.« Ihre Stimme klang rau, und ihr Hals schmerzte von der Anstrengung und der Magensäure.

Rosie brachte ihr einen feuchten Lappen und nahm den Nachttopf, den sie kurze Zeit später geleert wieder neben Margas Bett stellte. Sie schenkte ihr ein kleines, bedauerndes Lächeln, bevor sie von ihrem Stiefvater ohne ein weiteres Wort aus der Kabine bugsiert wurde. Marga war sich nicht sicher – die Übelkeit und das beständige Schwanken des Schiffs setzten ihr arg zu –, doch sie hätte schwören können, dass ihr Onkel Rosie auf dem Gang besitzergreifend in seine Arme zog, wie um sie zu küssen. Doch dann schlug die Tür zu. Marga starrte zum Bullauge, wo ein sternenloser Himmel sich wie ein schwarzes Tuch vor den kleinen Ausblick spannte. Sie betete, dass sie sich einfach geirrt hatte.

11

Simon hatte nach einer kurzen Suche Abraham Goldmann und seine Familie bei der Einteilung der Betten wiedergetroffen, der ihm vorschlug, ihn mit in seine Kabine zweiter Klasse aufzunehmen.

»Wo du doch mein Neffe bist, Jungchen«, hatte er lachend angemerkt.

»Das kann ich nicht annehmen, Abraham. Ich habe kaum noch Geld, lass mich ruhig in die Sammelunterkunft gehen«, lehnte Simon freundlich ab, doch Abraham schüttelte entschieden den Kopf. »Das Zwischendeck ist die Hölle, Simon. Die Menschen reisen dort wie die Heringe in der Dose, eng an eng. Es gibt keine Fenster, keinen Stauraum, und die Notdurft wird in Eimern verrichtet. Der Gestank ist schon nach wenigen Stunden pestilenzartig, nicht zuletzt, weil das Vieh für die Schiffsschlachterei auch dort untergebracht ist. Unsere Kabine ist zwar klein, aber wenigstens teilst du sie nur mit uns. Lass dein bisschen Geld stecken, vielleicht kannst du uns irgendwann auch einmal helfen.«

Simon war gerührt von Abrahams Großzügigkeit und willigte fast beschämt in das generöse Angebot ein.

»Ich hoffe, ich kann mich irgendwann einmal dafür revanchieren«, sagte er, als er den Goldmanns folgte.

Später aßen sie gemeinsam in dem Speisesaal der zweiten Klasse, der größer war und mehr Tische fasste als der der ersten Klasse. Trotzdem waren alle Plätze mit gutem Leinen eingedeckt, und an den Wänden hingen die gleichen tropfenförmigen Gaslampen, die den Raum sanft illuminierten. Vom Salon der ersten

Klasse drang gedämpfte Klaviermusik zu ihnen herüber. Es gab Braten und Speckbohnen, und Simon machte sich ausgehungert über sein Mahl her, als er Rosie plötzlich am anderen Ende des Saals erblickte. Sie saß ihrem Stiefvater schweigend gegenüber. Während dieser mit großen Bissen den Teller leerte, hatte sie ihr Besteck bereits auf dem noch vollen Teller abgelegt. Den Blick hielt sie stur auf ihre im Schoß gefalteten Hände gerichtet. Immerhin bekam Simon so die Gelegenheit, sie eingehender zu studieren. Selten nur hatte er ein schöneres Wesen gesehen. Sie war wie ein Gemälde, wie die Idee eines begnadeten Künstlers von der perfekten Frau. Ihre Haut war makellos wie feinstes Porzellan, betont durch ihr dunkles, glänzendes Haar, welches sich in kleinen Locken um ihr perfekt geschnittenes Gesicht kringelte.

Wie gerne hätte er sich ein bisschen mit ihr unterhalten, sie vielleicht sogar zum Lachen gebracht, denn er war sich sicher, dass ihre schönen Augen schon lange nichts mehr zum Strahlen gebracht hatte. Doch ihr Wachhund, der gerade missgelaunt auf seinem letzten Stück Brot herumkaute, ließ sie keine Sekunde aus den Augen. Im nächsten Moment erhoben sich beide und verschwanden. Simon sah ihrem steifen Rücken bedauernd nach, bevor er sich Abraham Goldmann anschloss, der zum Aufenthaltsbereich für die Gentlemen der zweiten Klasse strebte, wo er sich in einen der grünen Samtsessel fallen ließ, um sich eine Pfeife zu stopfen. Simon nahm ihm gegenüber Platz. Durch eine Flügeltür konnte er in den Damensalon nebenan blicken, in dem Abrahams Frau Esther sich angeregt mit ein paar anderen Geschlechtsgenossinnen unterhielt. Etliche Reisende waren in ihren Kabinen geblieben, so auch Abrahams Sohn Levy, weil die Seekrankheit diejenigen mit den schwächeren Mägen fest im Griff hatte. Simon hatte nach Marga Ausschau gehalten, die jedoch weder beim Essen noch jetzt im Nachbarraum zu sehen war. Er hoffte, dass es sie nicht getroffen hatte. Er mochte sie. Sie war etwas Besonderes, aufgeweckt, lebendig und mit dem Herz am rechten Fleck. Und sie hatte die schönste Cousine der Welt.

Da er mit seinem wenigen Geld haushalten musste, hatte Simon es verlegen abgelehnt, ein Bier mit Goldmann zu trinken. Stattdessen entschuldigte er sich, weil er noch etwas frische Luft schnappen wollte, bevor er sich in der viel zu engen Kabine auf eine vermutlich unruhige Nacht einrichten musste. Er ging auf die Treppe zu, wobei er das kunstvoll gearbeitete Geländer bewunderte, an dessen Ende zwei goldene Putten gelangweilt auf die Gäste blickten. Der rot-goldene Teppich, mit dem die Stufen belegt waren, schluckte seine Schritte, als er zum Promenadendeck eilte, wo es stockduster war. Wolken verschleierten den Himmel, sodass nicht einmal ein einziger Stern aus der undurchdringlichen Finsternis stach. Als sich seine Augen an die Dunkelheit gewöhnt hatten, beugte Simon sich über die Reling und sah in das tintenschwarze Wasser, das hinter dem Dampfer eine schäumende Straße aufwarf, die sich gleich wieder schloss. Er konnte sein Glück immer noch nicht fassen, dass er es tatsächlich trotz aller Hindernisse an Bord geschafft hatte. Der Wind blies ihm kräftig um die Nase, und feiner, stetiger Regen durchnässte sein Haar. Simon schmeckte das Salz des Meeres und hörte über den Schiffslärm hinweg die Möwen kreischen, die dem Dampfer in der Hoffnung auf ein paar Essensreste folgten. Neben dem kaum mehr wahrnehmbaren Rauschen der Wellen und dem beständigen Brummen der Maschinen nahm sich das Klappern der Rettungsboote ungewöhnlich laut aus, die wie Uhrpendel gegen den riesigen Schiffsleib schlugen. Ihre Abdeckplanen zerrten im Wind wie wilde Pferde an den Leinen und Ösen. Es war das erste Mal, dass er auf einem Schiff war, doch er schien Seemannsblut in den Adern zu haben, denn weder spürte er das dauerhafte

Schwanken durch die hohen Wellen im Magen, noch musste er sich ob des starken Seegangs festhalten. Stattdessen hatte er schnell den leicht breitbeinigen Gang adaptiert, der einem Standfestigkeit an Bord garantierte.

Er drehte sich um und blickte auf die wenigen verbliebenen Lichter. Die meisten Kabinen waren dunkel, was davon zeugte, dass sich viele Gäste nach dem anstrengenden Tag früh zum Schlafen zurückgezogen hatten.

Vielleicht hätte er die beiden Silhouetten übersehen, die auf den Liegestühlen etwas entfernt von ihm saßen, doch im Inneren des Schiffs ging kurz ein Licht an und erfasste die zwei Gestalten. Simon wollte sich schon unbemerkt wieder reinstehlen, als einzelne Gesprächsfetzen zu ihm herüberdrangen, abgerissene Worte, die erhitzt klangen, wie bei einem Streit. Unvermittelt erhob sich die größere Gestalt und riss die Kleinere in seine Arme. Irgendetwas störte Simon an dem Bild, vielleicht die Art, wie die kleine Gestalt passiv, ja willenlos in der Umarmung hing. Doch wer war er, dass er sich in das Liebesleben seiner Mitreisenden einmischte. Mit einem letzten Blick auf die beiden und einem merkwürdigen Bauchgefühl zog er sich zurück unter Deck, um endlich den Schlaf der vergangenen Nacht nachzuholen.

12

So schnell, wie er sie an sich gedrückt hatte, ließ er wieder von ihr ab.

»Hängst da, schlaff wie ein toter Fisch, Rosie. Wie wäre es mit ein bisschen mehr Entgegenkommen?«

Ihr wurde wie immer übel. Sein Geruch, seine Stimme, seine schwieligen, grobschlächtigen Hände. Jede seiner Berührungen brachte in ihr den verzweifelten Wunsch hervor, sich die Erinnerung daran mit heißem Wasser und Kernseife von der Haut zu schrubben. Schon als er nach dem Essen darauf gedrängt hatte, ihn auf Deck zu begleiten, hatte sie geahnt, wohin dieser abendliche Ausflug führen würde. Natürlich, in der Kabine konnte er sich ihr nun in den kommenden Tagen nicht mehr ungestört nähern. Und auch in Amerika wären sie zunächst einmal zu dritt.

In der undurchlässigen Dunkelheit konnte sie sein Gesicht kaum erkennen, doch sie wusste auch so, dass er wütend den Kiefer vorgeschoben hatte, weil sie sich sperrte. Aus dem Augenwinkel sah sie die Umrisse eines anderen Mannes, der über die Reling gebeugt stand und ins nachtschwarze Meer blickte, sich dann jedoch abwandte und dem Mitteldeck entgegenstrebte. Einen Augenblick lang rang sie mit sich, ob sie schreien sollte. Vielleicht würde der Fremde ihr zur Hilfe eilen. Doch schnell erkannte sie, wie aussichtslos dieser Plan war. Der Wind hätte ihr die Worte von den Lippen gerissen, noch bevor dem Fremden auch nur ein Laut ans Ohr gedrungen wäre. Aber er, er hätte sie gehört, und er hätte sie mit der ihm eigenen Effektivität zum Schweigen gebracht. Rosie spürte, wie er sich wieder zu ihr beugte. Sie roch seinen schalen Atem, der nach billigem Fusel und Kautabak stank. Unweigerlich wich sie ihm erneut aus. Sein Lachen klang freudlos und aggressiv. »Du vergisst wohl, wer für all das hier bezahlt, Fräulein. Was wärst du denn ohne mich? Ohne meine Großzügigkeit?«

Blitzschnell fuhr seine Hand vor und griff in ihr Haar. Rosie konnte einen kleinen Schrei nicht unterdrücken, als er sie so an sich riss, um ihr seine Lippen aufzupressen. Sie wusste weder, woher sie die Kraft hatte, noch den Mut, doch plötzlich stemmte sie sich mit aller Gewalt gegen ihn, sodass er leicht nach hinten taumelte. Wie zwei Kämpfer im Ring standen sie sich einen Augenblick lang gegenüber. Er atmete schwer, während Rosie es kaum wagte, Luft zu holen. Dann brach ein hässliches Lachen aus ihm hervor. »Na also, da steckt ja doch Leben in dir, Prinzessin. Wir werden viel Spaß haben in der neuen Welt. Wenn wir ankommen, dann machen wir es amtlich.«

Mit diesen Worten zog er einen Ring aus seiner Tasche, den er ihr so dicht vors Gesicht hielt, dass ihre Wimpern das schmale Goldband berührten. War ihr zuvor übel gewesen, so war sie nun ganz sicher, krank zu werden. Ihr ganzer Körper zitterte, während sie verzweifelt dagegen ankämpfte, sich nicht auf seine klobigen Schuhe übergeben zu müssen. Doch dann war ihr, als würde sie Mamas Stimme aus weiter Ferne hören. *Du bist stark, Rosie, viel stärker, als du denkst.* Die Übelkeit ebbte ab, und sie richtete sich entschlossen auf. Sie wusste, dass es tollkühn war, ihm zu widersprechen. Jedoch waren ihr die Konsequenzen mit einem Mal egal. Sie würde sich lieber hier und jetzt von ihm totschlagen lassen, als diesem Leben entgegenzugehen.

»Niemals«, presste sie schlussendlich hervor. In der nachtschwarzen Dunkelheit konnte sie die Verblüffung ob ihrer Wehrhaftigkeit mehr erahnen als sehen, doch seine Verunsicherung gab ihr den Mut, weiterzusprechen. »Niemals werde ich dich heiraten. Unsere Wege werden sich trennen in Amerika. Sobald wir dieses Schiff verlassen, werde ich dich anzeigen.«

Er schnaubte abfällig, dann trat er schwankend auf sie zu. Aus der Nähe konnte sie die Wut in seinen Augen deutlich erkennen. Es schnürte ihr die Kehle zu. Die Ohrfeige war so heftig, dass ihr die Zähne aufeinanderschlugen und sie Blut schmeckte. Als er erneut ausholte, duckte sie sich weg und rannte los. Weit kam sie nicht, denn die Wut beflügelte ihn. Trotz der Menge an Selbstgebranntem, des Sturms und des hohen Wellengangs hatte er sie mit wenigen langen Schritten eingeholt. Er riss sie am Arm herum und schleuderte sie gegen die Reling. Rosie prallte mit den Rippen in den Handlauf und keuchte vor Schmerz laut auf.

»Sonst tust du doch gern schlau, also stell dich jetzt nicht dumm. Du weißt, dass du nichts bist und nichts hast ohne mich. Und anzeigen? Wofür denn? Du hast doch auch deinen Spaß.«

Ungehalten griff er nach ihrer Hand und zwängte den Ring auf den dafür vorgesehenen Finger. Rosie starrte einen Augenblick entsetzt auf das schmale Goldband, dann schüttelte sie aus einem Impuls heraus die Hand, sodass der Ring abfiel und in Richtung Reling rollte.

»Der war teuer, du dummes Stück«, fuhr er sie an, bevor er sie mit einer weiteren Ohrfeige fast zu Fall brachte. In ihren Ohren rauschte es, und ihre Wange brannte wie Feuer, doch Rosie spürte es kaum. Sie hatte keine Ahnung, woher der plötzliche Zorn kam, der nun in ihr loderte. All die Jahre hatte sie seine Gemeinheiten und Übergriffe stoisch ertragen, doch nun schien es, als hätte jemand eine Flasche entkorkt, in der es schon lange gärte. Sie sah, wie er sich umständlich bückte, um nach dem Ring zu fingern.

»Miststück, dir werd ich schon Dankbarkeit beibringen«, grunzte er, während er schwankend hochkam, den Ring nach mehreren Anläufen in seine Hosentasche steckte und nach seiner Gürtelschnalle tastete.

»Das wirst du nicht tun«, schrie sie und rannte mit ausgestreckten Armen auf ihn zu. Mit Anlauf stieß sie ihn gegen die Brust, wobei es in ihrem linken Handgelenk ungut knackte, so vehement hatte sie Schwung geholt. Eigentlich hatte sie ihn nur fortstoßen wollen, Zeit schinden, um vielleicht unter Deck irgendwo Hilfe zu finden. Doch ihr plötzlicher Angriff hatte ihn völlig unvorbereitet getroffen. Er war zu betrunken, zu schwerfällig, um zu reagieren. Zudem war das Überraschungsmoment auf ihrer Seite.

Er taumelte einige Schritte rückwärts, stieß gegen die Reling und kam ins Straucheln. Seine abgetretenen Stiefel quietschten Halt suchend über die nassen Bretter, wobei er wie wild mit den Armen zu rudern begann. Dann ging alles ganz schnell. Als wollte das Schiff sie in ihrem Tun unterstützen, legte es sich just in diesem Augenblick in die Wellen und nahm ihm das letzte bisschen Gleichgewicht. Seine massige Gestalt kippte nach hinten, sein Schrei vermischte sich mit dem Wind, während er der schwarzen See entgegenfiel. Der Aufprall war durch den Sturm und das heftige Pochen in Rosies Ohren nicht zu hören. Benommen stolperte sie auf die Reling zu, umklammerte das feuchte Holz so fest, dass ihre Knöchel weiß hervortraten, und starrte ihm blicklos hinterher. Wenn sie jetzt loslief, konnte er vielleicht noch gerettet werden, doch sie blieb wie versteinert stehen. Das Meer schluckte zuerst seine Rufe und dann ihn.

Zunächst spürte sie nur Erleichterung. Fort, endlich war er fort. Sie reckte ihr Gesicht in den Sprühregen, den der Sturm wie ein nasses Tuch über das Deck peitschen ließ. Doch Rosie hatte sich nie lebendiger gefühlt. Der Augenblick der Euphorie hielt allerdings nur kurz. Dann, ganz langsam, sickerte die Erkenntnis zu ihr durch, dass sie gerade einen Menschen umgebracht hatte.

13

Simon erwachte von Stimmengewirr auf dem Gang vor der Kabine. Erst vernahm er ein Wehklagen und dann leises, eindringliches Sprechen. Ein dumpfer Laut klang danach, dass etwas oder jemand zu Boden gegangen war. Dann weinte eine Frau. Eilig stand er auf und zog sich seine Hose über. Weil er auf die Schnelle seine Socken und Schuhe nicht fand, schlich er barfuß zu dem kleinen hellen Schlitz, der unter der Tür hindurchschimmerte. Simon versuchte, sich möglichst lautlos zu bewegen, um den armen Levy nicht zu wecken, der gerade erst blass und stöhnend eingeschlafen war. Im Gang brannten noch einige wenige Gaslaternen, um letzten Nachtschwärmern den Weg zu ihren Schlafplätzen zu weisen. Geblendet rieb Simon sich die müden Augen, dann sah er sie. Kreidebleich, völlig durchnässt und mit panischem Gesichtsausdruck kniete Rosie auf dem Teppich, der abgetreten und ausgeblichen den engen Kabinengang bedeckte. Sie umklammerte sich selbst und wiegte sich dabei hin und her. Ihr Haar hatte sich aus dem lockeren Knoten gelöst und hing ihr wirr in der Stirn. Ihre Wange war geschwollen und ihre Lippe aufgesprungen. Marga hockte vor ihrer Cousine, die Arme auf deren Schultern gelegt, und flüsterte beschwörend auf sie ein. Leise trat Simon zu den beiden Frauen und ging ebenfalls in die Hocke.

»Was ist geschehen?«

Margas Kopf flog herum, zunächst erschrocken, doch dann sah er, wie Erleichterung über ihre angespannten Züge huschte.

»Simon.« Nur sein Name, aber mit einer Eindringlichkeit, die sämtliche Alarmglocken in seinem Kopf zum Schrillen brachten.

»Ich hab ihn umgebracht, ich hab ihn getötet. Ich bin eine Mörderin.« Rosie starrte blind durch ihn hindurch, während sie diese Worte wie eine Verrückte in einer endlosen Schleife wiederholte.

»Wen?« Er blickte verständnislos zwischen den Cousinen hin und her.

»Ich befürchte, dass es um ihren Stiefvater geht.« Marga drehte sich wieder zu Rosie um und rieb ihr über die eiskalten Arme. »Bitte steh auf, du kannst hier nicht bleiben. Wir reden in Ruhe in der Kabine darüber.«

Rosie schüttelte vehement den Kopf.

»Nein, ich muss bestraft werden. Ich hab ihn umgebracht, ich hab ihn getötet. Meinetwegen ist ein Mensch gestorben.« Sie ließ sich erschöpft zur Seite fallen und krümmte sich wie ein geschundenes Tier zusammen.

»Wir müssen sie hier wegschaffen, bevor jemand kommt«, befand Simon, während er bereits aufstand, um Rosie in seine Arme zu heben. Sie zitterte wie Espenlaub, wehrte sich zunächst, sackte dann aber erschöpft gegen seine Brust.

»Wo ist Ihre Kabine?«, fragte er drängend. Marga ging voran, um ihm den Weg zu weisen. Sie blickten dabei immer wieder den menschenleeren Gang hinunter aus Angst, jemand hätte etwas von diesem Drama mitbekommen. Doch zum Glück schienen die anderen Gäste tief und fest zu schlafen. Marga öffnete die Tür und ließ ihn ein. Er folgte ihr und legte die mittlerweile völlig erstarrte Rosie vorsichtig auf dem einzelnen Bett ab. Er beobachtete, wie Marga den geblümten Überwurf über ihre Cousine zog und ihr dann die nassen Haare aus der Stirn strich. Als sie danach zu ihm aufsah, stellte er fest, dass sie nicht minder schockiert und ratlos schien als er selbst. Er trat auf sie zu.

»Was genau ist geschehen?«, fragte er eindringlich.

Marga schluchzte und verschränkte die Arme, als müsste sie sich wappnen für das, was sie zu berichten hatte.

»Ich weiß es nicht genau. Ich hab geschlafen, weil mir so übel war und ich starke Kopfschmerzen hatte. Dann hab ich einen Schrei gehört. Ich bin schnell aufgestanden und fand Rosie im Gang. Sie hat immer wieder gesagt, dass sie ihn getötet hat. Ich vermute, dass sie Xaver meint, denn ihn habe ich nicht gesehen, die beiden sind aber zusammen zum Essen aufgebrochen. Er lässt sie sonst nie aus den Augen.«

Simon fuhr sich ratlos durch sein ohnehin vom Schlaf verstrubbeltes Haar, bevor er sich wieder dem Bett näherte, auf dem Rosie nun lag und stumme Tränen vergoss. Er hockte sich vor sie und berührte sanft ihre bebende Schulter.

»Bitte sagen Sie mir, was passiert ist.« Er hatte behutsam gesprochen, doch sie schüttelte erneut panisch den Kopf.

»Rosie, hab keine Angst, Simon wird uns helfen. Das kann er aber nur, wenn du uns erzählst, was passiert ist.«

Marga war zu ihnen getreten und ließ sich auf dem Fußteil nieder, wo sie die immer noch heftig zitternde Rosie von ihren Stiefeln befreite, bevor sie die verrutschte Decke erneut über deren Beine breitete.

Doch nichts half. Außer stakkatoartig hervorgestoßenen Wiederholungen ihrer Schuld war nichts aus Rosie herauszubekommen.

»Ich glaube, sie hat einen Schock erlitten.« Simon stand auf und ging zur Tür. Noch bevor seine Hand auf der Klinke lag, war Marga aufgesprungen und ihm gefolgt.

»Bitte gehen Sie nicht. Ich weiß nicht, wie ich ihr helfen kann«, flehte sie mit Tränen in den Augen. Er strich ihr beruhigend über den Arm.

»Ich will nur etwas holen. Ich bin sofort zurück.«

Kurz darauf kam Simon mit einem Flachmann wieder, der in einer ledernen Hülle steckte und den er zuvor auf Abrahams Nachttisch hatte liegen sehen. Sein neuer Freund würde sicher verstehen, dass es sich um einen Notfall gehandelt hatte. Simon drehte den Verschluss ab und roch an der Flasche.

»Wodka«, stellte er fest. Dann setzte er sich neben Rosie, die sich wie eine Puppe von ihm hochziehen ließ. Langsam flößte er ihr ein paar Schlucke ein, die sie zum Husten brachten, doch immerhin war der Blick aus ihren blauen Augen nun klarer, wenn auch nicht minder verzweifelt.

»Geht es wieder?«

Sie nickte benommen, wobei sie von ihm abrückte, als ihr auffiel, dass er sie noch immer hielt. Wie ein verängstigtes Kind zog sie ihre Knie an und umklammerte sie fest.

»Rosie, erinnerst du dich, was heute Abend vorgefallen ist?« Marga kniete vor dem Bett und ergriff Rosies Hand, die sie bestärkend drückte.

Es dauerte, bis Rosies brüchige Stimme durch die Stille schnitt und die ganze Geschichte sich langsam wie ein schreckliches Puzzle zusammensetzte.

Wie betäubt starrten sie Rosie nach deren Geständnis an. Simon schluckte schwer an der Tatsache, dass ihr Stiefvater vorgehabt hatte, Rosie in die Ehe zu zwingen. So ein Schwein. Sein erster Eindruck war also richtig gewesen: Der Mann hatte sich wie ein eifersüchtiger Liebhaber benommen. Eine vage Erinnerung an den Abend kam in ihm hoch. Die beiden Silhouetten, die er auf dem Promenadendeck gesehen hatte. Das mussten Rosie und ihr Stiefvater gewesen sein. Hätte er doch nur auf sein Bauchgefühl gehört. Vielleicht hätte er etwas tun können. Ihre Stimme holte ihn zurück in die Gegenwart.

»Ich hab dagestanden und zugesehen, wie er untergeht. Und

alles, was ich gefühlt hab, war Erleichterung. Was für ein abgrundtief schlechter Mensch muss ich sein«, flüsterte sie voller Abscheu, während sie auf ihre Finger starrte, die sie ineinander verschlungen hatte. Simons Herz war voller Mitgefühl für sie, aber auch voller Hass auf den Mann, der ihr das angetan hatte.

»Gott wird mir das nie vergeben. Und Mutter wird sich im Grabe herumdrehen«, sagte sie tonlos.

Marga und Simon wechselten stumme, wissende Blicke. Sie fand als Erste die Sprache wieder.

»Es war Notwehr, Rosie. Er hat dich angegriffen, und sicher nicht zum ersten Mal. Ich hab doch gesehen, wie groß deine Angst vor ihm war. Hättest du ihn nicht gestoßen, dann wärst du es vielleicht, die jetzt am Grund des Atlantiks liegen würde.«

Rosie schüttelte müde den Kopf. »Und wäre das nicht besser?« Sie hatte so fest auf ihre Lippe gebissen, dass der Riss erneut blutete.

Nun war es Simon, der energisch den Kopf schüttelte.

»So etwas dürfen Sie nicht einmal denken, Fräulein Rosie. Ich stimme Ihrer Cousine vollkommen zu. Sie hatten keine andere Wahl. Ihr Stiefvater war ein Unmensch.«

»Man hat immer eine Wahl. Ich hätte so weitermachen können, dann wäre er noch am Leben, und ich hätte nicht diese entsetzliche Schuld auf mich geladen. Ich werde gleich jetzt zum Kapitän gehen und sagen, was ich getan habe.«

Marga baute sich nun empört vor ihr auf.

»Auf gar keinen Fall. Du überlässt mir die Sache. Bleib hier, ruh dich aus, mir wird schon etwas einfallen.«

»Wie sollte ich je wieder in den Spiegel sehen, wenn ich nicht gestehe, was ich getan hab?«

»Beichte es einem Priester, wenn du unbedingt glaubst, Abbitte leisten zu müssen. Ich jedenfalls weine diesem Mann keine Träne nach. Letztendlich war er selbst schuld. Wer ist auch so dämlich und geht bei diesem Seegang sturzbetrunken an Deck? Da musste ja etwas passieren, stimmt's?«

Simon warf Marga einen fragenden Blick zu, dann verstand er, worauf sie hinauswollte. »Ihre Cousine hat recht. Ihr Stiefvater hätte unter diesen Umständen auch ganz von allein über Bord gehen können. Wir werden ihn morgen früh als vermisst melden. Sie beide werden aussagen, dass er betrunken war und noch an Deck spazieren gehen wollte. Sie waren seekrank und zu schwach, um ihn von seinem unsinnigen Plan abzuhalten.« Sein Herz klopfte. »Das kann funktionieren. Das Promenadendeck war ansonsten menschenleer. Niemand muss wissen, dass Sie je mit ihm da oben waren.«

»Aber ich weiß es. Außerdem wird man mich fragen, woher meine Verletzungen stammen«, stieß Rosie verzweifelt aus, bevor sie sich ins Kissen warf und ihren Tränen freien Lauf ließ.

»Du bist gefallen, als wir zusammen nach ihm gesucht haben. Wär' doch kein Wunder, bei dem Seegang«, schlug Marga vor. Doch Rosie schien sie nicht zu hören. Ihr Zittern war in unkontrolliertes Zucken übergegangen, ihre Schluchzer raubten ihr den Atem, und je mehr Luft sie zu holen versuchte, desto weniger schien sie zu bekommen. Margas feine blonde Augenbrauen zogen sich besorgt zusammen.

»Noch etwas Wodka?«

Simon hob hilflos die Schultern. Dann fiel ihm ein, dass Abraham erzählt hatte, seine Esther nehme von Zeit zu Zeit Laudanum für ihre Unterleibsschmerzen. Er wusste, dass das Opiat auch eine beruhigende Wirkung hatte. Simon zog Marga beiseite und flüsterte ihr kurz ins Ohr, was er plante. Sie nickte knapp, bevor er aus der Tür war und dieses Mal nicht wie ein Dieb in der Nacht in seine Kabine schlich. Stattdessen klopfte er leise und trat dann an Abrahams Bett, dem er kurz berichtete, dass es einer Freundin schlecht gehe und sie etwas zur Beruhigung brauche. Als dieser nach seinem Flachmann suchte, blickte Simon schuldbewusst zu Boden.

»Damit habe ich es schon versucht. Sie braucht etwas Stärkeres.« Sein Freund kam hoch und ging zu der Pritsche, auf der Esther immer noch tief und fest schlief. Das Licht, das vom Flur durch den Türschlitz fiel, reichte aus, um das Fläschchen mit dem Medikament in Esthers Tasche zu finden.

»Ich frage besser nicht weiter nach, oder?«

Simon schüttelte den Kopf, während er Abraham auf die Schulter klopfte.

»Danke, mein Freund«, sagte er, bevor er wieder den Gang entlang zu den beiden Frauen eilte.

Rosie war noch aufgelöster als eben. Sie japste und klammerte sich voller Panik an Marga, die beruhigend auf sie einredete.

Simon tröpfelte ihr vorsichtig etwas von der klaren Flüssigkeit auf die Zunge, und nach einigen Minuten wurde sie ruhiger. Ihre Augen waren wie von einem Schleier verhangen, und ihr Körper schien sich endlich zu entspannen. Langsam ließ sie sich auf das Bett fallen, wo Marga sie zudeckte. Nur Sekunden später sank sie in einen tiefen Schlaf. Simons Blick wanderte zum Bullauge, hinter dem am Horizont das Nachtschwarz in ein verwaschenes Blaugrau überlief. Er holte Papas Taschenuhr hervor, die ihm anzeigte, dass es vier Uhr morgens war. Wieder eine Nacht, in der an Schlaf kaum zu denken gewesen war. Er gähnte und ließ sich auf die untere Etage des Hochbetts fallen, wo er sich die Augen rieb, die brannten, als hätte ihm jemand Sand hineingeworfen. Er fühlte, wie die Matratze unter dem Gewicht eines weiteren Körpers nachgab. Als er hochsah, blickte er in ein grünes Augenpaar, das ihn aufmerksam beobachtete.

»Auch einen Schluck?« Marga hielt ihm Abrahams Flachmann mit dem Wodka hin.

»Ich werde ihm in Amerika eine neue Flasche kaufen«, versprach er mehr sich selbst als ihr, bevor er den Flacon aus ihren zarten Händen nahm. Er hielt ihr danach den Flachmann fragend hin. Sie zuckte mit den Schultern, nahm einen großen Schluck und begann zu husten. Er musste lächeln.

»Sie stehen zwar in jeder Lebenslage Ihren Mann, aber trinken können Sie wohl noch nicht wie einer.«

»Ich übe noch. Ändert aber nichts daran, dass das Zeug wie Spiritus schmeckt.« Sie schüttelte sich und gab ihm die Flasche mit einem schiefen Grinsen zurück.

»Ich würde Sie später gerne begleiten, wenn Sie zum Kapitän gehen. Wir sollten die Geschichte jedoch noch einmal genau abstimmen.«

Marga nickte, stand auf und kehrte mit Papier und einen Bleistift zurück.

»Sie sind gut ausgerüstet«, stellte er mit Blick auf das Schreibmaterial fest.

»Ich schreibe gerne. Geschichten, Gedichte, aber auch, was ich so erlebe.«

Er betrachtete das lose, zerknitterte Papier.

»Sie sollten sich ein Buch dafür zulegen. Ich habe auch eines, aus Leder. Mein Vater hat es mir zum Abschied gegeben zusammen mit meiner Uhr.«

Er klopfte auf seine Brusttasche.

»Das sind wertvolle Erinnerungen. Ich habe an meinen Vater nur noch hier drin welche.« Sie tippte sich an die Schläfe.

»Und eine alte Strickjacke, aber die wurde für wichtigere Dinge gebraucht.«

Er sah sie fragend an, doch sie ging nicht weiter auf das Thema ein.

»Warum helfen Sie uns?«, fragte sie stattdessen mit großen Augen. Er schwieg einen Moment, dann lächelte er. »Dafür sind Freunde doch da«, sagte er schlicht. Sie legte den Kopf schief, dann brach sich ein Lächeln Bahn, das wie ein Sonnenstrahl an einem kalten Wintertag war.

»Freunde«, wiederholte sie nickend. Simon zwinkerte ihr zu, bevor sie sich gemeinsam eine wasserdichte Geschichte zurechtlegten und auf dem zerknitterten Papier festhielten. Erst als sie beteuerte, nun klarzukommen, verschwand er in seiner eigenen Kabine, um der Nacht vielleicht doch noch ein bis zwei Stunden Schlaf abzutrotzen.

14

Marga hatte kein Auge mehr zubekommen. Ständig hatte sie besorgt Rosie beobachtet, die unverständliches Zeug murmelte, während sie sich mit flatternden Lidern hin und her warf. Sie hoffte, dass ihre Cousine nach dem Aufwachen einsehen würde, dass es keinen Sinn machte, ihr Leben wegen Xaver Hubert wegzuwerfen. Marga wollte sich gar nicht erst vorstellen, was dieser widerliche Kerl mit Rosie angestellt hatte. Sie war sich jedoch sicher, dass ihre Cousine sich ihm niemals freiwillig hingegeben hätte. Wenn Xaver also tatsächlich die Absicht gehabt hatte, sie zu heiraten, konnte das nur bedeuten, dass er sie als gottgegebenen Ersatz für die verstorbene Ehefrau betrachtete. Ihr Blick wanderte einmal mehr voller Mitgefühl zu ihrer Cousine, die gerade leise wimmerte. Sogar im Schlaf schien die Arme keine Ruhe vor ihren Dämonen zu finden. Was für ein Barbar Xaver Hubert gewesen sein musste. Kein Wunder, dass Marga ihn von Anfang an gefürchtet hatte. Sie wusste, dass es nicht sehr christlich war, sich über den Tod eines anderen Menschen zu freuen, aber sie musste sich eingestehen, dass sie nichts als Erleichterung über sein vorzeitiges Ableben empfand. Rosie war nun wenigstens frei von ihm, egal, was das Schicksal sonst noch für sie bereithielt.

Als die Dämmerung einem orangeroten Sonnenaufgang wich, zog Marga frische Kleidung an, wusch sich an dem kleinen Waschbecken, das zu ihrer Kabine gehörte, und weckte dann behutsam ihre Cousine.

»Ich werde jetzt Xaver Hubert als vermisst melden. Du bleibst hier, Rosie, versprich mir das. Du bist nicht in der Verfassung, mich zu begleiten.«

Rosie setzte sich schwankend auf. Es dauerte, bis sie aus dem Nebel auftauchte, den das Laudanum in ihrem Kopf verursacht haben musste. Ihre Wange färbte sich bereits lila, auch wenn sie weniger geschwollen wirkte.

»Ich kann dich nicht allein gehen lassen.« Sie klang, als sei ihre Zunge angeschwollen und ihre Kehle trocken. Marga drückte sie sanft zurück ins Kissen.

»Ich gehe ja nicht allein. Simon Broder wird mich begleiten.« Rosie drehte sich ins Kissen, weil die Sonne, die zaghaft durchs Bullauge schien, sie blendete.

»Wir kennen den Mann doch gar nicht. Er war sicher sehr hilfreich und freundlich gestern Nacht, aber ich will keinen Fremden in die Geschichte hineinziehen.«

Marga klopfte ihr auf die Schulter.

»Ich würde sagen, dafür ist es zu spät. Davon abgesehen vertraue ich ihm. Er hat ehrliche Augen.«

Rosie blickte sie erschöpft an.

»Du bist manchmal wirklich noch ein Kind, Marga. Man kann niemanden nach seinen Augen beurteilen. Ein mieser Charakter kann sich auch hinter einem schönen Blick verbergen.« Sie klang unendlich bitter.

»Xaver Hubert hatte weder einen schönen Blick noch schöne Augen. Sie waren klein und verschlagen wie die der Schweine, die er geschlachtet hat. Das unterstützt meine These.«

Bevor Rosie noch weiter diskutieren konnte, hatte sich Marga vorgebeugt, ihr einen Kuss aufgedrückt und war zur Tür geeilt. Mit der Klinke in der Hand drehte sie sich noch einmal um.

»Mach bitte keine Dummheiten.«

Rosie schwieg sehr lange, bevor sie zögerlich nickte. Erleichtert trat Marga auf den Gang, der zu dieser frühen Stunde zum Glück noch menschenleer war. Simon hatte ihr versprochen, um Punkt sieben Uhr vor seiner Kabine auf sie zu warten, und er enttäuschte sie nicht.

»Himmel, Sie sehen aus wie eine Wasserleiche«, sagte sie ohne Begrüßung.

»Charmant, vor allem unter den gegebenen Umständen«, merkte er trocken an, während er herzhaft hinter vorgehaltener Hand gähnte.

»Na gut, dann sehen Sie eben sehr müde aus.« Und trotzdem unglaublich attraktiv, aber das sagte sie nicht laut.

»Nun, es gab in den vergangenen Tagen unerfreulich wenig Schlaf. Ich hoffe, dass Sie mich trotzdem mitnehmen.«

Sie nickte. »Es wird vermutlich sogar eher hilfreich sein und unserer Geschichte noch mehr Glaubwürdigkeit verleihen. Sie sehen tatsächlich so aus, als hätten Sie die halbe Nacht hindurch verzweifelt nach einem vermissten Betrunkenen gesucht.«

»Ich nehme an, dass das ebenfalls kein Kompliment war?«

Sie zuckte mit einem mitleidigen Lächeln die Schultern.

»Erinnern Sie mich daran, niemals um Ihre Meinung zu fragen, wenn mich Selbstzweifel plagen.«

Marga blähte die Backen und stieß die Luft mit einem leisen *pah* aus.

»Als ob Sie jemals Selbstzweifel hätten.«

Als er nichts erwiderte, versuchte sie, nach der Wahrheit in seinen warmen Augen zu forschen, doch er wich ihrem Blick aus.

»Der Kapitän ist um diese Zeit oben auf der Brücke.«

Marga sah ihn verständnislos an.

»Hier gibt es Brücken?«

»So heißt der Steuerraum«, erklärte er, während sie Seite an Seite den Gang hinunterliefen, von wo aus eine Treppe auf Deck führte. Sie mussten ihr Anliegen noch zwei wachhabenden Seeleuten vortragen, die sie dann aber auf die Brücke vorließen, wo sie Kapitän Willems über eine nautische Karte gebeugt vorfanden.

»Es ist immer dasselbe. Ich soll die Lady hier so schnell wie möglich nach Amerika bringen. Das heißt aber, dass ich die gefährlichere Route nehmen muss. Hier sind auch jetzt im August so viele gottverdammte Eisberge, dass man damit die *Bohemia* vom Bug bis zum Achterdeck aufreißen könnte.«

Margas Augen weiteten sich entsetzt bei den Worten des Kapitäns, der mit seinem ersten Offizier sprach und ihre Ankunft noch gar nicht bemerkt zu haben schien.

»Und wenn wir sinken, sind die feinen Herren von der Hapag gut raus, denn ich muss mit der Lady hier in die Fluten gehen. Dann schieben sie die ganze Schuld auf mich.«

Wütend warf er den Zirkel fort. Als Simon sich vernehmlich räusperte, riss der Kapitän den Kopf hoch.

»Was wollen Sie?«, fragte er ungehalten, vermutlich, weil er sich ertappt fühlte.

Marga wechselte einen Blick mit Simon, dann trat sie vor.

»Wir wollen einen Passagier als vermisst melden.«

Willems, ein weißbärtiger Mann mittleren Alters, griff zu seiner Kapitänsmütze, die er nun mit einem kleinen Räuspern auf seinen fast kahlen Schädel stülpte. Dann stand er auf.

»Erst einmal verzeihen Sie mir meine Worte von eben. Sie waren nicht für andere Ohren bestimmt, schon gar nicht für die einer jungen Dame.« Er salutierte und blieb dann vor ihnen stehen.

»Einen Vermissten, sagen Sie?«

Marga nickte. Sie zog Xavers Fahrschein aus ihrer Tasche.

»Meinen Onkel, Xaver Hubert. Er ging gestern mit uns an Bord. Meine Cousine und ich sind leider sehr schnell seekrank geworden und haben den restlichen Abend zusammen in der Kabine verbracht. Er hingegen ...«

Sie blickte kurz zu Simon, der kaum merklich nickte.

»Er hatte sehr viel getrunken, dann wollte er unbedingt noch einen Abendspaziergang an Deck machen. Seither haben wir ihn nicht mehr gesehen.«

»Vielleicht schläft er irgendwo seinen Rausch aus«, schlug Willems vor. Nun trat Simon vor.

»Mit Verlaub, aber davon ist nicht auszugehen. Fräulein Stahl hier hat mich heute Nacht geweckt, weil ihr Onkel noch nicht in die Kabine zurückgekehrt war. Sie bat mich, dass ich sie und Fräulein Pauls, die Stieftochter des Vermissten, bei der Suche unterstütze.«

»Und wer sind Sie?«, fragte Willems gestreng.

»Simon Broder, ich bin ein Freund.«

Willems zog skeptisch seine buschigen grauen Augenbrauen hoch, vermied es jedoch, den Umstand zu kommentieren, dass zwei junge, alleinstehende Damen mit einem Mann nachts auf seinem Schiff umherstreiften.

»Wir befürchten, dass ihm etwas zugestoßen sein könnte. Der Seegang war heftig, und Onkel Xaver war mehr als betrunken.« Marga versuchte, entsprechend verzweifelt zu klingen.

»Sie denken, dass er über Bord gegangen ist?« Willems klang ob der Aussicht, dass er einen Passagier auf hoher See verloren haben könnte, wenig begeistert.

»Ich wüsste nicht, wo er sonst stecken sollte.«

Der Kapitän rieb sich seinen Bart, dann rief er seinen ersten Offizier.

»Behrendt, lassen Sie das Schiff von oben bis unten durchsuchen. Alle Kabinen, alle Aufenthaltsräume, jede Abstellkammer, bis hin zum Maschinenraum. Wenn der Mann noch an Bord ist, sollte er zu finden sein.«

Marga holte Simons besticktes Taschentuch hervor, das sie seit gestern bei sich trug, und tupfte dramatisch ihre Augen. Auch ihr gespielter Schluchzer klang relativ überzeugend.

»Beruhigen Sie sich, junge Dame. Wir werden alles in unserer Macht Stehende tun, um Ihren werten Herrn Onkel zu finden.« Willems tätschelte unbeholfen Margas Arm, dann folgte er seinem ersten Offizier, um die Suche in die Wege zu leiten.

Sie sahen, wie er in seiner schneeweißen Uniform schnell den Gang hinuntereilte und verschwand.

»Haben Sie schon einmal an eine Karriere beim Theater gedacht?«, fragte Simon und deutete auf das Taschentuch, das Marga immer noch in den Händen hielt.

»Nun, es sollte doch überzeugend wirken.«

»Hat es«, bestätigte er, während er anerkennend nickte. Er blickte sich kurz um, als wollte er sich vergewissern, dass sie auch wirklich allein waren.

»Wird Ihre Cousine bei der Geschichte mitspielen?«

»Ich hoffe es. Dieser Mann sollte ihr das Leben nicht auch noch über seinen Tod hinaus zur Hölle machen.«

»Wie schlimm war es denn wirklich?« Er klang immer noch erschüttert bei dem Gedanken an Rosies Martyrium.

Marga seufzte. »Ich weiß es nicht. Wir hatten in den vergangenen Jahren wenig Kontakt. Aber er war wohl ein Mensch, der sich genommen hat, was er wollte, zur Not auch mit Gewalt.«

Sie schwiegen beide unter der erdrückenden Last dieser Aussage.

»Dann bin ich froh, dass er jetzt da unten die Fische füttert.« Simon war eine gute Spur lauter geworden.

Marga blickte sich erschrocken um, während sie ihm reflexartig den Finger auf den Mund legte. Als sie wieder nach vorne schaute, musste sie feststellen, wie nah sie Simon Broder dabei gekommen war. So nah, dass sie die bernsteinfarbenen Sprenkel in seiner Iris ausmachen konnte und seinen Duft einatmete. Er roch gut, nach Seife und der salzhaltigen Meeresluft, aber auch nach etwas ganz Eigenem, das sie sofort mit ihm verband. Sie spürte, wie seine Lippen sich unter ihrem Zeigefinger zu diesem leicht spöttischen Grinsen verzogen, das er ihr schon ein paar Mal in den kurzen Stunden ihrer Bekanntschaft geschenkt hatte. Erst da ging ihr auf, dass sie ihn immer noch berührte. Mit einem verlegenen Räuspern trat sie einen Schritt zurück. Sie spürte, dass ihre Wangen brannten, wie immer, wenn sie nervös wurde.

»Wir sollten uns der Suche anschließen«, sagte er gänzlich unbeeindruckt von dem Moment, der sie ziemlich aus dem Tritt gebracht hatte. Sie wischte sich ihre feuchten Hände an ihrem Rock ab und nickte entschlossen. Sie verließen die Brücke und gingen unter Deck, wo sich viele Passagiere mittlerweile zum Frühstück im großen Speisesaal eingefunden hatten. Im Vorbeigehen klaubte sie vom Büfett drei Scheiben Brot aus einem Korb, die sie in ihre Handtasche gleiten ließ. Ihnen folgten drei Äpfel und drei gekochte Eier.

»Von Ihnen kann man wirklich noch was lernen«, flüsterte er ihr ins Ohr, während er sie überholte, um ihr die Flügeltür aufzuhalten, die vom Speisesaal zu den Passagierbereichen führte.

»Das merken Sie erst jetzt?«

Er grinste kopfschüttelnd ob ihrer forschen Antwort. »Ich mag Sie«, sagte er beiläufig. Margas Herz machte einen kleinen Sprung. Sie mochte ihn auch, sehr sogar. Doch bevor sie etwas sagen konnte, brachten seine nächsten Worte ihr dummes Herz gleich wieder aus dem Takt.

»Und ich mag Ihre Cousine. Ich habe in meinem Leben noch keine schönere Frau gesehen.«

Er hatte es so dahingesagt, als sei es eine sachliche Feststellung, doch Marga hatte seinen Blick gesehen. Da war weit mehr als

Bewunderung. Er war fasziniert von Rosie, das hatte sie gestern schon bemerkt. Damit war er nicht allein. Schon als Kind war ihre Cousine außerordentlich hübsch gewesen. So hübsch, dass fremde Menschen auf der Straße stehen blieben und sie ansahen, fremde Frauen verzückt ihr rabenschwarzes Haar tätschelten und fremde Männer davon schwärmten, zu was für einem außergewöhnlichen Weibsbild sie heranreifen würde. Marga wollte es nicht, doch Simons Worte hatten ihre alte, längst abgekühlte Eifersucht auf Rosie neu angefacht. Sie schluckte und ermahnte sich, das unmittelbare Ziel nicht aus den Augen zu verlieren.

Zwei Matrosen kamen ihnen entgegen, die mit einem Generalschlüssel mehrere Türen auf dem Gang öffneten und in die dahinterliegenden Räume spähten. Der Suchtrupp. Sie folgten den beiden und bogen hinter ihnen in einen weiteren Gang ab, an dessen Ende eine steile Treppe noch tiefer unter Deck führte, wo sich die Lade- und Maschinenräume befanden. Der Lärm der Schiffsmotoren wurde ohrenbetäubend. Es roch rußig, und die Luft war abgestanden. Nur wenige Lampen erhellten die schmalen Gänge. Die beiden Matrosen waren mit ihren Laternen schon vorausgegangen, da Marga mit ihren Röcken etwas länger gebraucht hatte, um die Treppe hinabzusteigen, sodass sich ihre Augen nun zunächst einmal an das Dämmerlicht hier unten gewöhnen mussten. Das Erste, was sie ausmachen konnte, waren zwei weiße Augäpfel, die körperlos auf sie zuzuschweben schienen. Ein erschrockener Schrei riss sich von ihren Lippen. Sie blieb so abrupt stehen, dass Simon in sie hineinlief. Durch den Stoß geriet Marga ins Taumeln, doch bevor sie stürzen konnte, fingen sie zwei unerwartet kräftige Arme auf.

15

Schwesterchen.« Die Augen hatten nun ein Gesicht und einen Körper. Nando stellte Marga sicher auf ihre Füße und führte sie dann sanft zu einer der wenigen Laternen, die das schummrige Unterdeck nur unzureichend erhellten. Sein Blick wanderte einmal besorgt an ihr auf und ab, bevor er sie mit einem schuldbewussten Lächeln losließ. Seine Hände hatten schmutzig-schwarze Abdrücke auf den weißen Ärmeln ihrer guten Bluse hinterlassen.

»Schwester?« Simon sah sie fragend an.

»Lange Geschichte«, wehrte Marga ohne weitere Erläuterungen ab. Nandos breites Grinsen entblößte nun zwei Reihen Zähne, die in seinem rußigen Gesicht unnatürlich weiß wirkten. »Schön, dich wiederzusehen«, sagte er strahlend.

»Sie haben dich hier unten eingeteilt?« Marga klang entsetzter als beabsichtigt.

Er nickte nicht ohne Stolz.

»Ein Höllenjob, acht Stunden mit einer kleinen, quadratischen Schaufel Kohle in die Kessel schippen, hinter deren Öffnungen es brüllend lodert. Man würde auch ohne die Bewegung schwitzen wie ein Tier, aber so ist man nach wenigen Sekunden klatschnass.«

»Oje, es tut mir unendlich leid.« Marga betrachtete voller Mitgefühl sein schmales Gesicht, in dessen rußverschmierte Maske der Schweiß helle Furchen gegraben hatte.

»Braucht es nicht. Es ist in Ordnung. Harte Arbeit hat mich noch nie geschreckt. Ich hab einen Platz zum Schlafen, bekomme regelmäßig zu essen und bin auf dem Weg in die Freiheit. Es ging mir nie besser.«

Sein Blick wanderte zwischen ihr und Simon hin und her, wobei er ihren Begleiter misstrauisch musterte.

»Simon Broder, ein Freund«, hob sie erklärend an, doch Nando ignorierte sowohl ihre Worte als auch die von Simon nun dargebotene Hand.

»Was tust du hier unten?«, fragte er stattdessen.

»Auch das ist eine lange Geschichte«, meinte sie seufzend.

Nando sah sie fragend an.

»Wir suchen jemanden. Um genauer zu sein, meinen Stiefonkel.«

Nando wartete geduldig, dass sie die Geschichte weiter ausführen würde. Marga wandte sich eilig zu Simon um, dessen Miene verschlossen wirkte. Sein Blick streifte sie nur kurz, doch die Mahnung, nicht noch mehr Menschen in die Sache hineinzuziehen, war unmissverständlich in den Tiefen seiner blaugrauen Augen zu lesen. Er hatte recht. Auch sie war nicht erpicht auf einen weiteren Mitwisser. Auf der anderen Seite hatte sie das Gefühl, in gewisser Weise für Nando verantwortlich zu sein. Sie hatte ihn auf dieses Schiff gebracht. Ihretwegen schuftete er jetzt als Heizer unter Deck, während sie selbst die Überfahrt bequem und mit allem erdenklichen Luxus genoss. Sie hatte das Gefühl, ihm zumindest einen Teil der Wahrheit schuldig zu sein.

»Mein Stiefonkel ist gestern Abend betrunken an Deck gegangen und nicht wieder zurückgekehrt. Wir befürchten, dass er bei dem Sturm, der in der vergangenen Nacht tobte, über Bord gefallen sein könnte.«

Das ungehaltene Räuspern hinter ihr ermahnte sie, nicht weiterzusprechen. Nando trat einen Schritt auf sie zu. Sein Arm schnellte vor, doch dann blieb sein Blick auf den rußigen Abdrücken hängen, die er auf ihrer Kleidung hinterlassen hatte, und er ließ den Arm bekümmert sinken. Marga war sich sicher, dass er sie hatte trösten wollen, schließlich ahnte er nicht, wie sie in Wirklichkeit zu ihrem Onkel gestanden hatte. Doch nun verharrte er unbeholfen in seiner Bewegung, wobei er verlegen auf seine kaputten Schuhe starrte. Ihr Herz dehnte sich aus, so verloren wirkte er.

»Warum kommst du nicht mit und hilfst uns suchen. Wir können jeden Mann gebrauchen.« Die Worte waren heraus, ehe sie sich eines Besseren besinnen konnte. Simon war neben sie getreten. Er presste seine Lippen zu einem schmalen, missbilligenden Strich zusammen, vermied es aber, irgendetwas zu ihrem Angebot zu sagen. Nando blickte einmal mehr zwischen ihr und Simon hin und her. Dann zeigte sich ein entschlossener Zug um seinen Mund.

»Ich gehe mich nur schnell waschen und umziehen. Meine Schicht ist für heute vorüber. Dann kann ich euch helfen und mich eurem Suchtrupp anschließen.«

Er eilte mit langen Schritten davon. Marga suchte Simons Gesicht nach einem Tadel ab, doch er nickte nur einmal kurz. Dann strebten sie gemeinsam den beiden Matrosen nach, die dabei waren, die Unterkünfte der Mannschaft zu durchsuchen. An der Tür zu einem der Lagerräume blieb Simon abrupt stehen und beugte sich zu ihr herab. Sein Atem kitzelte an ihrer Wange, als er in ihr Ohr flüsterte.

»Wir bleiben bei der Geschichte, auch deinem *Bruder* gegenüber. Keine weiteren Details von vergangener Nacht. Je weniger Menschen die ganze Wahrheit kennen, desto besser.«

16

"Keitel, hast du's eilig?« Ein Kamerad stand in der schmalen Tür, die zu seiner Kabine führte. Ein beengter Raum, den er mit fünf anderen Seeleuten teilte, was für Nando kein Problem darstellte; er hatte schon schlechter geschlafen. Wortlos drängte er sich an dem Mann vorbei, der Becher hieß und geschwätzig wie ein Waschweib war. Er hatte keine Lust, diesem neugierigen Plappermaul zu erklären, was er vorhatte. Auch war er unsicher, ob ihm der Kontakt zu den Passagieren überhaupt gestattet war, denn eigentlich lebte und arbeitete die Crew streng getrennt vom Rest des Schiffes. Sie aßen in der Messe tief unter Deck, wo auch ihre Kajüten waren, auf Wasserlinie, sodass man nicht mal die Bullaugen öffnen konnte – wenn man denn überhaupt eines hatte.

In seiner Kajüte gab es nur eine Laterne und die sechs Kojen, je drei an einer Wand übereinandergestapelt wie Obstkisten. Die Luft war abgestanden, roch nach verschwitzten Menschen und dreckiger Kleidung. Er reinigte sich notdürftig an dem winzigen Waschtisch. Dann zog er die Strickjacke über, die Marga ihm geliehen hatte. Er blickte in den winzigen Spiegel, den einer der Matrosen hier aufgehängt hatte und durch den ein tiefer Riss ging, der sein Gesicht in zwei Teile zerfallen ließ. Die Wunde, die der Spazierstock verursacht hatte, sah übel aus. Zornrot und geschwollen. Der viele Ruß hatte sicher nicht dazu beigetragen, dass die Haut schnell heilte. Er berührte die Stelle, doch obwohl es wie Feuer brannte, zuckte er nicht einmal. Nando war Schmerz von frühester Kindheit an gewohnt. Er war nicht empfindlich. Seine Mutter hatte ihn oft rausgeworfen, immer wenn sie Freier mit in die heruntergekommene Baracke nahm, in der sie hausten. Schon als kleiner Junge war er in diesen langen Stunden auf sich gestellt gewesen und hatte sich am Hafen herumgedrückt. Die Menschen dort, ob Seemänner, Arbeiter oder Herumtreiber wie er, die auf der Suche nach Essen und Beschäftigung waren, gingen nicht zimperlich miteinander um. So manches Mal kam er mit einem blauen Auge oder einer blutenden Nase nach Hause.

Er hätte dringend eine Mütze Schlaf gebraucht vor der nächsten Schicht, doch er wollte Marga unbedingt helfen. Sie hatte besorgt ausgesehen, verloren, wie sie da mit diesem Typen in dem dunklen Gang gestanden hatte. Etwas war nicht in Ordnung, und Nando hatte das dringende Bedürfnis, für sie da zu sein, so wie sie es am Hafen für ihn gewesen war. Noch nie in seinem Leben war jemand nett zu ihm gewesen, ohne etwas einzufordern. Außer ihr.

Er lief den engen Flur hinunter, wo er sie verlassen hatte. Sie und ihr Begleiter waren dabei, mit zwei Matrosen weitere Räume zu durchsuchen.

»Wir können auch gerne noch in der Kombüse nachsehen, aber der Smutje hätte sicher gemeldet, wenn sich ein Unbefugter in seinem Reich herumtreiben würde«, sagte gerade einer der Matrosen.

»Hein, er will Koch, nicht Smutje genannt werden. Ist doch ein Passagierschiff«, verbesserte ihn der andere.

»Es ist wohl ziemlich gleich, wie der Kerl genannt werden will, wir haben dringlichere Probleme.«

Das war Margas Bekannter, der nun ungeduldig mit der Hand den Gang hinunter deutete.

»Hallo«, grüßte Nando leise neben ihr, als er sich der kleinen Truppe anschloss, die nun Richtung Kombüse aufbrach.

»Hallo«, erwiderte Marga und schenkte ihm ein kurzes, aufrichtiges Lächeln. Es wärmte ihn bis tief in die Zehenspitzen.

»Deine Wange sieht böse aus, du solltest sie mal dem Schiffsarzt zeigen«, stellte sie mit einem schnellen Blick fest. Er machte eine wegwerfende Handbewegung.

»Ist nur ein Kratzer.«

Sie berührte die Stelle sanft, viel sanfter, als er es eben selbst getan hatte, trotzdem zuckte er nun zurück. Es war jedoch mehr ihre Fürsorge als der Schmerz. So etwas war er nicht gewohnt.

»Kratzer?«, fragte sie mit hochgezogener Braue, weil sie sein Zucken missdeutete, doch dann drehte sie sich um und schloss sich den anderen Männern an, die bereits ein Stück vorausgegangen waren.

Sie suchten das Schiff Quadratmeter für Quadratmeter ab, vom Laderaum bis hinauf zum Promenadendeck, doch der vermisste Onkel blieb unauffindbar. Am Ende stand sie mit diesem Broder vor Kapitän Willems, der sich besorgt über den weißen Bart strich.

»Ich werde einen entsprechenden Funkspruch absetzen, aber ich will ehrlich sein; wenn Ihr Onkel in der Nacht über Bord gegangen ist, können wir nichts mehr tun, außer für seine Seele beten.«

Marga tupfte mit einem Taschentuch in ihrem Gesicht herum und schluchzte laut. Nando, der an der Tür zur Kommandobrücke mit den beiden anderen Matrosen wartete, die bei der Suche behilflich gewesen waren, wurde jedoch das Gefühl nicht los, dass sie hier jemandem etwas vorzuspielen versuchte.

Er ging mit ihr und Broder in Richtung der Kabinen.

»Bist du allein mit deinem Stiefonkel auf dieser Reise gewesen, oder hast du sonst noch Familie an Bord?« Fragend starrte er zu Broder, weil er nicht zuordnen konnte, in welcher Beziehung genau der als *Freund* vorgestellte Typ zu ihr stand.

»Meine Cousine Rosie ist noch dabei. Sie schläft, musste sich ausruhen nach diesem Schock.«

Wieder bemerkte Nando, wie Margas Blick kurz zu ihrem Begleiter fuhr, als wollte sie sich rückversichern, nichts Falsches gesagt zu haben. Nando runzelte die Stirn. Etwas passte hier nicht zusammen. An der Kabine blieb sie unschlüssig stehen.

»Es ist besser, du gehst jetzt. Deine Schicht fängt doch bestimmt bald wieder an«, sagte sie zögerlich, als er Anstalten machte, ihnen zu folgen. Nando blickte zu Broder, der ihn mit abweisender Miene musterte.

»Wenn du mich brauchst, du weißt, wo du mich findest«, sagte er laut an Marga gewandt. Im Gehen sandte er noch einen unterkühlten Blick zu Broder. Er mochte den Mann nicht, was vielleicht auch daran lag, dass er eine Spur zu gut aussah. Marga und er hätten ein schönes Paar abgegeben. Eine Vorstellung, die ihm so gar nicht behagte.

Marga nickte ihm zum Abschied mit einem dankbaren Lächeln zu und schickte sich dann an, die Tür zu öffnen, doch aus dem Augenwinkel sah Nando, dass Broder ihr bedeutete, noch zu warten. Hier war definitiv etwas im Busch. Nando ging Richtung Unterdeck, doch schon hinter der nächsten Ecke postierte er sich und lugte vorsichtig zu der Kabine. Marga sah sich mehrfach um, bevor sie aufschloss. Aus dem Inneren klang ein gequältes Wimmern. »Ich bin eine verdammte Mörderin«, hörte er gerade noch, bevor die Tür eilig wieder verschlossen wurde. Sein Bauchgefühl hatte ihn also nicht getäuscht.

17

Ein paar Tage später stand Nando während seiner freien Schicht an Deck und starrte ins Wasser. Es war eiskalt heute, die Passagiere waren bis auf einige wenige Ausnahmen in den Innenräumen geblieben. Der Wind trieb winzige Eiskristalle wie kleine Speerspitzen vor sich her, die sich gnadenlos in seine Haut bohrten. Doch Nando genoss die frostige Luft. Sie kühlte seine geschundene Wange und verschaffte ihm einen klaren Kopf.

»Na sieh mal an, hier bist du also.«

Er fuhr herum und blickte in Margas grüne Augen, die heute umso mehr zu strahlen schienen, vielleicht, weil ihr vom Eiswind geküsstes Gesicht wie ein roter Apfel leuchtete.

»Ich hab dich gesucht. Einer deiner Kameraden meinte, du seist hier draußen.«

Sie stellte sich neben ihn und blickte nun ebenfalls ins Meer, das heute wie blaue Tinte aussah.

»Wie geht es dir?«, fragte er leise.

Sie sah ihn unbehaglich an.

»Ganz gut, denke ich«, antwortete sie vorsichtig, wobei sie es vermied, ihn anzusehen.

»Hör zu, Marga. Du musst mir nicht erzählen, was dich sorgt oder was hier vor sich geht, aber anlügen brauchst du mich auch nicht. Dann sag besser nichts.«

Sie schwiegen einige ungemütliche Augenblicke lang, dann räusperte sie sich und griff in ihre Tasche.

»Es gab Orangen zum Nachtisch. Ich hab dir eine mitgebracht.«

Ein merkwürdiges Gefühl zerrte an seinem Herzen. Er musste schlucken, wollte lächeln, doch es gelang ihm nicht. Erwartungsvoll hielt sie ihm die Frucht hin. Als er langsam danach griff, berührten sich ihre Hände. Nando hatte das Gefühl, ein winziger Blitz hätte ihn durchzuckt. Sogar seine Hand zitterte. Schnell steckte er das Obst in die Tasche seines blauen Mantels, den ihm einer seiner Kameraden geschenkt hatte, weil Nando außer Margas alten Strickjacke nichts Wärmendes besaß.

»Behandelt man dich gut?«

Sie legte ihren Kopf schief und wartete geduldig auf seine Antwort.

»Doch, schon«, brummte er nach einiger Zeit. Was sollte er ihr auch sonst sagen? Dass man ihn in der ersten Nacht aus seiner Koje gezogen, mit mehreren Mann an Deck geschleift und dort kopfüber über die Reling hatte hängen lassen? Seemannstaufe nannten seine Kameraden das. Nando wusste, dass bei solchen Aktionen nur darauf gelauert wurde, dass jemand Schwäche zeigte, weinte, flehte oder sich gar einnässte. Er hatte zum Glück keinen Laut von sich gegeben. Damit hatte er sich immerhin ihren Respekt verdient, wenn sie ihn auch weiterhin wie Abschaum behandelten. Doch wann in seinem Leben wäre das je anders gewesen – außer mit ihr. Nur Wennemann, ein alter Seebär, der gern Geschichten von seinen vielen Abenteuern erzählte und eine nackte Frau auf seiner Brust tätowiert hatte, war wenigstens so nett gewesen, ihm die alte, abgetragene Jacke zu geben, die ihm mindestens zwei Nummern zu groß war.

Als er nichts weiter dazu sagte, wechselte sie abrupt das Thema. »Was wirst du tun, wenn wir in New York ankommen?«

Er hatte sich darüber noch keine Gedanken gemacht. Es würde nicht leicht werden, ohne Geld und offizielles Visum dort Fuß zu fassen.

»Mal schauen, ob sie mich überhaupt reinlassen. Wenn, hab ich immer noch Zeit, mir zu überlegen, was ich da machen will.« Sie fasste ihn sanft am Arm und lächelte aufmunternd. »Wir bekommen das gemeinsam hin, wenn du willst. Schließlich sollten Geschwister zusammenhalten.«

Wieder durchzuckte ihn dieses warme Gefühl, gepaart mit einem aufgeregten Kribbeln in der Gegend, wo sein immer hungriger Magen heute noch nicht viel zu tun bekommen hatte.

»Was ist mit dir?«, fragte er, vielleicht eine Spur zu hastig. »Wie sehen deine Pläne aus?«

Sie legte wieder ihren Kopf schief, was eine Angewohnheit zu sein schien, wenn sie nachdachte.

»Erst mal brauchen wir ein Dach über dem Kopf. Wir haben etwas Geld, genug, um uns für die erste Zeit ein Hotel zu suchen. Dann will ich nach Arbeit Ausschau halten. Ich kann putzen und etwas nähen und scheue mich auch nicht vor harter körperlicher Arbeit. Es wird sich irgendetwas finden.«

Sie starrte versonnen ins Wasser, in dem auf einmal ein dunkler Schatten Gestalt annahm. Im nächsten Augenblick schoss eine riesengroße, zweigeteilte Flosse spritzend aus den Wellen. Ein schwarzer spiegelglatter Körper folgte und durchbrach kurz die Oberfläche, um dann klatschend wieder in die See einzutauchen.

»Nando, ein Wal«, rief sie aufgeregt und lehnte sich weiter vor.

Eilig zerrte er sie an ihrem Mantel zurück.

»Willst du im Wasser landen?«

Er wusste, dass er überreagierte, doch in dem Moment, wo ihr schmaler Körper sich über die Tiefe gebeugt hatte, war ihm ein nie gekannter Schreck in die Glieder gefahren, gepaart mit der Erkenntnis, dass er sie nicht verlieren wollte.

»Angsthase«, sagte sie lachend und ließ sich wieder nach vorne fallen.

»Da sind noch mehr. Wie wunderschön, eine ganze Familie. Schau doch!«

Ihre Wangen waren vor Aufregung noch mehr gerötet, während sie wie ein kleines Mädchen vor Freude quietschte. Ihre Unbekümmertheit war ansteckend. Er beugte sich nun auch vor und beobachtete die majestätischen Tiere, die wie Schatten neben dem Schiff herglitten, bevor sie abtauchten und in den Weiten des Ozeans verschwanden. Als er sie wieder ansah, leuchteten ihre Augen vor purer Lebensfreude.

»Sind sie nicht wunderschön?«, rief sie.

Er nickte stumm. In seinen ganzen fünfzehn Lebensjahren hatte er noch kein Mädchen wie sie getroffen. Erst recht nicht in der Welt, in der er sich bewegte. Es klang vielleicht merkwürdig, aber sollte er sie mit einem Wort beschreiben, dann wäre ihm nur *rein* eingefallen. Sie hatte nichts Schlechtes, Durchtriebenes oder Schmutziges an sich. Im Gegenteil, ihr Blick auf das Leben schien ungetrübt, warm, voller Güte.

»Lass uns zusammenbleiben. Später in New York, meine ich. Meine Cousine Rosie und ich sind ganz allein, ein bisschen männliche Begleitung wäre gut, auch wenn du vielleicht noch zu grün hinter den Ohren bist, um als Mann durchzugehen.«

Sie wuschelte ihm durch die Locken, die vom Salz ganz struppig waren. Er blickte zu Boden, weil ihre Worte ihm einen Stich versetzt hatten. Sie sah in ihm ein Kind, dabei war sie kaum zwei Jahre älter. Trotzdem war es ein großartiges Angebot. Auf sich gestellt würde er nur wieder in die Dunkelheit eines Hafenviertels abrutschen.

»Was ist denn mit diesem Broder? Will er nicht bei euch bleiben?«

Ihre Augen verdunkelten sich für den Bruchteil einer Sekunde. Er bekam die winzige Regung nur mit, weil er sie so intensiv betrachtete.

»Simon will nach Alaska aufbrechen, dort soll es wohl Gold geben.«

Sie zuckte die Schultern, als würde es ihr nichts ausmachen, doch er ahnte, dass sie die Gleichgültigkeit nur spielte. Sie hatte sich in Bezug auf Simon Broder etwas anderes erhofft.

»Dann bin ich nur die zweite Wahl?« Es hatte ein Scherz sein sollen, kam jedoch eine Spur zu bitter heraus.

Sie wurde ernst, als sie sich nun zu ihm umwandte.

»Weißt du, Nando, Rosie ist alles an Familie, was ich in Amerika habe. Als ich dich für meinen Bruder ausgab, war da vielleicht ein verborgener Wunsch der Vater des Gedankens. Ich fände es schön, wenn wir den Weg gemeinsam gingen. Du und Rosie und ich.«

Er blickte wieder aufs Meer, über dessen dunkler Oberfläche kleine weiße Flocken tanzten. Hie und da trieb eine gefrorene Scholle vorbei. Er fühlte sich, als würde er in sein Inneres blicken. Er hatte vom Tag seiner Geburt an hart sein müssen für dieses Leben, hatte seine Gefühle unter einer dicken Schicht aus Eis verborgen, doch sie taute diese mit wenigen Worten auf.

»Einen Versuch ist es wert«, gab er schlussendlich leise nach.

18

Margas gute Laune verpuffte, als sie nur wenig später in die Kabine kam, wo Rosie seit Tagen wie ein Geist vor sich hinvegetierte. Blass und ängstlich kauerte sie auf dem unteren Bett und starrte gedankenverloren aus dem Bullauge. Marga schloss leise die Tür und setzte sich zu ihrer Cousine auf die dünne Matratze.

»Es ist herrlich draußen. Eiskalt, aber die Luft ist klar und das Meer ganz ruhig. Stell dir vor, ich hab sogar Wale gesehen.« Rosie nickte stumm.

»Magst du nicht mit mir hinauf an Deck gehen? Wenigstens ein bisschen.« Sanft legte sie eine Hand auf Rosies Schulter, wobei sie spürte, wie sehr diese zitterte. Entschlossen rückte Marga näher und zog ihre Cousine in eine feste Umarmung. Rosie versteifte sich kurz, ließ sich dann jedoch mit einem kleinen Seufzen gegen Margas schmale Gestalt sinken. Sie blieben eine ganze Weile so sitzen, schweigend, während sie einander Halt gaben und Trost spendeten.

»Ich hab ihn nie leiden können«, flüsterte Marga irgendwann und erntete immerhin ein leises, wenn auch freudloses Lachen.

»Dann sind wir schon zwei«, gab Rosie zu, während sie sich sanft aus Margas Umarmung befreite, um sich zu ihr umzudrehen. »Ich fühle mich so verloren. Ich weiß gar nicht mehr, wer ich eigentlich bin«, gestand sie mit brüchiger Stimme. »Er hat alles Licht in mir zum Erlöschen gebracht.«

Marga schnaubte empört. »Das stimmt nicht. Es mag sein, dass er Dunkelheit in dein Leben gebracht hat, aber dein Licht wird nie erlöschen. Du hast schon immer geleuchtet. Schon als Kind. Und du wirst wieder leuchten, Rosie.«

Betreten blickte Rosie zu Boden, auf eine besonders fadenscheinige Stelle in dem abgetretenen Teppich. Fröstelnd rieb sie sich über die Arme, bevor sie den Blick wieder zu Marga hob. »Ich habe Mama versprochen, ein gutes Mädchen zu sein, gottesfürchtig und ehrbar, Marga. Und sieh, was aus mir geworden ist, eine Sünderin, eine Mörderin.« Sie sprach mit so viel Abscheu von sich, dass Marga schlucken musste, bevor sie antwortete.

»Unsinn. Er hat dich dazu gemacht, doch du hast dich von ihm befreit. Und jetzt kannst du deinen Weg gehen, kannst dein Versprechen halten. Ich weiß, dass du weder eine Sünderin noch eine Mörderin bist. Was du getan hast, geschah aus Notwehr. Ich kenne keinen gütigeren Menschen als dich. Du warst zwar stets zurückhaltend, aber freundlich. Hast nie böse über andere gesprochen und schon gar nichts Böses getan. Gott kennt die Wahrheit – und deine Mutter ebenso.«

»Wir hatten in den vergangenen Jahren kaum Kontakt. Du weißt weder, in welche Abgründe er mich gezogen, noch, zu was für einem Menschen er mich damit gemacht hat.« Sie klang hohl, tonlos, und der leere Blick erschütterte Marga. Umso wichtiger schien es ihr, mit ihren Worten zu ihrer Cousine durchzudringen. Sie rückte ein Stück auf Rosie zu und ergriff deren eisige Hände.

»Du magst recht haben, dass ich keine Ahnung davon habe, wie dein Leben ausgesehen hat. Aber das Schicksal hat uns jetzt zusammengeführt. Ich bin für dich da, wir stehen das gemeinsam durch. Vor uns liegt ein neues Leben, Rosie. Die Welt wird uns offenstehen. Ich weiß, dass alles gut wird. Ich weiß es einfach.« Beherzt zog sie Rosie noch einmal in ihre Arme und presste sie an sich, als könnte sie ihr so etwas von ihrer Zuversicht einflößen.

Dicht an ihrem Ohr flüsterte sie: »Wenn es dir hilft, dann erzähl es mir. Erzähl mir, was er dir angetan hat. Und dann können wir es hinter uns lassen. Mama sagt immer, geteiltes Leid ist halbes Leid.«

Rosie schluchzte kurz auf, bevor sie Marga von sich schob. »Das kann ich nicht, niemals. Du glaubst noch an das Gute in dieser Welt, Marga, und so soll es bleiben.« Sanft streichelte sie nach diesen Worten Margas immer noch gerötete Wange. »Diese Geschichte gehört zu mir, ob ich es will oder nicht.«

»Dann lass uns wenigstens gemeinsam darüber schweigen. Belass es dabei, dass es ein Unfall war, ich flehe dich an. Wem würde es nützen, wenn du erzählst, was in dieser Nacht an Deck geschehen ist? Er ist fort, und das ist alles, was zählt.« Marga hatte leise, aber eindringlich gesprochen. Nun lag ihr Blick flehentlich auf den blassen Zügen ihrer Cousine, die immer noch mit sich zu ringen schien, ob sie recht handelte.

»Wie soll ich aber diese Dunkelheit hinter mir lassen, wenn die Last der Schuld mich in meinen eigenen Abgrund drückt?«

Rosie stand auf und blieb unschlüssig in der Mitte der kleinen Kabine stehen, wobei sie Marga den Rücken zukehrte. An der Art, wie ihre Schultern zuckten, sah Marga jedoch auch so, dass ihre Cousine weinte. Sie folgte Rosie und zog sie am Arm zu sich herum, denn sie musste ihr ins Gesicht sehen bei den nächsten Worten.

»Rosie, ich brauche dich. Ich kann das nicht allein. Lass mich nicht im Stich in Amerika.«

Rosie seufzte, während die Tränen weiter unaufhaltsam liefen.

»Ich hab doch nicht mal die Kraft, mir selbst zu helfen. Wie soll ich dir da eine Stütze sein?«

»Indem du Hoffnung zulässt. Nichts leuchtet heller als Hoffnung. Dieses Licht kann die Dunkelheit am Ende besiegen.

Daran glaube ich ganz fest.« Sie wollte Rosie noch einmal umarmen, doch in diesem Moment klopfte es. Beide zuckten und mussten dann lachen über ihre eigene Schreckhaftigkeit. Während Rosie auf den kleinen Spiegel über dem Waschtisch zutrat, um ihr wirres Haar zu richten und die Tränen zu trocknen, öffnete Marga vorsichtig die Tür. Ihr Herz machte einen freudigen Hüpfer, als sie Simon sah.

»Was für eine schöne Überraschung. Kommen Sie rein.« Sie öffnete die Tür ein Stück weiter, sodass er eintreten konnte. Simon blieb jedoch entgegen seiner sonst so selbstbewussten Art unschlüssig, ja fast schüchtern an der Schwelle stehen und drehte seinen Hut nervös in den Händen.

»Ich bin gekommen, um zu fragen, ob Sie vielleicht ein wenig frische Luft mit mir schnappen möchten?« Sein Blick ging an Marga vorbei und ruhte hoffnungsvoll auf Rosie. Die Enttäuschung schmeckte bitter wie Galle, doch als Rosie sich umdrehte, um erst ihr und dann ihm ein wackeliges Lächeln zu schenken, versuchte Marga, ihre Eifersucht mit einem entschlossenen Nicken in die Schranken zu weisen. »Das ist eine hervorragende Idee. Ich hatte Rosie gerade berichtet, wie frisch die Luft heute draußen ist.« Sie trat zu dem schmalen Spind, in dem Rosies weniges Hab und Gut hing, um ihr den Mantel und ihren Hut zu reichen. Als Rosie auf sie zutrat, um ihr beides zögerlich aus der Hand zu nehmen, konnte Marga den kleinen Funken sehen, der ihre Augen wieder lebendig machte. »Ich will es versuchen«, flüsterte sie und verließ dann mit Simon die Kabine. Marga starrte noch lange auf die geschlossene Tür, während ihr nun die Tränen liefen. Sie hätte selbst nicht zu sagen vermocht, ob sie aus Freude darüber weinte, dass sie endlich zu Rosie durchgedrungen war, oder ob der Teil in ihr Tränen vergoss, der wusste, dass Simon Broder wohl nicht für sie bestimmt war.

19

Rosie hatte einen Entschluss gefasst. Sie würde schweigen. Marga hatte schon recht. Wem wäre geholfen, wenn sie ihre Tat nun den Behörden gestand? Xaver war tot – so oder so. Mit dieser Schuld, mit all den anderen furchtbaren Dingen, die geschehen und die sie mit ihm hatte tun müssen, würde sie gezwungenermaßen leben müssen. Doch sie wollte es versuchen. Margas eindringliche Worte hatten den Weg mitten in ihr Herz gefunden, dorthin, wo sie alle Hoffnung begraben geglaubt hatte. Winzige Partikel fluteten nun ihr Inneres, leuchteten wie der Funkenflug, der in einer kalten Nacht Indiz war, dass irgendwo ein lebensrettendes Feuer brannte.

Simon Broder hatte ihr mit einem freudigen Lächeln die Tür aufgehalten und ging nun vor ihr her durch den schmalen Gang zur Treppe, die auf das Promenadendeck führte. Ein kalter Wind begrüßte sie so schwungvoll, dass Rosie Mühe hatte, ihren Hut festzuhalten. Gerade als sie die Bänder unter ihrem Kinn festzurren wollte, kam eine besonders starke Böe und riss ihr die Kopfbedeckung fort. Sie schrie kurz erschrocken auf, während Simon dem Hut hinterherjagte und ihn gerade noch zu fassen bekam, bevor das Strohgeflecht ins Wasser flog.

»Hab ihn«, sagte er überflüssigerweise, als er atemlos wieder vor ihr stand und ihr den Hut hinhielt. Als Rosie mit einem zaghaften Lächeln danach griff, berührten sich ihre Hände, und ihr stockte kurz der Atem, so mächtig fühlte sich diese winzige Berührung an. Er musste es auch gespürt haben, denn sie konnte trotz des Windes hören, wie er scharf die Luft einsog, wobei er den Hut fallen ließ. Als sie sich nun zeitgleich danach bückten, stießen sie mit den Köpfen zusammen. Es war das erste Mal seit einer sehr langen Zeit, dass Rosie aus vollem Herzen lachte. Er stimmte mit ein, während sie sich beide die Stirn hielten und der Hut nun endgültig über Bord ging.

»Ich schulde Ihnen einen Hut«, stellte er fest, als das Lachen abebbte.

»Ich muss gestehen, dass Sie mir einen Gefallen getan haben. Ich konnte den Hut ohnehin nie leiden.« Xaver hatte ihn ihr geschenkt. Der Hut war also in den Tiefen des Meeres gut aufgehoben. Vielleicht könnte sie sich von ihren Erinnerungen ebenso befreien – sie Stück für Stück über Bord werfen.

Er war ernst geworden, während seine warmen grauen Augen nun ihren Blick suchten. »Es ist schön, Sie einmal so fröhlich zu sehen, Rosie.«

Ihr wurde bewusst, wie nahe sie sich standen. So nah, dass sie die kleinen bernsteinfarbenen Sprenkel in seinen Iriden ausmachen konnte. Die Angst kam so plötzlich, dass Rosie erschrocken aufkeuchte. Mit ein paar hastigen Schritten ging sie auf Abstand. Er hatte den Umschwung in der eben noch leichten Stimmung auch wahrgenommen, denn ein betretenes Schweigen folgte. Dann räusperte er sich leise.

»Wollen wir ein Stückchen gehen?« Sie nickte, erleichtert, dass er das Thema ruhen ließ. Langsam fiel sie neben ihn in den leicht breitbeinigen Gang, den man sich auf einem Schiff angewöhnte.

»In wenigen Tagen erreichen wir New York. Haben Sie schon Pläne gemacht?« Er war stehen geblieben und sah sie neugierig an. Sie ging an ihm vorbei zur Reling und lehnte sich auf das Holz, um ins Meer zu blicken. In einem gleichmäßigen Rhythmus spülte der Wind der *Bohemia* die Wellen entgegen. Das Schaukeln hatte heute fast etwas Beruhigendes. Sie strich sich ein paar lose Strähnen hinter das Ohr, womit sie versuchte, Zeit zu schinden, denn es gab keine einfache Antwort auf seine Frage.

»Ich mache schon lange keine Pläne mehr«, sagte sie irgendwann leise. Er war neben sie getreten und sah nun ebenfalls ins Wasser.

»Das ist sehr klug, denn wenn man mit den Jahren eines lernt, dann, dass die besten Pläne nichts taugen, wenn das Leben andere hat.« Er schnaubte in der Andeutung eines Lachens. »Und trotzdem lerne ich nicht aus der Vergangenheit. Ich kann nicht anders, als Pläne zu schmieden. Das treibt mich an und lässt mich weitergehen.«

Nun war es Rosie, die ihn interessiert ansah. Da er noch immer konzentriert in die Wellen starrte, hatte sie ausgiebig Zeit, ihn zu studieren. Er war wirklich attraktiv mit einem markanten Kinn, einer geraden, wohlgeformten Nase und einem schönen Mund, den er gerade allerdings zu einer schmalen Linie verzogen hatte.

»Ich habe so viel zurückgelassen. Erst meine alte Heimat, dann das Zuhause, das wir uns in der Fremde aufgebaut haben, und damit auch meine Familie, meine Eltern. Würde ich zu lange zurückblicken, vermutlich würde ich umkehren.«

Sie nickte verständig.

»Durch meine Pläne habe ich sogar ein Mädchen verloren. Sie fand, ich sei ein Träumer, und warf mir vor, dass Träume nicht den Magen füllen und das Dach überm Kopf bezahlen. Sie hat meinen besten Freund geheiratet.«

»Das tut mir sehr leid«, sagte Rosie, die fast dem Impuls nachgegeben und ihm tröstend die Hand auf den Rücken gelegt hätte – aber nur fast.

»Mir nicht. Ich mochte sie, aber ich glaube, ich habe sie nie geliebt. Ansonsten wäre es wohl keine Frage gewesen, ob ich gehe oder bleibe.«

»Und welcher Plan oder besser gesagt Traum hat Sie angetrieben, Simon?« Sein Name kam holprig über ihre Lippen. Rosie war es nicht gewohnt, sich mit Männern zu unterhalten. Aber durch seine freundliche und offene Art gab er ihr ein Gefühl von Sicherheit.

Er blickte sie an, und Rosie konnte die Begeisterung in seinen Augen sehen, als er das Wort erneut ergriff.

»Ich will etwas aus mir machen. Ich habe gehört, dass es am Yukon River oben im Norden vereinzelt Goldfunde gegeben hat. Dort will ich hin. Ich möchte als gemachter Mann zurückkehren, meine Eltern in die neue Welt nachholen – und Sarah eine lange Nase drehen.«

Rosie lachte kurz auf. »Das ist aber nicht sehr ritterlich«, befand sie, ahnend, dass Sarah die Frau sein musste, die nichts von seinen Träumen hielt.

»Vermutlich nicht, aber es würde mir großen Spaß machen, ihre lange Miene zu sehen, wenn ich in einer formidablen Kutsche an ihr vorbeifahre, während sie darauf wartet, dass ihr Mann betrunken auf allen vieren aus der Kneipe heimkehrt.« Sie lachten beide, und Rosie wurde bewusst, wie leicht er sie in diese fröhliche Stimmung versetzen konnte. Aber die Schwere in ihrem Herzen überwog trotzdem und überschattete selbst den kurzen hellen Augenblick.

Sie gingen noch ein wenig über Deck, plauderten und betrachteten das Meer, das durch den stärker werdenden Wind mittlerweile in hohen Wellen gegen den Schiffsrumpf klatschte. Einmal musste sich Rosie sogar an Simon festhalten, weil das Schiff so stark ins Schwanken geraten war.

»Hoppla«, sagte er atemlos, während er sie an den Ellbogen auffing. Einen winzigen Moment lang spürte sie, wie sein Daumen dabei über den Stoff ihrer Leinenbluse strich.

»Danke«, sagte sie heiser, während sie sich bemühte, die erneut aufkeimende Angst zu unterdrücken. Sie machte sich schnell los und lief ihm voraus auf die Treppe zu, die sie wieder unter Deck führen würde. Er folgte ihr bis zum Gang, der zu ihrer Kabine führte.

»Würden Sie mich morgen wieder begleiten?«, fragte er zum Abschied.

»Vielleicht.« Ihre Stimme klang überraschend locker, sogar eine Spur verspielt. Gottlob hörte man ihr den inneren Aufruhr nicht an.

»Dann bis morgen«, verabschiedete er sie warm und mit einer kleinen Verbeugung. Sie blickte ihm nachdenklich hinterher. Es war merkwürdig, weil sie sich eindeutig zu Simon Broder hingezogen fühlte, jedoch schien ihr Körper jedes Mal eine Schublade mit dunklen Erinnerungen zu öffnen, sobald er ihr zu nahe kam.

20

Die letzten Tage an Bord der *Bohemia* waren geprägt von einer gewissen Routine, in die sie gefunden hatten. Marga und Rosie frühstückten am Morgen, danach schlenderten sie gemeinsam über Deck, wo es oft Spiele gab, um die Kinder zu unterhalten und den Müttern eine kleine Auszeit zu gönnen. Manchmal musizierten einige junge Männer, und trotz der frühen Stunde kreiste dann die ein oder andere Flasche Selbstgebrannter. Sie schlugen das freundliche Angebot jedoch stets aus, ebenfalls davon zu kosten.

Am Mittag besuchten sie Kapitän Willems, der sich offenkundig nach der Tragödie für die beiden jungen Frauen verantwortlich fühlte und sie gebeten hatte, bis auf Weiteres das Mittagessen mit ihm einzunehmen. Am Nachmittag kam dann Simon Broder stets um die gleiche Uhrzeit zu ihrer Kabine, um Rosie abzuholen. Marga beachtete er dabei kaum. Mehr als ein freundliches, flüchtiges Lächeln hatte er nicht mehr für sie übrig. Es versetzte ihr regelmäßig einen Stich, jedoch sah sie auch, wie Rosie langsam aufblühte. Ihre Cousine schien sich auf die Besuche zu freuen, und wenn die beiden sich mochten, dann war Marga die Letzte, die ihnen dabei im Wege stehen wollte. Weil sie keine Lust hatte, ihre Zeit mit unnützen Grübeleien in der winzigen Kabine zu vertrödeln, erkundete sie währenddessen das Schiff und landete früher oder später meist in der Nähe der Mannschaftsunterkünfte, wo Nando irgendwann auftauchte, wenn seine Schicht beendet war.

»Wenn ich eine so schicke Kabine hätte, würde ich einen Teufel tun und hier unter Deck rumlungern, wo es düster und stickig ist«, begrüßte er sie, während er seine Hände an einem alten Tuch abwischte.

»Mir war langweilig. Gehst du etwas spazieren mit mir?«

Er grinste, wobei sein Gebiss einmal mehr strahlend weiß aus seinem rußigen Gesicht hervorstach.

»Gib mir fünf Minuten.«

Kurz darauf gingen sie nebeneinanderher über das Promenadendeck.

»Ich habe heute Mittag beim Essen mit dem Kapitän gesprochen. Er ist sehr zufrieden mit deiner Arbeit und sagt, du hast dir die Überfahrt damit auf jeden Fall verdient.«

Nando schwieg, sodass Marga ihn am Arm fasste und kurz schüttelte.

»Was ist denn mit dir? Das sind doch gute Neuigkeiten, oder nicht?«

Er zuckte mit den Schultern, machte sich los und ging ein Stück weiter, bevor er sich zu ihr herumdrehte.

»Ich habe gehört, dass es ganz schön schwierig sein soll, überhaupt ins Land gelassen zu werden. Die anderen haben erzählt, man muss 29 Fragen beantworten – auf Englisch.« Sie nickte.

»Das stimmt wohl, aber es gibt Übersetzer, die helfen. Kapitän Willems wird dich auf die Passagierliste schreiben lassen, Manifest nennen sie das bei der Einreise. Damit bist du so gut wie drin, Nando. Du bist jung und gesund. Die suchen eher nach Alten und Kranken, die sich nicht selbst versorgen können. Die werden aussortiert.«

Er ging langsam weiter, aber seine Schultern hingen betrübt herab, ebenso wie sein Kopf.

»Vielleicht sollte ich einfach an Bord bleiben. Hier habe ich immerhin Arbeit. Wer weiß, was mich da erwartet.«

»So kenne ich dich gar nicht, so mutlos.«

Er warf ihr über die Schulter einen undefinierbaren Blick zu, bevor er mit wenigen wütenden Schritten wieder vor ihr stand.

»Du kannst das nicht verstehen«, blaffte er sie plötzlich an. Ebenfalls zornig verschränkte sie nun die Arme vor der Brust. »Dann erklär es mir«, schoss sie zurück.

Er seufzte und fuhr sich durch seine unbändigen Locken.

»Was, wenn ich euch mit runterziehe?«, zischte er und warf einen Blick hin und her, um sicherzugehen, dass niemand sie belauschte.

»Ich bin ein Dieb, Marga, ein Nichtsnutz. Ich bin am Hafen aufgewachsen, wo ein Leben nicht viel zählt und man mit Härte und Gewalt lernt, durch den Tag zu kommen. Sieh dich an, sieh deine Cousine an. Ihr kennt so ein Leben nicht – und ich kenne eures nicht. Wir passen nicht zusammen. Es ist besser, unsere Wege trennen sich. Und bevor ich in einem fremden Land am Hafen ende, kann ich auch auf diesem gottverdammten Dampfer bleiben oder nach Hause zurückkehren.«

Sie trat noch einen Schritt näher zu ihm, bevor sie sich kerzengerade aufrichtete, um ihm in seine kohlefarbenen Augen sehen zu können.

»Ich weiß, dass du ein Dieb bist, aber ich wusste nicht, dass du ein Feigling bist.« Herausfordernd reckte sie ihm das Kinn entgegen.

»Beweis es mir und dir selbst, dass mehr in dir steckt. Und hör auf, dich wie ein Kind zu benehmen. Jetzt hast du die Chance, dein Leben zu ändern. Du musst sie nur ergreifen.«

»Für dich ist immer alles so einfach. Schwarz oder weiß, gut oder böse. Es gibt aber noch unendlich viel dazwischen.« Mit diesen Worten ließ er sie stehen und eilte mit langen Schritten seiner Unterkunft entgegen.

Marga sah ihm verblüfft hinterher. So unnachgiebig und voller Selbstzweifel kannte sie Nando gar nicht. Sie überlegte, ihm nachzugehen, doch da fiel ihr Blick auf Simon, der an der Reling lehnte und ins Meer blickte.

»Simon, wo ist Rosie?«, fragte sie, als sie sich neben ihn ans Geländer stellte.

»Ihr war nicht wohl, sie wollte den Spaziergang heute ausfallen lassen.« Er klang enttäuscht, doch schenkte ihr ein halbwegs überzeugendes Lächeln. »Aber dafür leisten Sie mir ja jetzt Gesellschaft.«

Marga wusste, dass seine Worte sie nicht so berühren sollten. Sie waren aus Höflichkeit geäußert, nicht aus Überzeugung. Trotzdem freute sie sich insgeheim, ihn nun ein wenig für sich zu haben.

»Ich habe gestern alles über die Freiheitsstatue gelesen. Rosie war so interessiert daran, und ich habe versprochen, ihr das Gelesene heute zu berichten. Nun müssen Sie mir wohl Ihr Ohr leihen.«

»Miss Liberty wurde am 28. Oktober 1886 von Präsident Grover Cleveland eingeweiht. Sie war ein Geschenk Frankreichs an die Vereinigten Staaten als Zeichen der amerikanisch-französischen Freundschaft und drückte auch das Wohlwollen Frankreichs über das Ende der Sklaverei in Amerika aus. Deshalb steigt sie auch aus gebrochenen Eisenfesseln. Sie ist 93 Meter hoch, und auf der Tafel, die sie hält, ist das Datum der amerikanischen Unabhängigkeitserklärung eingraviert.«

Verblüfft starrte er sie an. »Sie sind wirklich unglaublich. Woher wissen Sie das alles?« Sie zuckte die Schultern, schenkte ihm aber ein verschmitztes Lächeln. »Mein Vater war ein belesener Mann, er hat mir seine Liebe zu Büchern und zum Lesen vererbt, schätze ich. Als klar war, dass ich Rosie und ihren Stiefvater in die neue Welt begleiten werde, war ich in der Bücherei und habe alles über Amerika gelesen, was ich finden konnte.«

Amüsiert kreuzte er die Arme vor der Brust und stellte locker ein Bein vors andere, während er nun mit dem Rücken an der Reling lehnte.

»Na los, Frau Professorin, dann verblüffen Sie mich noch ein wenig mit Ihrem Wissen.«

Die Herausforderung nahm sie nur allzu gerne an. »Édouard de Laboulaye hatte die Idee, der Bildhauer Frédéric-Auguste Bartholdi erhielt den Auftrag, das Gerüst stammt von Alexandre Gustave Eiffel, der den gleichnamigen Turm in Paris erbaute. Die Außenhaut ist aus Kupferblech, und es wurden dreihundert verschiedene Arten von Hämmern benutzt, um die Struktur hinzubekommen. Ihre Züge sollen dem Gesicht von Bartholdis Mutter nachempfunden sein. 1885 wurde sie vollendet, in 350 Teile zerlegt und in zweihundert Kisten nach Amerika verschifft. Noch mehr?« Er nickte, wobei ein teils neckendes, teils anerkennendes Lächeln seinen schönen Mund umspielte.

»Sie wiegt insgesamt 205 Tonnen. Die sieben Zacken ihrer Krone symbolisieren die sieben Weltmeere und Kontinente. Den Platz, vorgelagert auf Bedloe's Island an der Upper New York Bay, wählte Bartholdi bei einem Besuch in den Staaten 1871, weil er fand, dass ein Symbol der Freiheit perfekt für die Reisenden sei, die alle die Insel auf ihrem Weg in die neue Welt passieren würden.«

Er schüttelte den Kopf und blickte sie dann warm an. »Ich sehe schon, ich kann Ihnen wirklich nichts Neues mehr erzählen.«

»Zumindest nichts über die Freiheitsstatue.« Sie lachten beide, während sie ihren Spaziergang an Deck fortführten.

»War das eben Ihr *Bruder*?« Das letzte Wort hatte er mit einer gehörigen Portion Sarkasmus gespickt.

»Ja, das war Nando. Ich sorge mich um ihn. Er wirkte heute bedrückt, hat sogar Zweifel, ob er überhaupt mit von Bord gehen soll. Dabei war das alles, was er wollte.« Nachdenklich kaute sie auf ihrer Unterlippe.

»Sie mögen den Kleinen?« Es war mehr eine Feststellung als eine Frage.

»Ja, dabei kennen wir uns nicht einmal gut. Aber er hat etwas an sich, das in mir das Gefühl hervorruft, ihn beschützen zu wollen. Vielleicht kommt da auch die Geschichte mit dem kleinen Bruder her.«

Er blickte in die Richtung, in die Nando vorhin fortgestürmt war. »Er sieht Sie aber eher wie ein liebeskrankes Hündchen an.«

Marga zog ihre Stirn in Falten, während sie langsam den Kopf schüttelte. »Unfug, er ist doch noch ein Kind.«

»Dafür, dass Sie so klug sind, sind Sie ganz schön naiv. Der Junge ist alt genug, glauben Sie mir. Und ich weiß, wann ein Mann eine Frau freundschaftlich ansieht und wann sein Herz in diesem Blick liegt.«

»So, und das wissen Sie, weil Sie meine Cousine so ansehen?« Die Frage kam schärfer heraus als beabsichtigt, doch nun wollte sie auch die Antwort hören.

Ertappt rieb er sich den Nacken, bevor er seinen abgewetzten Hut zurechtrückte und verschmitzt grinste. »Vielleicht?«

Marga konnte nicht anders, als weiter zu forschen. Sie redete sich ein, dass es die Sorge um Rosie war, doch wäre sie ganz ehrlich mit sich selbst, so hätte sie sich eingestehen müssen, dass ihre Motive bei Weitem nicht so selbstlos waren. »Ich dachte, Sie beabsichtigen, in den Norden zu reisen, um dort nach Gold zu suchen. Was also wollen Sie damit bezwecken, meiner Cousine schöne Augen zu machen?«

Er seufzte tief und eine Spur verzweifelt. »Ich hatte nicht vor, mich zu verlieben. Wirklich nicht. Aber die Gefühle haben mich völlig unvorbereitet getroffen. Und natürlich weiß ich, dass in meine derzeitigen Pläne keine Frau passt. Aber wenn Rosie nur ein wenig für mich empfindet wie ich für sie, ist sie vielleicht bereit, auf meine Rückkehr zu warten.«

Es erschreckte sie, dass seine Gefühle bereits so weitreichend waren. Sie hatte gehofft, dass er wie die meisten Männer lediglich geblendet war von Rosies Schönheit. Dass er sich ernsthaft Gedanken um eine gemeinsame Zukunft machte, hatte sie nicht erwartet. Ihr erster Impuls war es, ihm die Sache auszureden. Es gab tausend gute Gründe, die gegen eine solche Verbindung sprachen, ein gewichtiger ruhte auf dem Grund des Meeres. Doch sie brachte es nicht über sich, Rosie in den Rücken zu fallen. Es stand ihr nicht zu, sich in die Sache einzumischen.

»Denken Sie, dass sie mich mag?« Jetzt klang er wie der kleine Junge, den sie eben Nando bezichtigt hatte zu sein. Es rührte sie und machte ihr die Antwort nicht leichter.

»Nun, das wird sich zeigen«, befand sie ausweichend. Sie beendeten den Spaziergang schweigend, beide schienen sie ihren Gedanken nachzuhängen. Es fiel ihr schwer, sich danach von ihm zu verabschieden. Viele Gelegenheiten, mit ihm allein zu sein, hatte sie nicht mehr. Wenn alles glattlief, würde die *Bohemia* laut Kapitän Willems in zwei Tagen in den Hafen von New York einlaufen.

21

»Komm schon, ich will den Anblick nicht verpassen«, rief Marga aufgeregt und zappelte wie ein kleines Mädchen herum, das den ersten Schultag herbeisehnt. Rosie lächelte sie warm an. »Ich komme doch schon, ich will mir nur noch das Tuch umbinden, jetzt, wo ich keinen Hut mehr habe.« Mit flinken Bewegungen flocht sie sich den weißen Schal in ihre dunklen Haare, dann folgte sie Marga, die sich ungeduldig an den anderen Passagieren vorbeidrängte, um an Deck noch einen guten Platz zu ergattern. Simon hatte sie oben erwartet. Er stand mit der Familie Goldmann bereits an der Reling und winkte sie zu sich.

»Guten Morgen«, flüsterte er, als sich Rosie neben ihn stellte. Mittlerweile konnte sie seine Nähe gut aushalten, wenngleich diese ihr immer noch Unbehagen bereitete. Doch Simon war feinfühlig genug und vermied es, sie mit allzu viel Körperlichkeit zu bedrängen. Das Deck füllte sich langsam, die Menschen reckten die Hälse, um die Einfahrt in den New Yorker Hafen bloß nicht zu verpassen. Als die *Bohemia* dreimal hupte, ging ein aufgeregtes Raunen durch die Menge. Marga stellte sich auf die Zehenspitzen, um an einer älteren Dame mit einem absurd hohen Hut vorbeischauen zu können. »Ich sehe sie, da schau, Rosie.« Marga hüpfte einmal mehr auf und ab vor Begeisterung. Und tatsächlich war der Anblick der als Leuchtturm genutzten Statue ergreifend. Riesengroß und aufrecht stand Miss Liberty da, ihre Fackel reckte sich stolz in den wolkenlos blauen Himmel. Gleich dahinter erstreckte sich der rote Steinbau, in dem die Einwanderungsbehörde untergebracht war – Ellis Island.

»Ich werde nachher mit den Passagieren vom Zwischendeck aussteigen. Ich will bei Nando sein, er ist immer noch so unentschlossen und aufgeregt«, sagte Marga, die ihren Blick ebenfalls nicht von dem lang gezogenen Prachtbau wenden konnte, der das Tor zu ihrer neuen Heimat war.

»Dann begleite ich dich«, befand Rosie entschlossen.

»Das musst du nicht. Es ist doch viel bequemer für dich, wenn die Inspektoren für die Passagiere der ersten und zweiten Klassen aufs Schiff kommen. Es kann Stunden oder sogar Tage dauern, bis wir durch sind mit dem Registrierungsprozess«, wehrte Marga ab, was Rosie ärgerte. Schon die ganze Zeit verhielt sich ihre Cousine, als wäre sie eine Mutter, die auf ein kränkliches, geschwächtes Kind zu achten hatte. Dabei war ihr Eindruck eher, dass Marga im besten Sinne noch kindlich war und sie selbst leider viel zu schnell hatte erwachsen werden müssen. Sie wollte auf keinen Fall den Eindruck erwecken, als müsste jemand anderer die Verantwortung für sie übernehmen.

»Ich weiß deine Sorge zu schätzen, Marga, doch ich werde mit euch das Schiff verlassen und werde auch nicht weiter mit dir darüber diskutieren.« Simon und Marga sahen sie kurz überrascht an, doch sie vermieden es, die Vehemenz, mit der sie gesprochen hatte, zu kommentieren.

Rosie ließ ihren Blick über die Menschen gleiten. Keinen ließ der Augenblick ungerührt. Manche weinten, andere strahlten, wieder andere lagen sich in den Armen, jubelnd oder einander küssend. Gleich neben ihr stand ein junges Paar, das Letzteres sehr ausgiebig tat. Rosie spürte, wie eine leichte Röte über ihre Wangen kroch. Wie innig die beiden wirkten, wie unschuldig. So gerne hätte sie erlebt, wie es sich anfühlte, einen Menschen zu küssen, weil man es selbst wollte, und nicht, weil man gezwungen wurde. Sie blickte kurz verstohlen zu Simon, der versonnen die

Freiheitsstatue betrachtete. Wie es wohl wäre, ihn zu küssen ohne den ganzen Ballast, den sie mit sich trug? Sie würde es nie erfahren, denn das Gepäck würde sie begleiten, vermutlich ein Leben lang.

Nachdem die *Bohemia* geankert hatte, kamen zunächst mehrere Uniformierte an Bord, die mit dem Kapitän sprachen und sich einen groben Überblick verschafften, ob auf der Überfahrt irgendwelche ansteckenden Krankheiten ausgebrochen waren. Danach kamen Ärzte, um die Bewohner der ersten beiden Klassen zu untersuchen.

In der Zwischenzeit legte eine Fähre gleich neben dem Ozeanriesen an, um die vielen Zwischendeckpassagiere aufzunehmen. Rosie und Marga hatten ihr Gepäck geholt. Schon am Tag vor der Ankunft hatte Rosie widerwillig Xavers Sachen sortiert. Seine Geldbörse hatte sie geleert, seine Papiere dem Kapitän überreicht, der den Fall den Behörden in New York übergeben würde. Alles andere hatte sie einer Familie geschenkt, die dankbar war um die Kleidung für ihre vier erwachsenen Söhne.

Da sie noch auf Nando warteten, reihten sie sich erst gegen Ende in die Schlange ein, die aus dem Zwischendeck strömte. Männer und Frauen stolperten ans Tageslicht, beladen mit ihrem wenigen Hab und Gut, das sie in Kisten, Koffern und Säcken mit sich herumtrugen. Säuglinge schrien, Kinder liefen durch die Beine der Passagiere hindurch und wurden an ihren ärmlichen Hemdchen oder Kleidern zurückgerissen, damit sie nicht verloren gingen. Sie alle sahen müde aus, mitgenommen von der strapaziösen Überfahrt, schienen aber auch voller Hoffnung auf das, was nun vor ihnen lag.

»Nando, hierher«, brüllte Marga über das babylonische Stimmengewirr hinweg, als der Junge weiter hinten an der Treppe auftauchte, die zu den Mannschaftsunterkünften führte. Rosie hatte bislang kaum die Gelegenheit gehabt, mit ihm zu sprechen, doch sie war natürlich einverstanden gewesen, als Marga sie bat, Nando bei sich bleiben zu lassen. Der Junge schien so schon verloren genug in dieser Welt. Ein Gefühl, das sie selbst nur allzu gut kannte. Sie beobachtete ihn, wie er unsicher über die vielen Köpfe sah, bis sein Blick sich an Marga verfing. Es war, als würde die Sonne in seinem jungen Gesicht aufgehen. Simon hatte womöglich recht. Der Kleine schien ganz vernarrt in ihre Cousine zu sein. Er kämpfte sich durch die anderen Wartenden, bis er neben ihnen stand, schmal, lang aufgeschossen und mit all der Unsicherheit eines Fünfzehnjährigen, dem das Leben bislang wenig gute Karten zugeteilt hatte.

»Also kommst du mit uns?« Marga sah ihn erwartungsvoll an.

»Du hast mir ja keine Ruhe gelassen«, brummte er, doch Rosie konnte unter dem zur Schau getragenen Unmut die Wärme ausmachen, mit der er zu Marga sprach.

Gemeinsam rückten sie mit der schier endlosen Schlange Stück für Stück nach vorne, als sie auf einmal eine Stimme neben sich hörten. »Darf ich mich den Damen und dem jungen Herren anschließen?«

»Simon!« Rosie und Marga hatten zeitgleich seinen Namen gerufen und sahen nun zunächst ungläubig sich und dann ihn an. Er hatte sein Gepäck geschultert und seinen alten Hut nach hinten geschoben, sodass ihm ein paar zu lang gewordene Strähnen seines dichten braunen Haars in die Stirn fielen.

»Warum sind Sie nicht mit den Goldmanns auf dem Schiff geblieben?«, wollte Marga wissen.

»Ich konnte unmöglich riskieren, Sie beide in diesem Tumult zu verlieren.« Obwohl seine Antwort ihrer Frage galt, wich sein Blick nicht von Rosies Gesicht. Die Intensität, mit der er sie ansah, erhitzte sie und jagte ihr zeitgleich einen kalten Schauer über den Rücken. Wortlos griff er nach ihrem Koffer, nickte und ging dann voran, um ihr die Hand zu reichen, während sie über die angelegte Zugangsbrücke balancierte, um auf die Fähre zu gelangen. Nando und Marga folgten ihnen. Es war schwer, in dem Gedränge beisammenzubleiben, doch Simon wich keinen Zentimeter von ihrer Seite. Sein breiter Rücken schirmte sie von Ellbogenstößen, verschwitzten Körpern und unbeabsichtigten Fußtritten ab, als sie mit einem letzten Blick auf die *Bohemia* ablegten, um der neuen Welt entgegenzusteuern.

22

Nando spürte, wie ihm die Kehle eng wurde, während er Marga, ihrer Cousine und diesem Broder von Bord der Fähre folgte. Unten standen Männer in Uniform, deren dröhnendes »Welcome to Ellis Island« sie bis zu den Türen des riesigen Gebäudes geleitete. Jemand drückte ihm auf dem Weg ein Schild mit einer Nummer in die Hand. Ratlos blickte Nando Marga an, die ihm aufmunternd zulächelte und ihm bedeutete, sich wie sie das Schild umzuhängen. »Die Nummer stimmt mit der von der Passagierliste überein, so können sie die Einreisenden schneller zuordnen«, erklärte sie.

Nachdem sie der Menschenmasse ins Innere des Gebäudes gefolgt waren, wurden sie zu einer Tür geführt, auf der »Baggage Room« stand.

»Dort müssen Sie zunächst Ihr Gepäck zurücklassen, bis die Registrierung erfolgreich war«, vernahmen sie eine Stimme, die unerwartet Deutsch sprach. Sie gehörte zu einer Frau, die sich ihnen genähert hatte und nun mit einem freundlichen Lächeln vor ihnen stehen blieb.

»Sie sind Deutsche, richtig?« Die ältere Dame hatte einen aufgelösten Dutt, aus dem sich mehrere strohige graue Strähnen gestohlen hatten. Ihre Stirn war mit Schweißperlen benetzt, und ihr schwarzes Taftkleid raschelte bei jedem ihrer Schritte. Sie umklammerte eine Kladde und einen Bleistift. Simon nickte und stellte sie alle vor.

»Hallo, mein Name ist Johanna Schäfer. Ich bin von der St. Mark's Church auf der Lower East Side und helfe den Einreisenden, mache Übersetzungen, fülle Formulare aus und solche

Dinge. Wir alle sind hier mal so angekommen, und es ist im Sinne des Herrn, dass wir unseren Brüdern und Schwestern nun helfen, wo wir in der glücklichen Lage dazu sind.« Sie drückte Marga ein Papier in die Hand, auf dem die nächsten Gottesdienste der besagten Kirche abgedruckt waren. Auf der Rückseite hatte sie handschriftlich eine Adresse notiert.

»Das ist ein Boarding House. Dort könnt ihr erst mal unterkommen, falls ihr nicht schon anderweitig Kontakte habt.«

Marga nickte dankbar und steckte das Papier in ihre Tasche. Johanna Schäfer folgte ihnen, unablässig plappernd, was Nandos zunehmende Nervosität nicht gerade milderte. Gleich würde er auffliegen. Zwar mochte sein Name auf dem Manifest stehen, doch er besaß weder einen Ausweis noch ein Visum. Sie würden ihn ohne Umschweife wieder aufs Schiff schicken. Johanna Schäfer ging voraus auf eine Treppe zu, die ins obere Geschoss führte.

»Hier geht es zum sogenannten *Registry Room*. Sehen Sie die Männer, die dort oben auf der Empore stehen? Ärzte. Sie schauen schon hier auf der Treppe, ob jemand Probleme beim Gehen hat. Quasi ein erster Test.«

Tatsächlich wurden einige der Immigranten oben am Treppenabsatz abgefangen und zur Seite weggeführt. Johanna Schäfer ging voraus, während sie wie eine Reiseführerin nach rechts und links deutete, um den Prozess der Einwanderung weiter zu erläutern.

»Wir nennen den *Registry Room* auch *Great Hall*, also große Halle. Tatsächlich ist der Raum ganze zweihundert Fuß lang und über hundert Fuß breit. So viel Platz hattet ihr auf dem Zwischendeck sicher nicht.«

Nando sah sich überwältigt um. Er konnte sich nicht erinnern, jemals zuvor in einem so riesigen Raum gewesen zu sein. Metallgeländer trennten die Wartenden und halfen, dass sich alle ordentlich aufreihten. Weit vorne saßen mehrere Uniformierte auf hohen Stühlen an ebenso hohen, quadratischen Tischen. Das Kratzen ihrer Federn auf dem Papier war sogar über die Kakofonie von Geräuschen zu vernehmen, die den hallenartigen Raum flutete.

»Hier wird entschieden, ob medizinische oder rechtliche Gründe gegen eine Einreise sprechen. Manchmal müssen Fälle noch näher begutachtet werden, andere dürfen hiernach ins Land«, führte Johanna Schäfer weiter aus.

Gerade trat eine alte Frau aus der Reihe, der ein Mann im weißen Kittel ein »P« mit Kreide auf ihre Wolljacke gemalt hatte. Ihre Familie brach in lautes Gezeter aus, während zwei Uniformierte die alte Dame fortgeleiteten.

»*P* bedeutet *pulmonary*. Der Arzt hat befunden, dass die Dame es auf der Lunge hat. Sie wird auf die Krankenstation gebracht«, erläuterte Johanna Schäfer. »Ein *X* wäre schlimmer gewesen. Das sind die, die im Kopf krank sind. Die meisten werden ohne Umschweife wieder in die alte Heimat geschickt.«

Nando trat unruhig von einem Fuß auf den anderen. Das Prozedere zerrte an seinen ohnehin schon gespannten Nerven. Am Ende fasste er sich ein Herz. Als Marga und Rosie sich angeregt mit zwei Frauen vor ihnen in der Schlange unterhielten, zupfte er die Helferin am Ärmel, die ihn daraufhin verwundert anblickte.

»Ja?«

»Ich ...« Er räusperte sich, während ihm der Schweiß ausbrach. Nie hatte er etwas mehr gewollt, als in dieses Land einzuwandern – mit ihr. Er hatte sich in seinem ganzen Leben niemals jemandem zugehörig gefühlt, und es machte ihn vor Angst schwindelig, dass dieses zarte Band, das er mit Marga geknüpft hatte, nun zerschnitten werden könnte, weil ihm ein paar blöde Papiere fehlten.

»Du kannst kein Englisch? Mach dir keine Sorgen. Ich werde die Fragen gleich für dich übersetzen. Sie werden wissen wollen, wo du geboren wurdest, ob du schon verheiratet bist, straffällig warst in deiner alten Heimat und wo du hinwillst. Nichts, worauf du keine Antwort findest.«

»Das ist es nicht. Ich habe keinen Ausweis für den Namensabgleich. Sie werden mich sicher nicht reinlassen.« »Oh«, sagte Johanna Schäfer mit betroffener Miene. Seine Schultern sackten ebenso herab wie sein bisschen Zuversicht. Johanna Schäfer blickte sich nach allen Seiten um, dann beugte sie sich vor, sodass ihr Atem seine Wange streifte, als sie nun sprach.

»Hast du Geld? Ich kenne ein, zwei der Registrierungsoffiziere, die nicht abgeneigt sind, ein Auge zuzudrücken, wenn der Preis stimmt.«

Nando starrte sie verdrossen an, dann kehrte er seine leeren Hosentaschen nach außen.

»Wie viel wird er brauchen?«

Das war die Stimme von Simon Broder. Nando drehte sich um und wollte protestieren. Er wollte keine Almosen von diesem Schnösel, den Marga für seinen Geschmack zu sehr anhimmelte. Doch als Broder ihm freundlich die Schulter klopfte und zuzwinkerte, schluckte er seinen Widerspruch hinunter. Er konnte jetzt nicht wählerisch sein.

»Benson ist nicht ganz so habgierig wie die anderen«, flüsterte Johanna Schäfer und nickte zu einem korpulenten Mann mit einem ungepflegten Backenbart, der am Ende ihrer Reihe gerade ein rothaariges Mädchen in die Mangel nahm.

»Ihr habt Glück, Benson mag die Deutschen. Die Iren eher nicht«, sagte Johanna Schäfer und warf dem Mädchen einen mitleidigen Blick zu. »Sie wird tief in die Tasche greifen müssen; bei dir würde er sich vermutlich mit fünf Dollar begnügen, mein Junge.«

Nando hatte keine Ahnung, ob das viel Geld war, Broder hingegen offensichtlich schon.

»Davon kann man ja einen ganzen Monat Miete zahlen«, zischte er entrüstet.

»Wenn Sie den Kleinen ins Land bringen wollen, ist es das wohl wert«, befand sie achselzuckend und hielt ihre knochige Hand auf. »Ich kann euer Geld wechseln, unten gibt es eine Wechselstube. Die Offiziere lassen sich lieber in ihrer Landeswährung bestechen.«

Simon schnaubte abfällig, begann aber, in seinen Taschen zu wühlen. Entschuldigend zuckte er dann mit den Schultern. »Ich befürchte, wenn ich alles zusammenkratze, was ich besitze, komme ich nicht mal auf zwei Goldmark.«

Nando nickte betreten. »Danke trotzdem«, flüsterte er.

»Bitte doch Marga und Rosie um das Geld«, schlug Simon vor, doch Nando schüttelte vehement den Kopf.

»Auf keinen Fall. Sie werden das Geld in New York brauchen. Mich hingegen brauchen sie nicht.«

Da mischte sich Johanna Schäfer ein. »Ich hätte eine Idee, allerdings bringt diese Lösung gewisse ...« Sie stockte und räusperte sich. »... Verpflichtungen mit sich.«

Nando sah sie neugierig an. Verschwörerisch beugte sich ihre christliche Begleiterin erneut zu ihnen. »Hast du schon von Mother Mandelbaum gehört?«

Simon und Nando schüttelten gleichzeitig die Köpfe.

»Sie war eine echte Unterweltgröße. Hat ihr Geld mit den Kinderbanden gemacht, die früher ihr Unwesen am alten Einreisepunkt Castle Garden trieben. Haben da die Neuankömmlinge beklaut. Muss lukrativ gewesen sein, denn Mother verkehrte in den höchsten Kreisen der Stadt, stand auf Du und Du mit Politikern, Prominenten und den Reichen auf der Upper East Side.

Na ja, sie flog irgendwann auf und musste New York überstürzt verlassen. Sie starb vor einigen Jahren, aber es ist nicht so, als ob niemand ihr Erbe hier fortführen würde. Sally Parker war Mothers rechte Hand. Sie lenkt jetzt die Geschicke der Kinderbanden. Sally ist sehr hilfsbereit, sie würde dir sicher aushelfen, aber dafür erwartet sie auch etwas.«

Simon starrte die ältere Dame ungläubig an. »Sie als gute Christin schlagen vor, dass der Junge als Gegenleistung für die Bestechung eines Beamten zum Dieb wird?«

»Nun ja, wer von euch ohne Sünde ist, der werfe den ersten Stein«, sagte Johanna Schäfer augenzwinkernd. »Sally ist im Herzen eine gute Frau, kümmert sich um die Jungs, sie müssen nicht auf der Straße leben und hungern. Ich versuche also nur, das Gute in allem zu sehen. Wenn Sie, Sir, das verwerflich finden, so kann ich das nicht ändern, aber eine andere Idee habe ich so spontan nicht.«

»Ich mach's«, hörte sich Nando sagen. So viel dazu, dass er es besser machen wollte in diesem neuen Leben, dass er sich geschworen hatte, auf dem rechten Weg zu bleiben. Er hatte nicht einmal einen Fuß in dieses Land gesetzt, und schon war er wieder da, wo er in Deutschland aufgehört hatte. Vielleicht war das sein vorbestimmter Weg. Er war eigentlich ein guter Dieb, geschickt, flink, mit einem Blick dafür, wo es sich lohnte. Er war am Hafen nur nervös gewesen und hatte aus einem Impuls heraus gehandelt, als er diesem gelackten Affen das Erste-Klasse-Ticket aus der Tasche zog. Der Geldeintreiber war zuvor bei seinem Besuch in Nandos ärmlicher Hütte sehr deutlich gewesen, als er beschrieb, wie er ihm jeden Knochen im Leib brechen würde, sollte er seine Spielschulden bei Willi Klein, der auch der einäugige Willi genannt wurde, nicht begleichen. Es war aber auch eine blöde Idee von ihm gewesen, gegen den stadtbekannten Kriminellen im Poker anzutreten.

Als sein Blick auf Marga fiel, atmete er tief durch. Umkehren, sie enttäuschen, das war jetzt keine Option mehr, dafür war er zu weit gekommen. »Ich mache es, wirklich. Wo ist diese Sally Parker?« Johanna Schäfer sah sich suchend um, als ihr Blick an einem hageren Jungen hängen blieb, den sie heranwinkte. Sie flüsterte ihm etwas zu, und der Junge nickte, nachdem er Nando kurz, aber forschend gemustert hatte. Seine Hand glitt in seine Hosentasche, wo er ein Bündel Scheine zutage förderte, welches er Nando hinhielt.

»Sind knapp vier Dollar, Benson wird sich schon zufriedengeben. Seine Frau Wilma hat nämlich erst gestern neuen Stoff bei Mister Wilkins bestellt. Der Mann braucht Geld, und zwar schnell«, erläuterte er in perfektem Deutsch. Nando blickte ihn überrascht an.

»Walter kam vor einigen Jahren mit seiner Schwester Ilse aus Mannheim«, sagte Johanna Schäfer erklärend. »Man kennt und hilft sich hier unter den Einwanderern. Du wirst schon sehen.«

Der Junge starrte Nando aus zusammengekniffenen Augen an. »Sally baut darauf, dass du deine Schulden auch bezahlst.«

Walter drückte Nando das Bündel Scheine nun in die Hand und strebte schon wieder fort, als Nando ihn am Ärmel festhielt.

»Wo finde ich denn diese Sally?«

»Sie wird dich finden.« Mit diesen Worten verschwand Walter in der Menge. Nando sah gerade noch, wie er einem alten Herrn im Vorbeigehen eine goldene Taschenuhr aus der Jacke fischte. Er spürte eine starke Hand auf seiner Schulter.

»Wenn du da mal nicht deine Seele verkauft hast, Junge.« Broder sah ihn bedauernd an, bevor er sich wieder zu Marga und Rosie gesellte, die gottlob von seiner Misere nichts mitbekommen hatten. Ihm war die ganze Angelegenheit so schon unangenehm genug.

23

»Du hast dich ganz umsonst gesorgt, Nando. Es war doch alles halb so wild«, befand Marga, nachdem sie die endlose Befragung durch den dicken Kerl mit dem zerpflückten Backenbart hinter sich gebracht hatten. Eine der Fragen hatte doch tatsächlich gelautet, ob sie wüsste, wie man eine Treppe putzt. »Sir, ich bin nicht nach Amerika gekommen, um Treppen zu putzen«, hatte sie gesagt. Nachdem Johanna Schäfer das übersetzt hatte, hatte der Dicke schallend gelacht und einen Haken hinter ihren Namen gesetzt. Bei Nando hatte das Prozedere länger gedauert. Vor allem Johanna Schäfer schien in seinem Fall gefragt zu sein, denn sie redete unablässig auf den Uniformierten ein, bis dieser irgendwann mit einem genervten Schnauben und einem deutlich hörbaren Fluch auch seine Einreise mit einem Haken auf dem Manifest bewilligte.

Nun ging sie mit Nando die breite Treppe hoch, die oben in drei Gänge mündete. Nach links wendeten sich diejenigen, die weiter gen Westen oder Süden reisen wollten. Geradeaus wurden die Einwanderer, die zunächst noch nicht durch den Registrierungsprozess gekommen waren, zur *Detention* gebracht, einer Art Arrest.

Sie bogen nach rechts ab. *Welcome to New York* stand auf einem Schild. Marga bekam eine Gänsehaut. Der Augenblick hatte etwas Monumentales, aber auch Unwirkliches. Sie kam sich vor, als würde sie über eine Schwelle treten, die ihr altes Leben von ihrem neuen trennte. Sie musste schlucken, während der Strom an Menschen sie unablässig der Tür entgegenschob. Johanna Schäfer hatte ihnen neben der Adresse für das *Boarding*

House noch ihre eigene Adresse in einem der *Tenements*, wie die billigen Mietskasernen an der Lower East Side hießen, aufgeschrieben. »Falls ihr noch weitere Hilfe braucht. Und außerdem findet ihr mich an den Sonntagen immer in der Kirche«, hatte sie gesagt und ihnen allen eine Umarmung zum Abschied geschenkt. Dann war sie länger bei Nando stehen geblieben, um mit ihm zu flüstern.

»Was wollte Frau Schäfer denn noch von dir?«, fragte Marga, während sie ihren Koffer von der linken in die rechte Hand wechselte.

»Vielleicht habe ich schon Arbeit, mal sehen«, antwortete er ausweichend.

»Nando, das ist doch großartig. Wo denn?« Neben ihnen begann ein Baby zu schreien, sodass seine Antwort in dem Lärm unterging.

»Sag es mir nachher«, rief sie und ließ sich weiter mit der Masse treiben. Als sie durch die Tür trat, zwang das grelle Sonnenlicht sie zunächst dazu, die Augen zuzukneifen. Langsam gewöhnte sie sich jedoch an die Helligkeit, wenngleich ihre Augen nun tränten. Sie sah sich begeistert um. Überall standen Menschen, die auf die Reisenden warteten. Manche hielten Schilder hoch, andere reckten ihre Köpfe, bis ein Lächeln sich Bahn brach, wenn sie ein Familienmitglied oder eine Liebste endlich entdeckten. *Kissing Point*, so hatte Johanna Schäfer diesen Teil von Ellis Island genannt. Tatsächlich lagen sich viele Menschen in den Armen, küssten und herzten sich, während sie vor Freude weinten. Marga vermisste einmal mehr schmerzlich ihre Mutter. Wie schön wäre es, wenn sie nachkommen würde. Wenn Marga sie hier in Empfang nehmen und dann mit in ihr neues Leben nehmen könnte. Wenigstens würde sie den Neustart nicht allein wagen müssen. Sie seufzte, während sie sich suchend nach Rosie und Simon umsah, die sie während des Wartens auf Nandos Einreisebewilligung aus den Augen verloren hatte. Nando neben ihr trug seinen dürftigen Besitz – den alten Seemannsmantel und Margas Strickjacke – in einem fleckigen Leinentuch, das er an den Enden zusammengeknotet hatte. Der Schnitt auf seiner Wange war verheilt, nachdem der Schiffsarzt die böse entzündete Wunde gereinigt und genäht hatte. Jedoch würde er als Andenken eine Narbe zurückbehalten. Es ließ ihn älter aussehen.

»Da drüben sind sie.« Marga stupste Nando an. Dieser war in der Menge stehen geblieben, offensichtlich erschlagen von den vielen Eindrücken. Ehrfürchtig sah er sich um, bevor auch sein Blick an Simon und Rosie hängen blieb. »Es ist laut und stinkig und unterscheidet sich kaum vom Hamburger Hafen, und trotzdem hab ich das Gefühl, zum ersten Mal Freiheit zu schmecken. Geht es dir auch so?«

Sie lächelte und hakte sich bei ihm unter, während sie nun beide auf Rosie und Simon zusteuerten.

»Willkommen in New York, kleiner Bruder«, flüsterte sie, als sie zusammen vor den beiden anderen stehen geblieben waren. Aus einem Impuls heraus schloss sie Nando in die Arme und drückte ihn einmal fest. Sie spürte, wie er sich versteifte, und ließ ihn wieder los. Vermutlich konnte nicht jeder etwas mit ihrer stürmischen Art anfangen. Anders Rosie, die ein seltenes Lächeln im Gesicht trug, als Marga ihr aufgeregt um den Hals fiel. Einmal mehr musste Marga neidvoll feststellen, wie wunderschön ihre Cousine war. Ihre Wangen waren gerötet, und ihre marineblauen Augen leuchteten mit dem wolkenlosen Himmel über der Bucht um die Wette. Sonnenstrahlen verfingen sich in ihrem rabenschwarzen Haar und brachten es zum Glänzen. Selbst nach all den Strapazen der Überfahrt, den furchtbaren Erlebnissen und der anstrengenden Einreiseprozedur wirkte sie wie das pure

Leben, wenn sie wie jetzt selbstvergessen lächelte. Simon schien in etwa dasselbe zu denken, denn er konnte den Blick nicht von ihr nehmen. Marga räusperte sich geräuschvoll.

In diesem Moment trat die Familie Goldmann auf sie zu, mit denen Simon die Kabine geteilt hatte.

»Abraham, Esther, schön, dass wir uns noch einmal sehen«, rief Simon und strebte auf den älteren Mann zu, der eine geflickte Brille und ein mildes Lächeln trug. Die beiden umarmten sich freundschaftlich. »Ich schulde dir immer noch eine Flasche Wodka«, sagte Simon zerknirscht, was Marga zum Lächeln brachte.

»Nu, Jungchen, wenn die Zeit gekommen ist«, antwortete der ältere Mann und klopfte Simon auf die Schulter.

»Wollt ihr euch nicht anschließen? Wir haben die Adresse von einem Boarding House, das günstig und Deutschen zugetan ist.« Simon sah seinen Freund abwartend an, der kurz zu seiner Gattin blickte.

»Ich dank dir, Simon, aber unsere Wege werden sich hier trennen. Meine Esther hat eine Tante in Milwaukee, dorthin werden wir reisen. Sie hat uns sogar schon vor unserer Abreise Bahnfahrkarten zukommen lassen. Wir haben eine Nacht im Hotel gebucht, dann geht es schon weiter.«

»Wo liegt denn Milwaukee?«, fragte Rosie interessiert.

»In Wisconsin, dort gibt es viele deutsche Einwanderer. Falls es euch also hier in diesem riesigen Schmelztiegel nicht gefällt, dann kommt uns mal besuchen.«

Er drückte Simon eine Adresse in die Hand, verabschiedete sich noch einmal von allen und verschwand in der unüberschaubaren Masse.

Simon seufzte neben ihr. »Ich werde ihn vermissen. Er erinnert mich an meinen Papa«, gestand er wehmütig. Als Rosie ihm voller

Mitgefühl die Hand auf den Arm legte, schien seine Traurigkeit jedoch wie verflogen. Marga räusperte sich geräuschvoll.

»Wie soll es nun weitergehen?«, fragte sie und verschränkte herausfordernd die Arme.

»Nun, als Erstes sollten wir uns einen Platz zum Schlafen suchen. Vielleicht versuchen wir es tatsächlich bei diesem Boarding House, das uns Frau Schäfer empfohlen hat.«

Simon deutete mit dem Kopf auf Margas Tasche, aus der der Zettel mit der Adresse ragte. Sie holte das Papier heraus und zog die Stirn kraus.

»Wie sollen wir das finden? Keiner von uns kennt sich hier aus.«

Sie hatte den Mann nicht kommen sehen, der sich plötzlich über ihre Schulter beugte und mit einem schmutzigen Finger auf die Notiz deutete.

»Ihr müsst die Fähre nach Brooklyn nehmen. Von da aus sind es etwa fünf Meilen.« Überrascht fuhr Marga herum. Der Mann zog eine zerdrückte Schirmkappe von seinem schütteren Haar und deutete eine Verbeugung an.

»Hans Mertens, Missy. Zu Ihren Diensten. Landsleuten helf ich immer gern.« Er spuckte etwas Kautabak aus und deutete wieder auf den Zettel. »Ich soll eigentlich junge, allein reisende Damen ins Polly's locken. Aber Sie nich', Missy. Wir Deutschen müssen doch zusammenhalten.«

»Was ist das Polly's?«, fragte Marga verständnislos.

»Nun, ein Bordell, Missy. Madame Polly braucht immer wieder arbeitswillige Mädchen. Vor allem die aus Europa. Die fragen nich' viel und sind willig. Aber deutsche Mädchen schick ich nich' dahin, da bin ich Ehrenmann.«

Nando war nun beschützend vor sie getreten.

»Macht der Kerl Ärger, Marga?«

Sie musste sich ein Lächeln ob seiner Ritterlichkeit verkneifen.
»Schon gut, Nando, er wollte nur helfen.«

Hans Mertens beäugte sie misstrauisch, bevor er erneut braune Brühe auf den Gehweg spie.

»Marga, hä? Maggie passt viel besser zu dir, Missy. Wir sind jetzt in New York, girl. Do it the american way.« Er zog erneut seine Kappe und trollte sich auf der Suche nach anderen Opfern.

»Maggie gefällt mir«, sagte Marga nachdenklich. »Ich glaube, ab jetzt möchte ich Maggie genannt werden.«

Simon grinste sie an. »Maggie Steele, wenn das mal nicht ein Name ist, den man sich merken sollte.«

24

Rosie rann der Schweiß den Rücken hinab. Ihre gute weiße Bluse klebte ihr an der Haut, und ihr Haar hatte sich aus dem Dutt gelöst und pappte auf ihrer Stirn. Der Fußmarsch und die unverhältnismäßig hohen Temperaturen, die New York in diesem September erlebte, brachten sie an ihre Grenzen. Marga sah nicht minder mitgenommen aus, doch ihre Euphorie ob der Ankunft schien sie den Umstand vergessen zu lassen, dass ein Fünf-Meilen-Marsch in hohen Stiefeln und mit Gepäck alles andere als ein Spaziergang war. Sie plapperte in einem fort und bekundete all das Gesehene, als wären ihre Reisebegleiter blind für die neue Umgebung.

Immerhin hatte Simon Rosie angeboten, ihr Gepäck zu tragen. Sie hatte ein schlechtes Gewissen, weil sie ihn von Zeit zu Zeit dabei beobachtete, wie er stehen blieb, die Koffer abstellte und seine geröteten Handflächen knetete, doch sie war zu erschöpft, um ihre Sachen selbst zu tragen.

»Ich kann mich nicht erinnern, wann ich das letzte Mal acht Kilometer zu Fuß gelaufen bin«, stöhnte Simon, wobei er erneut anhielt, um seine strapazierten Hände zu entlasten. Vor ihnen taten sich die engen Straßenfluchten der Lower East Side auf. Die Häuser waren hoch hier, aus rotem Back- oder gelbem Sandstein, mit bunten Markisen, unter denen sich im Erdgeschoss oftmals Geschäfte befanden. *Grubers Wurstwaren, Hansen's Bakery, Brauerei Gebrüder Schmidt* las Rosie im Vorbeigehen. Die Schilder der Läden untermauerten den Eindruck, der Heimat nicht fern zu sein. Nicht umsonst wurde das Viertel hier zwischen der Division Street, über die Bowery bis zur Avenue D *Little Germany* genannt, wie Johanna Schäfer ihnen erklärt hatte. »Wir haben hier nach Berlin und Wien sozusagen die drittgrößte Einwohnerzahl an deutschsprachigen Bürgerinnen und Bürgern«, hatte sie mit einem Augenzwinkern berichtet.

Sie passierten nun die Hester Street. Rosie lachte überrascht auf, als ein paar Jungs sie fast umrannten, während sie einer Konservendose nachjagten. Es roch nach überreifem Obst, gebratenem Fleisch, nicht mehr ganz frischem Fisch und welken Blumen – alles Waren, die an den diversen Ständen rechts und links der Straße feilgeboten wurden. Schuhputzer, Zeitungsjungen und Marktfrauen lockten ihre Kunden mit lauten Rufen an – teils auf Deutsch und teils in gebrochenem Englisch. An den Balkonen über ihnen flatterte Wäsche, während darunter Pferdewagen und Handkarren den Staub auf der Straße aufwirbelten und die Mühen der Hausfrauen damit zunichtemachten.

Aus den geöffneten Fenstern eines Ladens, über dem ein Schild darauf hinwies, dass es hier das beste deutsche Bier gab, drang muntere Klaviermusik.

Die Einreise und der lange Marsch hatten den ganzen Tag in Anspruch genommen, die Sonne verabschiedete sich langsam und hinterließ ein violettes Band am Horizont über all dem Getümmel. Die Abendluft war feucht und angenehm kühl. Nun war es Rosie, die stehen blieb und ein paar tiefe Atemzüge tat. Seit einer Ewigkeit hatte sie sich nicht mehr so gefühlt – lebendig, neugierig auf das Leben, frei. Simon hatte zu ihr aufgeschlossen und strahlte sie an. »Sie haben bezaubernde Grübchen, wenn Sie lächeln.«

Rosie spürte, wie sich ihre Grübchen vertieften. Ebenso die Farbe ihrer Wangen. Komplimente war sie nicht gewohnt. Noch weniger, dass ein Mann freundlich sein konnte, ohne eine Gegenleistung einzufordern. Simon förderte ein paar Centstücke zutage, die er auf seiner Handfläche sortierte. »Viel ist es nicht mehr, was ich an Bargeld habe. Das Wechseln haben die sich vorhin ordentlich bezahlen lassen. Aber es würde für ein Gebäckstück reichen.« Er deutete auf die Auslage in einem der Geschäfte, wo sich Torten, Pasteten und kleine Kuchen türmten. »Sie müssen ausgehungert sein«, befand er besorgt.

»Wir alle hatten nicht viel zu essen, seit wir von Bord gegangen sind. Aber bitte sparen Sie Ihr Geld. Wir werden sicher gleich etwas in dem Boarding House bekommen. Weit kann es nicht mehr sein.« Er zuckte mit den Schultern und ließ das Kleingeld wieder in seiner Jackentasche verschwinden. Rosies Magen knurrte in Protest auf, doch sie wollte nicht, dass er das wenige, das er besaß, für sie verschwendete. Sosehr sie ihn mochte und seine Gesellschaft schätze, so wenig war sie bereit, ihn noch weiter in ihr Leben zu lassen. Er hatte Pläne – und sie auch. Sie wollte sich Arbeit suchen, wollte es schaffen, ohne fremde Hilfe in diesem Land anzukommen und sich selbst damit beweisen, dass sie stark genug war, um alles zu überstehen, sogar die Vergangenheit.

Marga und Nando, die vorausgelaufen waren, kamen nun mit fragenden Blicken zurück.

»Ist alles gut?«, wollte Marga wissen. Schnell hakte sich Rosie bei ihrer Cousine unter und zog sie weiter, bevor ihr Hunger ihre Entschlossenheit löchrig werden ließ. »Weit kann es nicht mehr sein. Die Chrystie Street soll direkt an die Hester Street angrenzen«, sagte Marga, während sie den Zettel hervorholte, auf den Johanna Schäfer die Wegbeschreibung und eine grobe Umgebungsskizze gekritzelt hatte.

»Hunger?« Nando tauchte nun neben ihnen auf und hielt beiden je einen Apfel hin. Marga befreite sich aus Rosies Arm und stand nun mit in die Hüften gestemmten Armen vor dem Jungen. »Die hast du im Leben nicht gekauft.«

Er lachte unbekümmert. »Natürlich nicht, wovon auch. Sagen wir es mal so. Die sind eben gleich neben mir von einem Stand heruntergekullert.«

Marga wollte den kleinen Dieb schon schimpfen, doch Rosie nahm ihr den Wind aus den Segeln, indem sie Nando das Obst aus der Hand nahm und kräftig hineinbiss.

»Man soll doch dankbar sein für die kleinen Gaben des Lebens«, sagte sie grinsend, als sie Marga empört schnauben hörte. Nando zwinkerte ihr zu und wartete dann geduldig, bis Marga zögerlich ebenfalls den angebotenen Apfel griff.

»Nur ausnahmsweise, kleiner Bruder. Lass es nicht zur Gewohnheit werden. Ich will dich nicht irgendwann in einem Gefängnis besuchen müssen.« Sie hatte wie eine Lehrerin mit erhobenem Zeigefinger gepredigt, doch schenkte ihm danach ebenfalls ein Lächeln, bevor sie in ihren Apfel biss und weiter die immer noch gut bevölkerte Hester Street hinablief. Nur Rosie fiel der eindringliche Blick auf, den Simon Nando zuwarf, der diesen jedoch mit einer wegwerfenden Geste abtat.

25

Gundel Grubers Boarding House lag ganz am Ende der Chrystie Street. Der Himmel spannte sich bereits schwarzblau über die Stadt, und ein leichter Nebel verhinderte, dass allzu viele Sterne zu sehen waren. Marga war zum Umfallen müde. Lediglich die Aussicht, ihr Ziel nun endlich erreicht zu haben, ließ sie noch einmal alle Kraftreserven zusammennehmen. Entschlossen schulterte sie ihre Stofftasche und ging die vier Stufen hinauf, um den Löwenkopftürklopfer zu betätigen. »Yes, dearie?« Die alte Dame, die hinter dem hell erleuchteten Spalt erschien, beäugte sie neugierig.

»Johanna Schäfer hat uns diese Adresse gegeben«, versuchte Marga es auf Deutsch und wurde mit einem freundlichen Lächeln belohnt.

»A gude Seel', des isch die Johanna. Kommts n'ein, meine Lieben, kommts n'ein. Seid's ihr heud erscht angereist?« Gundel Gruber sprach mit stark süddeutschem Einschlag. Ihr grauer Dutt saß schief auf ihrem Kopf, und zu Margas Überraschung hatte sich die *Landlady*, wie man hier Vermieter nannte, zwei Stricknadeln in den verrutschten Haarturm gesteckt. »Es isch fei immer gud, wenn Leud ausch der alden Heimad kommen tun«, plapperte sie munter weiter, während sie ihre langen Röcke anlupfte, um ihren Gästen voran ins Haus zu gehen. Marga bedeutete den anderen, ihr zu folgen.

Die Pension war einfach eingerichtet. Auf den abgelaufenen Holzdielen im Eingangsbereich lag ein billiger Teppich. Der Handlauf des Geländers war abgegriffen, und die Tapeten wellten sich an der ein oder anderen Stelle. Aber es roch sauber und einladend, weil neben dem Geruch von Kernseife noch der eines Eintopfs in der Luft lag. »Ihr seid's sicher hungrig. Des Essen isch gleich fertisch«, verkündete die alte Dame und führte sie in einen großen Raum, wo an einer langen Tafel bereits zwei Herren und eine junge Frau Platz genommen hatten.

»Des isch der Herr Wengenroth und der Herr Kleinschmidt und des das Fräulein Mommsen.« Neugierig beäugten nun alle das Kleeblatt der Neuankömmlinge. Marga räusperte sich, bevor sie sprach und ihre Gruppe vorstellte. Frau Gruber wies ihnen Plätze zu und deckte weitere Teller ein. Dann brachte sie Brot und Suppe. »Die Zimmer koschten zwei Dollar die Woch' für jeden, Damen und Herren sin' natürlisch in getrennte Stockwerke unnag'bracht. Un bittschön, kein Damen- oder Herrenbesuch in den Zimmern. Frühstück isch um siebbe, desch Abendbrot gibtschs um dreiviertelacht.«

Nach dieser Ansage ließ sich Frau Gruber mit einem Ächzen in einem altersschwachen Schaukelstuhl nieder, der nicht minder angestrengte Geräusche von sich gab. Mit einem seligen Lächeln zupfte sie sich die Stricknadeln aus der Frisur und ein Knäuel Wolle aus ihrer Schürzentasche. Schon bald mischte sich das gleichmäßige Klappern ihrer Nadeln mit dem des Bestecks auf dem Porzellan.

Während des Essens herrschte hungrige Stille. Doch danach kamen sie mit den anderen Gästen ins Gespräch. Sie erfuhren, dass Franz Kleinschmidt aus Frankfurt und Lothar Wengenroth aus Köln gekommen war. Anna Mommsen stammte aus Bremen. Herr Wengenroth war Bäcker und hatte gleich hier im Viertel Arbeit gefunden. Herr Kleinschmidt ebenso, er stand am Tresen in einem der deutschen Bierpavillons. Das Fräulein Mommsen war ihrem Verlobten nach Amerika gefolgt, der hier eine Ausbildung zum Anwalt machte.

»Wir warten auf die Papiere, damit wir schnell heiraten können«, gestand sie mit roten Wangen. Hinter ihnen schnaubte Frau Gruber, was ihr einen bösen Blick von Fräulein Mommsen einbrachte. Als sie später der *Landlady* völlig erschöpft in das obere Geschoss folgten, kam das Gespräch wieder auf die anderen Gäste. »Desch Fräulein Mommsen hofft immer noch, desch dieser Halunke sie heiraden tät, dabei weisch jeder hier, desch der feine Herr Krämer jedem Rock nachgugge tut. Der hat's im Lebbe net eilig, sich in Kette legge zu lasse.« Sie schüttelte indigniert den Kopf, sodass noch mehr graue Strähnen aus dem schiefen Dutt flogen. »Isch hoff, Sie zwei sin vernünftigga bei der Auswahl eines Liebschten. Hat der Herr Broder Ihne schon an Antrag g'macht, Fräulein Pauls? Isch mein, des sieht ja en Blinder, desch der ganz vernarrt in Sie isch.« Marga musste schlucken. Sie starrte auf Frau Grubers krummen Rücken, während diese schnaufend die Treppe erklomm, als wäre es die Zugspitze. Rosies verlegenes Räuspern ließ die alte Dame in ihrem Schritt innehalten. »Hab isch was Falsches g'saggt? Oh, je, isch bin so en Plabbermäulsche. Un setz mich damit ganz oft in die Nesseln. Des hat schon mei Horscht immer g'saggt. Gundel, du muscht net immer sagge, was dir in dei Köpfche schießt, hat er g'saggt. Am End isch der Herr Broder gar Ihr Liebschter, Fräulein Stahl?« Neugierig beäugte sie nun Marga über den Rand ihrer schmalen goldenen Brille hinweg. Marga spürte, wie ihr die Röte ins Gesicht schoss. Sie fühlte sich ertappt. Rosie rettete sie davor, etwas sagen zu müssen. »Herr Broder ist ein guter Freund, der uns aber bald verlassen wird. Er hat andere Pläne. Meine Cousine und ich hingegen wollen hier in New York Fuß fassen.«

»Des isch recht so. Zu früh sollde wir Frauleut uns eh net festlegge. Un annere Müdder hän ach schöne Söhne.« Sie kicherte, wobei sie das Ende der Treppe erreichte. Marga und Rosie tauschten einen amüsierten Blick, die befangene Stimmung war verflogen.

Das Zimmer lag unter dem Dach. Es gab zwei Betten, die unter der Schräge standen, getrennt durch eine Kommode mit Spiegel und einer Waschschüssel. In einer Ecke stand zudem auf einem bunten Teppich ein runder Tisch mit zwei klapprigen Stühlen. Ein windschiefer Schrank vervollständigte das Mobiliar. Durch das Dachfenster fiel fahles Mondlicht. Frau Gruber stellte die Gaslampe ab und wünschte ihnen eine gute Nacht. Marga ließ sich auf das erste Bett fallen und pellte sich aus ihren Stiefeln. Ihre Füße waren geschwollen und voller Blasen.

»Ich werde die nächsten Tage keinen Schritt mehr freiwillig laufen«, bekundete sie, während sie ihre schmerzenden Zehen massierte. Rosie setzte sich auf das andere Bett und begann, sich für die Nacht umzukleiden.

Marga wusste nicht, welcher Teufel sie ritt, als sie das Thema Simon erneut aus der Kiste zerrte, in die sie es eben erst erfolgreich gesteckt hatten. »Du weißt schon, dass Frau Gruber recht hat. Ein Blinder würde sehen, wie vernarrt Simon in dich ist.« Ihr Herz klopfte bei ihren eigenen Worten protestierend gegen ihre Rippen. Die Wahrheit konnte wehtun, wenn man sie aussprach. Von der anderen Zimmerseite war lediglich das Rascheln der Bettwäsche zu vernehmen.

»Magst du ihn denn auch? Ein wenig vielleicht?« Margas Stimme klang merkwürdig dünn in der Dunkelheit. Sie vernahm ein ungeduldiges Seufzen, dann ein Quietschen, als sich Rosie vom Rücken auf die Seite drehte, um sie, auf den Ellenbogen gestützt, anzusehen.

»Ja, Marga, ich mag ihn. Sehr sogar. Aber mehr nicht. Ich habe mit mir selbst genug zu tun. Ich sollte also kein Hindernis sein, wenn du ihn willst.« Sie klang barsch.

Marga drehte den Kopf zur Seite, damit Rosie nicht die Tränen sah, die ihr in die Augen geschossen waren. Auch wenn sie Simon Broder gerne für sich gehabt hätte, er wollte nun mal eine andere. Sie schluckte mehrmals, bis sie sicher war, dass ihre Stimme neutral genug klang.

»Du sollst mich doch Maggie nennen.«

26

Simon und Nando hatten ein kleines Zimmer im ersten Stock bezogen. Die Wände waren papierdünn, aus dem Nebenzimmer konnten sie von der einen Seite das Schnarchen von Franz Kleinschmidt vernehmen, von der anderen Seite unregelmäßiges Gepolter. Die geschwätzige Vermieterin hatte sie vorgewarnt, dass Lothar Wengenroth gerne Abendgymnastik betrieb, bevor er sich zur Ruhe legte. Der Mitmieter hatte sich nach Frau Grubers Schilderung gleich nach seiner Ankunft im Turnverein angemeldet, dem viele Deutsche in New Yorks Lower East Side angehörten. »Isch hoff, des Sie net so ein eitler Geck sin, Herr Broder«, hatte sie mit wackelndem Kopf und strenger Miene gesagt, was er mit einem unterdrückten Grinsen verneinte.

Der Junge lag mit seinen Straßensachen auf dem Bett, die Arme hinter dem Kopf verschränkt.

»Willst du dich nicht für die Nacht umziehen?«, fragte Simon vorsichtig. Nando machte ein undefinierbares Geräusch, angesiedelt irgendwo zwischen einem Grunzen und einem freudlosen Lachen.

»Vielleicht ist es Ihnen entgangen, aber ich besitze nichts, um mich umzuziehen.«

Simon stand auf und wühlte in seinem Koffer, bis er eine gestreifte Schlafhose und ein sauberes Feinripphemd zutage förderte. Er überlegte einen Augenblick, dann holte er noch ein Hemd und eine Stoffhose heraus. Er hatte immer noch genügend Kleidung, und wenn er erst einmal etwas Geld verdient hatte, würde er sich neue Sachen kaufen. Vielleicht konnte eine der Frauen die Sachen für den Jungen umändern, seine Hüften und sein Kreuz waren deutlich schmaler als Simons, doch von der Länge her sollte ihm die Kleidung passen.

»Hier«, sagte er und legte Nando alles auf das Fußende seines Bettes. Der sah ihn mit seinen durchdringenden schwarzen Augen an.

»Seh ich aus, als ob ich Almosen brauche?«

»Wenn ich ehrlich sein soll, ja«, sagte Simon trocken. Zu seiner Überraschung lachte Nando. Beide vermieden es, die Angelegenheit weiter zu kommentieren, doch irgendwann stand Nando auf, streifte sich die schmutzigen Sachen ab und schlüpfte in Simons Geschenk.

»Und Sie wollen wirklich in den Norden, um Gold zu suchen?«, fragte er irgendwann interessiert.

»Du kannst ruhig Simon sagen. Und ja, das war zumindest mein Plan.« Nachdenklich betrachtete er das kleine samtene Kästchen, das ihm eben beim Wühlen in seinem Koffer in die Hände gefallen war. Mama hatte es ihm am Abend vor seiner Abreise gegeben. *Der hat meiner Großmutter gehört. Wenn du in der neuen Welt ein Mädchen triffst, das es wert ist, dann gibst du ihn ihr*, hatte sie mit Tränen in den Augen gesagt, und ihm war das Herz schwer geworden, weil er ahnte, wie sehr Mama es sich gewünscht hatte, bei seiner Hochzeit dabei zu sein. Er hatte mit sich gerungen, ob er den Ring überhaupt mitnehmen sollte. Schließlich gab es kein Mädchen in seinem Leben. Am Ende wollte er aber Mamas Gefühle nicht verletzen und hatte das Kästchen achtlos zwischen seine anderen Sachen geworfen. Nun, wo er wieder darüber gestolpert war, hallten Mamas Worte in seinem Kopf nach.

»Aber vielleicht bleibe ich auch hier, man kann nie wissen«, sagte er schließlich, bevor er das Kästchen auf den kleinen Nachttisch stellte, um der bleiernen Müdigkeit nachzugeben, die ihm nach dem langen Tag in den Knochen steckte.

Am nächsten Morgen saßen Rosie und Marga schon am Frühstückstisch, als Simon und Nando den Speisesaal betraten. Es gab Haferschleim und dünnen Kaffee, doch Simons Hunger war zu groß, um die fragwürdige Kost zu verschmähen. Immerhin füllte sie den Magen.

»Eben hat Herr Kleinschmidt erzählt, dass in dem Bierpavillon, in dem er arbeitet, noch Kellnerinnen gesucht werden. Ich wollte nach dem Frühstück dort vorbeischauen«, sagte Marga und verzog das Gesicht, als sie einen letzten Schluck von ihrem lauwarmen Kaffee nahm.

»Denken Sie, dass das eine gute Stelle für ein junges Fräulein ist? Die Kerle können schon mal zudringlich werden, wenn sie zu tief ins Glas geschaut haben«, sagte Simon vorsichtig. Doch Marga zuckte nur die schmalen Schultern.

»Und Sie denken, dass ich nicht mit denen fertigwerde?« Herausfordernd sah sie ihn an. Er musste ein Lächeln unterdrücken.

»Wenn irgendwer mit einer Horde Betrunkener fertig wird, dann vermutlich Sie.«

Nando war jedoch anderer Meinung.

»Simon hat recht. Ich weiß, wie widerlich es in solchen Spelunken zugeht. Du wirst da auf gar keinen Fall kellnern gehen.«

Überraschung huschte über Margas Gesicht, dann brach sie in ungläubiges Gelächter aus.

»Als ob du mir sagen kannst, was ich zu tun und zu lassen habe, kleiner Bruder.«

Simon beobachtete den Jungen, der zornig mit seinem Kiefer mahlte.

»Ich finde es sehr ritterlich, dass Nando sich sorgt. Vielleicht kann er mitkommen. Er braucht ebenfalls Arbeit und könnte dann ein Auge auf Sie werfen.«

Nando schenkte ihm einen dankbaren Blick, bevor er sich für seinen Konter aufplusterte.

»Genau. Ich komme mit. Ach ja, und könntest du dieses *kleiner Bruder* lassen? Das nervt.«

Mit etwas zu viel Wucht warf er seinen Löffel in den leeren Teller und stand auf. Seine wütenden Schritte verhallten im Flur. Marga warf einen fragenden Blick in die Runde.

»Was ist dem denn heute über die Leber gelaufen?«

Simon sah dem Jungen nachdenklich hinterher. Er hatte da so eine Vermutung, aber er würde einen Teufel tun und diese laut äußern. Sein Blick verfing sich an Rosie. Sie sah übernächtigt aus. Dunkle Schatten lagen unter ihren Augen.

»Haben Sie gut geschlafen, Fräulein Rosie?«, fragte er leise. Sie sah ihn an, schien mit sich zu ringen, begnügte sich dann aber mit einem Schulterzucken.

»Entschuldigt mich ebenfalls. Ich will Fräulein Mommsen noch abpassen. Sie erwähnte gestern, dass Verwandte ihrer Arbeitgeber noch ein Kindermädchen suchen.« Sie verließ den Raum leiser, jedoch nicht minder fluchtartig als Nando. Zurück blieben Simon und Marga, die sich über den großen Tisch hinweg ansahen.

»Ist alles in Ordnung mit Ihrer Cousine?«

»Sie hatte einen Albtraum in der Nacht. Ich vermute, dass es etwas mit ihrem Stiefvater und dem, was auf dem Schiff geschehen ist, zu tun hatte, denn sie schrie ein paarmal und schien wie eine Verrückte zu kämpfen. Als ich sie weckte, hat sie lange in meinen Armen geweint.« *Ich dachte, ich hätte ihn zurückgelassen, aber er ist hier. Er ist nach wie vor an meiner Seite*, hatte Rosie geflüstert, bevor sie wieder eingeschlafen war, doch dieses Detail behielt Marga für sich. Betreten sah Simon zu Boden. Seine Zuversicht schwand. Es war schon schwer genug, gegen einen lebenden Rivalen zu bestehen. Doch sein Gegner war nicht nur tot, sondern auch noch eine stete Erinnerung daran, wie es keinesfalls zwischen Mann und Frau sein sollte. Simon hatte keine Ahnung, wie er dagegen ankämpfen sollte.

27

Cleveland nach vier Jahren wieder im Weißen Haus. Sieg gegen Harrison und Weaver«, brüllte ein Zeitungsjunge und hielt die *New York World* hoch, von der kaum noch Exemplare in seiner Ledertasche steckten. Es gab Schlagzeilen, die lockten Leser mehr an als andere.

Marga holte ihre Geldbörse hervor und zählte ihr Kleingeld. Dann gab sie dem Jungen zwei Cent, der ihr die Zeitung reichte, bevor er eine neue hervorholte, um weiter die Schlagzeilen anzupreisen. Marga steckte ihre Geldbörse und die Zeitung in ihre Tasche. Sie würde sie gleich im Boarding House in Ruhe lesen, bevor sie zur Arbeit musste. Sie liebte es, sich in Frau Grubers alten Schaukelstuhl zu setzen, den Geruch der Druckerschwärze und des Papiers in der Nase, während sie sich in die vielen Artikel vertiefte. Bei der *New York World* gab es meist acht, manchmal sogar 12 Seiten. Viel Lesestoff also für wenig Geld. Auch wenn Marga die Art, wie hier in Amerika Zeitung gemacht wurde, manchmal fragwürdig fand. Während in Deutschland die Zeitungsmacher darauf bedacht waren, Themen neutral aufzuarbeiten und sachlich zu bleiben, waren die Amerikaner eher mit reißerischen Schlagzeilen und dramatischer Umsetzung zu begeistern. Oft ging es um Mord und Totschlag; je sensationeller das Verbrechen, desto größer wurde es ausgeschlachtet. Daneben gab es noch Comics, kleine Gewinnspiele, Rätsel und Wettbewerbe. Es war unterhaltsam, wenngleich nicht sehr anspruchsvoll, also ideal für Marga, die viel lernen konnte beim Lesen. Auch wenn sie noch lange nicht jedes Wort verstand, so hatte sie mittlerweile ein gutes Gespür dafür, was der Kern eines Artikels war. Das

Lesen half ihr auch, im Alltag besser klarzukommen. Zwar sprachen die meisten Menschen hier im Viertel Deutsch, aber im Bierpavillon kamen die Gäste aus aller Herren Länder, sodass man schon Englisch sprechen musste, um sich untereinander zu verständigen. Marga hatte noch mehr bei ihrer neuen Tätigkeit gelernt, nämlich, dass die Italiener aufdringlich sein konnten, aber harmlos waren. Die Iren tranken oft mehr, als ihnen guttat, und gerieten dann nicht selten in lautstarke Auseinandersetzungen. Die Polen und Russen waren schweigsam und vertrugen eine ganze Menge Alkohol, und die Deutschen hielten sich oft für etwas Besseres, bis sie zu tief ins Glas schauten und dann zu unsäglichen Rüpeln mutierten. In der Regel konnte Marga sich gut zur Wehr setzen, meist reichten ein paar scharfe Worte. Der ein oder andere Gast hatte auch schon einmal einen Krug Bier übergeleert bekommen, was durchaus eine ernüchternde Wirkung hatte. Es hatte jedoch auch Situationen gegeben, in denen sie froh war, dass Nando und Franz ihr zur Seite standen.

»Ich hab dir die Stelle besorgt, Mädchen. Da hab ich auch die Verantwortung«, hatte ihr Mitbewohner Franz Kleinschmidt mit seinem rheinischen Charme damals gesagt, nachdem er einen Gast rausgeworfen hatte, der zuvor zu aufdringlich geworden war. Der Kerl schien nach dem vierten Krug Bier plötzlich mehrere Arme zu haben und riss ihr am Ende das Dirndl vorne auf. Die Knöpfe waren über den Holzboden der Bierstube gekullert, während ihre Brüste unter der dünnen Bluse durchschienen und die Blicke der anderen Gäste auf sich zogen. Nando war zu ihr geeilt, hatte im Laufen sein Hemd aufgeknöpft und es ihr rasch übergelegt. Dann hatte er sie mit nacktem Oberkörper nach hinten geführt, wo er sie im Arm hielt, bis ihre erschrockenen Tränen getrocknet waren. Wortlos hatte Franz ihr später ein neues Dirndl überreicht. »Du kommst doch morgen wieder, oder? Der

Kerl hat Hausverbot.« Sie hatte mit sich gerungen. Doch die Bezahlung war gut, und die Männer gaben reichlich Trinkgeld, je mehr sie selbst tranken. Also hatte sie am Ende ergeben genickt.

»Du könntest auch etwas anderes finden. Du bist klug, Maggie«, hatte Nando auf dem Heimweg gesagt. Sie fand es immer noch gewöhnungsbedürftig, wenn er sie so nannte. Doch sie wollte Amerikanerin sein, durch und durch. Und dazu gehörte auch der Name. Marga Stahl war ihre Vergangenheit, Maggie Steele ihre Zukunft. Sogar in ihre Einbürgerungsurkunde hatte sie die englische Version ihres Namens eintragen lassen. Jetzt musste sie sich nur noch selbst dazu bringen, ihn auch zu benutzen.

»Wir brauchen das Geld aber. Die Miete bei Frau Gruber ist teuer, und wenn wir wirklich irgendwann eine eigene Wohnung finden, müssen wir Dinge für einen neuen Hausstand kaufen«, hatte sie ihn mit finsterer Miene erinnert. Die Chancen standen nämlich gut, dass sie bald das Boarding House verlassen konnten. Johanna hatte ihnen bei ihrem letzten Besuch erzählt, dass im Januar eine Wohnung bei ihr im Gebäude frei würde. Das waren nur noch zwei Monate. Sogar zwei Zimmer hatte das Apartment. Und kostete nur zehn Dollar im Monat, weil es im fünften Stock lag. Parterre würde es zwölf kosten. Damit konnten sie sechs Dollar sparen – wenn Nando mit einziehen würde, wären es sogar ganze vierzehn Dollar.

Nando neben ihr hatte eine wegwerfende Handbewegung gemacht. Er wusste, dass sie stur blieb, wenn das Thema auf die Arbeit im Bierpavillon kam. Mit vorgeschobenem Kiefer war er durch die kühle Nacht gestiefelt. Er hatte sein Hemd falsch geknöpft, nachdem sie es ihm zurückgegeben hatte, weshalb Marga ihn am Arm fasste, zu sich herumzog und begann, die Knöpfe ordentlich zu richten, wie damals am Hafen. Sie selbst hatte ihre

Jacke über das zerrissene Dirndl gezogen. Er stand ganz still, schien sogar den Atem anzuhalten, während sie mit geschickten Fingern ihre Arbeit machte. Als sie zu ihm aufsah und sich ihre Blicke verfingen, war ihr einen ganz kurzen Moment so, als hätte sie einen Stromschlag bekommen.

»Besser«, hatte sie etwas zu heiter gesagt, es aber vermieden, ihn anzusehen. Vermutlich war sie einfach durcheinander von dem Streit mit dem betrunkenen Gast und verwechselte ihre Dankbarkeit für sein schnelles Eingreifen mit etwas anderem.

Seine Stimme hatte belegt geklungen, als er zu ihr aufschloss und das Thema erneut aufgriff. »Aber wir verdienen doch alle ganz ordentlich. Wenn du dir einen neuen Job suchen willst, kann ich dir aushelfen, bis du was findest.«

»Schon in Ordnung, du passt doch auf mich auf«, hatte sie sein Angebot freundlich, aber bestimmt abgelehnt. Erst im Nachhinein war ihr aufgefallen, dass sie zu durcheinander gewesen war, um ihn zu fragen, woher er das Geld nehmen wollte, um ihr auszuhelfen.

Mit einem Seufzer klappte Marga die Zeitung zu. Die Erinnerung an den unschönen Abend hatte ihre ganze Konzentration beansprucht, sodass sie nicht einmal den Artikel über die Wahl wirklich gelesen, geschweige denn verstanden hatte. Die Uhr drängte ohnehin, weshalb sie auf ihr Zimmer ging, sich für die Arbeit ankleidete und dann ihren Mantel überzog, um vor der Tür auf Nando zu warten. Ungeduldig blickte Marga auf die Uhr. Nando verspätete sich schon wieder. Sie duckte sich unter das Vordach der Pension und zog ihren Mantel enger um sich, denn der Wind war eisig heute, und der Abendnebel legte sich in feinen Tropfen auf ihre abgetragene Kleidung. Sie fragte sich seit Längerem, was Nando den ganzen Tag über so trieb. Ihr Dienst im Bierpavillon begann erst um sechs, ging dafür aber bis weit nach Mitternacht. Marga schlief deshalb morgens lange, ließ das ungenießbare Frühstück ausfallen und schlenderte stattdessen durchs Viertel, wo sie die vielfältigen Eindrücke in sich aufsaugte, sich ab und zu etwas Gebäck aus Hansens Bakery und dann und wann eine Zeitung gönnte. Nando jedoch war meist schon in der Frühe verschwunden und tauchte erst kurz vor Dienstbeginn auf, um sie zur Arbeit zu begleiten. Sie hatte Simon gefragt, der nur geheimnisvoll mit den Schultern gezuckt hatte. Er schien mehr zu wissen, es aber vor ihr zu verheimlichen. Sie machte sich Sorgen um Nando. Er hatte ihr versprochen, nicht mehr zu stehlen, aber ihr Bauchgefühl sagte ihr, dass er sich nicht an diese Abmachung hielt.

Sie kniff die Augen zusammen, weil sie glaubte, ihn am Ende der Straße auszumachen, doch er war es nicht. Maggie seufzte, während sie in ihrer Tasche nach dem Umschlag fingerte. Sie hatte eigentlich auf dem Weg zum Dienst einen kleinen Abstecher zum Briefkasten machen wollen. Doch da Nando sich verspätete, blieb keine Zeit mehr. Mama würde noch einen Tag länger auf die Post warten müssen.

Einmal die Woche schrieb sie ihr einen Brief, in dem sie die geschönte Version ihres neuen Lebens in farbenfrohe Worte goss. Sie ließ die zudringlichen Gäste und die kräftezehrende Arbeit im Bierpavillon weg und fügte dafür neue Eindrücke von New York in ihre Berichte ein. Die Stadt war ihr gleich ans Herz gewachsen, so laut und schmutzig auf der einen Seite, so anmutig und atemberaubend schön auf der anderen. Mama lebte mittlerweile bei ihrer Cousine in der Pfalz und schien sich dort ganz wohlzufühlen. Wann immer Maggie ihre Briefe mit dem Wunsch schloss, ihr eines Tages alles hier zeigen zu können, antwortete Mama stets mit dieser dummen Baum-Floskel. Es frustrierte sie, jedoch war sie froh, dass Mama ihr Versprechen wahr gemacht und Hamburg ebenfalls den Rücken gekehrt hatte. Noch immer wütete die Cholera dort, wie sie aus den internationalen Nachrichten in der Zeitung wusste.

Eine Bewegung ließ sie aufblicken. Statt Nando entdeckte sie Rosie und Simon. Wie immer, wenn sie die beiden miteinander sah, spürte sie diesen fiesen, kleinen, eifersüchtigen Stich. Sie zwang sich ein Lächeln auf, bevor sie den beiden zuwinkte.

Simon trug noch seine Arbeitskleidung. Er hatte eine Stellung in einer Brauerei gefunden, schleppte Fässer und lieferte das Bier aus. Sein Kreuz schien durch die körperliche Arbeit noch mal breiter geworden zu sein in den vier Wochen seit ihrer Ankunft. Rosie schob einen Kinderwagen. Ein Lächeln lag auf ihren Lippen, während sie im Gehen das Deckchen richtete. Sie gaben wirklich ein schönes Paar ab, musste Marga sich einmal mehr eingestehen.

»Musst du zum Dienst?«, fragte Rosie, nachdem sie Marga kurz umarmt hatte. Marga nickte, wobei sie in den Kinderwagen spähte.

»Süß, der Kleine«, sagte sie und schnitt eine Grimasse, sodass der Junge in seinem schicken Matrosenanzug unentschlossen sein Mündchen spitzte, sich dann aber für ein gurrendes Lachen entschied.

»Ja, er ist ein Sonnenschein. Aber seine Schwester Amanda ist ein kleines Biest. Sie kneift und schubst ihn, wann immer ihre Eltern nicht hinsehen. Ich habe sie ein paarmal dabei erwischt und dafür gescholten. Jetzt hasst sie mich und versucht, mir mit allen Mitteln das Leben schwer zu machen.«

Simon schob sich seine Schirmmütze aus dem Gesicht, dann sah er sich suchend um.

»Ist Nando noch nicht bei dir?«

Sie waren seit Kurzem zum vertraulichen Du übergewechselt.

In Amerika waren die Menschen lange nicht so formell wie in Deutschland – auch die Deutschen nicht.

Marga schüttelte den Kopf. »Nein, ich warte schon eine Viertelstunde auf ihn.« Rosie ruckelte am Griff des Kinderwagens, denn der Kleine begann, unruhig zu werden. »Wir müssen weiter. Bestimmt schlafe ich schon, bis du zu Hause bist, aber denk dran, wir wollen morgen Johanna einen Besuch abstatten.«

Marga sah, wie kurz Enttäuschung über Simons Gesicht huschte.

»Wollten wir nicht an deinem freien Tag einen Spaziergang durch den Central Park machen?«

Sie schenkte ihm ein kleines Lächeln. »Das können wir danach noch tun. Aber Johanna hat Apfelkuchen gebacken. Den können wir uns nicht entgehen lassen.« Sie lachten beide. Marga lachte mit, auch wenn es kein echtes Lachen war. Es zeichnete sich ab, dass es zwischen den beiden ernster wurde. Simon hatte es geschafft, mit seiner unaufdringlichen Freundlichkeit durch Rosies Schutzwall zu gelangen. Sie stritt zwar weiterhin ab, mehr als Freundschaft zu empfinden, jedoch verbrachten sie immer häufiger Zeit miteinander. Sie verabschiedeten sich und schlenderten weiter Richtung Upper East Side wo Rosie seit zwei Wochen bei den Dinwiddys angestellt war, einem reichen Bankier und seiner oft übellaunigen Gattin. Sie verdiente allerdings gut, hatte einen freien Tag in der Woche und dazu noch einen Haufen abgelegter Sachen von ihrer Dienstherrin bekommen, die fand, dass sich auch ihr Personal entsprechend zu kleiden hätte. Marga und Rosie hatten die Röcke, Blusen und Kleider nächtelang umgearbeitet und teilten sie schwesterlich untereinander auf.

Ungeduldig warf Marga einen erneuten Blick auf ihre Uhr, als sie Nandos schlaksige Gestalt sah, die sich durch die eng bevölkerte Hester Street kämpfte. Als er vor ihr stand, zog sie erschrocken die Luft ein.

»Was um Himmels willen ist denn mit dir passiert?« Sie streckte die Hand aus, um den Schaden an seinem geschwollenen Auge besser begutachten zu können, doch er zog unwirsch den Kopf weg.

»Sieht schlimmer aus, als es ist.«

»Wer war das?«, fragte Marga wütend, doch er lief schon weiter in dem fruchtlosen Versuch, ihrer Befragung zu entkommen.

»Nando, mit dem hast du dich geprügelt?«

Mit einem genervten Seufzer blieb er stehen.

»So ein paar Typen eben, los jetzt, wir sind schon zu spät.«

Er hatte recht, Franz würde sauer werden, wenn sie erneut unpünktlich waren. Doch so leicht würde sie ihn nicht davonkommen lassen. Sie musste endlich herausbekommen, was er den ganzen Tag so trieb.

28

Im Bierpavillon herrschte bereits eine rege Betriebsamkeit. Franz warf ihnen einen vorwurfsvollen Blick zu, während er mit dem Kopf auf die große Uhr an der Wand deutete. Nando versuchte es mit einem entschuldigenden Grinsen, Marga mit einer kleinen Umarmung, was ihnen beiden am Ende die Absolution einbrachte. Franz konnte ihr nie lange böse sein. Während Marga sich die Schürze um ihr Dirndl band, stocherte sie weiter in dem leidigen Thema herum. Nando wusste, dass sie sich Sorgen um ihn machte. Es rührte und nervte ihn gleichermaßen. Er hatte bisher nie jemandem Rechenschaft darüber ablegen müssen, wie er seine Tage verbrachte. Seine Mutter war immer viel zu sehr damit beschäftigt gewesen, sich mit billigem Fusel zu betäuben, bevor die Freier kamen, um überhaupt Notiz von ihrem Sohn zu nehmen.

An manchen Tagen stand er kurz davor, Marga die Wahrheit entgegenzuschleudern. Er war und blieb ein Dieb. Er hatte es geschafft, wieder in den genau gleichen Kreisen zu landen. Auf Ellis Island hatte er noch gehofft, sie würden ihn nach seiner Einreise nicht finden. Dass er untertauchen und seine Gönnerin seine Schulden vergessen würde. Aber Walter war schon wenige Tage nach ihrer Ankunft am Boarding House aufgetaucht. Er erinnerte sich noch genau an den Tag.

»Ma will dich sprechen.« Mehr hatte Walter nicht gesagt, nur an einer Mauer gelehnt, ihn unter seiner schmutzigen Schirmkappe aus zusammengekniffenen Augen angesehen und dabei einen Zahnstocher zwischen seinen Lippen hin und her tanzen lassen. Nando hatte sich eilig umgeblickt, ob Marga in der Nähe war, denn sie wollten eigentlich einen Spaziergang durchs Viertel zum Briefkasten machen, um den wöchentlichen Brief an ihre Mutter einzuwerfen. Doch gottlob hatte sie ihren Hut vergessen und war noch einmal in ihre Dachkammer geeilt. Nando bedeutete dem verschlagen dreinblickenden Kerl, ihm zu folgen. Er lief ein Stück die Straße hinab, wo er in einem Hauseingang stehen blieb, in der Hoffnung, dass Marga sie hier nicht beobachten konnte.

»Wo soll ich hinkommen?«, hatte er gezischt, während ihm der Schweiß ausgebrochen war. Er kannte Typen wie Walter. Am Hamburger Hafen hatte es ebenfalls Kinderbanden gegeben. Gehörte man dazu, hatte man immerhin den Schutz der Gruppe. War man ein Außenseiter oder schlimmer noch ein Feind, so zeigten sich die Jungs selten gnädig.

Statt zu antworten, ging Walter voraus und bedeutete Nando, ihm nachzukommen. Mit einem Seufzer folgte er dem Kerl, darauf bedacht, dass sie schnell die Chrystie Street hinter sich ließen. Marga würde sich sicher wundern, wo er abgeblieben war, aber irgendeine Erklärung würde ihm schon einfallen. Sie verließen Little Germany und liefen auf den Hudson River zu.

»Wo sind wir?«, fragte Nando, der zu Walter aufgeschlossen hatte.

»Five Points«, sagte dieser, ohne sich zu ihm umzudrehen. Die Häuser hier sahen noch ärmlicher aus als in Little Germany, ebenso wie die Menschen auf der Straße, deren Kleidung abgetragen war und deren Blicke feindselig waren. Zwischen den maroden Bauten türmten sich Schuttberge von abgerissenen Gebäuden auf, ein zaghafter Versuch, die Gegend irgendwann vielleicht zum Besseren zu verändern. Eine schwarze Katze lag auf einem der Steinhaufen und starrte ihn aus grünen Augen an. Nando unterdrückte den Impuls, sich zu bekreuzigen. Er war eigentlich weder sehr christlich noch abergläubisch, aber das Viertel hatte ihm eine Gänsehaut beschert. Walter lief voraus, bog irgendwann in einen Laden ab, an dem auf einem Schild *Liquor Shop* zu lesen war, und nickte dem Mann hinter dem Tresen kurz zu, bevor er durch eine Flügeltür im hinteren Bereich verschwand.

»Hurry up, pal«, ranzte der rothaarige Kerl ihn an. Nando verstand ihn nicht, aber begriff, dass er hier keine Wurzeln schlagen sollte. Mit einem tiefen Atemzug stieß er ebenfalls die Flügeltür auf und fand sich in einem dunklen Flur, der auf ein Zimmer zuführte, aus dem gedämpfte Stimmen drangen. Als er eintrat, sah er eine korpulente Frau auf einem mit grünem Samt bezogenen Sofa thronen. Sie trug ein schrill gelbes Seidenkleid und die kupferfarbenen Haare zu einem wilden Turm frisiert. Ihre weiße Haut mit den vielen Sommersprossen verriet zusätzlich ihre irischen Wurzeln, auch wenn sie, wie Walter ihm erzählt hatte, in Schottland aufgewachsen war. Sie paffte an einer Zigarre und blies Nando den Qualm entgegen, als er schlussendlich vor ihr stand.

»So, you're the little bastard from Germany. You owe me four dollars«, gurrte sie. Nando wandte sich schulterzuckend an Walter, der Sally Parkers Worte übersetzte. Dass es um seine Schulden ging, hatte er ohnehin kapiert und auch, dass sie ihn Bastard genannt hatte. Brav nickte er.

»He's really a handsome lad, could earn some money with that face.« Nach Walters Übersetzung schoss Nando das Blut ins Gesicht, und sein Herz begann zu jagen. Ein- oder zweimal hatten Freier seiner Mutter versucht, ihn zu gewissen Diensten zu überreden. Er hatte also genau verstanden, worauf Ma Sally hinauswollte. Wütend schüttelte er den Kopf und wollte schon aus dem Zimmer fliehen, als er ihr rauchiges Lachen vernahm.

»No offence, lad. Sit down.« Statt zu übersetzen, presste Walter ihn mit erstaunlicher Kraft auf einen Stuhl. Nach einem kurzen Wortwechsel mit Ma Sally schob Walter ihm einen Zettel hin.

»Du kannst lesen?«, wollte er wissen. Nando bestätigte. Er war heute noch froh, dass Pfarrer Paulsen am Hafen versucht hatte, die Seelen der Straßenjungen mit Bildung und kostenlosen Mahlzeiten zu retten.

»Lesen schon, aber kein Englisch«, knurrte er, nachdem er die Worte überflogen, aber natürlich nicht verstanden hatte.

»Das ist ein Schuldschein. Ma ist Geschäftsfrau. Alles hat seine Ordnung hier. Du kannst die Schuld jetzt und hier begleichen, oder du arbeitest sie ab.«

»Was muss ich tun?«, fragte er schicksalsergeben.

»Du kannst mich begleiten. Ich bin für Ellis Island eingeteilt.« Es klang so professionell, als würde Walter dort tatsächlich in Lohn und Brot stehen, statt die Immigranten zu beklauen.

»Du bekommst zwei Dollar Lohn im Monat. Heißt, in acht Wochen hast du's abbezahlt. Wenn du talentiert bist, kannst du aber auch darüber hinaus in Ma's Diensten bleiben.«

Walter hatte ihm auf dem Weg nach Ellis Island berichtet, dass er auf ähnlichem Weg wie Nando zu Ma gekommen war.

»Meine Schwester und ich sind allein von Bremen aus hergekommen. Ich war vierzehn und sie neun. Unser Pa wollte uns hier am Hafen abholen, aber er ist nie aufgetaucht. Die wollten uns zurückschicken, aber Declan hat uns geholfen. Damals noch am Castle Garden. War leichter da, nicht so viele Uniformierte.«

Nando erfuhr, dass Walter jetzt achtzehn und quasi Mas rechte Hand war. Sein Vorgänger Declan saß eine mehrjährige Gefängnisstrafe ab, weil man ihn schlussendlich doch erwischt hatte.

»Ma hat den besten Anwalt der Stadt beauftragt. Aber die wollten uns zeigen, dass jetzt Schluss mit lustig ist. Hat aber auch keinen beeindruckt«, fügte er mit einem Schnauben an.

Walter hatte danach versucht, ihm die Arbeit zu erklären, aber es zeigte sich schnell, dass das nicht nötig war. Dummerweise besaß Nando ein natürliches Talent für solche Dinge. Schon bald sprach sich in Mas Bande herum, dass er *goldene Finger* hatte. Er hatte seine *Dienste* für Ma Anfang Oktober aufgenommen, seine Schuld sollte im Dezember getilgt sein, doch Walter hatte in den vergangenen Tagen mehrfach angedeutet, dass Ma ihn sicher nicht einfach so ziehen lassen würde.

»Du hörst mir überhaupt nicht zu, oder?«, hörte er Marga plötzlich fauchen und tauchte damit aus seinen trüben Gedanken auf. Nando seufzte.

»Doch, klar.«

»Und was hab ich gerade gesagt?« Sie baute sich vor ihm auf, mit roten Wangen und sprühenden Augen, den Mund zu einem missbilligenden Strich verzogen. Er musste schlucken, als sein Blick dort hängen blieb. Er hatte schon ein paar Mädchen geküsst, Dirnen. Älter als er und begeistert darüber, einem Novizen zu zeigen, wo es langging. Es hatte ihm Spaß gemacht, ohne ihm etwas zu bedeuten. Doch in diesem Augenblick wurde ihm klar, was es eigentlich mit dem Küssen auf sich hatte: Es war ein Ventil, eine Möglichkeit, dem Menschen, dessen Bild man in seinem Herzen trug, all die ungesagten Gefühle zwar mit den Lippen, aber ohne Worte zu vermitteln.

Franz' ungeduldiger Ruf rettete ihn davor, in diesem Augenblick vielleicht eine folgenschwere Dummheit zu begehen.

29

Während Marga mehrere Bierkrüge stemmte, um sie den durstigen Kehlen an die Tische zu bringen, holte sich Nando seinen Eimer und den Wischmopp. Er hatte den weitaus unappetitlicheren Job ergattert. Noch war es früh, außer etwas verschüttetem Bier gab es für ihn nichts aufzuwischen. Das würde sich zu späterer Stunde ändern. Franz rief ihn zu sich, um auf einen der Tische zu deuten, wo gerade ein Krug zu Bruch gegangen war. Bevor Nando loseilen konnte, hatte Franz ihn jedoch am Ärmel gepackt.

»Hör zu, Kleiner. Du hast den Job wegen ihr bekommen. Dein Veilchen hier macht die Gäste nervös, so was kann andere auf dumme Gedanken bringen. Kommst du noch mal so zum Dienst, bist du raus.«

Nando schob den Kiefer vor und ballte die Fäuste. Eigentlich mochte er Franz, auch wenn dieser keine hohe Meinung von ihm hatte. Gerade aber war seine Beherrschung papierdünn. Es kostete ihn alle Willenskraft, seinem Boss nicht den Eimer Schmutzwasser vor die Füße zu gießen und dieser Spelunke ein für alle Mal den Rücken zu kehren. Sein Blick wanderte zu Marga, die gerade einem frechen Kerl auf die Finger hieb, der ihr an den Po hatte greifen wollen. Nein, er musste hierbleiben, auf sie aufpassen. Sonst hätte er keine ruhige Minute mehr. Er nickte knapp und wischte dann pflichtschuldig die klebrige Lache und die Scherben fort. Sein Auge pochte ungut, sobald er sich hinabbeugen musste.

Er war sich fast sicher, dass der Zwischenfall heute inszeniert worden war. Mas Jungs wurden nicht überfallen – nie. Keiner zwischen Five Points und Hell's Kitchen hätte sich das getraut. Und doch waren ihm heute zwei Kerle von Ellis Island aus gefolgt. Er hatte ihre Gegenwart zunächst mehr gespürt als gesehen. Auf dem ganzen Weg zurück hatte er jedoch das Gefühl, dass jemand hinter ihm her war. Die feinen Härchen in seinem Nacken stellten sich geübt zur Warnung auf. Doch als er zunächst mit der Fähre und dann mit einem von Mas Wagen wieder ins Viertel gelangte, tat er seine Vorahnung als Überspanntheit ab. Es war ein lohnender Tag gewesen, Nandos Taschen voll mit Schmuck, Bargeld und einer goldenen Uhr.

In der Nähe der Schlachthöfe traten die zwei Schläger dann jedoch plötzlich aus dem Schatten und griffen ihn an. Er hatte versucht, sich zu wehren, doch es ging alles viel zu schnell. Der eine streckte ihn mit einem gezielten Schlag nieder, während der andere seine Taschen filzte. Sie hatten noch auf ihn eingetreten und waren dann lachend in einer düsteren Seitenstraße verschwunden. Mit schwerem Herzen war Nando zum Liquor Store gekommen, wo Walter wenig überrascht schien. »Ma ist heute Abend beim Polizeipräsidenten zu einer Soiree eingeladen, sie wird morgen entscheiden, was mit dir geschieht«, hatte er ihm finster zugeraunt. Es würde Nando nicht wundern, wenn er den Verlust nun mit einer unfreiwilligen Verlängerung seines *Arbeitsvertrages* würde ausgleichen müssen – wenn er Glück hatte. Ma konnte nicht dulden, dass Ware verschwand. So etwas sprach sich herum und brachte womöglich den ein oder anderen auf verrückte Ideen. Nando hatte stets alles pflichtschuldig abgeliefert, nur ein einziges Mal war es ihm schwergefallen.

Er hatte den Mann am Kissing Point beobachtet, ein hagerer Amerikaner mit turmhohem Zylinder und arrogant wippenden Schnurrbartspitzen, der den Umstehenden etwas von einer neuartigen Kamera, der Kodak Nummer 1, vorgeplappert hatte, um dann zu demonstrieren, wie einfach sich der Apparat bedienen ließ. Dafür hatte er eine Gruppe Einwanderer zusammengestellt und sie mehrfach abgelichtet, wobei der Mann lediglich an einer Schnur zog, dann einen Schlüssel drehte und schließlich auf einen Knopf drückte. Nando war fasziniert. Er hatte nie eine Kamera aus der Nähe gesehen, und aus ihm unerfindlichen Gründen brannte er darauf, die Aufnahme im Anschluss betrachten zu können. Er war sicher, dass das Bild zu hell geworden war, weil der Mann die Menschen im Gegenlicht aufgestellt hatte. Nando betrachtete das Gewimmel und wusste instinktiv, dass der Fotograf besser geduldig gewartet hätte, um in diesem Treiben ein perfektes Motiv zu ergattern.

Als der Zylinderträger fertig war und mit einigen Leuten ins Gespräch kam, nutzte Nando die Gunst der Stunde und griff sich aus einem Impuls heraus den kleinen Koffer, der zu Füßen des Mannes stand. Auf dem ganzen Rückweg hatte er mit dem Gedanken gespielt, dieses eine Stück zu behalten. Er hatte die Kamera nahe den Bahngleisen ausgepackt und ehrfürchtig über das mit Leder bezogene Holz gestrichen. Nando hatte den Fotografen beobachtet und tat es ihm nach, indem er die Handgriffe wiederholte. Er kniff ein Auge zu und versuchte, sich vorzustellen, wie die Welt um ihn herum auf einer Fotografie aussehen würde. Sein Blick blieb plötzlich an einem toten Vogel hängen, dessen ausdruckslose Augen ihn anzustarren schienen. Sein schwarzes Gefieder setzte sich deutlich vom grau gefrorenen Untergrund ab. Die hinter dem Vogel verlaufenden Bahnschienen sahen aus wie ein Grenzwall, an dem der kleine Kerl gescheitert war. Ohne nachzudenken, betätigte Nando den Knopf. Die Kamera gab ein klickendes Geräusch von sich. Er ging weiter, fotografierte einen Bettler, der neben einer Flasche Fusel auf einer löchrigen Strohmatte eingeschlafen war. Seine Lippen blau von der Kälte, die tiefen Furchen in seinem Gesicht Zeugnis eines harten, entbehrungsreichen Lebens. Nando fand noch weitere Motive, die ihn berührten. Selbstvergessen presste er ein ums andere Mal den Auslöser, bis die Kamera irgendwann schwieg. Der Rollfilm im Inneren war wohl aufgebraucht. Schweren Herzens hatte er sein Diebesgut im Anschluss zu Ma gebracht.

»Don't tell me, that's all you got?«, hatte sie ungläubig mit ihrer rauchigen Stimme ausgerufen.

Nando verstand mittlerweile genug, um zu wissen, dass Ma nicht begeistert über seine magere Ausbeute war.

»Die ist fünfundzwanzig Dollar wert«, hatte Walter ihn sogar verteidigt, doch Ma hatte ihm bedeutet, sich rauszuhalten. Mürrisch wies sie auf seine Hose, deren Taschen er zum Beweis, dass sie leer waren, nach außen kehrte. Als sie jedoch nach der Kamera griff, überraschte sich Nando selbst, indem er an dem Koffer festhielt, als ginge es um sein Leben. Ma sah ihn aus ihren grünen Katzenaugen prüfend an, bis er sein Diebesgut mit einem Seufzer losließ.

»This is something you stole for yourself, isn't it, honey?«, fragte sie sanft. Nando zuckte die Schultern. Vermutlich hatte sie recht. Er hatte diese Kamera haben wollen, unbedingt. Erst als er damit eilig Richtung Fähre geflohen war, war ihm wieder bewusst geworden, dass alles, was er hier ergaunerte, an Ma ging. Sie schnalzte halb missbilligend, halb amüsiert mit der Zunge, dann schob sie den Koffer mit der Kodak neben ihr Sofa, wo sie die Tageseinnahmen hortete. Auch wenn er die Kamera danach nie wieder gesehen hatte, war er seither mehrfach an einem Geschäft für Fotoausrüstung vorbeigeschlendert und hatte sehnsuchtsvoll die Auslage betrachtet. In einer von Margas Zeitungen war er sogar über eine Werbeanzeige von Kodak gestolpert. *You press the button; we do the rest*, hieß es darin. Er hatte die Werbung ausgeschnitten und in seinen Sachen versteckt.

Jemand hinter ihm erbrach sich laut würgend und riss ihn damit unsanft aus seinen Gedanken. Nando holte tief Luft, bevor er seinen Eimer und den Schrubber in diese Richtung trug. Es würde vermutlich wieder einmal ein langer Abend werden.

30

Es war lausig kalt an diesem Freitag im November. Rosie war froh, dass Mrs. Dinwiddy ihr einen abgelegten Mantel und Handschuhe überlassen hatte. Weil Margas Mantel viel zu dünn war, hatte Rosie in den vergangenen Nächten ein altes Wollkleid aufgetrennt und daraus ein Futter genäht, sodass ihre Cousine nun ebenfalls eine warme, wenngleich auch weniger schicke Jacke besaß.

»Maggie, Johanna wartet mit dem Apfelkuchen«, drängte sie, weil Marga nicht einmal ausgehfertig war. Mit angezogenen Beinen saß sie in Mrs. Grubers Schaukelstuhl, einmal mehr in eine Zeitung vertieft.

»Ich verstehe diesen Stromkrieg zwischen Edison und Westinghouse nicht. Es fängt schon damit an, dass ich den Unterschied zwischen Gleich- und Wechselstrom nicht kenne.« Unwirsch faltete sie die Zeitung zusammen, die raschelnd zu ihren Füßen landete.

»Das ist typisch für die amerikanische Presse – zu Hause hätte man das den Lesern erklärt. Hier geht es nur um eine gute Schlagzeile. Alles ist direkt *Krieg*, damit die Leute aufmerksam werden. Die Hintergründe versteht aber keiner. Papa hätte so ein Schundblatt nicht einmal genommen, um Fisch darin einzuschlagen«, stellte sie empört fest.

»Ich verstehe jedenfalls nicht, wie du dir Johannas Apfelkuchen entgehen lassen kannst«, befand Rosie und begann, ihren Mantel zuzuknöpfen. Wie ein Fohlen sprang Marga auf und galoppierte nun die Treppe hoch, die sie wenig später mit wehendem Mantel und noch offenen Stiefeln wieder hinuntereilte. Rosie lächelte milde. Sie mochte es, dass Marga sich diese kindliche Seite bewahrt hatte. Sie würde schnell genug erwachsen werden müssen hier in der Fremde. Draußen begrüßte sie ein eisiger Nordwind. Mrs. Gruber hatte ihnen netterweise Mützen gestrickt, die sie nun beide tief über die Ohren zogen, um die Kälte abzuschirmen.

Sie schlenderten durchs Viertel, begleitet von den alltäglichen Geräuschen und Gerüchen der Straße. Johanna Schäfer wohnte in einem Tenement in der Orchard Street, nicht weit von ihrem Boarding House entfernt. Sie drückten die schwere Holztür auf, wo die abgestandene Luft sie wie ein Faustschlag traf: Es roch nach Kohl und angebranntem Fleisch. Dazu nach feuchter Wäsche und den Ausdünstungen vieler Menschen auf engstem Raum. Trotzdem mochte Rosie das Gebäude. Sie hatten Johanna schon einige Male hier besucht, und immer war eine Nachbarin hereingeschneit, um einen Plausch zu halten, sich etwas Mehl zu leihen oder den neuesten Klatsch vorzutragen. Ausnahmslos alle in der Orchard Street 154 sprachen Deutsch, was es natürlich einfacher machte, Kontakte zu knüpfen.

Obwohl Rosies Englisch langsam besser wurde. Sie verstand schon einiges und konnte immerhin genug sprechen, um die kleine Amanda Dinwiddy in ihre Schranken zu weisen.

Auf dem Weg in den vierten Stock grüßten einige der Bewohner, die sie bereits kennengelernt hatten. Die Türen standen hier meist sperrangelweit auf. Den engen Apartments konnte man am ehesten entfliehen, indem man das ganze Haus zur Wohnfläche deklarierte. Zwei Mädchen saßen auf dem Treppenabsatz und flochten einer zerlumpten Stoffpuppe das filzige Wollhaar. Emma und Paula Behr. Ihre Mutter ging ein und aus bei der guten Johanna, die Kinder liebten die alleinstehende Dame wie eine eigene Großmutter.

»Oben gibt es Apfelstreuselkuchen«, sagte Emma mit einem bezaubernden Lispeln.

Marga beugte sich zu ihr herab und sah die Kleine in gespieltem Ernst an.

»Du hast uns doch hoffentlich noch etwas übrig gelassen?« Als Emma mit riesigen Augen langsam nickte, schenkte Marga ihr ein verschwörerisches Grinsen. »Gut, denn sonst hätte ich dich auskitzeln müssen. Aber das könnte ich natürlich auch so tun.«

Es dauerte einen Moment, bis das Kind verstand, seine Schwester anstupste und beide mit wilden, übermütigen Schreien davonstoben, während Marga ihnen nachsetzte. Rosie lachte und folgte dem fröhlichen Trio, nun den Geruch von frisch Gebackenem in der Nase. Johanna stand schon in der Tür. Ihr schwarzes Taftkleid raschelte wie immer, als sie zu der kleinen Küchenzeile ging, wo der Kuchen abkühlte. Sie schnitt ihn an, brachte ihn zum bereits gedeckten Tisch und holte danach eine Flasche Milch von der Fensterbank, die bei den derzeitigen Temperaturen gut gekühlt war. Johanna deutete auf die leeren Stühle und schenkte dann den Kaffee ein, den sie extra für ihr Treffen aufgebrüht hatte.

»Ansonsten scheinst du dich ja eher von Hummer zu ernähren«, merkte Marga mit Blick auf die vielen Konservendosen an, die sich auf einem Brett über dem altersschwachen Holzofen türmten.

»Die sind billig, werden direkt am Hafen abgefüllt«, sagte Johanna mit noch vollem Mund. »Gerade im Sommer ist das praktisch, weil die nicht schlecht werden.«

Rosie sah sich in dem Zimmer um, das Johanna bewohnte. Es gab ein winziges Fenster, gleich neben der Küchenzeile, wo ein Gewirr von Wäscheleinen sich wie ein Dach über den Hinterhof spannte. Wegen der Kälte hatte Johanna ihre Wäsche heute jedoch auf eine Schnur gespannt, die sie mit zwei Nägeln zwischen den eng stehenden Wänden befestigt hatte. Dort trockneten fleckige Handtücher und ein vergilbtes Laken. Rosie wusste, dass es hier weder Gas noch fließendes Wasser gab, anders als bei den Dinwiddys auf der Upper East Side Auch die sanitären Einrichtungen waren eher simpel. Johanna hatte ihnen erklärt, dass es im Hinterhof vier Plumpsklos für das ganze Haus gab, weshalb diejenigen, die die Fenster nach hinten raus hatten, diese sogar im Sommer geschlossen hielten, egal, wie groß die Hitze in den Räumen wurde.

Es war wenig luxuriös, jedoch wäre es auf lange Sicht deutlich günstiger als im Boarding House, wo sie zudem mit dauernd wechselnden Gästen konfrontiert wurden, die mal netter und mal weniger nett waren.

Ihre Gedanken wanderten zu Simon. Sie waren sich nähergekommen in den vergangenen Wochen. Sie schätzte es sehr, dass er sie nicht bedrängte, sondern es ihr überließ, den nächsten Schritt zu tun. Es hatte damit begonnen, dass er sie regelmäßig nach seiner Arbeit zu einem Spaziergang abholte. Manchmal musste sie Überstunden machen, dann begleitete er sie, wenn sie den kleinen Jacob im Kinderwagen schob oder Amanda zum Park brachte, wo diese mit ihrem Steckenpferdchen spielen konnte.

»He's your sweetheart«, hatte Amanda mit ihrem kindlichen Singsang erklärt, als Rosie selbst keine Antwort auf die Frage der Kleinen gefunden hatte, wer Simon war. Sie hatte geschwiegen, war aber feuerrot angelaufen. Doch sie verneinte die Aussage auch nicht.

Abends nahmen sie zusammen das Dinner ein, seit Nando und Marga im Bierpavillon arbeiteten. Im Anschluss saßen sie oft noch beisammen, erzählten sich etwas über ihren Alltag oder über ihre weiteren Pläne. In den vergangenen Tagen hatte Simon jedoch öfter Andeutungen gemacht, dass er ja nicht zwingend in den Norden gehen müsse.

»Ich habe neulich einen Mr. Pulitzer mit Bier beliefert. Ihm gehört die *New York World*. Na ja, ich hab fallen lassen, dass ich zu Hause gern und oft geschrieben habe und es hier auch auf Englisch versuche. Er meinte, wenn ich sicher in der Sprache bin, könnte ich seinem Chefredakteur gerne eine Arbeitsprobe vorbeibringen mit einem schönen Gruß.«

Rosie hatte ihn überrascht angeblickt. »Du möchtest bei einer Zeitung arbeiten?«

Er hatte die Schultern gezuckt. »Ich weiß es nicht. In erster Linie wollte ich schnell Geld verdienen, um meine Eltern nachzuholen. Aber sie schrieben mir erst gestern, dass das Geschäft mit den Uhren wieder besser laufe und dass Mama sich um die Kinder des Nachbarn kümmert, weil die Mutter gestorben ist. Vermutlich wollen sie gar nicht herkommen.«

Nachdenklich hatte er auf seine Schuhspitzen geblickt. »Es ist auch so, dass es durchaus einen guten Grund gäbe, hierzubleiben«, hatte er dann leise geflüstert – immer noch, ohne sie anzusehen. Rosie hatte sich erschrocken auf die Lippe gebissen. Sie wusste, worauf er hinauswollte, doch sie war immer noch unsicher, ob sie bereit wäre, ihm zu geben, was er sich erhoffte. Er hatte ihr Schweigen richtig interpretiert und das Thema schnell fallen lassen, doch es stand seither wie ein großer rosa Elefant zwischen ihnen im Raum.

»Noch Kuchen?« Johanna hielt ihr ein weiteres Stück Gebäck hin, das Rosie dankend ablehnte. Ihr war wie immer der Appetit vergangen, wenn sie über ihre zwiespältigen Gefühle für Simon nachdachte. Sie mochte ihn, sehr sogar. Aber sie wollte nicht weitergehen. Wollte nicht intim werden – würde es vielleicht nie wollen, weshalb es unfair war, ihn hinzuhalten. Sie sollte ihn gehen lassen, was einfacher gesagt als getan war. Er würde gleich auf sie warten. Sie wollten durch den Central Park gehen, die grüne Lunge der Stadt, wie der hübsche Flecken Erde auch genannt wurde. Die Grasflächen, Seen und kleinen Wäldchen erinnerten sie an zu Hause. An eine Zeit, als sie sich noch behütet gefühlt hatte, so als ob nichts und niemand auf der Welt ihr je Schaden würde zufügen können. Es war die Zeit vor Papas Unfall. Wie gern hätte sie dieses Gefühl zurück, doch die Zeit und ihr Gedächtnis ließen sich nun mal nicht austricksen.

Als sie etwas später aufbrachen, liefen sie im Flur Frau Behr in die Arme.

»Droben im fünften Stock ist am Morgen der Herr Kohlmann verstorben. Wenn ihr euch eilt, könnt's ihr die Wohnung kriegen.«

Marga blickte sie aufgeregt an. »Rosie, das ist doch großartig, dann müssten wir nicht bis zum neuen Jahr warten. Wir könnten sogar schon Weihnachten in unserem eigenen Zuhause feiern.« Aufgeregt hüpfte sie auf der Stelle. Rosie jedoch konnte die Freude nicht ganz teilen. Zum einen fußte ihr Glück auf dem Ableben eines alten Herren, zum anderen musste sie sich so schneller als gedacht der Frage stellen, was aus ihr und Simon werden sollte – und dafür war sie noch nicht bereit.

31

Simon trat von einem Fuß auf den anderen. Seine guten Schuhe waren eindeutig zu dünn für diese Witterung. Der Boden war frosthart, und die Kälte stieg ihm durch das feine Leder und machte seine Zehen trotz der Wollsocken taub. Aber er hatte sich heute gegen die klobigen Stiefel entschieden, die er zur Arbeit trug. Sie hätten sein restliches Outfit verdorben. Er sah prüfend an sich herab. Er trug seine einzige gute Stoffhose sowie sein bestes Hemd. In seiner Manteltasche befand sich das Kästchen mit dem Ring. Nervös ließ er es zwischen den Fingern seiner linken Hand tanzen. Als er sie erblickte, begann sein Herz zu hämmern. Wie ein Engel sah sie aus. Rosie trug den cremefarbenen Wollmantel, den ihr ihre Arbeitgeberin überlassen hatte. Dazu eine rote Wollmütze, einen langen braunen Rock und ihre hohen Schnürstiefel. Die Kälte hatte ihre Wangen rosig gefärbt, sodass das Blau ihrer Augen heute noch mehr zu leuchten schien. Ihr schwarzes Haar war unter Mrs. Grubers Strickarbeit versteckt, jedoch hatten sich wie immer einzelne Strähnen herausgestohlen, die sich um das perfekte Herz ihres Gesichts lockten.

»Es tut mir leid, ich bin spät dran, aber Frau Behr hat uns im Hausflur aufgehalten«, sagte sie atemlos zur Begrüßung. Er bot ihr den Arm, den sie nach einem winzigen Moment des Zögerns ergriff. Das Gras auf den Wiesen des Central Parks war an den Spitzen frostweiß, die Bäume kahl und die Wege nur wenig bevölkert bei der Kälte.

»Stell dir vor, wir könnten vielleicht eines der Apartments in Johannas Tenement bekommen.« Ihre Stimme klang aufgesetzt fröhlich, ihr Atem, der in weißen Wölkchen sichtbar war, kam stoßweise. Simon betrachtete sie kritisch.

»Das sind gute Nachrichten, oder?«

Sie nickte eilig, als müsste sie sich diesen Umstand selbst bestätigen.

»Doch, doch. Ich tue mich nur manchmal schwer mit Veränderungen«, fügte sie schnell an.

»Wann würdet ihr das Boarding House verlassen?« Er versuchte, neutral zu klingen, man hörte seiner Stimme trotzdem an, dass er die Antwort fürchtete.

»Ich weiß es noch nicht. Maggie wollte gleich mit Johanna zum Vermieter gehen und anfragen. Es könnte alles sehr schnell gehen, meinte Frau Behr.«

Schweigend liefen sie weiter, beide in Gedanken vertieft. Simon war der Erste, der wieder den Mut fand, zu sprechen.

»Na ja, ich werde auch nicht ewig im Boarding House bleiben. Mein Magen würde bei Mrs. Grubers Kost vermutlich früher oder später schlapp machen.«

Pflichtschuldig lachte sie über seinen schlechten Witz. Jetzt oder nie, befand er und blieb stehen. Sie sah ihn zunächst überrascht und dann fast ängstlich an, vermied es jedoch zu fragen, warum er nicht weiterging. Vielleicht ahnte sie, was er vorhatte. So laut, wie sein Herz nun in seinen Ohren schlug, wunderte es ihn ohnehin, dass nicht schon ganz New York ahnte, dass er ihr einen Antrag machen wollte. Da warf sie plötzlich den Kopf in den Nacken und sah in den wolkenschweren Himmel.

»Es schneit, Simon«, rief sie wie ein kleines Mädchen und streckte sogar die Zunge heraus, um ein paar Flocken einzufangen. Er beobachtete sie liebevoll, dann trat er, mutig geworden, näher zu ihr. Sie senkte den Kopf, sodass sie fast Nase an Nase standen. Ihr Atem kam unregelmäßig, und er konnte spüren, dass das Zittern, das sie durchlief, nicht nur der Kälte geschuldet war.

Seine Lippen waren so dicht an ihren, dass er den Kuss schon fast schmecken konnte, doch dann sah er die Tränen. Erschrocken trat er ein Stück zurück.

»Rosie?«, flüsterte er.

»Frag mich bitte nicht.« Sie wandte sich ab und lief weiter, während er wie ein begossener Pudel stehen blieb. Simon wusste nicht genau, ob sie ihm verbat, nach dem Grund für die Tränen zu forschen, oder seinem Antrag damit generell einen Riegel vorschob. In jedem Fall schien es ihm nun kein guter Zeitpunkt, vor ihr auf die Knie zu gehen. Mutlos schloss er zu ihr auf. Er hatte gewusst, dass sie viel Zeit brauchen würde, doch der bevorstehende Umzug setzte ihn nun unter Druck. Sie würden sich kaum noch sehen, wenn sie nicht mehr unter einem Dach lebten. Er musste klarstellen, was er wollte, aber auch, dass die Entscheidung bei ihr lag.

»Weißt du, ich könnte wirklich versuchen, bei der *New York World* einen Artikel einzureichen. Und wenn das nicht funktioniert, gäbe es hier ja auch noch deutsche Zeitungen, die *New York Staats-Zeitung* etwa.« Die Idee hatte sich seit dem Treffen mit diesem Pulitzer in seinem Kopf festgesetzt. »Ich denke, ich hätte schon Spaß am Zeitungsmachen.«

Sie nickte langsam, ohne ihn anzusehen. Ihre Tränen waren getrocknet.

»Wenn du das willst«, befand sie leise.

Er seufzte tonlos, dann fasste er sich ein Herz. »Du weißt, was ich will, Rosie. Meine Gefühle für dich sind doch offensichtlich. Es geht aber darum, was du möchtest. Wenn du dir zumindest vorstellen könntest, dass aus uns einmal ein Paar wird, dann würde mir das reichen. Ich müsste nicht fortgehen, um nach

Reichtümern zu suchen, weil allein das Wissen darum mein größter Schatz wäre.« Da, es war ausgesprochen. Sie versteifte sich neben ihm, ihre Miene unergründlich, bevor sie gequält die Augen schloss.

»Ich kann dir nicht geben, was du willst«, sagte sie heiser.

»Weil du nichts für mich empfindest?« Er wusste, er bedrängte sie, doch er konnte jetzt nicht mehr umkehren. Sie öffnete die Augen, in denen sich so viel Schmerz abzeichnete, dass Simon nichts weiter wollte, als sie in seine Arme zu schließen und zu trösten.

»Müssen wir das heute besprechen?« Sie klang so flehentlich, dass er den Rückzug antrat.

»Nein, natürlich nicht.« Ihre Erleichterung war fast greifbar. Die Stimmung war zunächst befangen, doch als aus den paar Flocken ein richtiger Schneesturm wurde, vor dem sie beide lachend flohen, schien die Luft bereinigt.

Durchnässt, aber fröhlich betraten sie das Boarding House, in dem es heute nach Mrs. Grubers gefürchtetem Sauerkrauteintopf roch.

»Sind Sie desch, Fräulein Pauls? Da warten zwei Polizisten auf Sie im Salon.«

Sofort wich alle Farbe aus ihrem Gesicht. Simon griff ihre eiskalten Hände und drückte sie beruhigend.

»Alles ist gut, egal, was sie wollen, wir stehen das zusammen durch.«

Als sie eintraten, kamen ihnen die beiden Uniformierten bereits entgegen.

»Guten Tag, ich bin Officer Muller, das ist Officer Jones. Sie sind Miss Pauls?«

Rosie nickte, sah aber aus, als würde sie jeden Augenblick ohnmächtig werden. Besorgt trat Simon vor sie.

»Ich bin ein guter Freund, Simon Broder. Darf ich fragen, worum es geht?«

Muller ergriff wieder das Wort, sein Deutsch klang zwar deutlich eingefärbt, ließ aber wie sein Nachname darauf schließen, dass seine Wurzeln ebenfalls in Deutschland lagen.

»Es geht um das Verschwinden von Miss Pauls Stiefvater Xaver Hubert an Bord der *Bohemia* in der Nacht zum 23. August.«

»Ich wüsste nicht, warum die Polizei benötigt wird. Es war eindeutig ein Unfall. Herr Hubert war betrunken, und es tobte ein ziemlicher Sturm in der Nacht.«

Jones nuschelte irgendetwas auf Englisch, was Simon nicht verstand, dann sahen beide zu Rosie.

»So wurde es uns berichtet. Aber es ist trotzdem Vorschrift, dass wir zu den Umständen ermitteln. Gab es Zeugen für den Unfall?«

Rosie schien sich gefasst zu haben, denn sie trat hinter Simon hervor und versuchte sich an einem wackeligen Lächeln.

»Für den tragischen Moment nicht, nein. Aber sowohl ich als auch meine Cousine Marga können bezeugen, dass mein Stiefvater sehr viel getrunken hatte. Ebenso, dass er plante, trotz des aufkommenden Sturms an Deck zu gehen. Wir beide sind in der Kabine geblieben, weil wir seekrank waren.«

Muller übersetzte, während Jones etwas in eine Art Kladde schrieb.

»Es gibt Zeugen, die Sie beim Abendessen mit Ihrem Stiefvater gesehen haben.« Muller ließ diese Aussage wie eine Frage im Raum stehen. Nervös kaute Rosie auf ihrer Lippe, während sie unter den Lidern hindurch flehentlich zu Simon sah.

»Ja, aber da ging es Miss Pauls schon schlecht. Ich persönlich habe sie zu ihrer Kabine begleitet, während ihr Stiefvater darauf bestand, noch einen Spaziergang an Deck zu machen.«

Muller übersetzte wieder, wobei die Beamten sich schwer zu deutende Blicke zuwarfen.

»Und machten Sie sich keine Sorgen, dass Herr Hubert in seinem Zustand allein an Deck wollte? Haben Sie nicht versucht, ihn aufzuhalten?«

Betrübt schüttelte sie den Kopf. »Mein Stiefvater war kein Mann, der sich leicht von seinen Plänen abbringen ließ.« Es sprach viel Wahrheit aus diesem einen Satz, das schien auch Muller bemerkt zu haben, der erneut für Jones übersetze.

»Halten Sie sich bitte bereit, falls es noch weitere Fragen gibt, Miss Pauls. Und teilen Sie uns mit, sollten Sie vorhaben, zu verreisen oder umzuziehen. Wir warten derzeit noch auf weitere Informationen aus Deutschland, bevor der Fall abgeschlossen werden kann.«

Sie verabschiedeten die beiden Polizisten, doch sobald die Tür sich hinter ihnen geschlossen hatte, sackte Rosie in sich zusammen. Simon konnte sie gerade noch auffangen und ins Wohnzimmer tragen, wo er sie auf das abgesessene Sofa von Mrs. Gruber legte. Ihre Augen waren riesig, als sie ihn nun ansah, wobei sie sich in den Ärmeln seiner Jacke festkrallte.

»Sein Schatten folgt mir überallhin. Ich würde ihn mitnehmen in eine Beziehung, Simon. Kannst du das nicht verstehen?«

Sie ließ ihn los und wandte das Gesicht von ihm ab. Er hatte trotzdem die Tränen gesehen, die in den blauen Tiefen schimmerten.

»Ich kann es verstehen, aber es schreckt mich nicht ab. Wir können mit diesem Schatten fertigwerden. Gemeinsam.«

Sie drehte sich wieder zu ihm herum und sah ihn betrübt an.

»Ich wünschte, ich hätte deine Zuversicht.«

32

»Er ist schon wieder fort?« Marga blickte in Simons verschlafenes Gesicht. Seine Haare standen wild von seinem Kopf ab, seine Augen waren vor Müdigkeit gerötet, und um sein Kinn herum hatte ein dunkler Stoppelbart zu sprießen begonnen. Er sah auf eine zerknitterte Art trotzdem attraktiv aus. Wie immer, wenn sie ihm nahe war, machte ihr Magen seltsame Dinge. Es fühlte sich an, wie aus großer Höhe in einen Abgrund zu blicken – aufregend und angsteinflößend zugleich. Simon kratzte sich betreten am Kopf und zuckte dann mit den Schultern.

»Meist bekomme ich gar nicht mit, wann er geht. Ich schlafe derzeit wie ein Stein. Im Moment gibt es viel zu tun, wir liefern oft bis in den Abend hinein Fässer aus, um alle Aufträge abzuarbeiten.« Es klang wie eine Entschuldigung, dabei hatte sie gar nicht nach einem Verantwortlichen gefahndet. Es war lediglich das dritte Mal innerhalb einer Woche, dass sie erfolglos versucht hatte, Nando am Morgen abzupassen. Sie hatte sich extra einen Wecker für diese Mission gestellt. Sie wollte unbedingt herausfinden, was er den ganzen Tag trieb. Sein Auge war zwar abgeschwollen, woher die Blessur stammte, hatte er ihr aber immer noch nicht verraten. Genauso wenig, warum er in den vergangenen Tagen so bedrückt wirkte. Marga seufzte enttäuscht.

»Und er hat dir wirklich nichts gesagt? Ich meine, ihr teilt seit über acht Wochen das Zimmer, da wäre es doch naheliegend, dass er Vertrauen zu dir gefasst hat.«

Simon schüttelte mit einem Gähnen den Kopf.

»Verschlossen wie eine Auster, der Junge«, war alles, was er dazu zu sagen hatte.

Als sie keine Anstalten machte, zu gehen, öffnete Simon die Tür etwas mehr und lehnte sich gegen das splittrige Holz.

»Schau, er ist kein Kind mehr, auch wenn du ihn so siehst. Nando hat sein Leben lang selbst auf sich achtgeben müssen. Womit auch immer er seine Tage verbringt, es ist seine Sache.«

Sie verschränkte aufgebracht die Arme. Wie konnte er so herzlos sein? Nando konnte in üble Gesellschaft geraten sein, vielleicht war er sogar in Gefahr.

»Er mag kein Kind mehr sein, aber er ist auch noch lange nicht erwachsen. Jemand könnte einen schlechten Einfluss auf ihn haben. Was, wenn er wieder auf die schiefe Bahn gerät? Ich mache mir einfach Sorgen und verstehe nicht, wie du das so leichtfertig abtun kannst.«

Aus einem Impuls heraus zog er sie in seine Arme und presste ihr einen Kuss auf den Scheitel. Ihr Herz setzte mehrere Schläge lang aus. Er roch nach Bettwärme, Seife und Simon. Sie ließ sich in diese kleine Geste fallen wie in ein heißes Bad, ließ sich von seiner Nähe und Fürsorge umspülen. Als er sie sanft von sich schob, blickte sie schnell zu Boden. Sie wusste, dass sie hummerrot angelaufen war, denn ihre Wangen brannten, als hätte jemand ihr ein paar schallende Backpfeifen versetzt.

»Es ist rührend, wie du dich um ihn sorgst und dich seiner annimmst. Und glaube mir, er weiß das sehr zu schätzen. Nur bringt es nichts, wenn du versuchst, etwas zu erfahren, das er dir nicht aus freien Stücken sagen möchte. Belass es dabei. Die Zeit wird kommen, wo er sich dir anvertraut.«

Sie nickte betreten, während ihre Schuhspitze nervöse Kreise auf den alten Dielen zog. Simon räusperte sich.

»Wenn du mich jetzt entschuldigen würdest? Ich muss mich für die Arbeit fertig machen.«

Eilig gab sie die Tür frei und kehrte in die kleine Dachkammer zurück, die sie mit Rosie teilte. Ihre Cousine war gerade dabei, sich ihre dicken Wollstrümpfe überzustreifen.

»Wo hast du dich denn schon zu dieser Uhrzeit herumgetrieben?«, fragte sie verwundert, als Marga eintrat und sich missmutig auf ihr Bett warf.

»Ich wollte Nando abfangen, aber wieder einmal ist er schon unterwegs, wo, weiß nur der liebe Gott.« Sie flitschte zornig einen Stofffaden vom Kopfkissen.

Rosie stand auf und schlüpfte in ihren Rock, dann blieb sie vor Marga stehen, die die kleinen Häkchen auf der hinteren Seite wortlos verschloss. Rosie zupfte ihre weiße Bluse zurecht und stellte sich dann vor den Spiegel, um ihr Haar zu richten.

»Mach dir nicht so viele Gedanken. Nando ist wie ein Straßenkater. Er braucht seinen Freilauf, kommt aber doch immer wieder nach Hause. Und du weißt doch – Katzen haben neun Leben.«

Marga zog die Nase ob des Vergleichs kraus. »Simon hat auch so was Ähnliches gesagt, aber ich sorge mich trotzdem. Er wirkt so bedrückt. Gestern kam er wieder zu spät zur Arbeit. Franz ist kurz davor, ihn hinauszuwerfen.«

»Er würde einen besseren Job bekommen, Maggie, das weißt du doch hoffentlich? Er wischt nur den Dreck auf, um auf dich aufpassen zu können.«

Natürlich wusste sie es, aber sie wollte sich diese Tatsache nicht eingestehen, da ihre Beweggründe ziemlich egoistisch waren: Sie fühlte sich nämlich eindeutig wohler, wenn er bei ihr war. Sie hatte das Gefühl, es mit dem ganzen Laden aufnehmen zu können, wenn Nandos wachsame Augen ihr auf Schritt und Tritt folgten. Und obgleich er von seiner Statur her eher dürr und schlaksig war, war er doch ziemlich groß und konnte im Zorn ungeahnte Kräfte freisetzen. Er schien keine Furcht zu kennen, sodass sich schnell herumgesprochen hatte, dass man die blonde Kellnerin und damit ihren kleinen Bruder besser in Frieden ließ.

Als Marga schwieg, trat Rosie noch einmal zu ihr und presste ihr einen schnellen Kuss auf die Wange.

»Schau, wenn wir umziehen, dann kann er dir nicht mehr so leicht entwischen. Vielleicht hört er dann auf zu streunern.«

»Vielleicht«, gab Marga ohne große Überzeugung klein bei.

Rosie setzte sich ihren Hut auf und drehte sich an der Zimmertür noch einmal um.

»Du hast mir mal gesagt, ich soll daran glauben, dass alles gut wird. Dann tu du das Gleiche.«

Mit diesen Worten verschwand sie. Marga schnaubte leise. Sie war schon immer besser darin gewesen, gute Ratschläge zu erteilen, als anzunehmen. Aber Rosie und Simon hatten wohl recht. Es machte keinen Sinn, Nando zu bedrängen, wenn er nicht von selbst mit der Sprache herausrücken wollte. Sie blickte auf die Uhr und zog sich missmutig die Decke bis ans Kinn. Sie sollte noch etwas Schlaf nachholen, um für den Abend gewappnet zu sein, doch die Gedanken in ihrem Kopf drehten sich wie ein Karussell.

Erst jetzt gestattete sie es sich, über den Moment eben mit Simon näher nachzudenken. Auch wenn seine Umarmung sie geradezu erschüttert hatte, war sie sicher, dass es für ihn eine rein freundschaftliche Geste des Trosts gewesen war. Er hatte sie angesehen wie immer, nicht einmal ein Bruchteil dessen, was sie in seinen Augen las, wann immer er Rosie betrachtete, war aufgeblitzt. Einmal mehr wurde ihr das Herz schwer. Nando hatte ihr zudem von dem Ring erzählt, den Simon abends oft hervorholte, wann immer er glaubte, dass sein Zimmernachbar eingeschlafen sei. Marga hatte schlucken müssen. Sie wusste nicht, was sie mehr fürchtete – Rosie oder Simon zu verlieren. Am Ende war es auch gleich, denn beider Verlust wäre für sie kaum zu ertragen. Sie waren zusammen mit Nando ihre Familie hier in der Fremde. Selbstmitleidig rollte sie sich noch fester in die dünne Decke, die für die eisigen Temperaturen, die gerade herrschten, nicht gemacht war. Der Winter war ungewöhnlich streng in diesem Jahr, sodass sie sogar hier im Zimmer ihren Atem sehen konnte, der zum Dachfenster hochstieg, das durch den Frost auch von innen mit Eisblumen bemalt war. Marga stand auf und legte etwas Holz nach. Sie wusste, dass Mrs. Gruber geizig war, wenn es ums Heizen ging. Aber sie würde erfrieren, wenn sie so hier liegen blieb.

Am Ende musste sie doch eingeschlafen sein, denn als sie die Augen aufschlug, war es schon dämmrig draußen. Vor ihrem Gesicht tauchte Rosies besorgte Miene auf. Unwirsch rüttelte ihre Cousine sie an der Schulter

»Marga, komm schon, werd endlich wach. Nando wurde verhaftet.«

33

Das Polizeihauptquartier lag nahe Five Points auf der Mulberry Street und hatte die Hausnummer 300. Marga, Rosie und Simon betraten das fünfstöckige, weiß getünchte Gebäude durch den sakral anmutenden, bogenförmigen Eingang, nur um im Inneren sofort in einem höllischen Gewirr aus Stimmen und Menschen zu versinken. Polizisten standen in kleinen Gruppen herum, an einem Schreibtisch saß ein älterer Cop mit tadelloser Uniform und akkurat gestutztem Schnurrbart, dem eine Dame ins Ohr schrie, während er versuchte, ihre Aussage zu Papier zu bringen. Gleich nach ihnen wurden ein paar leicht bekleidete Damen hereingebracht, die zumindest angetrunken schienen und versuchten, die sie abführenden Polizisten mit ihren Reizen zu bezirzen. Sogar Kinder rannten hier herum, schlüpften durch die Beine der Wartenden oder klammerten sich an ihre Mütter, die ein Verbrechen melden wollten oder als Zeuginnen geladen waren.

Marga schwirrte bereits nach wenigen Minuten der Kopf. Sie hielt Ausschau, konnte Nando jedoch nirgendwo entdecken. Rosie drückte ihr aufmunternd die Hand.

»Wir werden ihn gleich finden«, sagte sie beschwörend, vermutlich, weil Marga so blutleer aussah, wie sie sich gerade fühlte. Neben ihnen tauchte plötzlich ein Polizist auf, dessen Namensschild ihn als Officer Muller auswies.

»Miss Pauls, kann ich Ihnen helfen?« Marga blickte ihre Cousine fragend an, die schenkte ihr aber keine Beachtung. An Rosies angespanntem Gesichtsausdruck sah sie jedoch, dass die Begegnung ihr zusetzte. Sie fragte sich, was Rosie mit dem Polizisten zu tun hatte, der sie offensichtlich kannte und ebenfalls Deutsch sprach.

»Officer Muller, wir suchen unseren Schützling, Fernando Keitel. Uns wurde durch einen uns unbekannten jungen Mann zugetragen, dass man ihn verhaftet habe. Sie müssen wissen, er ist noch ein Junge, nicht einmal sechzehn Jahre alt. Es muss sich um ein Missverständnis handeln.«

Officer Muller machte eine abwartende Geste und verschwand hinter einer Absperrung, wo er sich mit einem Kollegen beriet. Dann kam er zurück und nickte.

»Der junge Mann ist in unserem Gewahrsam. Man wirft ihm bandenmäßigen Diebstahl vor«, sagte Muller mit dem für deutschstämmige Amerikaner üblichen weichen Singsang.

»Kann ich zu ihm?«, bat Marga flehentlich. Ihr war bei den Worten des Polizisten übel geworden. Also war ihre Vorahnung richtig gewesen. Nando war wieder auf die schiefe Bahn geraten.

»Einen Augenblick.« Als er zurückkehrte, verriet sein bedauernder Blick schon, dass ihre Bitte abgelehnt worden war.

»Er hat das Recht, sich mit einem Anwalt zu beraten«, vernahm sie Simons feste Stimme hinter sich. Muller nickte und betrachtete Simon abschätzig.

»Und Sie sind Anwalt?«

»Nein, aber wir werden ihm einen besorgen«, sagte Simon. Marga fuhr zu ihm herum.

»Wo um alles in der Welt sollen wir das Geld für einen Anwalt hernehmen?«, zischte sie in seine Richtung.

»Das weiß ich auch noch nicht, aber wir werden uns schon was einfallen lassen«, versuchte er, sie zu beruhigen, doch Marga spürte, dass sie nahe dran war, die Nerven zu verlieren. Die aufreibenden Wochen und Monate, seitdem sie Deutschland verlassen hatten, zerrten an ihrer Beherrschung.

»Sie werden ihn einsperren, vielleicht weisen sie ihn sogar aus.«

Allein der Gedanke daran versetzte sie in Panik. Muller hatte ihnen mittlerweile wieder den Rücken zugekehrt.

»Hell and damnation«, hörte sie ihn plötzlich fluchen und spähte über sein breites Kreuz, um zu sehen, was den Cop so erzürnte. Durch die Tür war eine Dame getreten, deren bloße Anwesenheit die Atmosphäre in diesem Durcheinander veränderte. Stimmen senkten sich, Menschen rückten ab, teilten sich wie das Rote Meer, sodass die Frau unbehelligt durch den großen Eingangsbereich schreiten konnte. Marga beobachtete die imposante Erscheinung neugierig. Sie konnte irgendetwas zwischen Mitte vierzig und Ende fünfzig sein, genau ließ sich das durch die dick aufgetragene Schicht Schminke nicht sagen. Ihre füllige Figur steckte in einem teuren dunkelgrünen Seidenkleid, dessen geraffte Röcke bei jedem Schritt um sie herumwallten. In ihrem rot aufgetürmten Haar steckten kleine Federn. Sie sah aus, als hätte sie sich auf dem Weg zu einem Ball verirrt. Während sie nach vorne auf den Officer mit dem ordentlich gestutzten Schnauzer zuschritt, zupfte sie sich elegant die langen schwarzen Handschuhe von den Fingern. Mittlerweile war es mucksmäuschenstill im Raum.

Bei dem Mann angekommen, lehnte sie sich wie zum Plausch auf den Schreibtisch.

»Frank, can you tell me why these goddam' morons workin' for you aren't able to distinct between a common thief and one of my employees?«

Ihre Stimme klang buttrig weich, jedoch waren ihre Züge plötzlich verhärtet.

»I had to leave Governor Flowers' birthday party to clean up that mess you made.«

Der Polizist, den sie so vertraulich mit Frank angesprochen hatte, starrte sie wortlos an.

Dann stand er auf und bedeutete ihr mit einer ruckartigen

Kopfbewegung, ihm zu folgen. Um ihren Mund zeigte sich ein zufriedenes Lächeln, während sie dem Uniformierten durch eine Tür in eines der Büros folgte.

Langsam kam wieder Leben in den Saal, und nach wenigen Minuten schien der denkwürdige Auftritt der Dame vergessen – Marga jedoch starrte Simon und Rosie entgeistert an.

»Was bitte war das? Habe ich es richtig verstanden, dass die Dame nicht nur die Polizei als Idioten betitelt hat, sondern auch noch irgendeine Verbindung zum Governor hält? Ich hoffe doch inständig, dass es bei dem sogenannten *Angestellten*, den man angeblich mit einem Dieb verwechselt hat, nicht um Nando ging.«

Sie hatte die Worte noch nicht ganz ausgesprochen, als die Bürotür wieder aufflog und die Dame mit großen Schritten das Gebäude verließ. Nur wenig später brachte ein Cop mit Segelohren und Sommersprossen Nando aus ebendieser Tür. Er nahm ihm die Handschellen ab und versetzte ihm dann einen unwirschen Stoß, der Nando ins Straucheln brachte. Er fing sich nach einigen Schritten und wollte schon zur Tür streben, als sein Blick auf Marga fiel. Seine Kohlenaugen leuchteten tiefschwarz, während ihm alle Farbe aus dem Gesicht wich. Sein Blick flog zum Ausgang und dann wieder zu ihr zurück, als überlegte er, ob er nicht lieber vor der Gardinenpredigt fliehen sollte, die ihm bevorstand. Am Ende straffte er mutig die Schultern und kam auf sie zu. Marga sah ihn einen Moment lang an, dann fiel sie ihm um den Hals und presste seine magere Gestalt an sich, als gälte es, ihn vor dem Ertrinken zu bewahren. Überrascht versteifte er sich kurz, erwiderte dann aber zögernd ihre Geste. Als Marga das Gefühl hatte, nicht mehr auf Puddingbeinen zu stehen, löste sie sich von ihm und versetzte ihm eine schallende Ohrfeige.

»Die ist dafür, dass du mir so eine Heidenangst eingejagt hast. Und jetzt glaube ich, dass du mir einiges zu erklären hast.«

34

Der Heimweg verlief schweigend. Alle vier hingen sie ihren Gedanken nach, während der Schnee unter den Sohlen ihrer Stiefel knirschte. New York im Winter sah eigentlich wunderschön aus, besonders dort, wo die Straßenlaternen ihr weiches Licht auf die weiße Pracht warfen. Es wirkte, als hätte jemand Millionen kleiner Diamanten verstreut. Doch Nando hatte heute Abend kein Auge für seine Umgebung. Missmutig stampfte er voraus. Wenn er Walter in die Finger bekam, würde er ihm ganz schön was erzählen. Wie konnte dieser Mistkerl nur Marga und die anderen über seine Verhaftung informieren? Und dass der Hinweis von ihm gekommen war, daran bestand für Nando kein Zweifel. Er überlegte fieberhaft, was und wie viel er Marga beichten sollte über seine Tätigkeit für Sally Parker.

Natürlich war es nach dem merkwürdigen Überfall gekommen, wie er vermutet hatte. Ma Sally war wenig überrascht und noch weniger erfreut über die Sache. Sie hatte seinen »Vertrag« als Wiedergutmachung für den ihr entstandenen Schaden noch einmal um zwei Monate verlängert und danach seinen neuen Schuldschein mit einem zufriedenen Grinsen in die Schublade mit ihren Geschäftsunterlagen gleiten lassen.

»Don't look so sad, laddie. At least you have work. And Ma will keep a watchful eye on you.« Dann hatte sie ihm durch die Locken gestrichen und irgendetwas davon gegurrt, dass sie manchmal wünschte, gute dreißig Jahre jünger zu sein. Dass sie ein wachsames Auge auf ihn haben würde, hatte er eher als Drohung verstanden. Heute jedoch war ihm klar geworden, dass sie es durchaus fürsorglich gemeint hatte.

Marga hatte zu ihm aufgeschlossen. Ihre Wangen waren genauso gerötet wie vor einigen Wochen auf der Überfahrt, als sie gemeinsam in der Kälte die Wale beobachtet hatten. Auch ihre Augen funkelten wie damals, heute jedoch vor Zorn.

»Zu Hause reden wir, mein Lieber.« Sie klang so, wie er sich als Kind eine besorgte Mutter vorgestellt hatte. Obwohl Nando wusste, dass der Zorn ihrer Zuneigung entsprang, machte es ihn nun ebenso wütend. Er war weder ihr Sohn noch ihr kleiner Bruder.

»Ich bin niemandem Rechenschaft schuldig, dir nicht und auch sonst keinem.«

»Ach ja?« Sie blieb stehen und stemmte die Hände in die Hüften. Ihr Atem kam in rasch ausgestoßenen, frostigen Wölkchen, sodass sie aussah wie ein kleiner Drache, der gleich Feuer speien würde.

»Ich will dir mal eines sagen, Nando Keitel. Wenn man sich dazu entschlossen hat, zusammenzugehören, dann ist man dem anderen sehr wohl Rechenschaft schuldig. Und Ehrlichkeit. In keiner Beziehung ist Platz für Lügen, ebenso wenig für unreife Jungs, die meinen, ihr eigenes Ding durchziehen zu können, ohne dass die Konsequenzen auch die anderen belasten.«

Er sollte einfach weitergehen, die Diskussion an diesem Punkt beenden, bis sich ihrer beider Gemüter beruhigt hatten, doch die Erlebnisse dieses unheilvollen Tages und seine stetig stärker werdenden Gefühle für Marga machten es ihm unmöglich, seine Zunge im Zaum zu halten. Mit wenigen wütenden Schritten war er bei ihr und starrte sie aus zusammengekniffenen Augen von oben herab an.

»Was weißt du schon? Du hast keine Ahnung, Mädchen. Du denkst, die Welt ist schön und alle haben sich lieb, aber so ist das nicht. Ich hab schon immer auf mich selbst achtgegeben, und ich brauche dich jetzt auch nicht, um das zu übernehmen. Wenn es dir nicht passt, wie ich lebe und was ich tue, dann ist es besser, unsere Wege trennen sich hier und jetzt. Ohnehin ist das alles doch Schwachsinn mit dem kleinen Bruder. Wir gehören nicht zusammen, haben nie zusammengehört. Es war eine reine Zweckgemeinschaft.«

Für eine winzige Sekunde erfüllte der entsetzte Ausdruck auf ihrem Gesicht ihn mit Genugtuung. Doch als er sah, dass ihr Tränen in die Augen schossen, fühlte er sich wie der schlechteste Mensch auf Erden.

»Es zwingt dich keiner, bei uns zu bleiben«, gab sie getroffen zurück. Sie reckte bebend das Kinn vor und kreuzte die Arme.

»Fein, dann gehe ich, dein dauerndes Einmischen war ohnehin nicht mehr zu ertragen.«

Mit diesen hitzigen Worten machte er auf dem Absatz kehrt und rannte kopflos in die Dunkelheit. Erst als er sich irgendwann gestattete, kurz stehen zu bleiben, um die eiskalte Luft in seine brennenden Lungen zu saugen, wurde ihm klar, was er gerade getan hatte. Er war ein solcher Idiot. Er hatte mit seinen hitzigen Worten das einzig Gute, das ihm jemals im Leben widerfahren war, fortgestoßen. Seine Mutter hatte schon recht gehabt, als sie ihn einen Nichtsnutz und Tagedieb geschimpft hatte, der irgendwann in der Gosse enden würde. Und so, wie er Marga gerade behandelt hatte, hatte er es auch nicht besser verdient.

Er schob den Gedanken an Marga fort, der weitaus mehr schmerzte als seine stechende Seite nach der überstürzten Flucht. Erst jetzt bemerkte er, dass er Little Germany hinter sich gelassen hatte und vor dem Liquor Store gestrandet war. Unterbewusst war ihm schon klar gewesen, dass das der einzige Ort in Lower Manhattan war, zu dem er gehen konnte, ohne Bargeld und ohne den Schutz der anderen. Mit einem Seufzer lief er zum Hintereingang, der im Gegensatz zum Laden stets geöffnet war. Nando klopfte und wartete, bis einer der Jungs ihn einließ.

»Walter?«, fragte er ohne große Vorrede. Der andere deutete unwirsch mit dem Kopf auf Mas Büro. Nando schritt mit geballten Fäusten den langen dunklen Korridor hinab. Noch konnte er umkehren, sich entschuldigen und ihr beichten, wie tief er in dieser Sache drinsteckte, doch sein Stolz und sein verfluchter Dickschädel hielten ihn davon ab. Er trat ein, ohne sich vorher noch einmal an der Tür bemerkbar zu machen. Walter thronte auf Mas Sofa und rauchte eine ihrer Zigarren. Dazu hatte er sich ein Glas Brandy aus Mas Hausbar gegönnt. Jedem anderen hätte Sally Parker dafür die Ohren abgeschnitten, doch Walter durfte so ziemlich alles.

»Na, wie war es im Knast?«, fragte er mit breitem Grinsen, wobei er die Zigarre in die Brandyneige fallen ließ, in der sie mit einem Zischen erlosch.

Nando gab ein Knurren von sich. Die Wut auf sich selbst, auf Maggie, auf die ganze Welt entlud sich nun auf sein Gegenüber. Mit einem Hechtsprung setzte er auf Walter zu und riss ihn vom Sofa herunter auf den Boden, wo sie nun beide übereinander herrollten wie kleine Jungs, die sich balgten. Das Brandyglas war dabei zu Bruch gegangen, doch Nando registrierte nicht einmal die Scherben. Er holte aus und landete einen Glückstreffer an Walters Kinn, weil dieser auf die Attacke unvorbereitet war. Er hörte ihn keuchen und fluchen, doch dann lag Nando so plötzlich auf dem Rücken, dass ihm alle Luft aus den Lungen entwich. Walter hatte ihn an der Kehle gefasst. Sein Grinsen war wie weggeblasen, dafür bekam Nando zum ersten Mal einen Eindruck davon, wie Walters andere Seite aussah, vor der sich in der Bande so viele fürchteten. Mit Recht, musste er sich nun eingestehen. Verzweifelt versuchte er, sich aus dem Würgegriff zu befreien, doch Walter ließ ihn zappeln, bis ihm schon ganz schwarz vor Augen war. Erst dann lockerte er den Griff, versetzte ihm noch eine Ohrfeige und zog ihn dann mit sich auf die Füße hoch, wo Nando schwer atmend und taumelig stehen blieb.

»Noch mal so 'n Scheiß, und ich könnte wütend werden«, sagte Walter leichthin und grinste, als wären sie sich nicht gerade erst an die Gurgel gegangen. Dann ließ er sich lang aufs Sofa fallen, faltete die Hände hinter dem Kopf und kreuzte die Füße.

Als Nando halbwegs das Gefühl hatte, dass er wieder atmen und sprechen konnte, baute er sich erneut vor dem Sofa auf, dieses Mal darauf bedacht, sich besser zu beherrschen.

»Warum hast du es Marga und den anderen gesagt?«

Walter betrachtete ihn einige Augenblicke, bevor er antwortete.

»Ich fand, sie haben ein Recht gehabt, zu erfahren, wo du bist.«

»Warum? Was geht es dich überhaupt an?« Er versuchte, sachlich zu klingen, doch seine angegriffene Stimme vibrierte vorwurfsvoll.

»Mensch, Kleiner, merkst du es selbst nicht? *Marga hier, Marga da*. Von morgens bis abends liegst du mir mit der Puppe in den Ohren. Du liebst sie. Da hat sie wohl das Recht, zu erfahren, wenn du in Schwierigkeiten steckst.«

Nando wollte schon etwas erwidern, als Walter leiser weitersprach.

»Außerdem war ich mir nicht sicher, ob Ma dich rauspauken würde. Manche lässt sie auch schmoren. Darum wollt ich dir helfen und hab Lance zu deinem Boarding House geschickt. Hab' mich nach heut' Morgen irgendwie verantwortlich gefühlt. Ich hatte was läuten hören wegen der Razzia. Wir hätten früher verschwinden müssen.« Er räusperte sich verlegen, dann grinste er wieder selbstgefällig. »Deine Leute hätten sich aber schon was einfallen lassen. Falls es dir noch nicht aufgefallen ist, die mögen dich – alle drei.«

Nando war zu perplex, um ihm zu antworten.

»Sind damit alle Fragen geklärt? Dann kannst du ja nach Hause gehen.«

Walter angelte nach dem Dekanter, der auf Mas Schreibtisch stand, und nahm einen großen Schluck direkt aus dem Glasbehältnis, bevor er sich zurück in die Polster lehnte.

»Ich kann nicht nach Hause. Ich ...« Nando kämpfte mit den Worten und mit seinem schlechten Gewissen. »Ich hab sie angeschrien, hab gesagt, dass wir nicht zusammengehören und sie mich in Ruhe lassen soll.«

Betreten starrte er auf seine abgenutzten Schuhe. Walter seufzte, dann schob er seine Beine von Sofa und klopfte auf den nun freien Platz neben sich. Nandos Wut war mit einem Mal verflogen. Er fühlte sich nur noch dumm – und einsam. Mit hängenden Schultern ließ er sich neben Walter nieder, der ihm einladend den halb leeren Dekanter hinhielt. Nando nahm einen großen Schluck, der ihm in der ohnehin engen Kehle brannte.

»Ist Scheiße mit der Liebe«, sagte Walter mitfühlend und legte seine breite Handfläche auf Nandos Schulter.

Sie schwiegen eine Zeit lang einträchtig, dann gähnte Walter und erhob sich.

»Ich verpiss mich. Du kannst hier im Büro pennen, aber rühr ja nichts an – und räum die Scherben weg. Morgen sehen wir weiter.«

Nando machte Ordnung, dann löschte er das Licht, streifte seine Schuhe ab und streckte sich auf Mas Sofa aus. Es war erstaunlich bequem, aber viel zu kurz für seine langen Beine, die über der Holzlehne hingen und schon nach wenigen Minuten kribbelten wie tausend Ameisen. Er blieb trotzdem regungslos in der Dunkelheit liegen, den Blick an die Bürodecke geheftet. Hätte er sich doch bloß nicht erwischen lassen. Dabei war es zunächst ein Morgen wie jeder andere gewesen. Walter und er hatten ordentlich zu tun gehabt auf Ellis Island. Gerade im Hinblick auf die bevorstehenden Weihnachtstage waren viele Menschen mit deutlich mehr Wertgegenständen unterwegs. Er hatte eine Schmuckschatulle mit einer Perlenkette und diversen teuer aussehenden Ringen ergaunert, einiges an Bargeld und sogar einen in Leinen eingewickelten Goldzahn. Ihm war aufgefallen, dass Walter sich ab mittags häufiger nervös umwandte, doch Nando hatte nichts Auffälliges bemerkt. Walter hatte noch Benson geschmiert, dann war er irgendwann verschwunden. Auch da hatte Nando sich noch keine Sorgen gemacht. Manchmal ging Walter raus, um jemandem die Tageseinnahmen zu übergeben oder irgendwo auf neue Befehle von Ma zu warten.

Der Mann hatte nichts Besonderes an sich gehabt. Vielleicht wäre Nando sogar an ihm vorbeigegangen, wenn er nicht seine prallvolle Geldbörse gezückt und vor aller Augen sein Bargeld gezählt hätte. Angeber, war es Nando durch den Kopf geschossen. Dann hatte er die Finger ausgestreckt, als plötzlich die Handschellen klickten. »Ich hab einen«, brüllte der Mann und zerrte ihn hinter sich her. Nando blickte sich verzweifelt um. Die anderen Jungs waren fort, er war als Einziger ins Netz gegangen. Der dicke Benson hatte sich ein schadenfrohes Grinsen nicht verkneifen können, als man ihn abführte.

»Wofür schmieren sie dich eigentlich?«, hatte er ihm entgegengeschrien, doch weder Benson noch der Polizist, der ihn verhaftet hatte, verstanden seine wütende deutsche Tirade.

Im Revier hatte er sich schon auf das Schlimmste gefasst

gemacht. Auch wenn sein Englisch immer noch rudimentär war, hatte er verstanden, dass man von ihm erwartete, die Namen der Hintermänner oder -frauen preiszugeben. Sie hatten gedroht, ihn bis zum Sankt-Nimmerleins-Tag in den Bau zu schicken. Doch Nando wusste, dass das vermutlich immer noch besser war, als nach einem Geständnis Sally Parker in die Hände zu fallen. Seine Perspektiven waren so oder so wenig rosig. Als Ma schließlich mit einem der für sie üblichen großen Auftritte in das Verhörzimmer gerauscht kam, hätte er am liebsten geweint vor Erleichterung. Sie hatte den Cop ordentlich in den Senkel gestellt. Dem Kerl lief sogar der Schweiß, obwohl sonst nicht einmal eine Fluse auf seiner perfekt gestärkten Uniform zu sehen gewesen war.

»Everything will be fine, honey. You go home now. We'll talk in the morrow«, hatte sie zum Abschied gesagt und ihm in schon vertrauter Geste durch die Locken gestrichen. Dann hatten sie ihm widerwillig die Handschellen abgenommen und ihn zum Zimmer hinausgeschubst. Er hatte sich die schmerzenden Handgelenke gerieben und sorgenvoll an den nächsten Tag gedacht. Ma würde die Verhaftung vermutlich nur allzu gerne als Vorwand nehmen, um seine Dienste noch einmal ein paar Monate länger in Anspruch zu nehmen. Langsam bekam er das Gefühl, dass er nie wieder aus Sally Parkers Würgegriff entkommen würde. Wenigstens sah Marga ihn so nicht, hatte er sich noch getröstet, doch dann war sein Blick genau auf sie gefallen.

Er presste die Augen zu, weil er Tränen spürte, als er sich die Szene wieder ins Gedächtnis rief. Den Rest der Nacht versuchte er, jeden Gedanken an sie und seine Zukunft zu verdrängen, allerdings nicht sehr erfolgreich.

35

»Verdammt noch mal, drei Tage und kein einziges Wort.« Aufgebracht lief Marga in der engen Dachkammer auf und ab. Sie hatte zwar ihre Stiefel ausgezogen, trug aber immer noch das alberne Dirndl, welches sie zur Arbeit anziehen musste. Rosie lag im Bett und kämpfte gegen die bleierne Müdigkeit, die ihr in den Knochen steckte. Seit Nandos Verhaftung hatten sie alle kaum ein Auge zugemacht. Nachdem er fortgerannt war, hatten sie zunächst geglaubt, dass er irgendwann wieder im Boarding House auftauchen würde. Doch Marga hatte sich da schon kaum besänftigen lassen. Ihre Laune pendelte unentschlossen zwischen fuchsteufelswild, zu Tode betrübt und panisch vor Sorge. Rosie hatte nur wenig Schlaf gefunden und war am nächsten Morgen mit dunklen Rändern unter den Augen zum Dienst erschienen, was ihr einen Tadel von Mrs. Dinwiddy einbrachte.

»I cannot tolerate a maid that is tired and unconcentrated. Imagine, you fall asleep, while my baby needs tending.« Sie schnaubte wenig damenhaft und wedelte mit einem bestickten Taschentuch.

Rosie lag es auf der Zunge, dass Mrs. Dinwiddy durchaus auch selbst nach dem kleinen Jacob sehen konnte, wenn sie ihrem Kindermädchen nicht zutraute, der Aufgabe aus Müdigkeit gerecht zu werden, doch sie verkniff sich die Anmerkung. Demütig schlug sie den Blick nieder und nickte.

»Sorry, Mrs. Dinwiddy, won't happen again.«

Diese Entschuldigung beherrschte sie mittlerweile perfekt, denn Mrs. Dinwiddy fand jeden Tag etwas, das sie an ihrem Personal auszusetzen hatte. Trotzdem wollte Rosie sich nicht beschweren. Sie wurde gut bezahlt, die Kinder waren zwar verzogen, aber ihr mittlerweile recht ans Herz gewachsen, und zudem profitierte sie jeden Monat von Mrs. Dinwiddys Kaufsucht, denn diese befürchtete, dass ihrem Gatten auffallen könnte, wie viel sie wirklich besaß, wenn der Schrank irgendwann aus allen Nähten platzen würde.

In der Nacht darauf waren sie nach Margas Schicht zu dritt durch die ganze Lower East Side gelaufen, hatten in jeder schmutzigen Kneipe und jedem Hinterhof gesucht, weil ihre Cousine schier krank vor Sorge um den Kleinen war. Rosie musste zugeben, dass auch ihre Zuversicht langsam schwand. Sie kannten Nando doch gar nicht wirklich. Wer wusste schon, in was er verwickelt war und wo er steckte. Simon hatte sie irgendwann gedrängt, zurückzugehen, um noch ein wenig Schlaf zu bekommen. Er wusste, dass Mrs. Dinwiddy gerne Ärger machte, wenn Rosie nicht ausgeschlafen bei der Arbeit erschien. Er und Marga hatten dann noch bis zum Morgengrauen erfolglos jeden Stein auf ihrer Suche nach Nando umgekehrt. Simon war gleich zur Arbeit gegangen, während Marga sich ausgeruht hatte, jedoch vor lauter Sorge keinen Schlaf fand. Völlig übermüdet war sie am Abend wieder zum Bierpavillon gewankt. Und an der Art, wie sie nun durch das kleine Zimmer geisterte, war abzulesen, dass sie auch in dieser Nacht weitersuchen würde.

»Ich muss diese Frau finden«, sagte Marga plötzlich und riss Rosie damit aus dem Dämmerschlaf, in den sie kurz gesunken war. Sie gähnte hinter vorgehaltener Hand.

»Welche Frau denn?«

Marga war aufgeregt vor ihrem Bett stehen geblieben.

»Die in dem grünen Kleid. Ich wette, sie weiß, wo er steckt.«

Rosie wollte protestieren. Die Dame schien zwar durchaus einflussreich zu sein, aber sie hatte die teils erschrockenen Gesichter der Umstehenden in der Polizeiwache gesehen – es gab viele, die sie fürchteten. Doch Marga saß bereits auf ihrem Bett und angelte nach ihren Stiefeln.

»Wo bitte willst du hin?« Rosie setzte sich auf und blinzelte zum Wecker hinüber, der kurz vor Mitternacht zeigte.

»In die Mulberry Street. Die Polizei wird wissen, wo ich die Frau finde.« Sie stand auf und zog im Vorbeigehen ihren Mantel vom Stuhl.

»Ich werde dich sicher nicht mitten in der Nacht allein bis nach Five Points laufen lassen.« Entschlossen zog sie ihre Decke zurück und erschauerte, als ihre Füße auf den eiskalten Dielen landeten.

»Ich komm schon klar, du musst schlafen, sonst schmeißt die Furie dich am Ende noch raus«, sagte Marga und war zu Rosies Bett gekommen in dem fruchtlosen Versuch, sie wieder in die Kissen zu drücken. Rosie schob Margas Hände fort.

»Wir gehen alle – oder keiner.« Sie kam hoch und baute sich mit verschränkten Armen vor Marga auf.

»Bin ich erleichtert, dass du das sagst, ich geh schnell Simon wecken.« Marga küsste sie auf die Wange, zwinkerte ihr zu und stürmte aus dem Zimmer. Rosie seufzte. Allerdings konnte sie ihrer Cousine nicht böse sein. Sie wusste, dass Marga den Jungen ganz besonders ins Herz geschlossen hatte.

Unten im Hausflur trafen sie alle wieder aufeinander. Simons ungekämmtes Haar ließ darauf schließen, dass er schon geschlafen hatte. Sie schenkte ihm ein mitleidiges Lächeln.

Gerade als sie sich rausschleichen wollten, erschien Mrs. Gruber wie ein Hausgeist am Treppenabsatz. Ihr graues Haar quoll seitlich unter ihrer Betthaube hervor, und ihre Augen wirkten ohne die runden Brillengläser wie zwei winzige Schlitze. Ängstlich hielt sie die Laterne neben ihr Gesicht, sodass die tiefen Schatten es noch unheimlicher aussehen ließen.

»Hier gibt'sch nix zu hola«, krähte sie in die Dunkelheit.
»Mrs. Gruber, wir sind es. Wir müssen noch mal fort.«
Sie schnaubte ungehalten.
»Scho wiedda, desch isch jetscht die dridde Nacht, wo isch net schlafe tu. Wenn desch so weidda geht, müsse Sie sich een anneres Boarding Haus suche.«
»Wir ziehen ohnehin nächste Woche aus, Mrs. Gruber«, rief Marga ungeduldig über die Schulter nach oben.

Indigniert stapfte die Wirtin den Gang entlang und warf ihre Tür so geräuschvoll zu, dass sogar Herr Wengenroths gleichmäßiges Schnarchen für einige Augenblicke stoppte, bis es doppelt so laut wieder einsetzte.

Die Nacht war unwirtlich. Der Wind trieb eisige Flocken vor sich her, die ihre Gesichter wie kleine Nadelstiche attackierten. Die feuchte Kälte ging durch die Kleidung und ließ sie frösteln. Es war ein weiter Fußmarsch bis zur Polizeistation, doch Marga hatte eine Mission. Entsprechend forsch waren ihre Schritte. Rosie kam kaum mit und merkte schnell, dass ihre Lungen zu brennen begannen.

»Steig auf«, sagte Simon irgendwann, der vor ihr stehen geblieben war und ihr seinen Rücken anbot.

»Das ist nicht dein Ernst?«, fragte sie amüsiert, jedoch durchaus dankbar für diese aufmerksame Geste.

»Ich weiß doch, dass dein Absatz gestern gebrochen ist. Du läufst wie eine fußkranke Ente.« Er zwinkerte, und sie hopste wie ein kleines Mädchen auf sein Kreuz. Seine Nähe traf sie unvorbereitet. Seine Wärme, die sie durch den dicken Stoff ihrer beider Mäntel spürte, sein Geruch, seine Bewegungen unter ihr. Obwohl er derjenige war, der schleppte, war sie es, die atemlos mit jedem Schritt keuchte. Sie hatten Marga nach wenigen Längen eingeholt, die kurz mit gerunzelter Stirn zu ihnen sah. Es lag ein

Hauch von Missbilligung in diesem Blick, doch dann waren ihre Züge wieder so rasch in die vertraute weiche Freundlichkeit gerutscht, dass Rosie am Ende sicher war, es sich nur eingebildet zu haben.

Die Straßen waren so gut wie leer gefegt, hie und da torkelte ein Betrunkener aus einer der Kneipen, Saloons und Bierbuden. Ein paar Polizisten patrouillierten nahe Five Points, und ein Nachtwächter war bereits damit beschäftigt, die Gaslaternen in einer der Nebenstraßen zu löschen. Fast bedauernd ließ sich Rosie am Ziel von Simons Rücken gleiten. Sie standen ganz nah beieinander, während ihre Blicke sich verfingen und Rosies Herz zu galoppieren begann.

»Los jetzt, wir haben keine Zeit für so was.« Marga klang gereizt, sodass sie schnell auseinandertraten. Doch Simons warmes Lächeln begleitete Rosie die Stufen hinauf.

Im Polizeigebäude herrschte trotz der späten Uhrzeit die gleiche Betriebsamkeit wie beim letzten Mal. Ein unübersichtliches Knäuel an Uniformierten diskutierte mit einem Haufen Männer, die offenkundig in eine Schlägerei geraten waren und sich blutende Gesichter und Hände hielten. Wütend schimpfende Frauen mischten sich dazwischen, eine alte Dame weinte an der Schulter eines Polizisten. Es war Officer Muller. Rosie stieß Marga an.

»Er versteht uns wenigstens«, sagte sie mit einem Kopfnicken in seine Richtung.

Marga sah sie durchdringend an. »Bist du sicher? Ich kann gut verstehen, wenn du nicht näher mit ihm zu tun haben willst.«

Rosie hatte Marga nach Nandos Festnahme gestanden, dass Muller sie wegen ihres Stiefvaters aufgesucht hatte und die Ermittlungen immer noch nicht abgeschlossen, wenn auch bislang ergebnislos waren. Rosie nickte entschlossen, sie dankte Marga für die Rücksichtnahme, versicherte ihr aber, dass alles okay sei.

»Wartet hier, ich rede mit ihm.« Schnell ging sie auf Muller zu, um es hinter sich zu bringen. Sie wollte dabei weder an das erste Treffen mit ihm denken noch an die Todesumstände ihres verhassten Stiefvaters.

»Sie schon wieder?« Muller sah sie überrascht an. Rosie holte tief und zittrig Luft. »Können Sie uns helfen? Wir müssen jemanden finden.«

Muller sagte leise etwas zu der in Tränen aufgelösten Frau, reichte dieser dann ein Taschentuch und bedeutete Rosie, ihm in eines der Verhörzimmer zu folgen. Die Luft hier roch übel, nach Schweiß und Erbrochenem. Instinktiv schlug sich Rosie eine Hand vor den Mund.

»Es tut mir leid, mein Taschentuch habe ich schon weggegeben. Ich kann das Fenster öffnen«, bot er freundlich an. Rosie nahm dankbar an.

»Was kann ich für Sie tun?«, fragte er, als er schlussendlich Platz nahm und ihr bedeutete, sich ihm gegenüber auf den leeren Stuhl zu setzen.

»Die Dame in dem grünen Kleid neulich. Wer war das?«

Er tat nicht einmal so, als wüsste er nicht, wovon sie sprach. Seine freundlichen Züge wurden finster, er lehnte sich seufzend in dem knarzenden Holzstuhl zurück.

»Warum wollen Sie das wissen?«

»Der Kleine, Nando, er ist verschwunden. Sie könnte wissen, wo er ist.«

Er nickte bedächtig.

»Sie wissen nicht, auf wen und was Sie sich da einlassen. Mit diesen Leuten ist nicht zu spaßen.« Er schrieb ihr dennoch einen Namen und eine Adresse auf einen Zettel.

»Den haben Sie nicht von mir. Im Zweifel streite ich alles ab.«

Er deutete zur Tür, und Rosie brauchte einen Augenblick, bis sie verstand, dass Muller sie gerade rausgeschmissen hatte. Sie bedankte sich und hatte schon die Klinke in der Hand, als sie seine warme Stimme noch einmal hörte.

»Miss Pauls, der Fall mit Ihrem Stiefvater wurde offiziell als Unfall eingestuft. Sie brauchen also nichts mehr zu befürchten.«

Ein Zittern durchlief sie, so erleichtert fühlte sie sich. »Danke«, sagte sie leise und eilte zur Tür hinaus.

36

Marga bekam nach ihrem Besuch im Polizeirevier einmal mehr kein Auge zu. Nando steckte in ernsthaften Schwierigkeiten. Sie fragte sich, wie er es geschafft hatte, in die Fänge der berühmt-berüchtigten Ma Sally zu gelangen. Marga hatte schon den ein oder anderen Artikel über die Dame gelesen – eine Unterweltgröße mit Beziehungen in die höchsten Kreise. Deshalb war ihr die Dame auch vage bekannt vorgekommen, als sie in die Polizeistation marschiert kam, jedoch sah sie in Wirklichkeit viel eindrucksvoller aus als auf dem verkörnten Schwarz-Weiß-Foto, das dem Artikel angefügt war. Der Autor, ein gewisser Adam Fraser, hatte eher in versteckten Anspielungen gesprochen, als deutliche Anschuldigungen vorzubringen. Klar war jedoch, dass mit dieser Frau nicht gut Kirschen essen war. Marga seufzte und drehte sich auf die andere Seite, wobei der altersschwache Lattenrost quietschend protestierte. Rosie machte einen kleinen unruhigen Laut im Schlaf.

Es war erst vier Uhr, Marga würde sich noch Stunden gedulden müssen, bevor sie diesem Autor bei der *New York World* einen Besuch abstatten konnte. Sie musste wissen, worauf genau sie sich einließ, bevor sie diese Ma Sally in ihren Geschäftsräumen in Five Points aufsuchte. Wenigstens musste sie nicht allein gehen. Simon hatte bereits angeboten, sie zu begleiten.

»Ich wollte ohnehin mal in die Redaktion, vielleicht kann ich gleich ein paar meiner Texte dortlassen.«

Bei dem Gedanken an Simon breitete sich wieder dieses warme, wohlige Gefühl in ihrem Bauch aus. Er war großartig gewesen vorgestern Nacht, als sie noch bis zum Morgengrauen jeden Stein in der Lower East Side umgedreht hatten auf der Suche nach Nando. »Wir finden ihn, mach dir nicht so große Sorgen«, hatte er gesagt und sie in eine feste, tröstende Umarmung gezogen. Margas Herz war wie immer gestolpert, wenn sie ihm zu nahe kam. Die Dunkelheit verbarg wenigstens ihre brennenden Wangen. Es war komisch, weil sie sich schuldig fühlte für ihre tiefe Zuneigung zu ihm. Dabei waren Simon und Rosie nicht einmal ein Paar. Und doch kam sie sich vor wie ein Eindringling, ein Störenfried. Sie seufzte erneut und versuchte, nicht an ihn zu denken. Allerdings half es auch nicht, sich auf den vor ihr liegenden Morgen zu fokussieren, denn ihre Sorge um Nando machte es nicht einfacher, Schlaf zu finden.

Am Ende war sie gerade weggedämmert, als Rosies Wecker schrillte. Marga beschloss, mit ihrer Cousine aufzustehen, jetzt, wo sie ohnehin schon wach war. Sie kleideten sich schweigend an und nahmen ein schnelles Frühstück ein, dann verließ Rosie das Boarding House, und Marga wartete ungeduldig auf Simon, der scheinbar verschlafen hatte. Als er endlich mit müden Augen an der Treppe erschien, stand sie bereits an der Haustür, den Mantel in der Hand.

»Du wolltest doch nicht ohne mich gehen, oder?«, fragte er, während er sich im Gehen seine dicke Jacke überzog.

»Ich halte es nicht mehr aus, ich muss irgendetwas tun«, sagte sie angespannt. Er stand vor ihr und strich ihr beruhigend über den Arm.

»Alles wird gut, bestimmt.« Sie nickte, während ihre Haut unter dem Eindruck seiner Berührung nachhaltig kribbelte. Simon griff an ihr vorbei nach der Türklinke, sodass die frühmorgendliche Kälte sie wie ein Eimer Eiswasser traf und daran erinnerte, dass es nicht um sie und ihn ging, sondern einzig darum, Nando zu finden.

Gleichzeitig liefen sie die Stufen des bereits festlich geschmückten Boarding House hinunter. Mrs. Gruber hatte Tannenzweige um das Geländer geschlungen, ein Tannenkranz mit roter Schleife verdeckte die tiefen Ritzen im Holz der altersschwachen Haustür.

Auf ihrem Weg zur Park Row, die auch Newspaper Row genannt wurde, weil sich dort so viele Zeitungsredaktionen angesiedelt hatten, liefen Simon und sie gedankenverloren nebeneinander her. Sie schienen heute beide keinen Blick für die Schönheit der winterlichen Stadt zu haben. Weder für die weihnachtlich dekorierten Häuser noch für die ansprechenden Auslagen in den unzähligen Geschäften.

Marga fiel dafür die andere Seite New Yorks auf, besonders hier in der besseren Gegend, wo die Unterschiede zwischen den Schichten so offensichtlich wurden. Männer in fadenscheinigen Mänteln schaufelten missmutig die Gehwege frei für Frauen mit Pelzstolen und Gentlemen in teuren Anzügen, die den Arbeitern nicht einmal einen Blick schenkten, geschweige denn einen Gruß boten. Wachleute vor den Eingängen der turmhohen Bürogebäude verscheuchten ein paar Straßenjungen in zerrissenen Kleidern. Ihr Anblick störte die aufgeräumte Pracht des Viertels.

Als sie vor dem neu eröffneten Gebäude der *World* ankamen, konnte Marga allerdings nicht anders, als ein sehr amerikanisches *Wow* auszustoßen. Das New York World Building war tatsächlich eindrucksvoll. Auch Simon starrte mit offenem Mund zur hohen Kuppel, von deren Fenster aus man sicher einen atemberaubenden Blick über die Stadt hatte.

»Ich hatte es mir nicht so einschüchternd vorgestellt«, sagte Marga ehrfürchtig.

Simon nickte, während sein Blick über die prachtvolle Fassade glitt.

»Ich habe gelesen, dass es mit 106 Metern sogar höher als die

Trinity Church ist. Es gibt derzeit kein höheres Gebäude in der Stadt. Pulitzer muss sich fühlen wie Gott, wenn er da oben in seiner Kuppel thront.«

»Neidisch?«, fragte Marga neckend, doch seine Augen waren ernst, als er sich ihr zuwandte.

»Ich will das auch, Marga. Klingt das blöd? Ich will etwas aus mir machen. Aber ich will nicht nur reich werden. Ich will einen Eindruck hinterlassen, das Land mitprägen und seine Geschichte auf den Seiten einer Zeitung mitschreiben.«

Er klang so entschlossen, dass sie eine Gänsehaut bekam. Sie blickte zwischen ihm und dem imposanten Verlagsgebäude hin und her, dann nickte sie mit einem kleinen Lächeln.

»Das klingt alles andere als blöd. Im Gegenteil, es ist ein Traum, den ich mitträumen könnte.«

Sie sahen sich einen Moment zu lange an. Es war, als würde ihre Liebe für das gedruckte Wort einen Weg über alle Hürden finden. Als würde es sie verbinden wie die kolossale Hängebrücke, die man über den East River gebaut hatte, um die beiden vormals nicht verbundenen Stadtteile Manhattan und Brooklyn zu einen. Als vor ihnen die Tür aufflog und ein Reporter mit einer Kamera nach draußen stürmte, war der Moment verflogen. Simon hielt die zurückschwingende Tür auf, und sie betraten das feudale Gebäude. An einem Empfangstresen saß eine hübsche dunkelhaarige Frau, die ihnen lächelnd entgegensah.

»Good morning, we are looking for Mr. Adam Fraser«, sagte Marga auf Englisch.

»Dritter Stock, zweites Büro links«, antwortete die Frau auf Deutsch und zwinkerte ihnen zu. Marga lächelte dankbar, obwohl sie sich ein wenig darüber ärgerte, dass ihr harter Akzent sie immer noch entlarvte, obwohl ihr Englisch schon deutlich besser geworden war.

Sie gingen eine breite dunkle Holztreppe mit goldenem Geländer hoch, bis sie vor Mr. Frasers Büro standen. Entschlossen klopfte Marga an die Glastür.

»In«, bellte eine rauchige Stimme. Sie traten ein. Adam Fraser war jünger, als sie gedacht hatte. Er trug sein rotes Haar kurz geschnitten, dazu eine kleine, runde Brille und etwas am Kinn, das aussah wie der Versuch, sich einen Bart stehen zu lassen. Sein Jackett hatte er über der Stuhllehne hängen, sein Hemd war schief geknöpft, und seine Hosenträger hingen schlaff über seiner Schulter. In einem Mundwinkel steckte ein Zigarrenstummel. Aus wachen Augen sah er die Neuankömmlinge verwundert an.

»Did we have an appointment?« Er klang besorgt. Marga schüttelte schnell den Kopf.

»No.« Kein fester Termin. Seine rotblonden Brauen zogen sich fragend zusammen. Bevor er misstrauisch wurde, begann Marga, schnell etwas von ihrem verhafteten kleinen Bruder, der Polizei und ihren Sorgen zu erzählen, doch erst als der Name Ma Sally fiel, kam Leben in den Journalisten.

Seine Miene wechselte von neutral zu ernsthaft besorgt. Er blickte zwischen Simon und ihr hin und her, dann seufzte er und bedeutete, dass sie die Bürotür schließen sollten.

»Ich kenne Sally Parker sehr gut. Sie ist *well connected*, hat also überallhin Verbindungen. Sie ist wohl vor über zwanzig Jahren aus Schottland gekommen, aber ihr Vater war Ire, was ihr half, sich in der von Iren besiedelten Gegend rund um Five Points durchzusetzen. In den Jahren nach ihrer Ankunft hat sie sich bei Mother Mandelbaum, ihrer Vorgängerin, hochgearbeitet. Sie befehligt Kinderbanden, die alles stehlen, was sich irgendwie tragen lässt. Sally Parker hat das *Geschäft* vor zehn Jahren übernommen, und wie Mother Mandelbaum nutzt auch sie ihr Geld, um sich bis in die höchsten Kreise Unterstützer zu sichern. Sie hat Verbindungen zur Tammany Hall, ist dicke mit dem Vorsitzenden Croker und hat geholfen, sowohl Grant als jetzt auch Gilroy ins Amt als Bürgermeister der Stadt zu bringen – beides übrigens Landsmänner von ihr. Von Governor Flowers ganz zu schweigen. Da sie so gut vernetzt ist, hat sie auch viele Zeitungen in der Hand, entweder, weil sie den Verleger mit irgendetwas erpresst, oder, weil dieser von den teuer geschalteten Anzeigen profitiert, in denen sie für ihre *Pfandleihen* wirbt. Ich versuche schon länger, ihre Machenschaften aufzudecken, bekomme aber von ganz oben Steine in den Weg gelegt. Ich frage mich, was Sie von Sally Parker wollen.«

Simon und Marga wechselten sorgenvolle Blicke. Sie hatte das meiste, was Fraser mit seinem schottischen Akzent heruntergerasselt hatte, verstanden. Simon, dessen Englisch noch sicherer war als ihres, übersetzte den Rest, sodass Marga nun einen ziemlich guten Eindruck davon hatte, wer ihre Gegenspielerin war. Die von der demokratischen Partei gegründete Society of St. Tammany hatte schon mehrfach Schlagzeilen wegen Korruption und diverser anderer Verbrechen gemacht. Croker war der derzeit mächtigste Mann der Tammany, und Fraser glaubte also, dass Sally Parker nicht nur ihn und den Bürgermeister von New York in der Hand hatte, sondern auch den Gouverneur. Sie hatten also kaum den Hauch einer Chance gegen diese Frau. Doch sie mussten es trotzdem versuchen. Für Nando.

Sie trat mit vorgerecktem Kinn an den Schreibtisch und stützte ihre Hände auf.

»Mir ist egal, wie mächtig die Frau ist, ich muss meinen kleinen Bruder finden. Er ist irgendwie in ihre Fänge geraten.«

Als Fraser ihr in die Augen sah, breitete sich ein mitleidiges Lächeln auf seinen angespannten Zügen aus.

»Es kann sein, dass Ma Ihnen zuhört. Sie hat ein Herz für mutige Frauen. Ich schlage vor, dass Sie Ihr Glück unter der Adresse, die man Ihnen gegeben hat, versuchen.«

»Thank you«, sagte Marga an den Journalisten gewandt, der seine Daumen nun lässig in seine Hosenträger gehakt hatte und ihr einen anerkennenden Blick zuwarf.

»She's got guts«, sagte er an Simon gewandt.

»Er bewundert deinen Mut«, flüsterte Simon. Marga grinste.

»Das hab ich selbst verstanden.«

Bevor sie gingen, drückte Simon seinem Gegenüber noch schnell die von ihm verfassten Artikel in die Hand.

»Es mag hie und da noch an der Sprache hapern, aber ich weiß, dass die Berichte gut sind. Es geht um die Armut in unserem Viertel, um die Wohnungs- und Hungersnot. Um Umstände, die aus guten, ehrlichen Leuten Verbrecher werden lassen.«

Fraser nickte kurz, bevor er Simon versprach, sie zu lesen.

»Und jetzt?«, fragte Simon, als sie wieder auf dem Gehweg vor dem Redaktionsgebäude standen.

»Jetzt statten wir Ma Sally einen Besuch ab.«

37

Simon hatte immer noch eine Gänsehaut. Er fühlte sich beim Verlassen des New York World Buildings, als hätte ihm jemand eine Tür geöffnet und einen Blick auf seine Zukunft gestattet. Er konnte es nun genau vor sich sehen: ein Büro, ein Schreibtisch, eine Remington-Schreibmaschine. Dazu die Stadt, die wie ein offenes Buch vor ihm lag und darauf wartete, dass er ihre Geschichten erkundete. Er konnte sogar einen Bilderrahmen auf seinem Schreibtisch sehen in seinem Traum, doch als er Rosies Fotografie dort hineinprojizieren wollte, blieb das Bild unscharf. Vermutlich, weil er ahnte, wie unentschlossen sie immer noch in Bezug auf eine Beziehung war. Für einen kurzen Moment schien es ihm, als hätte die verschwommene Frau auf dem Bild Margas feine Gesichtszüge angenommen, und er erschrak.

Aus dem Augenwinkel betrachtete er sie, während er sich insgeheim fragte, ob sein Unterbewusstsein ihm mit diesem Tagtraum etwas sagen wollte. Sie hatte die Hände tief in den Taschen ihres alten Mantels vergraben. Ein paar blonde Strähnen schauten unter ihrer groben Strickmütze hervor, und die Spitze ihrer Stupsnase war vor Kälte gerötet. Sie sah bezaubernd aus, allerdings auch noch sehr jung, vielmehr ein Mädchen als eine Frau. Wenngleich ein sehr mutiges Mädchen. *She's got guts*, hatte Fraser gesagt. Bei einem Mann hätte das so viel geheißen wie, dass er Eier in der Hose hatte. Simon musste insgeheim grinsen. Marga hatte schon mehrfach bewiesen, dass sie ihren Mann in dieser Welt stehen konnte, egal, wie jung sie noch war. Manchmal musste er sich allerdings daran erinnern, dass sie und Rosie gleich alt waren. Denn Rosie wirkte um vieles erwachsener, weiser, erfahrener.

Aber sie hatte damit leider auch die Schattenseiten der Welt gesehen, war verletzter und weniger vertrauensvoll, was das Leben anging. Wie sehr wünschte er sich, ihr dieses Vertrauen zurückgeben zu können. Nein, es war ganz sicher ihr Bild, das in den Rahmen gehörte. Ganz gleich, wie viel ihn mit Marga verband. Natürlich schätzte er ihre Neugierde, ihre Begeisterung für Nachrichten, fürs Lesen und Schreiben, aber da endete für ihn die Verbindung. Sein Herz hatte von Beginn an Rosie gehört.

Irgendwo in der Ferne läutete eine Kirchturmuhr die volle Stunde.

»Schon drei Uhr. Um sechs muss ich arbeiten, sonst reißt Franz mir den Kopf ab. Immerhin hat er mir geglaubt, dass Nando krank ist. Sonst wäre der kleine Halunke seine Arbeit los.«

Ihre Stimme klang liebevoll, als sie von Nando sprach. Konzentriert hatten sich ihre blonden Brauen zusammengezogen, während sie am Rand einer zugefrorenen Pfütze auf dem Gehweg balancierte.

Beim Thema Arbeit spürte Simon ein unruhiges Kribbeln in der Magengegend. Er hatte alles auf eine Karte gesetzt und seinen Job bei der Brauerei in der vorigen Woche gekündigt. Er hatte gut verdient, seit sie angekommen waren, und sogar ein bisschen Geld auf die Seite gelegt. Nun wollte er versuchen, sich ganz dem Schreiben und Recherchieren zu widmen. Seine ursprünglichen Pläne, in den Norden zu gehen und nach Gold zu suchen, waren in immer weitere Ferne gerückt. Hier in New York hielt ihn einfach zu viel. Vielleicht klappte es ja sogar mit einer Stelle bei der *New York World*. Damit wäre er seinem Traum einen entscheidenden Schritt näher. Mit einer Position als Editor würde er dann erneut den Versuch wagen, Rosie einen Antrag zu machen.

»Das ist es«, riss Marga ihn aus seinen Gedanken. Sie waren vor einem Spirituosengeschäft in Five Points angelangt. Marga starrte noch einmal auf den Zettel und nickte dann bestätigend. Fraser hatte ihnen erklärt, dass Ma Sally hier eine Art Hauptquartier hatte. Über die Stadt verteilt unterhielt sie zwar auch etliche Pfandleihen, wo Händler die gestohlene Ware verhehlten, doch Ma residierte stets in ihrem Büro über dem Liquor Store.

Simon wollte noch etwas sagen, doch sie war mal wieder schneller und hatte die Tür schon aufgestoßen, bevor er überhaupt die Chance hatte, den Mund zu öffnen.

Sie schritt mit gestrafften Schultern in den Laden, in dem es überraschend aufgeräumt aussah. Ein übellauniger Ire stand mit gekreuzten Armen hinter dem Glastresen und beäugte sie misstrauisch.

»We would like to see Mrs. Parker«, sagte Marga und strahlte den Iren so freundlich an, dass dessen Mundwinkel unbewusst in Erwiderung zuckten.

»And who are you?«, wollte er wissen, immer noch argwöhnisch, wenngleich weniger feindselig.

»Maggie Steele, I'm here for Nando Keitel, he's my ...« Sie stockte kurz, bevor sie dann mit erhobenem Kinn das Wort *brother* anfügte.

Die roten, buschigen Augenbrauen des Iren hüpften überrascht nach oben. Ohne ein Wort verschwand er durch eine Tür hinter dem Tresen. Simon blickte ihm mit einem unheilvollen Gefühl nach.

»Die Sache mit dem Bruder wird dir hier niemand abkaufen«, sagte er leise. Sie zuckte mit ihren schmalen Schultern.

»Er ist wie mein Bruder, was zählt es da, dass wir nicht dieselben Eltern hatten?«

Simon schüttelte mit einem milden Lächeln den Kopf. Er wusste, dass der Kleine völlig anders darüber dachte. Sie verkannte vielleicht die Tatsache, dass die zwei Jahre Altersunterschied irgendwann an Bedeutung verlieren würden. Für Nando hatten sie jetzt schon keine. Er hatte sie nie als seine Schwester betrachtet.

»Follow me.« Der Ire war zurückgekehrt und bedeutete ihnen, ihm nachzugehen. Statt der beeindruckenden Gestalt von Sally Parker standen sie aber am Ende eines schummrigen Gangs einem spargellangen Kerl mit Zahnlücke und verschlagendem Gesichtsausdruck gegenüber, der Simon vage bekannt vorkam. Nach kurzer Überlegung konnte er ihn zuordnen: Das war der Kerl, der Nando am Hafen das Geld geliehen hatte.

»Kommen Sie herein, setzen Sie sich«, sprach er sie gleich auf Deutsch an. »Ich bin Mas Assistent, Walter Demmer, was kann ich für Sie tun?« Er ging vor in eine Art Büro und nahm hinter einem schweren Holzschreibtisch Platz.

Marga warf Simon einen rückversichernden Blick zu, bevor sie sich auf dem angebotenen Stuhl niederließ und ihre vom Schnee durchweichten Röcke richtete. Simon blieb stehen, trat aber dicht hinter sie, damit sie sich seiner Unterstützung im Notfall sicher sein konnte.

»Wo ist Nando Keitel?«

Der junge Mann, der sich als Walter vorgestellt hatte, lehnte sich im Stuhl zurück und betrachtete Marga wie ein seltenes Insekt. Das Schweigen dehnte sich aus, und Simon konnte sehen, wie Marga nervös auf ihrem Stuhl herumrutschte.

»Du bist also die sagenhafte Maggie«, befand er irgendwann. »Hab schon viel von dir gehört.« Sie überging seine Worte und lehnte sich nun ihrerseits vor, den Blick auf sein hageres Gesicht gerichtet.

»Ich muss ihn finden. Und wenn ich ihn gefunden habe, werde ich ihn mit nach Hause nehmen.« Sie klang selbstsicher, doch Simon kannte sie mittlerweile gut genug, um das leichte Zittern in ihrer Stimme herauszuhören, das ihre Angst verriet. Walter grinste, sodass schwer vorstellbar war, dass dieser freundliche, etwas einfältig wirkende Kerl die rechte Hand einer Verbrecherkönigin sein sollte.

»Er liegt dir also am Herzen«, stellte Walter mit so etwas wie Zufriedenheit fest.

»Natürlich, er ist mein kleiner Bruder«, merkte sie spitz an, was ihn zum Lachen brachte. Es war ein Geräusch, als würde jemand zwei Blechdeckel zusammenschlagen.

»Na klar«, stieß er immer noch fröhlich gluckernd hervor, doch dann wurde er plötzlich ernst. Der Umschwung in seinem Gesicht war beeindruckend. Nun wirkte er durchaus gefährlich.

»Der Kleine hat seine Schulden noch nicht abgearbeitet. Ma ist sehr großzügig, aber sie nimmt es auch sehr genau, wenn es ums Geschäftliche geht.«

»Wie viel schuldet er ihr?«, fragte sie und griff in ihre Manteltasche.

Walters Zeigefinger schnellte vor und berührte Marga fast an der Nase. Sie schnappte erschrocken nach Luft. Simon war vorgetreten und starrte den Kerl finster an, doch dieser nahm nicht einmal Notiz von ihm. Er fixierte Marga dafür umso eindringlicher.

»Er wird seine Schuld hier abarbeiten. Er ist ein Ehrenmann und braucht dein Geld und dein Mitleid nicht. Zeig mehr Respekt vor der Arbeit eines Mannes.«

Von der Seite konnte Simon sehen, dass Marga überrascht nach Luft schnappte, während ihr Mund ein kleines O formte. Sie sah aus wie ein Goldfisch auf dem Trockenen.

Sie fasste sich jedoch erstaunlich schnell. »Ich will nur wissen, ob es ihm gut geht«, flüsterte sie heiser.

Walter hatte sich wieder in seinen Sessel hinter den schweren Schreibtisch fallen lassen. Das Lächeln war zurückgekehrt. Er nickte entgegenkommend.

»Es geht ihm gut, aber er hat ein scheißschlechtes Gewissen wegen eurem blöden Streit.«

Perplex sah sie ihn an. Ihr schien zu dämmern, dass Nando hier nicht unbedingt in Gefahr war, sondern unter Freunden.

Sie nahm einen tiefen Atemzug. Dann stand sie auf und hielt ihm die Hand hin, die er nach einem kurzen Zögern ergriff.

»Bitte sag ihm, er soll nach Hause kommen.«

Walter nickte. Simon folgte ihr zur Tür, als er hinter einem Paravent den Saum eines grünen Seidenkleides bemerkte. Erst jetzt fiel ihm der Geruch des schweren Parfüms auf, der in der Luft lag. Sie hatten also die ganze Zeit über eine Mithörerin gehabt. Eine merkwürdige Bande hatte sich hier zusammengetan. Auch wenn Simon überzeugt war, dass Ma und ihre Angestellten keine angenehmen Gegner waren, so konnte er sich vorstellen, dass sie füreinander und für diejenigen einstanden, die auf ihrer Seite waren. Es machte sie noch gefährlicher für Menschen wie Adam Fraser, die ihnen das Handwerk legen wollten.

Marga schien die andere Person im Raum nicht bemerkt zu haben. Sie wirkte nachdenklich, als sie den Laden wenig später verließen, um zum Boarding House zurückzukehren.

»Du solltest etwas wissen«, sagte Simon nach einiger Zeit. Als sie stehen blieb und ihn forschend ansah, rieb er sich unbehaglich den Nacken. Er hatte Nando versprochen, nichts davon zu sagen, was auf Ellis Island vorgefallen war, doch nun war es an der Zeit, Marga reinen Wein einzuschenken. Sie blähte im Anschluss an seinen Bericht wütend die Backen.

»Es hätte sicher einen anderen Weg gegeben. So ein kleiner Narr.«

Er legte den Arm um sie und drückte sie freundschaftlich.
»Wenn er wieder auftaucht, wirst du es ihm nicht mehr übel nehmen.«

»Vermutlich nicht«, gab sie klein bei und lehnte sich an ihn. Als sie zu ihm aufsah, konnte er sehen, dass die vertrauliche Geste ein Fehler gewesen war. Ihre Gefühle lagen dicht unter der Oberfläche, er konnte sie plötzlich so deutlich lesen, als wären sie ihr ins Gesicht geschrieben. Simon räusperte sich und ließ seinen Arm sinken. Er musste achtgeben. Er wollte nicht, dass sie sich falsche Hoffnungen machte.

38

Rosie gähnte hinter vorgehaltener Hand, während sie die dämmrige Chrystie Street entlanglief. Eine schwarze Katze kreuzte ihren Weg, blieb kurz wie ein Schatten vor einem Berg Schnee stehen, um Rosie aus gelben Schlitzaugen zu beäugen, und verschwand dann lautlos hinter ein paar Mülltonnen. Ansonsten war die Straße verwaist. Es war das letzte Mal, dass sie nach der Arbeit den Weg zum Boarding House einschlagen würde. Ab morgen wohnten sie und Marga offiziell in der Orchard Street 154, nur ein Stockwerk über Johanna. Einerseits freute sie sich, doch ihr Herz wurde schwer, wenn sie daran dachte, dass sie Simon zurücklassen würden. Es hatte außer Frage gestanden, dass er mit in die winzige Wohnung zog, denn das hätte vorausgesetzt, dass sie vorab Klarheit über den Stand ihrer Beziehung schafften, wozu Rosie sich einfach nicht imstande fühlte.

Simon wusste das und hatte nie thematisiert, mit in die Orchard Street überzusiedeln. Er war noch unentschlossen, wohin sein Weg ihn führen würde. Wobei seine geplante Reise zu den Goldfeldern am Yukon River immer seltener Thema war. Vielmehr brannte er für die Sache mit der Zeitung. Wenn er blieb, würde sie sich früher oder später ihren zwiespältigen Gefühlen für ihn stellen müssen. Einerseits wollte sie bei ihm sein, Zeit mit ihm verbringen, denn sie genoss seine Gesellschaft und fühlte sich sicher in seiner Gegenwart. Andererseits gehörte eine gewisse Körperlichkeit nun mal zu einer Beziehung oder erst recht einer Ehe dazu. Und an diesem Punkt sperrte sich nicht nur ihr Kopf. Jede Berührung, jedes winzige Überschreiten dieser unsichtbaren Grenze zwischen Freundschaft und Liebe führte bei ihr zu einer alles verschlingenden Panik. Sie bekam kaum Luft, ihr Herz raste, und ihr wurde schwindelig. Dabei hatte er bislang nicht einmal versucht, sie zu küssen, obwohl sie ahnte, wie sehr er sich das wünschte. Sie seufzte leise, während sie die letzten Meter etwas schneller ging, weil die Kälte wie eine eisige Hand nach ihr griff.

Rosie wusste nicht, was genau sie innehalten ließ. Es war kein Geräusch und auch keine Bewegung, mehr das Gefühl, dass jemand sie aus der Dunkelheit heraus beobachtete.

»Hallo?« Ihre Stimme klang dünn und weitaus weniger mutig, als sie gehofft hatte. Sie blickte kurz zur Tür des Boarding House. Mit fünf langen Schritten wäre sie die Stufen hoch und an der Schelle, könnte ins Warme fliehen, Hilfe holen, doch sie blieb wie angewurzelt stehen, unfähig, sich zu bewegen. Die Angst war schon immer ihr schlimmster Gegner gewesen. Diese lähmende Furcht, die sie starr und wehrlos machte. Xaver hatte das gewusst und ausgenutzt – immer und immer wieder.

»Rosie, hab keine Angst, ich bin's.« Als Nando aus dem Schatten eines Hinterhofs trat, wären ihr vor Erleichterung fast die Beine weggesackt. Sie zitterte trotzdem am ganzen Körper, immer noch nicht in der Lage, einen Laut von sich zu geben oder sich zu rühren. Er war auf sie zugekommen und sah sie besorgt an.

»Es tut mir leid, ich wollte dich nicht erschrecken.« Nando streckte den Arm aus und berührte sie sachte am Mantel. Die kleine Geste befreite sie aus ihrer Starre, erleichtert ließ sie all die angehaltene Luft in einem lauten Zischen aus.

»Herrje, Nando, wo kommst du denn plötzlich her?« Rosie hatte sich ans Herz gefasst, das nur langsam die hämmernden Schläge einstellen wollte, auch wenn ihr Körper bereits das Signal sendete, dass die Gefahr vorüber war. Er hatte die Hände in den

Taschen vergraben, sein lockiges dunkles Haar war voller Schneeflocken, seine Wangen rot vor Kälte. Er sah verloren aus, wie er so dastand und überlegte, was er auf ihre Frage antworten sollte.

»Ihr wisst doch, wo ich war«, sagte er irgendwann leise. Sie nickte und rieb sich fröstelnd über die Arme.

»Lass uns reingehen, dort können wir reden.«

»Marga?« Er sah sie aus seinen großen, fast schwarzen Augen unsicher an.

»Sie ist schon fort zur Arbeit, na komm, bevor wir beide hier draußen festfrieren.«

Widerwillig folgte er ihr zur Tür. Mrs. Gruber brauchte wie immer einige Minuten, bis sie öffnete. Aus dem Eingang strömte den beiden nicht nur anheimelnde Wärme entgegen, sondern auch der Duft von Weihnachtsplätzchen.

»Na, desch isch ja e Übbaraschung, der junge Herr isch widda da«, sagte sie und starrte Nando durch ihre Brille an wie eine alte Eule. »Unn püngdlisch zum Umzuch in die neuä Wohnung.«

Nando zog fragend die Brauen zusammen.

»Ich erklär es dir gleich, erst will ich diese nassen Stiefel von meinen Füßen bekommen.«

Sie ging hinein und erklomm die Treppe, angestrengt lauschend, ob er folgen würde. Der Moment erinnerte sie daran, wie sie früher als kleines Mädchen versucht hatte, eine wilde Katze mit Milch und freundlichen Worten anzulocken. Schließlich hörte sie seine zögerlichen Schritte auf den alten Dielen und lächelte zufrieden über den kleinen Sieg. Marga würde so erleichtert sein. Sie war am Boden zerstört gewesen, als Nando sich auch Tage nach dem Besuch bei Sally Parker nicht gemeldet hatte.

»Wir haben ihn verloren«, hatte sie in Rosies Armen geschluchzt.

»Gib ihm Zeit«, hatte Rosie wieder und wieder versucht, ihre Cousine zu trösten. Doch Marga war überzeugt, dass Nando lieber den altbekannten Weg der Illegalität einschlug, als zu ihnen zurückzukehren. Fast zwei Wochen waren seither ins Land gezogen, und Rosie selbst hatte schon nicht mehr an ihre Worte geglaubt, doch da war er plötzlich, der kleine Streuner. Sie entkleidete ihre Füße und zog dicke Stricksocken über, dann lief sie wieder nach unten, wo Nando unentschlossen auf dem alten Sofa im Salon saß, die Hände unter den Beinen vergraben, die nervös zuckten, als säße er auf einem wilden Pferd.

Rosie ging in die Küche und kam mit Tee und Plätzchen zurück. Dann setzte sie sich an die lange Tafel, die zu so später Stunde verwaist war. Die meisten anderen Mieter hatten sich entweder schon schlafen gelegt oder arbeiteten nachts. Herr Wengenroth und das Fräulein Mommsen waren zudem, zu aller Überraschung, gemeinsam in der vergangenen Woche ausgezogen, nachdem sie sich heimlich das Jawort gegeben hatten.

»Des hann isch gleich gesagt, dasch des Fräulein Mommsen bloß net auf diesen Halunken warten soll, gut, dasch der Herr Wengenroth sie zur Vernunft gebracht het.« Sie hatten alle im Stillen zugestimmt.

Auch Simon war fort. Er recherchierte für einen Artikel in einem der Schlachthöfe nahe dem Bahnhof.

Einladend klopfte sie auf den Stuhl neben sich.

»Na komm schon, ich beiße nicht«, sagte sie mit einem kleinen Lächeln. Es dauerte wieder, bis er auch diesen Schritt tat und sich mit hungrigem Blick neben sie setzte. Wortlos schob sie die Plätzchen hin, die er in Sekundenschnelle verdrückt hatte. Die Krümel spülte er mit dem Tee hinunter, dann erst traute er sich, sie anzusehen.

»Ist sie sehr sauer auf mich?«

Rosie zuckte die Schultern. »Sie hat dich lieb und sorgt sich.«

Er nickte betrübt. »Ich weiß, ich bin es aber nicht wert«, befand er leise. Aus einem Impuls heraus wuschelte sie ihm durch die noch feuchten Locken. Sie konnte gut verstehen, was Marga in ihm sah. Seine traurige Verlorenheit weckte auch in ihr einen Beschützerinstinkt.

»Unsinn, Nando. Und ich bin sicher, dass sie verstehen wird, was immer dich aufgehalten hat. Du solltest nur ehrlich mit ihr sein – mit uns allen.«

Abwartend sah sie ihn an. Es half auch bei der kleinen Amanda Dinwiddy am besten, ihr kleine Köder hinzuwerfen, wenn Rosie sie zu etwas bringen wollte.

Nando seufzte und stützte sein Kinn auf die Arme, die er vor sich auf den Tisch gelegt hatte.

»Mein *Vertrag* war noch nicht ausgelaufen.« An der Betonung konnte Rosie hören, dass sein Beschäftigungsverhältnis bei Sally Parker weitaus komplexer war als das Erfüllen eines normalen Vertrags.

»Und nun hat sie dich gehen lassen?«

Er vermied es, sie anzusehen, als er langsam nickte. Es gab vermutlich eine längere Geschichte hinter der Sache, doch Rosie wusste, wann es besser war, jemanden nicht weiter zu bedrängen.

»Bleibst du jetzt?«

Sein Blick schnellte hoch, und sie sah das kleine, erleichterte Leuchten darin, als er wortlos bestätigte.

»Warum gehst du nicht zu Bett? Du siehst aus, als hättest du in den vergangenen Wochen nicht viel Schlaf abbekommen. Simon ist noch länger unterwegs, du hast das Zimmer bestimmt noch einige Stunden für dich.«

Er gähnte wie zur Untermalung ihrer Worte.

»Was genau macht Simon?«

»Er hat sich in den Kopf gesetzt, bei dieser Zeitung zu arbeiten. Er ist in den letzten Tagen viel unterwegs gewesen für seine Geschichten.«

Als er sie nun wissend anblickte, erschien er ihr überhaupt nicht mehr wie ein kleiner Junge.

»Er macht das für dich, Rosie. Er will dir ein gutes Leben bieten.«

Sie musste schlucken, nicht nur, weil er so weise klang für seine fünfzehn Jahre, sondern, weil er das Offensichtliche laut ausgesprochen hatte.

Sie schwieg, und er stand auf, um zur Tür zu gehen. An der Schwelle zum Flur drehte er sich noch einmal zu ihr herum.

»Wer zieht eigentlich um?«

Sie lächelte. »Wir, Nando, Marga, du und ich. Wir haben eine Wohnung gefunden, gleich in Johannas Tenement. Wir können also Weihnachten schon dort feiern.«

»Und Simon?«

Sie blickte betroffen auf ihre Hände, die sie im Schoß gefaltet hatte.

»Wir werden sehen«, war alles, was sie herausbrachte.

39

Marga versuchte, die Tür zur Dachkammer so geräuschlos wie möglich zu öffnen, was gar nicht so einfach war, bei den rostigen Angeln, die bei jedem Einsatz ächzten und quietschten. Doch ihre Vorsicht war unnötig, denn im Zimmer brannte noch Licht. Rosie saß mit gekreuzten Beinen auf dem Bett und strahlte sie an, als wäre sie das Christkind höchstpersönlich.

»Du bist schon wach?«

Rosie schüttelte ihren Kopf, sodass sich einzelne Strähnen ihres rabenschwarzen Haars aus dem geflochtenen Zopf stahlen.

»Ich bin *noch* wach. Ich konnte nicht schlafen, weil ich dir unbedingt etwas zeigen wollte.«

Marga sah sie fragend an, doch statt zu antworten, griff Rosie nach der Kerze, stand auf und ging an ihr vorbei ins Treppenhaus.

»Komm«, flüsterte sie in die nachtschlafende Dunkelheit. Marga wunderte sich zwar über das seltsame Verhalten ihrer Cousine, folgte ihr aber brav in die nächste Etage. Im Geschoss für die männlichen Gäste des Boarding House bog sie um die Ecke und blieb vor Simons Tür stehen. Marga folgte, blickte sich aber nervös um.

»Nicht dass es noch etwas ändern würde, weil wir morgen ausziehen, aber Mrs. Gruber würde uns auf der Stelle hinauswerfen, wenn sie uns hier erwischt – falls die Arme nicht vorher einen Herzinfarkt bekommt.«

»Unsinn, Mrs. Gruber wusste auch, dass das Fräulein Mommsen sich des Nachts hier gerne herumtrieb. Sie ist zwar nach außen hin oft streng und tut sehr sittsam, aber eigentlich hat sie ein Herz aus Gold«, flüsterte Rosie ihr zu. Dann legte sie ihren Finger auf die Lippen, öffnete die Tür, hielt die Kerze hoch und bedeutete Marga, zu ihr zu treten.

Der Anblick ließ ihr Herz höherschlagen. Nando lag in seinem Bett, seine dunklen Locken waren alles, was von ihm im flackernden Lichtkegel zu sehen war, doch er schien heil und an einem Stück zu sein. Vor Freude schossen ihr Tränen in die Augen, und sie schlug sich eilig die Hand vor den Mund, um nicht laut seinen Namen zu rufen.

Rosie schien zu bemerken, wie aufgewühlt sie war, denn sie schloss schnell die Tür und ging Marga voran wieder hinauf zur Dachkammer, wo ihre Sachen bereits in Koffern und Taschen auf den Umzug warteten. Ungläubig starrte sie ihre Cousine an, die sich mit einem breiten Grinsen aufs Bett fallen ließ.

»Er stand heute Abend vor dem Haus, als ich von den Dinwiddys kam.«

»Wo war der Schlawiner?«, wollte Marga wissen, die sich mittlerweile auf ihr Bett gesetzt hatte, die Stiefel von ihren geschwollenen Füßen zerrte und sich die schmerzenden Zehen rieb.

»Er wird es dir irgendwann sagen, Marga. Bedräng ihn morgen nicht. Es ist ihm schwer genug gefallen, wieder herzukommen.«

Marga zog die Brauen zusammen, doch nickte schließlich ergeben. Rosie hatte recht. Mit ihrer impulsiven Art hatte sie ihn bereits einmal in die Flucht geschlagen, nun sollte sie einfach froh sein, dass er wieder da war.

»Ich muss jetzt noch eine Mütze Schlaf finden, sonst setzt es gleich was von Mrs. Dinwiddy.«

Rosie streckte sich aus und wollte schon die Kerze löschen, die nun wieder auf ihrem Nachttisch stand, als Marga leise an ihr Bett trat.

»Darf ich? Es ist so lausig kalt hier.« Sie sah ihre Cousine lächeln, die dann die Decke zurückschlug und auf das freie Stück

Matratze klopfte. Marga beeilte sich, zu Rosies warmem Körper zu rücken, und blies dann das Licht aus.

Schon bald hörte sie Rosie gleichmäßig atmen neben sich. Sie selbst fand jedoch nicht so schnell Schlaf, trotz ihrer Erschöpfung. Der Dienst war wie immer aufreibend gewesen. Vor den Feiertagen schienen viele Gäste ihr Heimweh in noch mehr Alkohol ertränken zu müssen, sodass es gleich mehrere Schlägereien gab. Franz musste einen volltrunkenen Gast höchstpersönlich vor die Tür setzen, weil der versucht hatte, Marga zu küssen. Mittlerweile schockierte es sie nicht einmal mehr, wenn die Kerle so zudringlich wurden. Es war eine Randnotiz auf einem vollen Zettel, der den üblichen Abend beschrieb.

Viel mehr beschäftigte sie aber, was um sie herum gerade alles geschah. Nandos Rückkehr stand da an erster Stelle. Sie hatte Nacht für Nacht für ihn gebetet, hatte gehofft, dass er zurückkommen würde, und gebangt, dass er es nicht täte. Dass er nun ein Stockwerk unter ihr friedlich in seinem Bett lag, erschien ihr wie ein kleines Weihnachtswunder. Dann der Umzug. Viel Platz hätten sie nicht, aber es würde schon gehen, und es wäre ihr Reich. Sie konnten dort tun und lassen, was sie wollten, ohne dass Mrs. Gruber ihnen die Leviten las. Und nicht zuletzt beschäftigte sie die Sache mit Rosie und Simon. Seit dem Tag, als er sie auf der Suche nach Nando in das Spirituosengeschäft begleitet hatte, war er deutlich auf Abstand zu ihr gegangen. Marga wusste nicht warum und fragte sich unablässig, ob sie etwas falsch gemacht hatte. Doch sooft sie auch diesen Tag rekapitulierte, es wollte ihr einfach nichts einfallen, was diesen Umschwung bewirkt haben könnte.

Dafür zeigte er umso deutlicher, dass Rosie sein Herz gehörte. Er hatte Marga sogar gestern einen Blick auf den Ring werfen lassen, mit dem er ihrer Cousine an Weihnachten einen Antrag machen wollte. Sie versuchte, sich für die beiden zu freuen. Wirklich. Doch sie konnte nicht verhindern, dass seine deutliche Wahl sie zutiefst schmerzte. Mehr noch, sie hatte Angst davor, Rosie und Simon bald zu verlieren. Vielleicht war sie auch deshalb so erleichtert, dass Nando zurückgekehrt war – wenigstens wäre sie so nicht ganz allein in der Orchard Street.

Irgendwann musste sie über ihren trüben Gedanken eingeschlafen sein, denn als sie das nächste Mal die Augen aufschlug, schien die fahle Wintersonne durch das Dachfenster, und die Matratze neben ihr war leer und kalt. Sie blinzelte zum Wecker und stellte erschrocken fest, dass es schon nach sieben war. Sie wollte das Gepäck bis zum Nachmittag ins neue Zuhause schaffen und vielleicht schon etwas auf dem alten Kohleofen für Rosie kochen, bevor sie später zur Arbeit gehen musste. Entschlossen sprang sie aus dem Bett und hüpfte in dem verzweifelten Versuch, sich keine Eisfüße zu holen, vom rechten aufs linke Bein, während sie sich in Rekordgeschwindigkeit ankleidete. Im Flur hielt sie jedoch inne, als sie Nandos dunkle Locken die Treppe hochkommen sah. Ihr Herz klopfte aufgeregt, doch Rosies warnende Worte von gestern Abend kamen ihr wieder in den Sinn, und so beschloss sie, ihm die Führung zu überlassen. Verlegen blieb er vor ihr stehen, als er den Treppenabsatz erreicht hatte. Sie schwiegen eine ganze Zeit, und es kostete sie unmenschliche Beherrschung, ihm nicht einfach um den Hals zu fallen, doch endlich erlöste er sie, indem er noch einen Schritt auf sie zutrat und ihr ein schiefes Grinsen schenkte.

»Hey Maggie«, sagte er warm. Keine Fragen, keine Vorwürfe, ermahnte sie sich. Stattdessen erwiderte sie sein Lächeln mit schief gelegtem Kopf und deutete auf das Zimmer hinter sich.

»Bereit, umzuziehen?«

Er atmete erleichtert aus.

»Bereit, wenn du es bist.«

Gemeinsam begannen sie, in einträchtigem Schweigen die Koffer und Taschen nach unten zu schleppen. Zuletzt holten sie sein spärliches Hab und Gut aus dem Zimmer, in dem Simon mittlerweile tief und erschöpft von seinem nächtlichen Einsatz schlummerte. Mrs. Gruber stand schon an der Tür, um sie zu verabschieden.

»Paschts auf euch auf«, sagte sie freundlich und knetete dabei ihre Schürze. Marga konnte nicht anders, sie fiel der *Landlady* um den Hals und drückte sie. Wenngleich Mrs. Gruber so manches Mal garstig und ungehalten gewesen war, so hatte sie doch stets mütterlich für sie alle gesorgt. Rosie und sie hatten ihr zum Abschied einen Korb guter Wolle geschenkt, den die alte Dame voller Rührung entgegengenommen hatte. Jetzt schob sie Marga jedoch resolut von sich.

»Na los jetschd, i mag nämlich kei Abschiede.« Schnell verschwand sie in der Küche.

Nun standen sie in der kalten Morgenluft vor ihren dürftigen Besitztümern. Viel brauchten sie zum Glück nicht, um sich in der Orchard Street einzurichten, denn der alte Herr, der vor seinem Tod das Zimmer bewohnt hatte, war ohne Familie, sodass man seine Sachen einfach für die nächsten Mieter hatte stehen lassen. Somit besaßen sie bereits ein altes Bett, einen Ofen, einen Tisch mit zwei Stühlen und einen Schrank. Johanna hatte zudem noch zwei mit Stroh gefüllte Matratzen organisiert, sodass sie alle drei einen Schlafplatz haben würden.

»Mrs. Gruber hat uns einen Handkarren geliehen, damit können wir alles rüberschaffen«, sagte Nando gerade, als es Maggie förmlich den Atem verschlug. Vor dem Boarding House stieg die eindrucksvolle Ma Sally aus einer mit rotem Samt ausgeschlagenen Kutsche. Die kecke Feder auf ihrem Hut wippte im Takt mit ihren forschen Schritten, als sie nun auf Nando zukam. Marga sah, wie dieser leichenblass geworden war. Wütend rannte sie die Treppe hinunter und baute sich vor der anderen auf, die Hände in die Hüften gestemmt.

»Was wollen Sie noch von ihm? Haben Sie ihm nicht schon genug Ärger beschert? Er hat seine Schulden doch sicher abgearbeitet? Und wenn nicht, hier.« Sie kramte in ihrer Manteltasche und hielt der Frau ein Bündel Dollarscheine hin. Sie hatte wochenlang ihr Trinkgeld gespart, weil sie ein paar Dinge für die Wohnung und ein paar Geschenke für Weihnachten hatte kaufen wollen. Ein großer Teil des Geldes sollte außerdem nach Deutschland gehen, damit Mama sich vielleicht endlich eine eigene Nähmaschine leisten konnte. Nandos Sicherheit war jetzt allerdings wichtiger.

Ma Sally stieß ein tiefes, whiskeyschweres Lachen aus, bevor sie Margas Hand zur Seite schob.

»You owe me nothin', girl«, befand sie, fixierte dabei aber Nando, der an Marga vorbeigetreten war und nun unsicher wartete, was Ma noch von ihm wollte.

»But I owe you, laddie«, gurrte sie und tätschelte Nandos Wange, der kirschrot anlief, während er versuchte, Margas überraschtem Blick auszuweichen. Was zum Teufel konnte Ma Sally ihm denn schulden?

»He did great the other day, saved my lovely butt, dearie«, sagte sie an Marga gewandt, wobei ihre grünen Katzenaugen weiterhin Nando fixierten.

Margas Neugierde war geweckt. Womit hatte Nando Ma Sallys süßen Arsch, wie sie es so schön ausdrückte, gerettet? Beide sahen sie ihn nun durchdringend an, doch Nando zog es vor, nichts zu dem Thema beizutragen.

»Anyway, this is for you, hon, and let me know, if you ever need my help.«

Mit diesen Worten drückte sie Nando einen kleinen Holzkoffer in die Hand und rauschte mit wehenden Röcken ab. An der Kutsche machte sie jedoch noch einmal halt.

»A sweet lass you got yourself there. Brave and pretty, she's a keeper.«

Ihre imposante Gestalt verschwand im Inneren der Kutsche, die in ihrer protzigen Pracht viele Blicke auf sich zog, als die beiden Rappen Richtung Hester Street davontrabten.

»Das war … überraschend«, sagte Marga, als sie sich von dem ersten kleinen Schock erholt hatte. Nando starrte wortlos auf den Koffer. Als er sie endlich ansah, leuchteten seine Augen. Sie hatte ihn nur selten so glücklich gesehen.

»Weißt du, was das ist, Maggie? Eine Kamera, Ma hat mir die Kodak geschenkt.« Er fiel ihr um den Hals und wirbelte sie überglücklich mehrmals im Kreis, sodass Marga ganz schwindelig war, als er sie wieder auf die Füße stellte.

»Was willst du mit einer Kamera?«

»Ich weiß es noch nicht, ich weiß nur, dass ich sie haben wollte, vom ersten Augenblick an, als ich sie gesehen hab.«

Der intensive Blick, mit dem er sie ansah, ließ seine Worte kurz zweideutig klingen, doch als er sich mitten auf die schneebedeckte Treppe sinken ließ und mit zitternden Händen über den Kasten strich, war sie sicher, dass Mas Geschenk sein Herz höherschlagen ließ und nicht sie – zumindest ziemlich sicher.

40

"Merry Christmas«, brüllte jemand, und alle Bierkrüge gingen hoch, während der gute Wunsch in mehreren Sprachen ein Echo fand. Nando stand auf seinen Besen gelehnt in einer Ecke und beobachtete die Gäste. Er hatte mehrfach an diesem Abend gehört, wie jemand von Heimweh sprach. Es war bislang ein Wort ohne jede Bedeutung für ihn gewesen, doch als er weggelaufen und bei Ma Unterschlupf gesucht hatte nach dem blöden Streit mit Maggie, hatte er eine Idee davon bekommen. Sie war irgendwie so etwas wie sein Zuhause geworden. Sein Blick suchte ihre zarte Gestalt und fand sie an der Theke, wo sie mit erstaunlicher Kraft sechs volle Bierkrüge stemmte. Franz blickte ihr zufrieden hinterher. Nando verkniff sich ein stolzes Grinsen. Nur Maggie war es zu verdanken, dass er den Job noch hatte. Franz konnte ihr einfach keine Bitte abschlagen, geschweige denn riskieren, sie zu verlieren, denn mittlerweile kamen viele Stammgäste, die sich nur von ihr bedienen lassen wollten. Heute Abend waren alle noch großzügiger mit den Trinkgeldern, sogar ihm hatte der ein oder andere eine Münze zugesteckt.

»Nando, da hinten«, rief Franz und deutete zu einem jungen Italiener, der auf dem Tisch zusammengesunken war. Nando sah die Bescherung schon von Weitem, der Kerl hatte sein halb leeres Glas umgestoßen und lag schnarchend in der klebrigen Pfütze. Franz bedeutete ihm, den betrunkenen Gast nach draußen zu befördern.

Nando stieg über die Scherben, hob den Arm des Bewusstlosen über seine Schulter und hievte den jungen Mann hoch. Der starrte ihn kurz aus trüben Augen an, dann fiel sein Kopf auf

Nandos Schulter. So betrunken, wie der Kerl war, würde er erfrieren in der Nacht. Nando schleppte ihn nach draußen und ein Stück die Straße runter, wo es einen alten Vorratskeller gab, in dem Franz leere Fässer und Kohle lagerte.

»Besser als nichts«, sagte Nando mehr zu sich selbst, als er den Italiener dort auf einer alten Pferdedecke ablud, deren Enden er notdürftig über dessen schmalen Brustkorb zog. Dann drehte er die schlafende Gestalt noch zur Seite. Er wäre nicht der Erste, der an seinem Erbrochenen erstickte.

»Schlaf deinen Rausch aus, morgen sieht die Welt wieder besser aus«, sagte er zum Abschied, wobei er sicher war, dass die Welt für den Betrunkenen am Morgen erst einmal einen schrecklichen Kater bereithalten würde.

Als er wieder auf die Straße trat, pellte sich unweit des Bierpavillons eine dunkle Gestalt aus dem Schatten der Häuser. Als der Typ näherkam, konnte Nando im Licht, das aus den Fenstern der Kneipe fiel, Lance ausmachen, einen der älteren Jungen aus Ma Sallys Bande. Er seufzte. Vermutlich war es naiv gewesen, zu glauben, mit der Übergabe der Kamera hätten sich seine Verbindungen in diese Richtung zerschlagen.

»Hey, Nando.«

Ohne den Gruß zu erwidern, baute er sich vor dem anderen auf.

»For you, from Ma, Merry Christmas.«

Lance drückte ihm einen Umschlag in die Hand, dann ließ er den Zahnstocher zwischen seinen dünnen Lippen hin und her rollen, als müsste er überlegen, ob sonst noch etwas Teil seines Auftrags gewesen war. Lance war wirklich nicht die hellste Kerze am Leuchter. Mit einem Schulterzucken schien er sich entschieden zu haben, dass alle Anweisungen befolgt waren. Zufrieden nickend trollte er sich wieder in Richtung Five Points. Nando blickte ihm nach, dann öffnete er den Umschlag, wobei sein Herz einen kurzen, erschrockenen Hüpfer machte. Er enthielt Geld, viel Geld. Nando zählte und kam auf fünfzig Dollar. Ihm wurde schwindelig. Natürlich wusste er, dass Ma ihm einiges zu verdanken hatte. Und dass er sich ihretwegen mächtige Feinde gemacht hatte. Trotzdem hätte es ihm genügt, wenn sie ihn einfach aus ihren *Diensten* entlassen hätte. Zudem hatte er bereits die Kamera bekommen. Und jetzt das Geld. Eine Ahnung beschlich ihn, dass Ma damit noch einmal ihr Angebot untermauern wollte, ihre neue rechte Hand zu werden, nach Walters unrühmlichem Ableben.

Es war ein Zufall gewesen, dass Nando etwas von Walters falschem Spiel mitbekommen hatte. Sie waren wie immer gemeinsam nach Ellis Island aufgebrochen, hatten mitgehen lassen, was ging, und sich danach am Kissing Point treffen wollen. Doch Walter kam nicht. Laut Absprache hätte Nando allein zurückkehren sollen, aber er hatte Sorge, dass der andere vielleicht in eine plötzliche Razzia geraten war. Also ging er zurück und suchte seinen Gefährten. Es dauerte, bis er irgendwann Walters lange, dürre Gestalt abseitsstehen sah. Er war ins Gespräch mit einem Mann vertieft, dessen Züge unter seinem teuren Hut Nando vage bekannt vorkamen. Irgendetwas sagte ihm, dass er vorsichtig sein musste, weshalb er sich leise von der Seite anschlich und hinter einem breiten Holzpfosten stehen blieb, sodass er die beiden immer noch sehen, aber auch belauschen konnte, ohne entdeckt zu werden.

»Es bleibt dabei. Du lenkst die Leibwächter ab und lockst sie nach draußen. Meine Männer werden sie dann entsprechend empfangen.«

»Und ich darf das Geschäft weiterführen, wenn ihr sie erledigt habt?«

Der andere schwieg einen Moment zu lange für eine ehrliche Antwort, doch Walter schien in seiner Gier und Niedertracht nicht darauf zu achten.

»Natürlich.«

Sie schüttelten die Hände, dann wechselte ein dicker Umschlag den Besitzer. Der Mann mit Hut blickte sich kurz um, bevor er mit langen Schritten wieder in der Menge verschwand. Nando beugte sich vor und konnte sehen, wie Walter ein ganzes Bündel Dollarscheine hervorholte, zufrieden grinste und es daraufhin wieder in den Umschlag steckte. Dann schlenderte er mit einem Pfeifen davon. Nando wurde die Tragweite dessen, was er gerade beobachtet hatte, mit einem Mal bewusst. Das hier war ein Komplott gegen Ma Sally. Nun fiel ihm auch ein, woher er das Gesicht des Mannes kannte: Dieser Kerl war kein Geringerer als Hermann Seliger, ein Deutscher, der in Chicago ein ähnliches Geschäftsmodell wie Ma aufgebaut hatte und seit einigen Wochen immer mal wieder in New York gesichtet worden war. Ma hatte sie neulich erst vor Seliger gewarnt.

»He's one to be reckoned with«, hatte sie mit ihrer tiefen Stimme nachdenklich gehaucht, als ein Informant sie darüber in Kenntnis setzte, dass Seliger sich ein Haus auf der Upper East Side angesehen hatte. *Keiner, den man unterschätzen sollte.* Diese Einschätzung hatte sich gerade bewahrheitet.

Eilig hatte Nando Ellis Island verlassen, doch Walter war schneller gewesen. Gerade als Nando den Liquor Store erreichte, trat Ma laut schimpfend hinter ihrer rechten Hand aus dem Laden. Nando hatte sich blitzschnell umgesehen und dann den Mann auf der anderen Straßenseite an einem der Fenster im zweiten Stock ausgemacht. Sein Gewehrlauf zielte genau auf Mas Kopf.

»Vorsicht«, hatte er geschrien und instinktiv einen Hechtsprung gemacht, wobei er Ma umriss. Ihre üppige Gestalt verhinderte, dass er selbst auf dem Boden aufschlug, er landete mit dem Kinn genau auf ihrem Dekolleté. Mehrere Schüsse durchbrachen die plötzliche Stille, die nach seinem überraschenden Auftritt eingekehrt war. Aus dem Augenwinkel sah er, wie Walter zusammenbrach. Ma schob Nando von sich und bedeutete ihm wütend, ihr aufzuhelfen. Einige der Jungs waren aus dem Laden geeilt und umringten ihre Chefin, sodass dem Attentäter keine Zeit mehr blieb, nachzuladen und erneut zu zielen.

»Go, get that son of a bitch«, brüllte Ma, während einige der größeren Jungen schon losrannten.

Sie eilte an Walters Seite und ließ sich erstaunlich behände auf die Knie sinken, um seinen Kopf in ihrem Schoß zu betten.

»Don't you dare leavin' me«, sagte sie mit zitterndem Kinn. Nando war erschüttert stehen geblieben und hatte die Szene beobachtet. Es war nicht das erste Mal, dass er jemanden sterben sah, aber das erste Mal, dass er denjenigen kannte.

Nando wusste, dass Walter für Sally Parker wie ein Sohn war. Sein Verrat würde sie umso mehr schmerzen, doch er musste es ihr sagen. Er ging zu ihr und ließ sich ebenfalls vor dem Verletzten auf die Knie fallen. Dann fasste er in Walters Brusttasche und holte den Umschlag raus, an dem nun Blut klebte. Ma starrte ihn fragend an, als er ihr das Beweisstück für Walters Untreue hinhielt.

»Seliger«, sagte er leise, als Ma erschüttert das viele Geld betrachtete. Sie nickte langsam, während sich die Erkenntnis über die wahren Umstände auf ihren nun schmallippigen Zügen festsetzte. Mit einer ruckartigen Bewegung legte sie Walters Kopf von ihrem Schoß auf den Gehweg, stand auf und ging schweigend nach drinnen. Nando sah ihr nach, dann fiel sein Blick auf Walters leblose Gestalt, dessen tote Augen blicklos zum Himmel starrten. Er bekreuzigte sich, schloss Walters Lider und kämpfte tapfer gegen die Tränen an. Er hatte den Kerl gemocht, ihn sogar als so etwas wie einen Freund angesehen. Es setzte ihm zu, für seinen Tod mit verantwortlich zu sein. Hilflos sah er sich um. Die Straße war menschenleer. Man wusste in dieser Gegend, wann es besser war, drinnen zu bleiben. Hinter ihm hatten die Schüsse mehrere Löcher in die Hausfassade gerissen.

Wenig später kamen zwei von Mas Leibwächtern, die Walter mit geübten Bewegungen packten und unter einer Lage Decken in einen Handkarren verfrachteten. Er würde irgendwo namenlos verscharrt und dann vergessen werden. Nando schluckte um den Kloß herum, der sich in seinem Hals gebildet hatte, dann schüttelte er sich, um die Bilder aus seinem Kopf zu bekommen.

Er wusste nicht, wie lange er regungslos vor dem Laden gestanden hatte, doch irgendwann rief Ma ihn zu sich. Mit seinem immer noch holprigen Englisch hatte er ihr berichtet, was sich am Nachmittag zugetragen hatte. Ma hatte ihren Schock mit mehreren Gläsern teurem Whiskey runtergespült und dann gefragt, was er sich wünsche.

»Let me go«, hatte er gefleht, auch als sie ihm Walters Posten anbot.

Seine Beharrlichkeit hatte ihr ein erstes Lächeln an diesem schwarzen Tag entlockt.

»It's that lassie, right? For her, you wanna be a better lad.«

Vielleicht hatte sie recht. Er wollte für Maggie ein besserer Mensch sein.

Am Ende hatte sie ihm seinen Wunsch erfüllt, doch ihre Dankbarkeit ließ ihn offensichtlich immer noch an ihren Fäden zappeln.

Mit einem Seufzer steckte er den Umschlag ein, den Lance ihm eben zugesteckt hatte. Wo er schon mal Geld hatte, konnte er genauso gut etwas Sinnvolles damit tun. Er würde Marga vielleicht einen neuen Mantel schenken. Und dann den Film der Kodak entwickeln lassen. Zehn Dollar würde das kosten. Doch das war es ihm wert. Er brannte darauf, ihr die Bilder zu zeigen. Ihr Urteil war ihm wichtig, in allem, was er tat. Mit einem entschlossenen Nicken ging er wieder rein, wo sich die Schicht heute am Weihnachtsabend dem Ende zuneigte.

»Hey Bert, spiel ›Stille Nacht‹«, rief Franz gerade, als Nando an der Tür stand. Bert, der Pianospieler, den Franz seit ein paar Wochen beschäftigte, hatte jedoch heute augenscheinlich ebenfalls zu tief ins Glas geschaut und war auf einer der Bänke eingeschlafen, die Arme um einen leeren Bierkrug geschlungen wie um eine Liebste.

Jemand stieß Bert mit der Schuhspitze an, der grunzte jedoch nur und öffnete nicht mal die Augen.

»Besoffen wie hundert Seemänner«, befand der Gast, der sehnsüchtig zum Klavier starrte. »Dabei wär ein Weihnachtslied doch ein schöner Abschluss für heute Abend.«

»Es geht doch auch ohne Klavier«, rief Marga, die auf einen der Tische stieg und spontan »Stille Nacht« anstimmte. Nando bekam eine Gänsehaut, als sich plötzlich alle erhoben und in ihren glockenklaren Gesang miteinfielen. Ein Lächeln breitete sich auf seinen Zügen aus, als er sie betrachtete. Vermutlich konnte selbst ein Blinder sehen, was er gerade für sie empfand, doch es war ihm egal. Er hatte nie jemanden mehr geliebt. Ma hatte recht gehabt – für Marga wollte er gern ein besserer Mensch sein.

41

Simon stand unter einer Straßenlaterne, den Blick sehnsuchtsvoll zu dem noch dunklen Fenster in der Orchard Street 154 gerichtet. Zum wiederholten Male holte er Papas Uhr hervor, nur um festzustellen, dass die Zeiger heute scheinbar langsamer als sonst über das Ziffernblatt krochen. Er steckte sie wieder in seine Brusttasche und vergrub seine kalten Hände in seinen Jackentaschen, wo seine rechte unablässig mit dem Samtkästchen spielte, in dem der Ring darauf wartete, an Rosies Finger geschoben zu werden.

Er musste lächeln, als er an den Brief dachte, der heute Morgen aus Wisconsin angekommen war. Er hatte Abraham eine ganze Kiste Wodka zukommen lassen und sich noch einmal für dessen Freundlichkeit und Hilfe bedankt. Und natürlich hatte er es sich nicht nehmen lassen, von seinen Plänen bezüglich Rosie zu berichten. »*Den Garten Eden und die Gehenna, die Hölle, kann man bereits in diesem Leben haben*«, hatte Abraham ein jüdisches Sprichwort zitiert, jedoch angeführt: »*Aber du, Jungchen, bist so schlau wie ich und hast dir eine gute Frau gesucht, die dir das Leben sicher nicht zur Hölle machen wird. Von Herzen euch beiden alles Gute und meinen und Esthers Segen*«, hatte er den Brief geschlossen. Simon hatte das Papier mit einem Lächeln zusammengefaltet und zu seinen Wertsachen gesteckt, zusammen mit seiner Einbürgerungsurkunde, die ihn nun als amerikanischer Staatsbürger auswies.

Allerdings schien Gott ihm auf dem Weg zum Garten Eden eine Menge Steine in den Weg zu legen, denn ausgerechnet heute verspätete Rosie sich. Nando und Marga waren noch im Bierpavillon, er hätte ihre Abwesenheit so gerne genutzt, um mit ihr allein zu sein, seinen Antrag ohne die anderen machen zu können. Aber die Zeit lief ihm davon. In der Ferne schlug eine Kirchturmuhr zur vollen Stunde. Schon neun, wenn sie nicht gleich käme, würde er seinen Plan erneut verschieben müssen, denn alles sollte perfekt sein. Diese Frage wollte er schließlich nur ein Mal im Leben stellen.

»Es tut mir so leid, du musst schon ganz verfroren sein, aber ich musste Mrs. Dinwiddy noch helfen, die Geschenke für die Kinder zu verpacken. In der Nacht soll Sinterklaas kommen, eine Art guter Weihnachtsgeist. Ich hatte noch nie davon gehört, aber Mrs. Dinwiddy kommt ursprünglich aus Amsterdam. Und in den Niederlanden feiet man wohl den Nikolaustag so. Tatsächlich hat sie mir erklärt, dass daher der amerikanische Brauch mit Santa Claus kommt. Die Dinwiddys feiern also ein amerikanisches Weihnachten mit einem niederländischen Nikolaus«, erklärte sie lachend. Sie liebte ihre Arbeit, auch wenn die Hausherrin mitunter ein echter Drachen sein konnte. Doch die Kinder waren ihr sehr ans Herz gewachsen. Sie würde einmal selbst eine großartige Mutter werden, schoss es ihm durch den Kopf, und die Wärme, die er stets in ihrer Nähe empfand, breitete sich wie ein Feuer in seinem ganzen Körper aus. Er musste schlucken, so ausgedörrt fühlte sich seine Kehle an – trotz der Kälte.

»Jetzt bist du ja da«, war alles, was er herausbrachte. Sie zögerte wie immer eine winzige Sekunde, bevor sie sich bei ihm einhakte und ihn mit sich zur Haustür zog. Den Schlüssel hielt sie bereits in ihren behandschuhten Händen.

Im Hausflur schlugen ihnen die unterschiedlichsten Gerüche entgegen. Jemand hatte Wäsche aufgehängt, der frische Geruch vermischte sich mit dem von verschwitzten Körpern, rauchenden Kohleöfen, verbranntem Essen und gebackenem Brot. Überall im

Haus standen die Türen offen. Die Lautstärke in dem Tenement war ohrenbetäubend. Jemand stritt, ein Säugling schrie, ein paar Kinder quengelten, und obendrauf legten sich die schiefen Klänge eines talentfrei vorgetragenen Weihnachtsliedes. Auf der Treppe saßen die Kinder der Behrs und spielten mit den geschnitzten Tieren einer Weihnachtskrippe.

»Schau, Rosie, die hat Papa für uns gemacht, sind die nicht schön?«, sagte die kleine Emma und hielt ein Schaf und ein Kamel hoch. Rosie beugte sich herab, um alle Tiere zu begutachten und sich genauestens erzählen zu lassen, wie das Fest bei den Behrs abgelaufen war. Simon hatte alle Mühe, seine Ungeduld nicht nach außen zu tragen.

»Johanna kommt auch nachher, wenn die Christmette beendet ist. Wollt ihr auch kommen?«, fragte die kleine Paula mit leuchtenden Augen. Simon ballte eine Faust um das Schmuckkästchen. Hoffentlich sagte Rosie nicht zu, sonst konnte er seinen Antrag wirklich vergessen für heute.

»Das ist so lieb, Paula, aber wir haben selbst einen Gast, siehst du?« Sie deutete auf Simon, der erleichtert die Luft ausstieß. Paula sah enttäuscht aus, doch Rosie rettete die Situation, indem sie dem Kind über die blonden Zöpfe strich und ihr zuflüsterte, dass sie dafür am Morgen ein paar selbst gebackene Plätzchen vorbeibringen würde. Mit einem Johlen sprangen die Mädchen auf und verschwanden hinter einer der Türen. Simon und Rosie gingen noch zwei Stockwerke höher, dann endlich standen sie vor dem winzigen Apartment, das Rosie, Marga und Nando nun seit zwei Wochen ihr Zuhause nannten. Rosie schloss auf und ging zielstrebig durch die Dunkelheit, um eine Gaslaterne anzuzünden. Dann pellte sie sich aus ihrem Mantel und zog die Strickmütze von ihren Haaren. Als Nächstes öffnete sie ihre Tasche und hielt sie ihm unter die Nase.

»Schau, mit einem lieben Gruß von Mr. und Mrs. Dinwiddy. Ein Schinken.« Sie packte das in Papier geschlagene Geschenk aus und legte es auf einen Teller.

»Ich koche schon mal die Kartoffeln.« Sie begann, an dem altersschwachen Ofen herumzuwerkeln. Simon brach der Schweiß aus. Ihm blieb kaum Zeit. Unbeholfen schälte er sich aus seinem Mantel, das Kästchen nun fest in seine schwitzige Handfläche gepresst. Hoffentlich gefiel ihr das schlichte Erbstück. Er hatte in den Auslagen der Kaufhäuser wunderschöne Ringe gesehen, doch weil er seine Schulden bei Onkel Jakob endlich abbezahlt hatte, war sein Bargeldbestand einmal mehr zusammengeschrumpft. Außerdem hätte er es ohnehin nicht übers Herz gebracht, Mamas Wunsch in dieser Hinsicht zu missachten.

»Rosie, kannst du mal einen Augenblick herkommen?« Seine Stimme klang sogar in seinen eigenen Ohren fremd, belegt und seltsam wacklig. Ihr Blick bestätigte diesen Eindruck, ihre schön geschwungenen dunklen Brauen zogen sich fragend zusammen. Er räusperte sich verlegen, während er einen der klapprigen Holzstühle für sie zurechtrückte. Befangen machte sie ein paar Schritte auf ihn zu, blieb dann aber abwartend stehen. Sein Bauchgefühl sagte ihm, dass er noch warten sollte, dass sie noch lange nicht bereit war, doch er hatte sich so sehr auf diesen Moment versteift, dass er die mahnende Stimme in seinem Herzen zum Schweigen verdonnerte. Sogar seinen Eltern hatte er in seinem letzten Brief von ihr geschrieben und von seinen Plänen, ihr einen Antrag zu machen.

Jetzt oder nie, forderte er sich selbst auf. Er ließ sich auf ein Knie fallen und hob das Kästchen hoch, dass er mit einer eingeübten Bewegung aufschnappen ließ. Rosie schlug eine Hand vor den Mund, ob aus Überraschung oder vor Schreck, vermochte er nicht zu sagen. Nun aber gab es kein Zurück mehr.

»Rosemarie Pauls, vom ersten Moment an, als ich dich traf, wusste ich, dass es niemals mehr eine andere Frau für mich geben wird. Ich habe mich zuerst in dein wunderschönes Gesicht und deine gefühlvollen Augen verliebt und nach und nach in die unglaubliche Person, die ich dahinter fand. Deine Güte, deine Freundlichkeit, dein Mut, deinen Kampfgeist. Ich kann mir keine bessere Frau an meiner Seite wünschen, um hier in diesem neuen Land allen Widerständen zu trotzen und einer erfolgreichen Zukunft entgegenzustreben. Rosie, willst du meine Frau werden?«

Simon hatte diese Worte so oft geübt, dass er sie im Schlaf hätte aufsagen können, doch jetzt waren sie zu eilig und zu holprig aus seinem Mund gepurzelt. In seinem Geiste hatte der Moment deutlich romantischer gewirkt. Und auch Rosies Reaktion war in seiner Vorstellung eine andere gewesen. Er hatte viele Szenarien durchgespielt. Dass sie ihm um den Hals fiel, dass sie vor Freude in Tränen ausbrach, sogar, dass sie ihn abwies – jedoch in keinem seiner Tagträume hatte sie einfach mit bleichem Gesicht und weit aufgerissenen Augen vor ihm gestanden. Als sie weiter schwieg, kam er mit zitternden Beinen hoch. Er musste die Situation irgendwie retten, musste ihr beweisen, dass sie füreinander geschaffen waren. Entschlossen trat er auf sie zu, während er den Ring aus seinem Bett befreite.

»Schau, du musst noch nichts sagen, lass es dir durch den Kopf gehen. Aber es war mir wichtig, dir zu sagen, wie ich fühle und was ich mir wünsche. Gerade heute, an diesem besonderen Tag. Frohe Weihnachten,«, setzte er beklommen hinterher, wobei er bereits nach ihrer Hand griff, die sich kalt und feucht zugleich anfühlte. Dann schob er das schmale Goldband über ihren Ringfinger. Der Anblick erfüllte ihn mit Stolz, so wie ihn der Gedanke mit Stolz erfüllte, dass sie seine Frau werden könnte. Ihr süßer Duft drang in sein Bewusstsein und machte ihn ganz schwindelig. »Sieh es als mein Versprechen, dir treu zu sein und auf deine Entscheidung zu warten.« Vorsichtig zog sie die Hand fort, die zu zittern begonnen hatte. Mit unlesbarer Miene starrte sie auf seine Gabe. Der Drang, sie zu berühren, eine Reaktion hervorzulocken, war übermächtig. Er strich ihr sanft eine dunkle Locke aus der Stirn. Als sie endlich den Blick hob und ihn ansah, pochte sein Herz so laut, dass er seine nächsten Worte kaum selbst verstand. »Ich liebe dich so sehr, Rosie.«

Er beugte sich herunter, vorsichtig, Zentimeter um Zentimeter, ihren vollen Lippen entgegen, die immer noch ein unentschlossenes *Oh* formten. Als sie weder protestierte noch sich zurückzog, fasste er neuen Mut, schloss die Augen und tastete sich vor zu einem ersten, scheuen Kuss. Es war überwältigend, als würde ein Blitz durch ihn hindurchfahren. Simon stöhnte leise auf und zog sie enger an sich heran. Ihr Körper war warm und schien sich perfekt an seinen zu fügen. Kurz hatte er den Eindruck, zu ihr durchgedrungen zu sein, ihre Arme schienen sich um ihn legen zu wollen, doch auf halber Strecke ließ sie sie sinken. Betreten machte er einen Schritt von ihr fort, um ihr Freiraum zu geben, dann öffnete er die Augen und sah das Entsetzen auf ihren schönen Zügen, während sie den Ring an ihrem Finger mittlerweile anstarrte wie ein tödliches Insekt. Es war wie eine Eisdusche.

»Rosie?« Seine Frage war mehr ein heiseres Flüstern. Erfolglos versuchte er, gegen das Gefühl anzukämpfen, gerade einen unverzeihlichen Fehler begangen zu haben.

»Es ... es tut mir leid, ich wollte nicht ...« Er brach seine gestotterte Entschuldigung ratlos ab. Was wollte er nicht? Sie nicht küssen? Genau das hatte er gewollt. Er hatte gehofft, ihr zu beweisen, wie anders es mit einem Mann und einer Frau sein konnte, wenn Liebe im Spiel war. Doch stattdessen hatte er mit seinem forschen Verhalten den Deckel zu der Kiste aufgestoßen, in der sie ihre schlimmsten Ängste aufbewahrte. Sein Blick heftete sich auf den abgenutzten Holzboden.

Als er sich endlich traute, sie wieder anzusehen, war das Entsetzen einer bodenlosen Traurigkeit gewichen – auf beiden Seiten. Wortlos streifte sie den Ring ab, den sie auf die Tischkante legte.

»Mir tut es leid. Ich hätte der Sache früher Einhalt gebieten sollen. Ich wusste, wie du fühlst, und ich habe mir gewünscht, ebenso zu fühlen, aber ich kann es nicht.« Sie seufzte, als läge eine zentnerschwere Last auf ihrer Brust. »Vielleicht werde ich es nie können.«

»Ich kann warten, Rosie. Es ist mir gleich, wie lange es dauert. Ich ...« Weiter kam er nicht, weil sie vortrat und erneut nach dem Ring griff, um ihn ihm entgegenzuhalten.

»Nein, Simon. Das wäre nicht fair. Ich will nicht diejenige sein, die deinen Träumen im Weg steht.«

Er schüttelte entschieden den Kopf.

»Unsinn, *du* bist mein Traum.«

Sie lächelte matt.

»Du wolltest etwas erreichen, wolltest dein Glück im Norden suchen, deine Eltern nachholen. Ich bitte dich, nicht wegen mir von diesen Plänen abzulassen. Geh deinen Weg, Simon. Ich bin sicher, dass du dort finden wirst, wonach du suchst.«

Er wollte etwas erwidern, wollte die Sache ins Lot bringen, doch sie griff entschlossen nach seiner Hand und legte den Ring mit finaler Entschiedenheit hinein.

»Ich danke dir für deine Freundschaft und deine Geduld. Beides kann ich nicht länger strapazieren. Es macht dich unglücklich und setzt mich unter Druck. Wenn dir wirklich etwas an dem liegt, was ich will, dann lass deine Träume wahr werden. Das ist es, was mich wirklich froh machen würde. Ich wünsche dir alles nur erdenkliche Glück dabei.«

Er spürte, wie seine Schultern bei ihren Worten hoffnungslos nach unten sackten. Es war vorbei. Sie hatte recht, er musste gehen. Nun konnte er unmöglich in New York bleiben. Er hatte sie verloren. Sie nun weiter in seiner Nähe zu wissen, ohne ihr nah sein zu dürfen, würde ihn in den Wahnsinn treiben. Hinzu kam, dass Adam Fraser auch seine letzten beiden Geschichten abgewiesen hatte. Er sei zu nüchtern, zu faktenorientiert, um wirklich das zu schreiben, was den Lesern ans Herz ginge. Auch diese Tür war zugeschlagen.

Er steckte den Ring in die Hosentasche und griff nach seinem noch feuchten Mantel, den er achtlos über einen der Stühle geworfen hatte. Bei jeder Bewegung hoffte er, dass sie ihn doch noch aufhalten würde, und mit jeder verstrichenen Gelegenheit wurde ihm dabei klarer, wie endgültig dieser Abschied war.

»Merry Christmas«, sagte er leise an der Tür.

»Dir ebenfalls frohe Weihnachten, Simon, leb wohl.«

Kein *bis dann*, kein amerikanisches *see you*. Es war ein Abschied ohne Hintertür.

Simon wusste nicht, wie er die vier Stockwerke hinuntergekommen war, wusste nicht, wohin er lief, wusste nur, dass er irgendwann auf einer Bank im Central Park endete, wo der stetig fallende Schnee sein Gesicht wie Tränen benetzte – vielleicht weinte er aber auch, während er zu verstehen versuchte, was gerade schiefgelaufen war. Resigniert schob er den verschmähten Ring über seinen kleinen Finger. Er hatte immer geglaubt, dass man nur hart genug arbeiten, nur fest genug an etwas glauben musste, um seine Träume wahr zu machen. Doch manche Träume waren wohl dazu bestimmt, nur das zu sein – und zu bleiben.

Als er sich irgendwann durchgefroren und verbittert erhob, stand fest, dass er New York am nächsten Morgen verlassen würde. Wenn er schon kein Glück in der Liebe hatte, so wollte er wenigstens versuchen, es woanders zu finden. Womöglich lag es doch auf dem Grund eines Flusses und schimmerte golden.

Teil zwei

1

1896 – vier Jahre später

»Marga?«

Maggie war völlig in Gedanken, als sie die Sixth Avenue hinunterlief. Unter dem Arm trug sie das Kleid, das sie gerade bei Siegel Cooper abgeholt hatte, eingeschlagen in cremefarbenes Seidenpapier. Seit sie in dem großen Department Store arbeitete, hatte sie von diesem Kleid geträumt. Sie hatte es nach Ladenschluss sogar ein paarmal anprobiert, wenn Susan und sie allein waren, weil ihre Chefin Mrs. Peacock meist vor allen anderen ging. Das Kleid war wunderschön, besaß eine schmale Taille, einen hohen Kragen und Puffärmel. Die Perlmuttknöpfe hatten im Licht des Kronleuchters geschimmert, und die grüne Seide hatte sich auf ihrer bloßen Haut angefühlt wie frisches Wasser. Die Farbe war wie für sie gemacht, weil sie sich im Ton ihrer Augen widerspiegelte. Seit Wochen hatte sie gespart, um es sich leisten zu können. Susan, die wie sie selbst Näherin bei Siegel war, hatte es in der vergangenen Woche abgesteckt und für sie geändert, und heute hatte sie es mitnehmen können. Das Kleid kostete unglaubliche acht Dollar; als Mitarbeiterin bekam sie zwar Rabatt, doch sie hatte immer noch sechs Dollar dafür hinlegen müssen, fast das Doppelte von dem, was sie für die Monatsmiete des Apartments beisteuern musste. Gut, dass Rosie mit den Dinwiddys in Europa war, sie hätte Maggie einen Vogel gezeigt, dass sie so viel Geld für ein bisschen Stoff ausgegeben hatte.

»Marga Stahl, bist du es?«

Eben schon war ihr so gewesen, als hätte sie eine vertraute Stimme rufen hören. Maggie bekam eine Gänsehaut. *Marga* hatte sie seit Jahren niemand mehr genannt – seitdem Simon damals in dieser denkwürdigen Weihnachtsnacht für immer aus ihrer aller Leben verschwunden war. Ihr Herz schlug doppelt so schnell. *Konnte es sein, dass ...?*

Sie blieb stehen und presste das Päckchen mit dem Kleid noch fester an sich, während ihre Augen über die vielen Menschen huschten, die ihr mit gesenkten Häuptern und hochgeschlagenen Mantelkrägen entgegeneilten. Es war ungewöhnlich kalt für Ende Oktober, und New York zeigte sich feucht und windig an diesem Morgen. Sogar ein paar vereinzelte Schneeflocken mischten sich in den feinen Nieselregen. Als sie den Mann ausmachte, der sie mit fragendem Blick musterte, glaubte sie zunächst, sich getäuscht zu haben. Er war stattlich gebaut, mit einem breiten Kreuz und muskulösen Armen, die sich unter seinem teuer aussehenden grauen Cutaway deutlich abzeichneten. Sein Haar unter dem feinen Zylinder war kurz geschnitten, sein Gesicht gut gebräunt, zumindest der Teil, der über seinem ordentlich gestutzten Vollbart zu sehen war. Am Ende waren es seine Augen, an denen sie ihn wiedererkannte.

»Simon?«, rief sie trotzdem ungläubig.

Ein Strahlen ging über seine Züge, als er sich anschickte, die Straßenseite zu wechseln, um zu ihr zu gelangen. Doch Maggie war schneller. Sie lupfte ihre Röcke, während sie an den Kutschen vorbeieilte und einem Handkarren auswich, um endlich zu ihm zu gelangen. Sie war so außer sich vor Freude, dass sie ihm einfach um den Hals fiel, wobei das Seidenpapier zwischen ihnen raschelte, in das ihr wertvoller Einkauf eingeschlagen war. Er keuchte überrascht, fing sie aber mit seinen starken Armen auf und wirbelte sie dann einmal herum, bevor er sie vor sich abstellte und sie am ausgestreckten Arm in Augenschein nahm.

Passanten gingen grinsend an ihnen vorbei, sie mussten wirken wie ein Liebespaar, dass sich nach längerer Abwesenheit endlich wiedersah.

»Himmel, sieh dich an. Du bist eine richtige Dame geworden«, sagte er anerkennend und ließ seinen Blick kurz an ihr auf und ab wandern.

»Na ja, du hast dich aber auch ganz gut gemacht«, antwortete sie lachend und zupfte an dem edlen Stoff seiner Jacke. »Seit wann bist du wieder in New York?«

»Erst seit ein paar Tagen. Sag, wie lange ist es her, dass wir uns das letzte Mal gesehen haben?«, fragte er und schien selbst gedanklich nachzuzählen.

»Vier Jahre.«

»Jesus, wie die Zeit vergeht.«

Sie blieben verlegen voreinander stehen. Maggie hatte Angst, dass er sich einfach verabschieden könnte, nun, wo scheinbar keiner von ihnen mehr etwas zu sagen wusste.

»Du musst mir unbedingt erzählen, wie es dir ergangen ist. Vielleicht jetzt? Bei einer Tasse Tee im Tearoom drüben im Kaufhaus?« Sie deutete mit dem Kopf in die Richtung, aus der sie gerade gekommen war.

»Absolut.« Sein freudiges Grinsen schickte ein längst vergessenes Kribbeln durch ihren Bauch. Gemeinsam querten sie erneut die Sixth Avenue, um dann das prächtige Kaufhaus zu betreten, das ganz im Beaux-Arts-Stil gebaut war. Die Konstruktion mit Stahlträgern hatte es den Architekten von De Lemos und Cordes ermöglicht, auf allen sechs Etagen geräumige Verkaufsflächen zu kreieren, die durch ein Glasfenster im Dach einen Blick in den Himmel gewährten. Auch galt der mit über siebentausend

Quadratmetern Fläche mit Recht »Big Store« genannte Laden als das einzige absolut brandsichere Gebäude der Stadt.

»Na, das nenne ich mal volles Haus«, sagte Simon mit einem kleinen Pfiff, als sie ins Innere traten. Tatsächlich zog Siegel Cooper seit der Eröffnung im September täglich Tausende Besucher an. Zumeist waren es Frauen, viele aus der New Yorker Oberschicht, die ihre Tage hier mit Shopping verbrachten, nachdem die neueste Ausgabe der Vogue ihnen diktierte, was man in diesem Monat unbedingt tragen musste.

Neben dem Einkaufserlebnis ging es aber auch ums Sehen und Gesehenwerden. Siegel Cooper war zum Treffpunkt für Frauen in New York avanciert – *ein Paradies, nur ohne Adam*, hatte es Henry Siegel, der Kaufhauseigentümer, bei der Eröffnung beschrieben. Trotzdem fanden natürlich auch männliche Besucher ihren Weg hierher, weil es neben der Bekleidung einen Lebensmittelladen, ein Theater, ein Telegrammbüro, eine Kunstgalerie, eine Bank und sogar einen Zahnarzt gab. In den unterschiedlichen Abteilungen arbeiteten ebenso viele Frauen, wie hier einkaufen gingen. Der Unterschied zwischen ihnen bestand lediglich darin, dass es am Abend, wenn sich die Ladentüren schlossen, die einen zur Upper East Side zog, während die Arbeiterinnen in ihre Tenements nach Five Points oder Little Germany zurückkehrten.

Sie kamen in der Eingangshalle an einem großen Brunnen vorbei, an dessen Rand vereinzelte Paare saßen und ein Eis für fünf Cent genossen, während sie den schicken Damen nachsahen, die hier flanierten, gefolgt von ihren Dienstmädchen, die mit Taschen und Schachteln beladen mit der Herrin von einer Abteilung zur nächsten eilten. Der Tearoom lag etwas abseits des Getümmels. Hier gab es elektrische Kronleuchter, Gemälde und echte Farne an den Wänden, sodass das ganze Ambiente sehr exotisch anmutete. Maggie wusste, dass auch die Suffragetten-Bewegung die

Tearooms, die überall in der Stadt wie Pilze aus dem Boden schossen, nutzte, weil es durchaus schicklich war, dass Frauen unbegleitet dort einkehrten, was den politisch Motivierten mehr Freiheit gab. Sie hatte das ein oder andere Mal in ihrer Pause am Rande gestanden und sich die Diskussionen angehört.

Sie suchten sich einen Platz an einem der bodentiefen Fenster, die den Blick auf die belebte 18. Straße freigaben.

Simon legte seinen Zylinder und seine teuer aussehenden Lederhandschuhe auf den Platz neben sich, bevor er zu ihr trat, um ihr den Stuhl zu rücken. Ein livrierter Kellner kam und brachte ihnen die Karte. Maggie musste schlucken. Sie hatte so viel Geld heute für das Kleid ausgegeben, dass sie ein ungutes Ziehen im Bauch fühlte bei den Preisen, die hinter den Speisen aufgerufen wurden. Doch hätte sie ihren letzten Cent gegeben, um ein wenig mit Simon plaudern zu können nach all der Zeit.

Er musste ihr besorgtes Stirnrunzeln gesehen haben, als sie in die Karte blickte, denn er griff über den Tisch nach ihrem Arm.

»Du bist mein Gast, Marga. Wähl aus, auf was du Lust hast.«

Sie blickte ihn versonnen an. »Niemand nennt mich mehr Marga«, sagte sie mit einem Lächeln.

»Maggie, stimmt, so wolltest du ja gerufen werden. Ich erinnere mich, Miss Maggie Steele. Also, erzählen Sie mir, wie es Ihnen ergangen ist, Miss Steele.«

Sie zog amüsiert die Nase kraus ob seiner förmlichen Anrede. Dann musste sie kurz überlegen. Es hatte sich so viel verändert in den vergangenen vier Jahren, vielleicht war es einfacher, damit zu beginnen, was noch gleich war. »Nun, wir leben immer noch in der Orchard Street 154, Nando, Rosie und ich.«

Sie sah, wie er blass wurde.

»Wie geht es ihr?« Er vermied es, Maggie anzusehen, stattdessen knetete er seine Hände. Das Thema machte ihn auch nach all den Jahren immer noch nervös, wie es schien.

»Gut. Sie ist gerade in Europa mit den Dinwiddys. Ich bin schon ein wenig neidisch. Italien, Griechenland, England und dann ein Besuch bei Mrs. Dinwiddys Familie in Amsterdam stehen auf dem Plan. Sie wird erst kurz vor Thanksgiving zurückkehren.«

Er wirkte enttäuscht. Merkwürdig, dass sie alle so schnell in alte Muster zurückfielen, denn seine Enttäuschung rief ähnliche Gefühle in ihr hervor.

»Ist sie …« Er stockte und räusperte sich. »Gibt es da jemanden?«

Es reizte sie, die Wahrheit etwas auszudehnen, doch als er den Kopf hob und sie flehentlich ansah, brachte sie es nicht übers Herz.

»Nicht, seitdem du weggegangen bist.«

Maggie konnte hören, wie er die angehaltene Luft leise ausstieß.

»Sie war am Boden zerstört damals, weißt du. Als Nando und ich vom Bierpavillon kamen, saß sie mit rot geweinten Augen in der Küche. Viel hat sie nicht erzählt, nur dass sie alles kaputtgemacht hätte mit ihrer ewigen Angst.«

Er rieb sich mit einer unbewussten Geste den Nacken, bevor er ihr wieder ins Gesicht blickte.

»Ich war ein solcher Idiot. Ich wusste, dass sie noch nicht so weit war, und habe sie mit meinem vorschnellen Antrag bedrängt. Glaube mir, ich habe diesen Abend so oft bereut in den vergangenen vier Jahren.«

Sie schwiegen beide, ein ungemütliches Schweigen. Er brach es als Erster.

»Sag, wie geht es dir? Was machst du?«
Maggie starrte auf ihre geröteten Hände, die sie ihm dann hinhielt. »Ich habe am Ende doch mehr von Mama gelernt, als ich dachte. Ich bin als Näherin hier im Kaufhaus beschäftigt. Aber an den Wochenenden helfe ich weiterhin im Bierpavillon, und wenn es meine Zeit zulässt, dann unterstütze ich Johanna dabei, den Neuankömmlingen Englisch beizubringen.«
Er nickte anerkennend. »Und der Kleine?«
Nun musste sie laut lachen. »Falls du Nando meinst, der ist mittlerweile sogar einen Kopf größer als du und ebenso breitschultrig. Tagsüber findest du ihn in einem Fotostudio am Broadway, Ecke Fulton Street. Es gehört dem Neffen von Mathew Brady. Hast du je von ihm gehört?«
»Von dem Neffen?«
»Nein, von Brady. Er hat fast alle amerikanischen Präsidenten fotografiert, allein Lincoln etliche Male, dazu viele andere Berühmtheiten. Auch seine Bilder aus dem Bürgerkrieg sind sehr bekannt. Er ist im Januar nach einem Unfall mit einer Straßenbahn gestorben. Nando war sehr mitgenommen, Brady war so etwas wie ein Mentor für ihn, obwohl der Kerl meiner Meinung nach in den letzten Jahren selten nüchtern anzutreffen war. Ma Sally hat die beiden zusammengeführt. Sie hat immer noch ein weiches Herz, was Nando angeht, auch wenn er sich weiterhin beharrlich weigert, wieder für sie zu arbeiten. Brady hat ihm alles beigebracht, was er über das Fotografieren wusste. Na ja, Levin Handy, der Neffe, ist eher aufs schnelle Geld aus. Er schickt Nando meist in die feinen Häuser an der Fifth Avenue, wo er die reichen Familien porträtiert. Aber du solltest seine eigenen Bilder sehen, er ist ein richtiger Künstler. Ich bin mächtig stolz auf ihn.«
Simon hatte ihr lächelnd zugehört.
»Seid ihr ein Paar?«

Sie starrte ihn einige Augenblicke ungläubig an, dann brach sie in schallendes Gelächter aus.

»So amüsant ist das gar nicht. Er hat dich damals schon geliebt, und es würde mich wundern, wenn sich daran etwas geändert hätte.«

Maggie wischte sich eine Lachträne aus dem Augenwinkel. Der Kellner kam, brachte den Tee und dazu Cremetörtchen. Ihr Magen knurrte undamenhaft.

»Auch wenn er vielleicht vielen Mädchen im Viertel den Kopf verdreht – Nando ist und bleibt mein kleiner Bruder. Alles andere ist absurd.«

»So vehement, wie du es bestreitest, ist vermutlich doch ein Funken Wahrheit daran«, merkte er mit einem Zwinkern an.

Maggie schnaubte abfällig.

»Du warst lange weg, vieles hat sich verändert.«

»Manches auch nicht«, sagte er leise und blickte auf seine rechte Hand, an deren kleinem Finger ein schmaler Goldring steckte.

Sie tranken ihren Tee und aßen die Törtchen, während Simon ihr nun von seinem Leben berichtete.

»Die ersten drei Jahre waren die Hölle. Ich war einsam, es war kalt oben im Norden, unwirtlich, rau. Das Leben in der Wildnis war weitaus gefährlicher, als ich es mir vorgestellt hatte. Ich hab zu Beginn alle möglichen Jobs gemacht, um überhaupt zu überleben. Eine Zeit lang habe ich für die Hudson Bay Company mit Fellen gehandelt. Ich hatte gute Kontakte zu den Tutchonen, die Elch- und Karibu-, aber auch Biber- und Schneehasenfelle mitbrachten. Ein Kumpel von mir hat dann davon erzählt, dass es am Yukon tatsächlich Gold geben soll. Er und seine Frau, eine Indianerin von den Koyukon-Athabasken, sind mit drei anderen aufgebrochen, und ich habe mich an sie drangehängt. Unterwegs sind wir auf

George Carmack getroffen. Na ja, er und sein Schwager Skookum Jim haben im August den größten Fund gemacht, drüben am Rabbit Creek, aber auch ich hatte etwas später mächtig Glück.« Er klopfte auf seinen teuren Cutaway, dort, wo die Brieftasche steckte.

»Und dann bist du gleich hierher zurückgekehrt?«

Er zuckte die Schultern.

»Mein Fund reicht hier als ordentliches Startkapital. Zudem hab ich genug vom Leben in der Wildnis. Ich will mir in New York etwas aufbauen. Nachher habe ich ein Gespräch mit Alexander Heisler. Er ist der Verleger der *Neuen Welt*, einer kleinen deutschen Zeitung, die kurz vor der Schließung steht. Heisler kann sich gegen Pulitzer und Hearst nicht durchsetzen, ihm fehlt das Kapital. Aber ich kann es jetzt vielleicht.«

Maggie strahlte ihn an. »Das ist doch genau das, was du immer wolltest, Simon. Wie wunderbar. Du hast an deinen Träumen festgehalten.«

»So wie es aussieht, an allen«, sagte er mehr zu sich selbst als zu ihr, wobei er gedankenverloren an dem schmalen Goldband drehte, das um seinen Finger lag. Erst jetzt erkannte Maggie, was es war – der Verlobungsring, den er Rosie hatte geben wollen. Sie musste kurz schlucken, bevor sie betreten den Blick abwandte.

»Wo bist du untergekommen?«, fragte sie, um wieder auf neutrales Terrain zu gelangen.

»In einem Boarding House drüben in Brooklyn. Da ist es nicht so städtisch wie hier, dafür schön ruhig und friedlich, wenn ich abends aus der City komme.«

Sie schwiegen wieder einige lang gezogene Augenblicke, als ihr etwas in den Sinn kam.

»Oh, ich muss dir etwas gestehen.« Sie kramte das Buch aus ihrer Handtasche hervor, das seit vier Jahren ihr ständiger Begleiter war. Sie presste es kurz an sich, bevor sie es ihm über den Tisch zuschob.

»Mein Reisetagebuch«, sagte er verblüfft. »Wo hast du es her?« Er sah sie verwundert an.

»Es lag in deinem Nachttisch im Boarding House. Du musst es dort vergessen haben. Mrs. Gruber hat es uns gebracht, weil sie nicht wusste, wohin du gegangen bist. Ich habe es zunächst aufbewahrt, aber irgendwann habe ich nicht mehr daran geglaubt, dich je wiederzusehen, und angefangen, es selbst zu benutzen.«

Sie spürte, wie das Geständnis ihre Wangen in Flammen setzte. Er blätterte durch die Seiten des in Leder gebundenen Buches, das ihm einst sein Vater für die Reise gegeben hatte. Simon hatte es vor seinem Aufbruch nicht benutzt, dafür waren die Blätter nun gefüllt mit Maggies ordentlicher Handschrift.

»Ist es dein Tagebuch?«

Sie schüttelte schnell den Kopf. »Nein, mehr so etwas wie eine Sammlung von täglichen Eindrücken. Es macht mir Spaß, die Menschen zu beobachten und das Gesehene dann aufzuschreiben.«

Er hatte das Buch auf den Tisch gelegt, und sie griff danach, um ihm ein Beispiel zu zeigen.

»Hier, da habe ich Johanna begleitet, als sie in der Bowery unterwegs war, um dort für die armen Sünderinnen in den Freudenhäusern zu beten und ihnen ihre Hilfe anzubieten.«

Er begann, den Eintrag zu überfliegen, wobei sie gespannt seine Miene betrachtete. Seine Augenbrauen zuckten an der ein oder anderen Stelle überrascht in die Höhe. Als er fertig war, sah er sie durchdringend an.

»Das ist großartig geschrieben, Maggie. Mit viel Herzblut und einem guten Auge fürs Detail. Vielleicht solltest du etwas aus diesem Talent machen.«

Sie hielt ihre geröteten Finger nach oben. »Und den Traum vom Nähen an den Nagel hängen? Niemals.«

Sie lachten beide, doch als sie nach dem Buch griff, hielt er es mit plötzlich ernst gewordenem Gesicht fest.

»Darf ich es mitnehmen und lesen? Schließlich ist es mein Buch, auch wenn es deine Einträge sind.«

Sie zuckte verlegen die Schultern. »Wenn du unbedingt willst.«

»Ich bringe es dir zurück, versprochen. Es soll dir gehören. Sieh es als mein verspätetes Abschiedsgeschenk an dich.«

»Abschied? Du bist doch gerade erst angekommen«, sagte sie verwirrt.

»Rückwirkend natürlich. Du kannst es aber auch als Willkommensgeschenk betrachten. Ich werde so schnell nicht wieder fortgehen. Und ich hoffe, dass wir da anknüpfen können, wo wir damals aufgehört haben.«

Seine Hand rutschte vom Buchrücken zu ihren Fingern, die er kurz sanft zusammenpresste. Ihr blödes Herz machte einen aufgeregten Sprung. Er war zurück, er wollte wieder an ihrem Leben teilhaben – und damit auch an Rosies. Es war damals schon kompliziert, und Maggie hatte das Gefühl, dass es noch viel komplizierter werden würde, jetzt, wo sich alte Fäden mit neuen verstrickten, doch sie hob ihr Teeglas und prostete ihm zu. »Darauf trinken wir.«

2

Nando blickte zum wiederholten Mal zur Tür und dann zu der großen Wanduhr. Sie verspätete sich, und das war ungewöhnlich. Maggie war die Pünktlichkeit in Person. Besonders heute, wo sie Franz' Geburtstag feiern wollten und an der Tür des Bierpavillons ein großes Schild darauf hinwies, dass hier eine geschlossene Gesellschaft tagte. Es gab sogar Freibier und Gratisbrezeln. Das würde sie sich doch nicht entgehen lassen. Die Sorge um sie saß wie ein fester Knoten in seinem Magen. New York war abends in dieser Gegend kein Ort für eine Frau, schon gar nicht für eine so hübsche. Er hätte darauf bestehen sollen, sie zu Siegel zu begleiten, wo sie noch etwas hatte abholen wollen. Aber Levin hatte ihn zur Familie Torrence geschickt.

»Das ist lukrativ, Junge, Maria Torrence ist eine geborene Vanderbilt, die schmeißt geradezu obszön mit Geld um sich.«

Weigerte Nando sich, irgendetwas zu tun, drohte Levin gleich damit, ihn rauszuschmeißen. »So großartig bist du nun auch wieder nicht.«

Nando war bestimmt kein eitler Mensch, jedoch wusste er, dass die Kunden Levin Handys Atelier wegen ihm aufsuchten. Dieser würde also den Ast, auf dem er saß, absägen, ließe er Nando gehen. Als die Tür aufflog, waren jedoch all seine Gedanken an Levin und die Arbeit wie fortgeweht. Maggie stand im Saal und war eine echte Erscheinung. Sie trug ein moosgrünes Kleid in der gleichen Farbe wie ihre Augen. Es umschmeichelte ihre schlanke Figur und hob all deren Vorzüge hervor. Er musste schlucken und ließ seine Augen schnell von ihrem Dekolleté zu ihrem Gesicht wandern. Sie hatte die Haare heute kunstvoll hochgesteckt und trug, was eine Seltenheit war, sogar Lippenstift. Er fand sie ungeschminkt und ungekünstelt schöner und hätte die rote Farbe gern fortgewischt. Nein, das stimmte nicht ganz. Am liebsten hätte er sie ihr hungrig vom Mund geküsst. Wie immer reagierte sein Körper auf sie wie auf sonst keine Frau. Schnell wandte er den Blick ab und starrte in sein halb leeres Bierglas.

»Da ist sie ja endlich. Mein Mädchen«, brüllte Franz mit der für ihn typischen Herzlichkeit, während er sich den Weg durch den vollen Saal zur Tür bahnte, um Maggie zu umarmen.

»Alles Gute zum Geburtstag, lieber Franz«, sagte sie und erwiderte seine Geste. Franz nahm ihr den Mantel ab, den sie im Arm getragen hatte, während sie sich ein albernes Hütchen aus der Frisur schälte.

»Weißt du, Nando, andere Mütter haben auch schöne Töchter«, sagte Dottie Baker gerade neben ihm, während sie den Ausschnitt ihres alten braunen Wollkleids richtete. Er sah sie verwirrt an.

»Was?«

»Jeder weiß, dass du sie liebst, aber für sie bist und bleibst du der *kleine Bruder*. Vielleicht solltest du anfangen, mal nach rechts und links zu schauen.« Sie klang wütend, sodass er sie überrascht musterte.

»Und was würde ich da sehen?«, wollte er amüsiert wissen. Sie zuckte die Schultern.

»Weiß nicht, mich vielleicht?« Unsicher wanderte ihr Blick zwischen ihrem Punschglas und seinem Gesicht hin und her.

Herrje, er mochte Dottie, wirklich. Aber er hatte keine Lust auf Probleme. Wenn er das Bedürfnis hatte, ließ er sich lieber mit einem der Mädchen drüben in Five Points oder der Bowery ein. Die erwarteten außer etwas Spaß oder manchmal Kleingeld nichts von ihm. Dottie, die seit zwei Jahren bei Franz kellnerte, war ein anderes Kaliber. Sie würde auf einen Ring und ein Versprechen hoffen – und dafür war er nicht der Richtige. Zumindest nicht für sie. Er schenkte ihr ein aufrichtiges Lächeln. »Du bist viel zu gut für mich, Dot. Aber Franz' Kumpel Jimmy, der hat schon lange ein Auge auf dich geworfen.«

Nun war sie es, die überrascht aussah.

»Jimmy Nolan?«

Er nickte und zählte leise, wie lange es dauerte, bis sie sich erhob und zu Nolan herüberschlenderte, der nahe der Theke stand und über ein Baseballspiel philosophierte. Es waren keine zehn Sekunden. Erleichtert sah er ihr nach, als er Maggies Stimme neben sich hörte.

»Hast du die kleine Dottie vergrault? Du könntest ruhig mal etwas netter zu ihr sein, sie mag dich.«

»Himmel, könnt ihr Weiber euch nicht um euren eigenen Kram kümmern? Du bist schon die Zweite heute Abend, die meint, zu wissen, was ich tun oder lassen sollte.«

Sie lachte ein perlendes Lachen und drückte ihm einen Kuss auf die Wange, was sein Herz wie jedes Mal aus dem Takt brachte.

»Sei nicht so grantig. Wir wollen heute alle Spaß haben. Ist selten genug, dass Franz so großzügig mit dem Bier ist.« Sie hatte sich einen vollen Krug geangelt und nahm einen großen Schluck.

»Langsam, du bist gleich sturzbetrunken, wenn du in dem Tempo weitermachst«, befand er lächelnd.

Sie grinste schelmisch. »Na und?« Erneut setze sie den Krug an, und als sie ihn von ihren Lippen löste, war er um gut die Hälfte geleert. Er würde aufhören müssen zu trinken und sie im Auge behalten. Einer von ihnen beiden sollte nüchtern genug sein, um den anderen sicher nach Hause zu bringen. Als er sie gerade fragen wollte, wo sie so lange gewesen war, hatte Harry Landmann sie an der Hand gepackt und zur Saalmitte gezogen, wo er sie nun in dem Versuch, eine Polka zu tanzen, hin und her warf. Bert, der Pianospieler, stimmte »Oh, Dem Golden Slippers« an, während Maggie sich lachend und singend in ihrem neuen Kleid im Kreis drehte. Nando schloss gequält die Augen. In den vergangenen vier Jahren hatte er so oft am eigenen Leib erfahren müssen, dass Liebe wehtat, es wunderte ihn, wie sich der Schmerz jedes Mal trotzdem noch so roh und neu anfühlen konnte.

Franz trat hinter ihn und legte seine breiten Pranken auf Nandos Schultern.

»Trink noch einen, Junge«, sagte er mitleidig. Nando verdrehte innerlich die Augen. Hatte wirklich jeder heute Abend hier eine Meinung zu seinen Gefühlen? Er hielt an seinem Plan, nüchtern zu bleiben, fest und schlug das Bier aus. Stattdessen holte er seine alte Kodak hervor, um ein paar Schnappschüsse zu machen. Oft fotografierte er nicht mehr damit. Mittlerweile hatte er zu schätzen gelernt, mit einer Plattenkamera zu arbeiten. So hatte er viel mehr Einfluss auf das Ergebnis. Aber er wollte unbedingt eine Erinnerung an sie, wie sie so unbeschwert und wunderschön aus der für ihn gleichtönigen Masse anderer Menschen hervorstach.

Nachdem sie gefühlt mit jedem noch halbwegs nüchternen Kerl über das abgetretene Parkett gewirbelt war, stand sie wieder neben ihm, atemlos und mit funkelnden Augen.

»Na los, du Langweiler, tanz mit mir.« Sie hielt ihm die Hand hin. Es war ein Spiel mit dem Feuer, denn jedes Mal, wenn er ihr zu nahe war, machten sein Herz und sein Magen dumme Sachen. Trotzdem stand er auf, stellte sein immer noch halb volles Glas fort und begleitete sie in die Saalmitte. Bert spielte gerade ein ruhigeres Lied an, die umstehenden Paare sanken ineinander, tanzten eng an eng. Nando bereute es bereits, hier mit ihr zu stehen. Er schluckte, bevor er seine Arme ausstreckte, um sie langsam an sich zu ziehen. Ihr leicht torkliger Gang zeigte, dass der Alkohol, gepaart mit dem wilden Tanzen, ihr bereits zu Kopf gestiegen war. Sie stolperte etwas und landete mit einem dumpfen Geräusch an seiner Brust. Der Stoff seiner alten Jacke schluckte ihr Kichern. Sie passte perfekt in seine Umarmung. Überwältigt schloss er die Augen. Es fühlte sich an, als wäre er endlich vollständig, nun, da sie sich an ihn schmiegte. Der Augenblick verlor jedoch deutlich an Gewicht, als sie ihm herzhaft auf die Zehen trat.

»Ups«, meinte sie und kicherte erneut. »Ich glaube, ich bin etwas angetrunken. Findest du nicht, dass *angetrunken* ein blödes Wort ist? Ich finde *tipsy* viel schöner. Es beschreibt genau das Gefühl, das ich gerade habe. Dass alles leicht und fließend ist. Überhaupt gibt es im Englischen viel schönere Worte«, philosophierte sie weiter. Er musste sich ein Lächeln verkneifen.

»Denkst du, ich bin *tipsy*?«, sagte sie mit schwerer Zunge, bemüht, die Worte nicht zu einem langen Band zu flechten.

»Ich denke, du bist ...« Er brach ab. Er dachte so vieles. Dass sie bezaubernd war, einzigartig, wunderschön, die Liebe seines Lebens. Er entschied sich jedoch für etwas weniger Dramatisches.

»... eine grauenhafte Tänzerin.« Passend zu seinen Worten war sie ihm erneut auf die Füße gestiegen. Ihr Kichern ging in ein gackerndes Lachen über.

»Ich denke vor allem, dass du genug für heute hast.«

Er zog sie mit sich, um ihre Mäntel zu holen, während sie schmollend stehen blieb.

»Spielderverber«, verdrehte sie ihre kleine Beleidigung, während sie zur Untermalung die Arme vor der Brust verschränkte.

»Ich bring sie heim«, informierte er Franz, der ihnen mit einem breiten Grinsen nachwinkte und dann seinen Daumen hob, als ob diese Worte mehr Bedeutung hätten als das. Nando stöhnte leise. So schön es auch war, dass sie alle hier wie eine große Familie lebten, so anstrengend konnte es bisweilen sein, dass sich jeder in alles einmischte.

Draußen empfing sie ein eisiger Wind. Sie hüllten sich in ihre Mäntel und gingen dicht beieinander, um der Kälte die Stirn zu bieten. Das winzige Hütchen saß schief auf ihrer mittlerweile aufgelösten Frisur. Ihr Lippenstift war fast verschwunden, und ihre Pupillen waren riesig im schummrigen Licht der Straßenlaternen, trotzdem hatte er sie selten schöner gefunden. Sie schien von innen heraus zu leuchten.

»Ich glaub, ich hab was ins Auge bekommen«, sagte sie plötzlich und blieb stehen. Er kam zu ihr und beugte sich herab, um ihr zu helfen. Seine Hand lag schon auf ihrer Wange, als ihm bewusst wurde, wie intim diese Geste war. Sein Atem beschleunigte sich so heftig, dass ihm schwindelig wurde – auch ohne getrunken zu haben. Sie schien den Umschwung in der Stimmung ebenso wahrgenommen zu haben, denn sie stand plötzlich ganz still, den Blick fragend zu ihm aufgerichtet. Sein Herz zersprang fast, als er sich langsam zu ihr beugte. Sie kam ihm entgegen, ein ebenso atemloses Lächeln auf den Lippen. Er hatte diesen Moment so oft herbeigesehnt, dass er nicht sicher war, ob er vielleicht fantasierte. Er schluckte den Gedanken mit seiner Aufregung zusammen hinunter, wobei sein Adamsapfel auf und ab hüpfte. Mutiger geworden trat er noch einen Schritt auf sie zu, sodass sie sich nun so nahe waren wie eben beim Tanzen.

»Maggie«, flüsterte er überwältigt, während sein Daumen über die unglaublich weiche Haut unter ihrem Jochbein fuhr. Er sah, wie sie sich nervös die Lippen benetzte. Der Anblick ihrer Zungenspitze brachte ihn an den Rand seiner Beherrschung. Seine Hand fuhr entschlossen zu ihrem Hinterkopf und vergrub sich in ihr Haar. Doch der Kuss blieb ein schöner Traum, denn im nächsten Augenblick hörte er ihre Stimme, die nun wieder deutlich nüchterner klang.

»Du wirst nie glauben, wen ich heute getroffen hab«, sagte sie und beantwortete sich die Frage in einem Atemzug selbst. »Simon, Simon Broder. Er ist wieder zurück, und er bleibt in New York.«

Man hätte ihm genauso gut einen Schlag in die Magengrube versetzen können. Er trat von ihr fort und räusperte sich verlegen.

»Na, wenn das mal keine Neuigkeiten sind«, befand er trocken.

Den Rest des Weges liefen sie schweigend nebeneinanderher, jeder in seine Gedanken versunken, doch Nando kam nicht umhin, sich zu fragen, ob Broders Rückkehr etwas damit zu tun hatte, dass Maggie sich so entschlossen gegen ihre eigenen Gefühle stellte.

3

Maggie starrte an die dunkle Decke und lauschte auf seinen Atem, der immer noch unregelmäßig war. Auch Nando schien in dieser Nacht keinen Schlaf zu finden. Sie drehte sich zur Seite und beobachtete den alten Vorhang, der sich im Luftzug der undichten Fenster blähte und sie von ihm trennte. Hinter dem schweren Stoff raschelte die Füllung der alten Strohmatratze, als er sich ebenfalls herumwälzte. Sie hatte das Gefühl, etwas zu vorhin sagen zu müssen, doch ihr fehlten die Worte.

Es war ein verrückter Augenblick gewesen, gefährlich, weil sie kurz davorgestanden hatten, die ohnehin schmale Linie zwischen Freundschaft und mehr zu überschreiten. Es wäre ein Weg, von dem es keine Rückkehr gäbe, obwohl sie sich eingestehen musste, dass sie es in diesem Moment gewollt hatte. Doch zum Glück hatte ihr vom Alkohol umnebelter Verstand gerade noch rechtzeitig wieder eingesetzt. Es würde alles kaputtmachen, wenn sie diesen Schritt gingen. Es wäre unmöglich, danach weiterzumachen wie bisher. Sie würden nicht mehr unter einem Dach auf so engem Raum miteinander leben können, die Farce mit dem kleinen Bruder wäre als genau das enttarnt.

Nicht nur, dass es unschicklich wäre, es würde zu vielen, weiteren Fragen führen, auf die sie derzeit selbst keine Antwort hatte. Etwa darauf, welcher Art ihre Liebe für ihn war, denn dass sie ihn liebte, war unbestritten. Er war ihr Freund und Vertrauter, ihr kleiner Bruder, ihr Halt und ihre Stütze, da konnte er aber nicht auch noch ihr Geliebter sein, oder?

Hinzu kam, dass das Treffen mit Simon heute eine längst verschlossene Tür wieder aufgestoßen hatte, hinter der immer noch verwirrende Gefühle lagen. Sie war aufgewühlt und wütend auf sich selbst, dass sie es heute Abend überhaupt so weit hatte kommen lassen. Dottie und ihr offen vernarrter Kuhblick waren nicht ganz unschuldig daran. Sie war törichterweise eifersüchtig gewesen. Schließlich hatte sie Augen im Kopf und sah, was andere Frauen sahen, nämlich dass Nando zu einem wirklich attraktiven Mann gereift war. Groß und dunkel, mit vollen Lippen und Augen, die Tiefe und Seele besaßen. Die Narbe auf seiner rechten Wange verlieh ihm zudem einen Hauch von Gefahr, auch wenn sie wusste, wie sanftmütig er eigentlich war. Mit seinen fast zwanzig Jahren war er alt genug, um ein Mädchen zu freien, doch er ignorierte die vielen Avancen, die ihm gemacht wurden, und Maggie wäre eine Lügnerin, würde sie so tun, als wüsste sie nicht, warum. Jeder wusste, dass er sie liebte – und zwar auf eine ganz und gar nicht brüderliche Weise. Sie hatte eben gespürt, wie erregt er gewesen war. Allein der Gedanke ließ ihren Magen hüpfen wie beim Paternosterfahren im Kaufhaus, wenn es schnell bergab ging.

Himmel, warum war Rosie ausgerechnet jetzt fort? Sie wirkte zuweilen wie ein Puffer, wenn sich zwischen ihr und Nando die Emotionen hochschaukelten. Bislang hatte Maggie durch Rosies besonnene Art stets die Balance wiedergefunden, doch es wurde immer schwieriger, so oder so. Es könnte womöglich helfen, wenn sie ihm aktiv ein Mädchen suchte. Vielleicht nicht ausgerechnet Dottie, die unter ihrer ärmlichen Kleidung für Maggies Geschmack eine Spur zu hübsch war. Aber ein nettes, solides Mädchen, das ihn wertschätzte und gut behandelte. Über diesen Gedanken musste sie eingeschlafen sein, denn als Nächstes wurde sie von den üblichen Morgengeräuschen des Hauses geweckt. Sie spähte hinter den Vorhang und fand sein Bett verwaist. Es war nicht ungewöhnlich, dass Nando vor ihr ging. Oft war er schon während der Dämmerung im Fotostudio, weil er seine Bilder in Levin Handys Dunkelkammer selbst entwickelte, damit das Resultat sich langsam vor seinen Augen aus der Glasplatte schälen konnte. Sie hätte ihm stundenlang zuhören können, wenn er über seine Arbeit sprach, und wünschte sich manchmal, einen Job zu finden, den sie ebenso liebte. Das Nähen fiel aus dieser Kategorie definitiv heraus. Auch wenn sie sich mittlerweile ganz passabel schlug, so war sie doch fern davon, Talent zu haben. Anders als Susan, die heimlich zu Hause Kleider entwarf und aus alten Stoffresten wahre Kunstwerke schneiderte. Maggie konnte gerade so Säume umnähen, Ärmel kürzen oder die Taille schmaler machen. Es reichte für ihre Aufgabe, aber nicht für eine Leidenschaft. Mama hatte sich mehr als verwundert gezeigt, dass Maggie ausgerechnet als Näherin eine Anstellung gefunden hatte. »Tatsächlich? Du und Handarbeit? Wer hätte das gedacht?«, hatte sie ungläubig in der wöchentlichen Korrespondenz geschrieben. Maggie meinte fast, sie kopfschüttelnd grinsen zu sehen beim Verfassen dieser Zeilen. Nun, sie hätte auch nicht geglaubt, dass sie damit ihr Geld verdienen würde, aber die Stelle war passabel bezahlt, die Arbeitszeiten deutlich angenehmer als im Bierpavillon, und zudem gab es keine aufdringlichen Betrunkenen mehr – lediglich neureiche, arrogante Ehefrauen, die alle Angestellten wie Fußabtreter behandelten, aber das hatte sie Mama nicht geschrieben, die sich so über die Maßen darüber gefreut hatte, dass Maggie nun nicht mehr kellnern musste.

Sie zog sich an und trank im Stehen den Rest dünnen Kaffee, den Nando vermutlich schon vor Stunden zubereitet hatte und der mittlerweile kalt und bitter schmeckte. Während sie in der kleinen Küche stand, kam ihr plötzlich die Zeitung wieder in den Sinn, die Simon am Vortag erwähnt hatte, die *Neue Welt*. Das Verlagsgebäude war am Ende der Park Row. Maggie hatte den schlichten Backsteinbau ein paarmal passiert, wenn sie Rosie und die Kinder auf Spaziergängen durch die besseren Gegenden von New York begleitete. Sie blickte auf ihre Armbanduhr. Bis zum Dienstantritt hatte sie noch eine gute Stunde. Wenn sie jetzt losging, konnte sie auf dem Weg noch einen Abstecher in Richtung *Neue Welt* einlegen. Unterwegs kaufte sie sich in einer Bäckerei ein Stück Kuchen und schlenderte dann zur Park Row. Es war nur ein morgendlicher Spaziergang und hatte gar nichts damit zu tun, dass sie hier Simon vielleicht noch einmal über den Weg würde laufen würde. Sie war nur neugierig, wie das Gebäude aussah, in das er investierte, versicherte sie sich selbst wenig glaubhaft.

Der Regen vom Vortag hatte sich verzogen, der Himmel über New York war blassblau, die Wolken sahen bereits aus, als würden sie Schnee in sich tragen. Maggie zog ihren Strickschal enger um den Hals – ein Geschenk von Gundel, wie sie Mrs. Gruber mittlerweile freundschaftlich nannten. Seit ihrem Auszug aus dem Boarding House waren Rosie und sie regelmäßige Besucher in der Chrystie Street und versorgten Gundel nicht nur mit dem neuesten Klatsch und Trasch, sondern brachten ihr hie und da Wolle oder frisches Gebäck mit. Zum Dank bedachte Gundel sie mit immer aufwendigeren Kreationen. Die passende Mütze zum Schal hatte sie leicht schief aufsitzen, so wie es die Französinnen in den Modemagazinen trugen.

Am Ende der Park Row blieb sie unentschlossen vor der Zeitungsredaktion stehen. Sie spähte durch eines der großen Fenster und sah die vielen Schreibtische, an denen die Reporter saßen und eifrig ihre Geschichten in die Tasten der Schreibmaschinen tippten. Es herrschte rege Betriebsamkeit. Menschen kamen und gingen, eine hübsche Frau, etwa in ihrem Alter, lief herum und schenkte den Männern Kaffee ein. Maggie zog missbilligend die Stirn in Falten. Es war typisch für diese Welt, dass man Frauen das Können absprach, einen solchen Beruf auszuüben. Sie durften putzen und nähen, verkaufen und kellnern, Kinder bekommen und hüten, aber einen kritischen Blick auf die Gesellschaft, deren Stützpfeiler sie waren, zu werfen, diese Gabe sprach man ihnen ab. Maggie sympathisierte darum auch mit den Suffragetten, die sich im Tearoom für das Frauenwahlrecht starkmachten. »Diese furchtbaren Weiber«, hatte ihre Chefin Mrs. Peacock geschimpft und das Flugblatt in einen Abfalleimer geworfen. Maggie hatte es später wieder herausgefischt und mit Interesse gelesen. So etwas gehörte in die Zeitung, damit die Männer sahen, dass Frauen auch ein Gehirn hatten und sogar in der Lage waren, es adäquat zu nutzen. Vielleicht sollte sie Simon das mal sagen.

Als hätten ihre Gedanken ihn heraufbeschworen, schob sich seine breite Silhouette hinter einem schmächtigen Bartträger in den Raum. Sie waren ins Gespräch vertieft, wobei Simon konzentriert lauschte, während der andere wild herumgestikulierte und dabei mit dem Kopf nickte, als hinge dieser schlecht in der Verankerung. Maggie packte ihren Kuchen aus und nahm einen Bissen, während ihr Atem an der Scheibe beschlug. Irgendwann fuhr sein Kopf hoch, und er erblickte sie. Ein freudiges Lächeln huschte über seine Züge. Er sagte etwas zu dem Mann und verschwand.

Sekunden später tauchte er neben ihr auf.

»Maggie, was tust du denn hier?«

»Ich hatte noch Zeit, bis mein Dienst im Kaufhaus beginnt. Da dachte ich, ich schau mir mal die Zeitung an, die du kaufen willst.«

»Es freut mich, dass du dich dafür interessierst. Willst du mit reinkommen?«

Verlegen sah sie an sich herunter. Sie trug ihren alten Mantel und darunter einen ausgeblichenen, schlichten Rock. Ihre Stiefel waren schmutzig und die Wolle an ihrer Mütze riffelte sich an mehreren Stellen auf, weil Maggie sie so oft getragen hatte in diesem Herbst. So wollte sie ihn nicht begleiten. Am Ende schämte er sich noch für sie. Doch als sie ihm ihre Bedenken mitteilte, lachte er nur und zog sie mit sich.

»Das ist Alexander Heisler, Verleger und Chief Editor«, stellte er den hageren Mann vor, dem er eben durch die Redaktion gefolgt war.

Heisler begrüßte Maggie und sah sich dann betrübt um.

»Verzeihen Sie, aber ich muss noch einmal an unsere Diskussion von eben anknüpfen. Sie wollen wirklich alles hier ändern?«

Simon nickte, bevor er sich Maggie zuwandte.

»Ich will, dass wir ab dem nächsten Monat auf Englisch erscheinen. Die Zeitung wird einen neuen Titel bekommen.«

»*New World?*«, fragte Maggie.

»Nein, wir können den Titel nicht einfach übersetzen, sonst klingt es zu ähnlich wie Pulitzers Blatt. Ich habe an *Morning Herald* gedacht. So hieß eine kleine Zeitung oben im Norden.«

»Das gefällt mir«, sagte Maggie, sah aber aus dem Augenwinkel, dass Heisler sich krümmte, als würden die Neuerungen ihm körperliche Schmerzen zufügen.

»Lassen Sie sich das alles noch mal in Ruhe durch den Kopf gehen, Mr. Broder. Vor allem die Sache mit dem Preis. Wenn Sie mehr Illustratoren und sogar einen Fotografen einstellen wollen, dann kostet das. Wie wollen Sie das alles finanzieren, wenn Sie pro Ausgabe nur einen Cent nehmen?«

»Das lassen Sie mal meine Sorge sein. Ich habe alles gut durchkalkuliert, Mr. Hensler. Wenn wir Pulitzer im Preis unterbieten und dazu noch die bessere Zeitung haben, ist es nur eine Frage der Zeit, bis wir seine Leser abgreifen. Dann kann man ja die Preise auch wieder erhöhen, wenn es sein muss.«

»Ich bin gegen solche Spielchen. Das erscheint mir wenig se-

riös. Dieser Hearst drängt gerade genauso auf den Markt. Haben Sie mal diese Postille gelesen? Da steht nur Schund drin. Man bekommt den Eindruck, New York bestehe nur noch aus Verbrechern, Huren und Bandenkriegen.«
Er schnaubte abfällig. »Dabei hat er sein Handwerk bei Pulitzer ordentlich gelernt. Und jetzt fährt er ihm in die Parade. Das ist schmutzig und unter der journalistischen Würde.«
»Niemand zwingt Sie, für mich zu arbeiten«, sagte Simon freundlich.
»Ich ziehe es tatsächlich vor, über eine andere Position nachzudenken, Mr. Broder, nichts für ungut.«
Er verbeugte sich knapp und verschwand hinter einer Glastür.
Simon sah sie schulterzuckend an.
»Ich habe Hensler angeboten, hierzubleiben, aber du hörst ihn ja. Er hält nicht viel von mir und meinen Ideen.«
»Na ja, es ist ja auch etwas dran an seinen Vorwürfen. Ich habe mir das *New York Journal* von Hearst ein paarmal gekauft. Es ist ein rechtes Schundblatt, wenig Hintergrund, dafür viel Getöse.«
»Aber die Menschen kaufen es, nicht wahr?«
Sie hatten das Zeitungsgebäude mittlerweile verlassen und bummelten die betriebsame Park Row entlang.
Er blieb stehen und sah sie ernst an.
»Ich will versuchen, einen Weg dazwischen zu gehen. Ich will gute Geschichten. Ich will Missstände aufdecken, gegen Korruption vorgehen. Dazu soll die Zeitung aber unterhaltsam sein und für jedermann erschwinglich. Darum der niedrige Preis.«
»Darum, und um auf den Markt zu drängen«, merkte sie mit einem wissenden Lächeln an.
»Auch«, gab er zu und rückte seinen Hut zurecht. »Sag, was hältst du von der Idee, das Projekt *Morning Herald* mit mir zusammen anzugehen? Du bist sehr belesen, kennst dich auf dem

Zeitungsmarkt, wie es scheint, gut aus, und zudem schreibst du wunderbare Geschichten. Ich hab kaum geschlafen, weil ich so gefesselt von deinen Einträgen in dem Buch war. Fang als Reporterin bei mir an. Hilf mir, unser Team zusammenzustellen, was meinst du?«

Mit großen Augen blieb sie stehen. »Meinst du das ernst?«

Er drehte sich zu ihr und legte seine Hand auf ihre Schulter. Eine freundschaftliche Geste, die jedoch unter dem dünnen Mantelstoff wie Feuer auf ihrer Haut brannte.

»Natürlich, nie habe ich etwas ernster gemeint. Ich will die besten Schreiberlinge, Illustratoren und Fotografen der Stadt, Maggie. Ich will, dass der *Morning Herald* bald auf jedem Frühstückstisch liegt. Bist du mit an Bord?«

Was für eine passende Metapher. Sie waren schon einmal gemeinsam an Bord gegangen. Das Schiff hatte sie in ihr neues Leben gebracht, aber ihre Wege hatten sich danach getrennt. Nun könnte diese neue Reise sie nicht nur zum Erfolg führen, sondern zu einem gemeinsamen Ziel, beruflich und privat. Ihr Herz schlug so schnell, dass sie Angst hatte, es könnte sich übernehmen.

»Ich bin an Bord«, sagte sie aufgeregt und mit glänzenden Augen.

4

»Rosie, komm doch. Schau, wie ich schon im Kreis fahren kann.« Amandas Stimme riss sie aus ihren Gedanken. Sie richtete den Blick wieder auf das Mädchen, das mit geröteten Wangen erste Schritte auf ihren neuen Schlittschuhen wagte. Lachend nickte sie. »Siehst du, man muss sich nur trauen.« Amanda quietschte vor Freude, während sie sich erneut drehte. Die Grachten in Amsterdam waren Stein und Bein gefroren, selbst die breite Prinsengracht, an der sie standen. Eine feste Eisschicht bedeckte die Wasserstraßen und Brückengeländer. Die Menschen waren vermummt, damit kein Stückchen Haut die kalte Luft berühren musste. Dicke Flocken rieselten aus einem mit roten Fäden durchzogenen Nachmittagshimmel und legten sich wie eine Zuckerschicht über Straßen und Plätze.

Die Dinwiddys waren bei einer Cousine von Mrs. Dinwiddy eingeladen, weshalb Rosie die Zeit genutzt hatte, um die wunderschöne Stadt mit den Kindern gemeinsam zu erkunden. Sie mochte die kleinen Läden, Kneipen und Restaurants. Und sie hatte noch nirgendwo so viele Fahrräder gesehen. Sogar die Frauen benutzten sie, und es galt nicht mal als unschicklich. Amsterdam hatte sogar eigens Wege für die Radfahrer, damit diese nicht den Kutschen in die Quere kamen.

Rosie blickte sich nach dem Kleinen um. Jacob war noch zu unbedarft fürs Schlittschuhlaufen. Er begnügte sich damit, das Eis in den Pfützen mit einem Stock zu zerschlagen. Sie musste wieder an den Brief denken, der sie am Morgen im Haus von Mrs. Dinwiddys Eltern erreicht hatte. Maggie hatte in den vergangenen Wochen im Gegensatz zu ihr nur selten geschrieben.

Einmal, um ihr mitzuteilen, dass Gundel Grubers Neffe Alfred an der Schwindsucht gestorben war, und einmal, um von ihrer neuen Stelle im Kaufhaus zu berichten. Sie hatte ähnliche Nachrichten erwartet, als sie das dünne Papier auseinanderfaltete. Stattdessen war ihr sofort sein Name ins Auge gesprungen – Simon. Er war zurückgekehrt nach New York. Sie schüttelte immer noch ungläubig den Kopf. Nie hätte sie geglaubt, ihn jemals wiederzusehen, doch nun hatten sich seine und Maggies Wege gekreuzt – und damit würde auch Rosie zwangsläufig irgendwann auf ihn treffen. Ein leichtes Zittern durchlief sie, was nicht von der Kälte herrührte. Sie versicherte sich, dass die Kinder noch friedlich ins Spiel vertieft waren, bevor sie den Brief aus ihrer Manteltasche zog, um die Zeilen zum bestimmt zehnten Mal zu überfliegen.

Es ist alles so unglaublich aufregend. Du musst wissen, dass es nicht viele weibliche Reporter gibt. Simon sagt, ich solle sein Muckraker *sein, das ist so etwas wie ein Trüffelschwein, das im Dreck nach den besten Geschichten wühlt.* Nando *brauchte etwas länger, um sich überzeugen zu lassen, als Pressefotograf für den* Morning Herald *zu arbeiten. Er sieht sich eher als Künstler. Aber Levin Handy hat ihn zum Schluss ohnehin nur noch ausgenutzt. Und Simon hat ihm eine brandneue Balgenkamera spendiert. Letztlich hat ihn aber überzeugt, dass Simon uns als Team einsetzen will. Ich werde die Texte schreiben, er die Bilder liefern. Simon hat es zudem geschafft, Adam Fraser von der* World *abzuwerben. Richard Outcault, du weißt schon, der mit dem* Yellow Kid Comic, *wurde zuvor schon von Hearst geangelt, dafür konnte Simon aber James Miller verpflichten, den alle nur »Pen« nennen, den* Stift, *was passend ist, weil seine Illustrationen ebenfalls großartig sind. In unserer allerersten Ausgabe hat er den Bürgermeister als Oktopus gemalt, dessen Greifarme in alle möglichen Kassen langen. Es war ein voller Erfolg, die Leute haben den Austrägern die Zeitung aus den Händen gerissen. Was wohl auch daran lag, dass die erste Ausgabe umsonst war. Seither haben wir die Auflage bereits steigern können. Wir kommen natürlich noch lange nicht an Pulitzers World oder Hearsts Journal ran mit ihrer Auflage von über 150 000, aber waren es zu Beginn gerade mal 30 000, so liegt die Auflage des Morning Herald nach nur einem Monat schon bei 55 000. Wir sind gerade noch dabei, das Team fertig zusammenzustellen. Aber es läuft gut an. Ich freue mich so, dass du bald heimkommst. Thanksgiving will Simon uns zu sich einladen. Er hat vergangene Woche den Kaufvertrag für ein Stadthaus in Yorkville unterschrieben, einem Viertel, das zwar zur Upper East Side gehört, in dem aber viele Deutsche leben. Ich habe das Haus bislang nur von außen gesehen, aber es sieht stattlich und hochherrschaftlich aus, fast ein bisschen angsteinflößend, wenn man von der Lower East Side kommt. Ich soll dich von ihm grüßen, Rosie. Er ist gespannt darauf, dich wiederzusehen. Schreib mir noch einmal, wann genau ihr ankommt. Nando und ich holen dich am Hafen ab. Pass gut auf dich und die beiden Racker auf, und lass dich nicht so viel von Mrs. Dinwiddy herumscheuchen. Komm heil zurück.*

In Liebe, Maggie

Rosie faltete den Brief andächtig zusammen und ließ ihn wieder in ihre Manteltasche gleiten. Vier Jahre waren ins Land gegangen. Vier Jahre, in denen sie vergebens versucht hatte, ihn zu vergessen. So oft hatte sie an den verhängnisvollen Weihnachtsabend denken müssen. Wie anders hätte ihr Leben ausgesehen, wenn sie seinen Antrag angenommen hätte? Und wie anders seins? Am Ende war es gut so, wie es gekommen war. Er schien etwas aus sich gemacht zu haben, war vermögend genug, eine Zeitung zu kaufen und ein Haus in einem guten Stadtteil. Zusammen wären sie vielleicht nie an diesen Punkt gekommen. Er schien glücklich, und sie war ebenfalls durchaus zufrieden mit ihrem Leben. Sie liebte Amanda und den kleinen Jacob, sie mochte ihre Arbeit, die es ihr ermöglichte, zu reisen und sich zu bilden. Sie lebte gern mit Maggie und Nando. Und am Ende des Tages lief es darauf hinaus, dass sie ihre Dämonen immer noch mit sich herumtrug. Das hatte ihr die Reise nach Europa wieder allzu deutlich vor Augen geführt. Schon als sie das Schiff betreten hatte, musste sie gegen den Drang ankämpfen, sich nicht in einem fort umzuwenden. Sie fühlte sich beobachtet und glaubte ein paarmal sogar, seine Stimme aus dem pechschwarzen Meer gehört zu haben. Die Schuld war dabei ebenso ihr Begleiter wie die Angst.

Den Dinwiddys hatte sie gesagt, sie sei seekrank. In Wirklichkeit kam die stete Übelkeit daher, dass all das Verdrängte mit Macht an die Oberfläche wollte. Als sie in England von Bord gingen, wurde es langsam besser. Die Reise, die vielen Eindrücke und nicht zuletzt die Kinder lenkten sie ab, und allmählich waren die Schatten wieder in ihre finstere Ecke gekrochen. Doch nun, wo die Tage kürzer wurden und die Abreise bevorstand, meldete sich die Vergangenheit in Form von Albträumen und einer zunehmenden Bedrücktheit zurück. Rosie seufzte. Sie tat das, was ihr in den letzten Jahren am besten geholfen hatte – sie richtete ihre Konzentration auf andere Dinge.

»Amanda, genug für heute, du hast schon ganz blaue Lippen.« Murrend kam die Kleine angestolpert, wobei sie auf den wenigen Metern noch mindestens dreimal auf dem Eis landete, bevor Rosie ihr die Kufen abschnallen konnte. Jacob war müde und übellaunig. Sie nahm ihn auf den Arm und lenkte beide mit einer Geschichte ab, während in der Dämmerung die Straßenlaternen flackernde Reflexe auf die gefrorenen Grachten warfen. Das Haus der Familie de Jong lag nicht weit von der Prinsengracht entfernt.

Der Fußweg dauerte keine zehn Minuten. Trotzdem war sie außer Atem, als sie endlich ankamen. Rosie badete die Kinder und brachte sie zu Bett, dann aß sie mit den Dienstboten, die sie zwar freundlich behandelten, mit denen sie sich jedoch nicht unterhalten konnte, weil sie nur wenige Wörter auf Niederländisch verstand. Während sie lustlos in ihrer Suppe rührte, wanderten ihre Gedanken zu der bevorstehenden Abreise.

In zwei Tagen würden sie von Rotterdam aus aufbrechen. Zehn lange Tage auf See, in denen sie mit der Dunkelheit in sich ringen musste. Allerdings auch zehn Tage, die sie Zeit hatte, sich auf ein Wiedersehen mit Simon vorzubereiten. Sie musste aufpassen, dass ihre Gefühle nicht ihrer Entschlossenheit, ihn auf Abstand zu halten, in die Quere kamen, das wäre weder für sie noch für ihn gut.

5

Nando tigerte auf den wenigen Quadratmetern, die ihr Apartment hatte, unruhig hin und her.

»Ich halte das für eine Irrsinnsidee, Maggie.« Er war vor ihr stehen geblieben und rieb sich den Nacken, so wie er es immer tat, wenn er nicht weiterwusste.

»Ich pass schon auf mich auf. Und du bist doch bei mir.«

»Das macht die Sache auch nicht besser. Ich kann dich vielleicht vor aufdringlichen Kerlen schützen, aber nicht vor Bakterien.«

Maggie seufzte genervt. Sie führten diese Diskussion nicht zum ersten Mal.

»Mein Informant sagte mir, dass die Zustände dort menschenunwürdig sind. Die Patienten liegen auf den nackten Fluren, weil es nicht genug Betten gibt. Die weniger Ansteckenden, wie etwa Masernkranke, müssen in Zelten vor dem Krankenhaus campieren, weil es so überfüllt ist und es nicht ausreichend Personal gibt. Trotzdem fahren die Gesundheitsinspektoren damit fort, die Tenements zu durchkämmen und vermeintlich Kranke einzuweisen. Erst neulich wurden einer Familie zwei Kinder entrissen. Niemand darf sie besuchen, meist sehen die Eltern sie nie wieder, sind sie einmal im Riverside Hospital gelandet. Ganz zu schweigen von den unzähligen Immigranten, die niemals hier ankommen, weil North Brother Island ihre Endstation ist. Die Leute sterben wie die Fliegen – und niemanden schert es. Man muss doch auf diese Missstände aufmerksam machen.«

Er war vor ihr stehen geblieben und sah sie durchdringend an. »Aber nicht auf Kosten deiner Gesundheit.«

Sie rollte die Augen. Diesen Dialog hatte sie bereits mit Simon geführt, doch Maggie war sicher, dass die Geschichte für Aufsehen sorgen würde. Sie wollte belegen, dass der Governor zu wenig Geld ausgab für das staatlich geführte Krankenhaus, das auf einer kleinen Insel völlig isoliert im East River lag. Niemand hatte sich bislang getraut, von dort zu berichten, weil das Riverside Hospital als Quarantänekrankenhaus genutzt wurde. Typhus, Diphtherie, Masern und Pockenkranke kamen dorthin, um eine Ausbreitung in der Stadt zu vermeiden. Was mit den Menschen dann geschah, das interessierte keinen mehr.

»Ich habe mich mit einem Arzt unterhalten. Er sagte, wir sollen im Anschluss unsere Kleidung verbrennen und uns mit Alkohol abreiben. Außerdem mahnte er, nichts und niemanden zu berühren, und wenn es sich nicht vermeiden ließe, dann solle man sich danach auf keinen Fall ins Gesicht fassen. Das bekommen wir hin, Nando.«

Er war zum Fenster gegangen und starrte in den winterlichen Himmel, der sich grau und trostlos über die frühmorgendliche Stadt spannte.

»Du wirst es ohnehin tun, nicht wahr? Mit mir oder ohne mich.«

Er kannte sie gut, zu gut vielleicht. Maggie schwieg, er hatte sich die Antwort ja bereits selbst gegeben.

»Nun gut, ich begleite dich. Aber komm später nicht und jammere, wenn sie uns im Anschluss ebenfalls dort einweisen.«

Erleichtert atmete sie aus. Auch wenn sie darauf brannte, diese Geschichte zu erzählen, war sie nicht furchtlos. Doch war Nando bei ihr, konnte sie gut mit ihren Ängsten umgehen. Sie war hinter ihn getreten, schlang ihre Arme um seine Taille und legte ihr Gesicht auf seinen Rücken. Er verspannte sich unter ihrer unbedachten Berührung, und durch seinen dünnen Strickpullover konnte sie seinen beschleunigten Herzschlag spüren. Wieder einmal hatte sie vergessen, wie gefährlich es auch für sie werden konnte, wenn sie so nah an der Grenze zwischen Liebe und Freundschaft herumspazierte.

»Danke«, flüsterte sie, bevor sie ihn losließ und zum Schrank ging, um sich an seinen alten Hosen und Hemden zu bedienen. Sie würde sich als Mann verkleiden müssen, um auf die Insel zu gelangen. Maggie hatte über ihren Informanten Kontakt zu einem Fährmann bekommen, der mit seinem Schiff von der Bronx aus das Hospital mehrmals die Woche anfuhr, um Mediziner, Patienten, Nahrung oder Material anzuliefern. Die Schwestern durften, so hatte man ihr berichtet, die Insel gar nicht verlassen. Im Gegensatz zu den Ärzten wohnten und lebten sie dort mit den Kranken, was wohl auch ein Grund dafür war, dass man nur schwer Personal fand. Maggie und Nando hatten etwa eine Stunde, um sich während der Entladezeit dort umzusehen.

Pünktlich um neun Uhr startete die Fähre vom Anleger an der 138. Straße.

»Ich weiß von nix, wenn das auffliegt«, raunzte der bärbeißige Kapitän, der auf einem abgebrannten Zigarrenstummel kaute, während er die Leinen löste und die Fähre in Richtung North Brother Island lenkte. Maggie betrachtete das kleine Eiland, auf das sie nun zusteuerten. Sie hatte gelesen, dass die Ureinwohner glaubten, die Insel sei verflucht und vom Teufel selbst geschaffen. Die Legende besagte, dass tapfere Männer diesen vom Land vertrieben hatten, er in seiner Wut aber Felsbrocken nach ihnen schleuderte, die nun als kleine Inseln vor New York im East River lagen. Die Flussenge gleich neben North Brother Island wurde passenderweise Höllentor genannt, weil dort des Öfteren Schiffe verunglückten.

Wie immer, wenn sie für ihren Job recherchierte, verspürte Maggie ein unbändiges Kribbeln im ganzen Körper. Eine

Mischung aus Nervosität und freudiger Erregung. Es erfüllte sie, etwas Sinnvolles mit ihrer Arbeit zu tun. Das Einzige, was sie bedauerte, war der Umstand, dass Papa das nicht mehr miterleben konnte. Er wäre so stolz auf sie gewesen. Nie hatte sie sich im Leben ausgefüllter und zufriedener gefühlt. Sie hatte endlich den Platz gefunden, nach dem sie gesucht hatte, zumindest beruflich.

Privat lag die Sache anders, weil das tägliche Arbeiten mit Simon ihre Gefühle für ihn neu entfacht hatte. Schon damals hatte sie sich nicht nur in sein attraktives Äußeres verliebt, sondern in ihn als Menschen, der hilfsbereit, klug, besonnen und humorvoll war. Diese Attribute kamen nun in seiner neuen Position als Herausgeber besonders zum Tragen. Obwohl er die Zeitung gerade mal fünf Wochen führte, hatte er sein Versprechen wahr gemacht und lieferte fundierte und gut recherchierte Berichte, garniert mit bunten Teilen, wie Rätseln, einem Comic und kleinen Gewinnspielen. In der Woche umfasste die Ausgabe meist acht bis zehn Seiten, die Sonntagsausgabe, in der der Comic erschien, hatte sogar zwölf. Weil es endlich möglich war, auch gelb mit in die Farbpalette aufzunehmen, sodass man nun den Vierfarbendruck hatte, war Pen auf die Idee gekommen, einen kleinen gelben Hund zu malen, der zwischen Brooklyn und New York seine Abenteuer erlebte. *Dingy Dog* war ein voller Erfolg und konnte es an Beliebtheit durchaus mit den *Yellow-Kid*-Comics der Konkurrenz aufnehmen. Simon hatte sogar kleine Schokoladenhunde in gelber Verpackung herstellen lassen. Zwei saßen auf ihrem Küchenregal.

Was ihre Recherche im Riverside Hospital anbelangte, sorgte sich Simon ebenso um Maggie wie Nando, und er hatte ihr von der Geschichte abgeraten.»Declan Tully ist an Commissioner Roosevelt dran, der in den eigenen Reihen mit der Korruption aufräumen will. Erst gestern hat es einen intern ermittelnden Polizisten erwischt, dem Kollegen eine Falle stellten. Der Mann ist mit schweren Verbrennungen ins Krankenhaus gekommen. Roosevelt will ganz schön aufräumen in der Mulberry Street. Wir haben Themen genug, du musst also nicht deine Gesundheit aufs Spiel setzen für eine gute Schlagzeile.«

Sie hatte versucht, ihn damit zu überzeugen, dass es um Menschenleben ging, doch Simon war in diesem Punkt unnachgiebig. Er hatte stattdessen angedeutet, die Sache an Hermann Forster zu übergeben, den einzigen Deutschen, der nach der Übernahme der Zeitung als Reporter geblieben war und der den Ruf hatte, sich nicht vor schmutzigen Jobs zu scheuen. Aber es war ihr Informant und ihre Geschichte. Also musste sie auf eigene Faust recherchieren.

Die Insel lag im trüben Licht der Wintersonne. Sie steuerten auf den Leuchtturm zu, wo die Fähre ankerte. Gleich daneben waren kleinere Gebäude, wie das Haus des diensthabenden Arztes, das Kohlenhaus, die Zisterne, die Gebäudeverwaltung sowie die Personalunterkünfte. Das Krankenhaus selbst streckte sich lang gezogen zu ihrer Linken aus. Die rote Backsteinfassade war nur von wenigen kahlen Bäumen umgeben. Es war eine eigene, abgeschiedene Welt, die hier versteckt gleich vor den Toren dieser großen, quirligen Stadt lag. Als sie an Land gingen, breitete sich unwillkürlich eine Gänsehaut auf Maggies Armen aus. Sie zog sich Nandos alte Schirmmütze tiefer ins Gesicht und hoffte, dass der strenge Dutt hielt, in den sie ihre langen blonden Haare gewunden hatte. Nando lief schmallippig neben ihr her, sein markantes Kinn in einer Mischung aus Frust und Tadel vorgereckt.

»Ich werde dich sofort über meine Schulter werfen und da raustragen, wenn ich sehe, dass du nicht auf dich achtgibst«, raunte er ihr zu, bevor er dem Kapitän und zwei Helfern folgte, die Kanister mit Reinigungsalkohol und Kisten mit haltbarer Nahrung zum Krankenhaus trugen. Maggie griff sich eine Holzkiste mit Brot und folgte ihnen. Durch einen Hintereingang gelangten sie ins Innere des Krankenhauses. Es roch nach abgestandener Luft, Desinfektionsmitteln und Krankheit. Ihr wurde mulmig zumute. Sie verdrängte den Gedanken, dass sie sich womöglich hier irgendetwas einfangen würden. Nando folgte ihr, als sie sich über eine Treppe in die nächste Etage schlich. Sie verständigten sich mit einem stillen Blick und zogen sich beide ein Halstuch über Mund und Nase. Durch eine Tür betraten sie einen langen, schmalen Flur. Der Geruch nach menschlichen Ausscheidungen traf Maggie trotz ihres Mundschutzes unvorbereitet und verursachte ihr akute Übelkeit. Sie schüttelte den Ärmel aus und hielt sich den zusätzlichen Stoff vor die Nase. Auf dem Gang lagen tatsächlich Patienten. Sie krümmten sich vor Schmerzen, stöhnten oder erbrachen sich. Vom Personal war niemand in Sicht. Maggie bedeutete Nando, Fotos zu machen, der dafür die Kodak mitgebracht hatte. Er schoss mehrere Bilder, dann folgte er ihr, weil sie nach dem Leichenraum suchte. Der Mann, der hier als Hausmeister gearbeitet hatte, war sehr präzise gewesen in seiner Beschreibung des Krankenhauses, und so fanden sie die Tür mit der Aufschrift *Morgue* schnell. Sie war unverschlossen. Maggie spähte in das Zimmer und musste einen Schrei unterdrücken. Es stimmte also, dass viele Patienten das Riverside nicht mehr lebend verließen. Tatsächlich stapelten sich hier die Leichen – Männer, Frauen und Kinder. Nicht einmal notdürftig mit Laken bedeckt hatte man die nackten Körper. Nando machte ein paar schnelle Aufnahmen, bevor sie die schrille Stimme einer älteren Frau vernahmen.

»He da, was tun Sie hier?«, keifte sie und lief laut keuchend den Gang hinab in Richtung des Leichenraums. Maggie und Nando nahmen die Beine in die Hand und rannten, als wäre der Leibhaftige persönlich hinter ihnen her. Sie hatten die korpulente Stationsschwester im Handumdrehen abgehängt, doch als Maggie noch einmal auf die Station wollte, um einen der Patienten zu interviewen, blieb Nando unnachgiebig.

»Es reicht, du hast deine Geschichte. Und jetzt komm«, schalt er sie, während er ihren Arm wie ein Schraubstock mit seiner großen Hand umspannte und sie hinter sich herzog. Maggie musste zugeben, dass sie erleichtert war, als sie wieder draußen standen. Eilig zog sie sich das Tuch vom Gesicht und schnappte gierig nach frischer Luft. Ihr Herz raste und ihr Magen rebellierte, während ihr Kopf das Gesehene wie ein Cinematograph vor ihrem inneren Auge abspielen ließ. Es war schlimmer, als sie es sich vorgestellt hatte. Die meisten Bilder konnten sie den Lesern kaum zumuten, jedoch konnten sie sie nutzen, um den Gesundheitsinspektor davon zu überzeugen, dass die Zustände im Riverside Hospital nicht haltbar waren. Und genau darum ging es ihr. Sie wollte etwas verändern für diejenigen, die in dieser Stadt zu leiden hatten.

»Hier.« Nando hielt ihr ein frisches Tuch hin. Erst jetzt bemerkte sie, dass ihr die Tränen liefen. Sie wollte sie mit dem Handrücken fortwischen, als er ihre Finger einfing und den Kopf schüttelte.

»Erinnere dich, was dieser Arzt gesagt hat. Auf keinen Fall ins Gesicht fassen.« Sie ließ die Hand erschrocken sinken. Der Wunsch, die Sachen abzustreifen und sich mit kochend heißem Wasser zu waschen, war übermächtig. Sie schwiegen auf der gesamten Rückfahrt und auch, als sie wieder in der Orchard Street ankamen. Nando setzte Wasser auf und befüllte den kleinen kupferfarbenen Badezuber, während Maggie zitternd auf dem Berg Kleidung stand und ihren nackten Körper wie empfohlen mit Alkohol abrieb.

»Du kannst«, rief er und wandte sich ab, sodass sie hinter dem kleinen Paravent hervorkam, die alten Sachen in den Ofen steckte und mit zwei langen Schritten im Zuber war, während er sich nun hinter der Trennwand auszukleiden begann.

Mit einem wohligen Stöhnen ließ sie sich in das dampfende Wasser gleiten. Sie schloss kurz die Augen, als ein Scheppern sie aus ihrer Lethargie riss. Der Paravent war mit einem lauten Krachen umgefallen, und Nando stand vor ihr, wie Gott ihn geschaffen hatte. In all den Jahren, die sie nun zusammenlebten, waren sie stets darauf bedacht gewesen, Anstand und Sitte zu wahren. Ergo hatte sie ihn nie zuvor unbekleidet gesehen. Sie blinzelte nervös. Das war bei Weitem nicht mehr der kleine Junge, der da vor ihr stand und als den sie ihn manchmal noch gerne sehen wollte.

Maggie spürte, wie ihre Wangen zu glühen begannen, doch konnte sie den Blick nicht von ihm abwenden. Ihr fiel nur das Wort wunderschön ein. Seine Haut hatte einen warmen Oliventon, der wohl seinem spanischen Blut geschuldet war. Er hatte ein breites Kreuz, schmale Hüften und muskulöse Beine. Seine dunklen Augen starrten sie unergründlich an. Sie versuchte verzweifelt, nicht dorthin zu sehen, wo der definitiv größte Unterschied zwischen Mann und Frau lag, jedoch brannte ihre Neugier fast so stark wie die Hitze in ihren Wangen.

Ihr Atem hatte sich beschleunigt, und die Wände in dem ohnehin engen Raum schienen sich noch weiter um sie herum zu schließen. Sie hatte das Gefühl, die Welt bestünde nur noch aus ihnen beiden. Das Kribbeln in ihrem Bauch dehnte sich aus, erfüllte sie, wohingegen ihr Kopf merkwürdig leer und leicht wurde. Ihr lag die Aufforderung auf den Lippen, zu ihr in den Zuber zu steigen. Der Wunsch, ihre Hände über seinen Körper gleiten zu lassen, war fast übermächtig.

Das Öffnen der Tür bewahrte sie davor, diesem leichtsinnigen Drang nachzugeben. Nando erwachte ebenso wie sie aus seiner Schockstarre, griff beherzt nach dem Paravent und stellte ihn vor sich, im selben Moment, in dem Rosie ins Zimmer trat. Nur sein dunkler Schopf lugte noch hinter dem Stoff hervor. Rosie war blass und sah mitgenommen aus, doch als sie die Situation kurz in Augenschein nahm, während sie von Maggie zum Paravent blickte, breitete sich ein wissendes Lächeln auf ihren schönen Zügen aus.

»Das Schiff hat einen Tag früher angelegt. Bin ich gerade noch rechtzeitig gekommen oder vielleicht doch eher zu früh?«, fragte sie nicht ohne Ironie.

6

Simon strich sich zum wiederholten Male die Haare zurück, während er sein Äußeres im Spiegel in Augenschein nahm. Er war frisch rasiert für den Abend, der Bart hatte weichen müssen, weil er sich plötzlich nicht sicher war, ob dieser ihn zu alt aussehen ließ, wobei er ja gerade mal fünfundzwanzig Lenze zählte. Sonst machte er sich nie viel Gedanken um sein Aussehen. Doch heute versuchte er, sich durch ihre Augen zu betrachten. Er war älter geworden, härter, vielleicht auch weiser, denn er hatte viel gesehen und erlebt. Auf seiner abenteuerlichen Reise hatte er sogar einige Male dem Tod ins Auge geblickt. Nur ein paar seiner indianischen Freunde war es zu verdanken, dass er noch auf dieser Welt wandelte, denn ihre Pfeile vertrieben die angriffslustige Bärenmutter, die ihn als Gefahr für ihr Junges ausgemacht hatte. Er war in einen reißenden Fluss gestürzt, als sein Kanu gekentert war, hatte böse Halluzinationen gehabt, nachdem er mit einem Häuptling ein merkwürdiges Gras geraucht hatte, und war angeschossen worden von ein paar Banditen, die ihn danach all seiner Vorräte beraubten. Eine junge Indianerin hatte ihn gesund gepflegt und sich Hoffnungen gemacht, dass er bei ihr und ihrem Stamm bliebe, doch er hatte sein Ziel stets fest vor Augen gehabt – als gemachter Mann nach New York zurückzukehren, um Rosie zu beweisen, welch kapitaler Fehler ihre Abfuhr damals war. Es war kindisch, aber eine durchaus treibende Kraft. Letztendlich entsprang der Gedanke eigentlich nur dem Wunsch, sie am Ende doch für sich zu gewinnen.

Nie hatte er sich wegen seiner Gefühle für sie näher auf eine andere Frau eingelassen. Seine Bedürfnisse hatte er nur von Zeit zu Zeit mit den Huren gestillt, die mit den Goldgräbercamps herumreisten und in kalten Nächten ihre warmen Dienste anboten. Wenn er sich danach an einen der weichen Körper schmiegte und sich wünschte, es wäre ihrer, war er sich stets wie der einsamste Mensch auf der Welt vorgekommen. Und Rosie? Ob sie sich verändert hatte? Vier Jahre waren eine lange Zeit. Ob sie je einen Gedanken an ihn verschwendet hatte? Er wusste nicht, wann er je so nervös gewesen wäre.

Brooks, sein Butler, stand mit regungsloser Miene und seinem dunkelblauen Cutaway hinter ihm. Simon ließ sich hineinhelfen und richtete die Ärmel seines teuren Hemdes, bevor er die goldenen Manschettenknöpfe in die Öffnungen steckte. Wie stolz Papa wäre, könnte er ihn so sehen. Leider war er vor zwei Wintern an einem Herzleiden gestorben, und Mama war ihm nur ein Jahr später ins Grab gefolgt. Sein Plan, die beiden herzuholen und ihnen einen schönen Lebensabend zu gestalten, war damit geplatzt. Er hatte sich unglaublich verloren gefühlt, vor allem, weil er es nicht einmal zu beider Beerdigung geschafft hatte. Er hatte nach Papas Tod gespart, um Mama besuchen zu können, doch sein Geld hatte kaum gereicht, um sich über Wasser zu halten. Und Gevatter Tod war seinem Glück beim Goldschürfen zuvorgekommen, sodass er, statt Mama in die neue Welt zu holen, nichts weiter für sie hatte tun können, als eine würdevolle Bestattung zu veranlassen.

Umso glücklicher war er darüber, dass er Maggie wiedergetroffen hatte. Sie und die anderen waren das, was einer Familie am nächsten kam. Er war dem Schicksal dankbar für diese Zufallsbegegnung, denn nicht nur, dass er mit ihr und Nando an die Vergangenheit anknüpfen konnte, die beiden waren auch Gold wert für den *Morning Herald*. Nandos Fotos waren lebendig und detailversehen und Maggies Texte kritisch, informativ und hochgelobt. Viele Leser waren vom *New York Journal* und der *New York World* zum *Morning Herald* gewechselt, weil sie die Arbeit der beiden ebenso zu schätzen wussten wie Simon.

Als es läutete, fuhr er erschrocken zusammen. Gleich würde sie vor ihm stehen. In seinem neuen Haus an der großen Tafel Platz nehmen und das vorzügliche Thanksgiving-Dinner genießen, das Mrs. Taylor gerade in seiner modernen Küche zauberte, in der es sogar einen gasbetriebenen Herd gab. Seine Kehle war trocken und sein Herz raste, obwohl er noch nicht einmal in ihr Gesicht geblickt hatte.

Brooks ging, um zu öffnen und den Gästen ihre Mäntel abzunehmen. Langsam folgte Simon ihm die Stufen in die ausladende Eingangshalle hinunter. Zunächst sah er Maggie, wie immer mit geröteten Wangen und lebendig funkelnden Augen. Nando folgte ihr, wie üblich einen besitzergreifenden Ausdruck auf seinen jungen Zügen, sobald er Simon und Maggie in einem Raum sah. Dann endlich trat sie ein. Ihm stockte der Atem. War es möglich, dass sie noch schöner geworden war? Ihr hochgestecktes rabenschwarzes Haar glitzerte, weil sich kleine Schneeflocken hineingesetzt hatten. Ihre Augen schimmerten saphirblau, und ihre vollen Lippen verzogen sich zu einem zaghaften Lächeln, als ihr Blick schlussendlich auf ihn fiel.

»Simon«, sagte sie leise. Er begrüßte Maggie und Nando, ohne dass er hätte sagen können, wie. War er freundlich oder kurz angebunden gewesen? Hatte er sie umarmt? Er wusste es nicht mehr. Alles, was zählte, war, endlich zu ihr zu gelangen. Die Gegenwart zerfiel, und Simons Gedanken blätterten zurück zu dem Augenblick, als er sie das erste Mal in diesem Zug nach Hamburg gesehen hatte. Schon damals war ihm aufgefallen, wie besonders sie war. Er brachte keinen Ton heraus, als er sanft nach ihrer Hand griff und formvollendet einen Handkuss andeutete. Sie knickste leicht, bevor sie ihm in die Augen schaute und die Zeit erneut stehen blieb. Erst Maggies resolutes Räuspern riss ihn aus dem Zauber, den dieses Wiedersehen nach so langen Jahren mit sich brachte. Auch Rosie schien berührt von dem Moment zu sein, denn sie zuckte ebenso bei dem Geräusch zusammen, als wäre sie wie er in Gedanken weit weg gewesen. Sie lächelten beide.

Zum Glück hatten Maggie und Nando genug Anekdoten im Gepäck, sodass seine Schweigsamkeit später beim Essen kaum ins Gewicht fiel. Es gab Truthahn, Süßkartoffeln mit Soße und einen Apfelkuchen im Anschluss. Dazu tranken sie Champagner und importierten Rotwein.

»Wir sind gerannt wie die Verrückten«, beendete Maggie gerade ihre Erzählung von ihrem nicht genehmigten Ausflug ins Riverside Hospital. Zum ersten Mal fokussierte er sich an diesem Abend wieder auf die Unterhaltung.

»Es war leichtsinnig, illegal und ein wahres Selbstmordkommando ...« Sein Ton war streng, ebenso wie sein Blick, doch dann stahl sich ein stolzes Lächeln auf seine Züge. »... aber es war auch eine grandiose Geschichte. Die Sache hat riesige Wellen geschlagen. Die Auflage ist noch mal ordentlich in die Höhe gegangen dadurch, dass ihr die Missstände dort aufgedeckt habt.«

Sein Lob ließ Maggie erneut erröten, während sie mit Nando einen wissenden Blick tauschte. Die beiden wären ein so schönes Paar. Schade, dass Maggie sich so dagegen sträubte, in ihm mehr zu sehen als einen Freund. Nando hatte sein tiefstes Mitgefühl – Simon wusste nur zu gut, wie weh es tat, wenn Liebe nicht erwidert wurde. Sein Blick glitt unwillkürlich zu Rosie, die Maggie neckend in die Seite stupste. »Euch beide kann man auch einfach nicht allein lassen. Ihr seid schlimmer als Amanda und Jacob«, sagte sie und nahm einen kleinen Schluck Champagner. Susanna, die Dienstmagd, räumte ab, während er seine Gäste nun in das

Kaminzimmer führte. Der Raum war riesig, besaß bodentiefe Fenster, die während des Tages den Blick auf das parkähnliche Grundstück freigaben und hinter deren Glas nun Fackeln brannten und für eine wohlige Stimmung sorgten. Plüschige Teppiche schluckten ihre Schritte auf dem Weg zu den beiden dunkelbraunen Ledersofas, die vor dem Kaminfeuer standen. Kurz musste er selbst blinzeln, weil ihm sein Reichtum und die damit verbundenen Annehmlichkeiten immer noch wie ein schöner Traum vorkamen. Das alte Zelt, der stetige Hunger und seine ungewaschene Jeans schienen immer noch viel realer als all das hier.

Er beeilte sich, damit er sich neben Rosie setzen konnte. Maggie warf ihm einen kritischen Blick zu. Sie hatte ihn durchschaut. Simon war emotional wieder genau dort, wo er vor vier Jahren gewesen war. Nur wenige Stunden in Rosies Gegenwart hatten ausgereicht. Er hatte ihr beim Essen hingerissen gelauscht, als sie von ihrer Reise berichtete, und konnte den ganzen Abend über kaum die Augen von ihr nehmen.

»Gott, hast du mir gefehlt.«

Hatte er das gerade laut gesagt? Erschrocken starrte er sie an, doch sie blickte versonnen in ihr Glas, wo sie den samtroten Carménère kreisen ließ. Scheinbar hatte nur sein Herz so laut gesprochen. Zum Glück lenkte Maggie das Gespräch einmal mehr zum *Herald*, sodass das Schweigen sich nicht weiter in die Länge zog.

»Pen hat erzählt, dass Hearst versucht hat, ihn abzuwerben.«

Damit hatte sie seine ungeteilte Aufmerksamkeit.

»Was?«

Sie nickte bestätigend. »Und er ist nicht der Einzige. Auch Fraser hat schon von Hearst ein Angebot bekommen.«

Seine Augenbrauen zogen sich wütend zusammen.

»So hat er schon versucht, Pulitzer in die Knie zu zwingen. Ich hörte bereits, dass Hearst mit harten Bandagen kämpft. Denkst du, es besteht die Gefahr, dass Leute vom *Herald* abwandern?«

Sie schüttelte entschieden den Kopf. »Du bist ein guter Chef und Kollege. Du zahlst ordentliche Gehälter und hältst dich an deine Prämisse, dass der *Herald* alles bietet außer hohen Preisen. Derzeit sehe ich keine Gefahr.«

Nando räusperte sich. »Na ja, Hearst ist hartnäckig. Einer seiner Leute hat mich neulich abgefangen und mir ebenfalls einen Job angeboten. Ich sollte meinen Preis nennen, egal, wie hoch dieser wäre, Hearst würde zahlen, hat der Kerl gesagt.« Nun klappte Simon die Kinnlade hinunter.

»Davon wusste ich nichts.« Er klang vorwurfsvoller als beabsichtigt. An der Art, wie Maggie Nando anstarrte, war abzulesen, dass auch sie von dieser Unterredung das erste Mal hörte.

Nando wandte seinen Blick von ihr ab und sah Simon offen ins Gesicht.

»Warum auch, ich hatte ja nicht vor anzunehmen.«

Simon wusste, dass er Nando und Maggie zu hundert Prozent vertrauen konnte, bei den anderen bestand aber durchaus die Möglichkeit, dass irgendwann ein Preis aufgerufen wurde, der sie schwach werden ließ. Hearst kam aus einer wohlhabenden Westküstenfamilie. Geld spielte für ihn keine Rolle. Er hatte Armut nie kennengelernt im Gegensatz zu Simon, der trotz seines neu gewonnenen Reichtums stets aufs Sparen bedacht war. Umso dringender musste er seiner Mannschaft klarmachen, dass sie auf ihn bauen konnten. Er brauchte jeden Mann und jede Frau. Gleich in der kommenden Woche würde er für alle Festangestellten eine Gehaltserhöhung verkünden. Immerhin war er nun gewarnt. Aber er würde noch mehr als sonst aufpassen müssen – man konnte nie wissen, was Hearst alles im Schilde führte. Natürlich war ihm klar gewesen, dass er sowohl ihm als auch

Pulitzer den Fehdehandschuh hingeworfen hatte mit der Übernahme der Zeitung und ihrer Neuausrichtung. Er spähte nach beider Thron und hatte gar nicht mal so schlechte Chancen, ihn zu besteigen. Aber nicht um jeden Preis und mit jedem Mittel, darin unterschied er sich vielleicht vor allem von Hearst.

Sie hatten noch etwas geplaudert, doch Simon war nicht mehr recht bei der Sache. Zu vieles ging ihm im Kopf herum. Als die kleine Uhr auf dem Kaminsims zehn schlug, standen seine Gäste auf, um den Abend zu beenden. Brooks brachte die Mäntel, während Simon alle in den weitläufigen Flur geleitete. Sie verabschiedeten sich herzlich, Maggie und Nando traten als Erstes in die schneekalte Nachtluft hinaus. Rosie blieb einen Augenblick stehen, dann bedeutete sie ihm, sich ein Stück zu ihr zu beugen. Das Blau ihrer Augen war wie die Farbe des Meeres an einem klaren Sommertag, ihr Duft stieg ihm in die Nase und machte ihn ganz benommen.

»Du hast mir auch gefehlt«, flüsterte sie, bevor sie eilig in der Dunkelheit verschwand.

7

Als Rosie zu den anderen in die Kutsche stieg, pochte ihr Herz immer noch unnatürlich laut. Das Wiedersehen mit ihm hatte sie kalt erwischt. Sie hatte sich so fest vorgenommen, ihn auf Abstand zu halten, doch als er eben vor ihr stand, war es, als hätte die Zeit sich zurückgedreht. Der einzige Unterschied war, dass er jetzt älter wirkte, reifer und männlicher, als sie ihn in Erinnerung hatte, was ihn jedoch noch attraktiver machte. Plötzlich meldeten sich ihre Gefühle mit der gleichen Macht zurück wie vor vier Jahren, als er um ihre Hand angehalten hatte. Seine Anteilnahme und sein reges Interesse an ihren Geschichten beim Abendessen, sein warmes Lachen, das Grübchen in seinem Kinn, seine Nähe, sein leises *Gott, hast du mir gefehlt*. Nicht zuletzt war es der Ring, der ihren eisernen Vorsatz endgültig zum Schmelzen brachte. Der Ring, mit dem er um sie geworben hatte. Der Ring, der nun an seinem kleinen Finger steckte. Sie hatte gar nicht anders gekonnt, als ihm zum Abschied ein Zeichen zu geben, dass sie ihn gehört hatte und ebenso empfand. Sie liebte Simon – hatte ihn schon damals geliebt. Doch sie hatte nicht genug Zutrauen zu sich selbst gehabt. Vielleicht wäre sie nun, mit mehr Abstand zur Vergangenheit und mehr Lebensjahren, in der Lage, ihm eine echte Frau zu sein. Als sie an diesem Abend neben der schlafenden Maggie und dem vor sich hinbrütenden Nando zurück zur Lower East Side fuhr, nahm sie sich vor, alle Bedenken über Bord zu schmeißen und sich diese Chance auf etwas Glück nicht zu verwehren.

Am nächsten Tag hatte sie frei. Die Dinwiddys waren nach Boston gefahren zu einem Geschäftspartner von Mr. Dinwiddy, und die Kinder waren bei ihren Großeltern väterlicherseits untergebracht. So wurden Rosies Dienste bis zum Wochenende nicht gebraucht. Sie schlief aus, gönnte sich ein langes Frühstück und kleidete sich dann sorgfältig an, weil sie den Redaktionsräumen des *Herald* einen Besuch abstatten wollte. Sie genoss den Spaziergang an der eisigen Luft und das Gefühl von Heimat, das sie mittlerweile hatte, wenn sie durch New Yorks Straßen bummelte. Weil es ein trüber Tag war, brannte hinter vielen Fenstern Licht, Tannengrün und Stechpalmen schmückten hier und da Geländer und Haustüren. Die Festtage standen vor der Tür. Wie damals, schoss es ihr durch den Kopf.

Maggie hatte ihr erklärt, wo sie den *Herald* finden würde, sodass sie zielstrebig die Park Row ansteuerte, vorbei an dem prunkvollen Verlagshaus der *World*, bis sie vor einem schlichten, mehrstöckigen Gebäude stand, dessen große Fenster einen Blick auf die umtriebigen Mitarbeiter freigaben, die alle irgendeiner weltverändernden Tätigkeit nachzugehen schienen. Sie entdeckte Maggie, die mit verschränkten Armen an einem Schreibtisch lehnte, während sie mit einem älteren Mann sprach. Sie musste irgendetwas Geistreiches gesagt haben, weil der Mann anerkennend nickte, bevor er lachend und kopfschüttelnd an seinen Platz zurückkehrte. Rosie sah, wie Simon das Großraumbüro betrat. Er trug ein paar gelbstichige Blätter in der Hand und breitete sie vor Maggie auf dem Schreibtisch aus. Gemeinsam steckten sie nun ihre Köpfe zusammen, wobei sie ganz nah beieinanderstanden. Ein ungutes Gefühl machte sich in ihr breit. Sie presste ihre Nase etwas enger an die Scheibe, auch auf die Gefahr hin, dass man sie dabei beobachtete. Simon richtete sich gerade wieder auf, klopfte noch einmal auf die Zettel und strich Maggie dann liebevoll über den Rücken, die ihn zustimmend anstrahlte. Dann verschwand er wieder hinter einer Glastür. Rosie hatte genug gesehen. Sie konnte das Gefühl nun auch benennen – es war Eifersucht, und sie schmeckte bitter.

Statt in die Redaktion zu gehen, nahm sie den Weg runter zum nahe gelegenen Battery Park. Trotz der Kälte ließ sie sich dort auf eine Bank fallen und starrte gedankenverloren auf den Hafen, wo gerade eine Fähre Richtung Ellis Island ablegte. Miss Liberty hielt ermutigend ihre Fackel in die Höhe für die Neuankömmlinge, die bald voller Hoffnung und Träume hier an Land gehen würden.

Was war ihre Hoffnung, wovon träumte sie? Vor dem gestrigen Abend hatte sie sich nie getraut, sich diese Frage zu stellen, doch seit dem Dinner in Simons Haus war da diese Sehnsucht erwacht, dieser Wille, dem Leben mehr abzutrotzen als bloße Zufriedenheit.

»Darf ich mich setzen?«

Sie fuhr erschrocken auf. Simon stand vor ihr. Sein teuer aussehender Mantel flatterte im eisigen Wind, der vom Hafenbecken herüberwehte. Er wartete ihre Antwort nicht ab, sondern nahm neben ihr Platz, den Blick wie sie aufs Wasser gerichtet.

»Warum bist du eben nicht reingekommen?«

Sie fühlte sich ertappt und vergrub sich etwas tiefer im Kragen ihres Mantels. Was sollte sie ihm darauf sagen? Dass sie für einen albernen Moment das Gefühl gehabt hatte, Maggie das Feld überlassen zu müssen, weil sie viel besser zu ihm passte? Dass Eifersucht einen kopflos machte und ebenso unüberlegt handeln ließ wie Angst? Sie beschloss, es mit dem Ansatz der Wahrheit zu versuchen.

»Ich wollte nicht stören.«

Er nickte langsam. »Ich kann mir vorstellen, dass eine Zeitungsredaktion auf einen Außenstehenden erst einmal wie ein Hühnerstall wirken muss. Alle flattern aufgeregt herum, es gibt viel Gegacker, bevor jeder sein Ei für den Tag gelegt hat.«

Sie musste bei diesem Vergleich lachen.

»Trotzdem ist es mein Leben, und du bist jederzeit herzlich eingeladen, daran teilzuhaben.«

Er hatte sich vorgebeugt und schaute sie nun eindringlich an. Sie biss sich auf die Lippe, um ja nichts Falsches zu sagen. Stattdessen lenkte sie ab.

»Erzähl mir von diesem Hearst. Wer ist dieser Mann, der dir das Leben schwer machen will?«

Simon seufzte, bevor er sich wieder zurücklehnte.

»William Randolph Hearst ist ein reicher Mann, der davon träumt, noch reicher und damit mächtiger zu werden. Sein Vater George hat sein Vermögen mit Bergbau und Landwirtschaft gemacht. Er ist vor ein paar Jahren gestorben und hat seinem Sohn 7,5 Millionen Dollar hinterlassen.«

Sie sog überrascht die Luft ein. Das war tatsächlich ein unfassbares Vermögen.

»Hearst hat Journalismus in Harvard studiert und damals dort unter Pulitzer bei einer Zeitung gearbeitet. In San Francisco hat er eine marode Zeitung, den *Examiner*, wieder ganz nach oben gebracht, letztes Jahr ist er nach New York gekommen und hat hier das *New York Journal* gekauft, das ebenfalls kurz vor der Pleite stand. Er hat mit viel Geld und schönen Schmeicheleien einige von Pulitzers besten Leuten abgeworben, Pulitzer im Preis unterboten und die Auflage verdreifacht. Eigentlich bewundere ich ihn, auch wenn er nicht immer fair spielt und mein direkter Konkurrent ist.« Er atmete hörbar aus, bevor er seine Hände in den Taschen seines Mantels vergrub.

»Hast du ihn schon persönlich kennengelernt?« Interessiert sah sie ihn an, doch er schüttelte den Kopf.

»Nein, bislang noch nicht. Aber irgendwann werden sich unsere Wege kreuzen, und ich befürchte, dass er mich bis dahin als

Feind ausgemacht hat.« Eine bedeutungsvolle Pause folgte, bevor er weitersprach. »Mir wurde zugetragen, dass er mit seinen Feinden ähnlich gnadenlos umgeht, wie er mit Freunden großzügig verfährt.« Beklommen starrte sie auf ihre Stiefel, die seinen polierten Lederschuhen ganz nahe waren.

»Pass auf dich auf, versprich mir das«, flüsterte sie. Seine Hand bewegte sich vorsichtig aus der Manteltasche und legte sich warm und tröstend auf die ihre.

»Keine Sorge, mir wird schon nichts zustoßen. Im Gegenteil, ich habe ganz andere Pläne.« Als er sanft über ihre Hand strich, keimte die Hoffnung in ihr auf, dass sie Teil dieser Pläne war.

8

Ma Sally schnalzte missbilligend mit der Zunge. »Dieser Roosevelt geht mir gehörig auf den Zeiger.« Sie saß an ihrem Schreibtisch im Hinterzimmer des Schnapsladens. Wie immer, wenn sie mit Nando sprach, hatte sie sich weit vornübergebeugt, sodass ihre Brüste auf dem Holz lagen wie zwei halb ausgepackte Weihnachtsgeschenke. Er rieb sich beklommen den Nacken. Was für Außenstehende wie ein kleiner Plausch unter alten Bekannten wirken mochte, war in Wahrheit nichts weniger als eine Straftat. Es war nicht das erste Mal, dass er Ma warnte – und es würde sicher auch nicht das letzte Mal sein. Irgendwie hatte er sich mit den Jahren in ihrem Netz aus freundlicher Bestimmtheit verfangen. Es war eine merkwürdige Mischung aus Zuneigung, Dankbarkeit und Verpflichtung, die ihn an sie kettete. Auch wenn er klargemacht hatte, dass er niemals mehr für sie arbeiten würde, so war sein Leben mit ihrem mittlerweile so verwoben, dass er sie unmöglich ins offene Messer laufen lassen konnte, wenn er Wind von einer Razzia gegen ihre *Firma* bekam.

Sie lehnte sich zurück und entzündete eine teure Havanna. Dann schob sie ihm das Holzkästchen mit den Zigarren hin, doch er lehnte dankend ab.

»Ich muss gleich wieder los, Declan hat was davon gehört, dass man Tony Minelli verhaftet hat.« Ihre dünn gezupften Brauen hüpften überrascht nach oben.

»Minelli ist beim früheren Polizeichef ein- und ausgegangen. Das wird ihm gar nicht schmecken, dass dieser Hitzkopf nun versucht, sich mit ihm seine Sporen zu verdienen.« Sie lehnte sich zurück, wobei ihr Busen hinterherrutschte und sofort der Schwerkraft nachgab. Es störte Ma nicht. Sie trug im Privaten nie ein Mieder, geschweige denn ein Korsett.

»Es wird gemunkelt, dass der Italiener in seinen Klubs blutjunge Mädchen und Knaben anbietet und die Kunden für genug Geld so ziemlich alles mit ihnen machen dürfen. Bevorzugt nimmt er Immigrantenkinder, die der Sprache noch nicht mächtig sind und oft nicht einmal registriert wurden. Niemand vermisst diese armen Geschöpfe, wenn ihnen etwas zustößt. Und der alte Polizeichef war ein gern gesehener Kunde in Minellis Etablissements. Wenn du mich fragst, trifft es den Richtigen, mein Mitleid für so einen Schuft ist begrenzt.«

Ma machte eine wegwerfende Handbewegung. »Geschenkt, Minelli ist ein dreckiger Bastard, und ich weine ihm keine Träne nach. Es geht ums Prinzip. Wo kommen wir denn hin, wenn die Polizei plötzlich anfängt, ihren Job zu machen?«

Nando musste sich ein Grinsen ob ihrer Empörung verkneifen. Er stand auf und griff nach seiner Ausrüstung. Simon hatte ihm eine Kamera mit Schlitzverschluss spendiert, optimal für extrem kurze Belichtungszeiten. Dazu einen brandneuen Blitz. Das teure Blitzlichtpulver aus Magnesium, Kaliumchlorat und Schwefelantimon brannte nur Sekundenbruchteile, war aber Gold wert für Aufnahmen in dunklen Innenräumen wie dem Polizeirevier. Er blickte auf Mas teure Standuhr, die in der Ecke des Zimmers die Sekunden runterzählte.

»Ich bin schon spät dran, Maggie wartet sicher bereits in der Mulberry Street.«

Ma war aufgestanden und presste ihre eindrucksvolle Statur hinter dem Schreibtisch hervor, um ihn in eine kurze, üppige Umarmung zu ziehen.

»Was würde ich nur ohne dich machen?«, gurrte sie nah an seinem Ohr. Er strich ihr über den Rücken, bevor er sich von ihr löste.

»Ins Gefängnis gehen, befürchte ich«, war seine trockene Antwort. Er wollte in seiner Jackentasche nach etwas Kleingeld für die Droschke suchen, die ihn später wieder zur Lower East Side bringen würde, als seine Finger ein Bündel Scheine ertasteten. Sie musste ihm die Dollar bei der Umarmung untergeschoben haben. Er zog sie hervor und hielt sie Ma auffordernd hin.

»Du weißt, dass ich das nicht für Geld tue.«

Sie nickte, umschloss seine Hand, an der ihr Lieblingsschmuck, ein obszön großer blauer Diamant, den ihr angeblich mal ein Prinz geschenkt hatte, funkelte, und schob ihm die Scheine wieder hin.

»Natürlich weiß ich das. Du bist so wenig käuflich wie ich. Aber einem Sohn würde ich auch Geld geben, wenn er in so einem Loch wie du hausen würde. Such dir doch endlich etwas Nettes mit deinem Mädchen zusammen. Ihr könnt doch nicht ewig in der Lower East Side bleiben.«

Er schenkte ihr ein warmes, melancholisches Lächeln.

»Ich bin aber nicht dein Sohn, Sally. Und Maggie ist nicht mein Mädchen.«

»Beides fühlt sich aber so an«, sagte sie, nahm ihm das gerollte Bündel Dollarscheine ab und platzierte es wieder in seiner Jackentasche. Sally war stur, doch Nando konnte sturer sein. Er nickte, ging zur Tür und legte das Geld im Hinausgehen auf einen kleinen Schrank.

»Gib es den Jungs, sie können es brauchen.«

»Man soll die Bengel nicht verwöhnen«, rief sie ihm nach, doch seine langen Schritte bewahrten ihn davor, weiter mit ihr um die Scheine zu feilschen.

Draußen war es schon dunkel, die Laternen brannten, und die

Luft roch nach feuchter Kälte und Pferdemist. Er ging die Bayard Street hinunter, wo vor vierzig Jahren ein Bandenkrieg zwischen den Dead Rabbits und den Bowery Boys viele Leben gekostet hatte. Schon damals hatte es Bestrebungen gegeben, den Slum, zu dem Five Points geworden war, auszuheben. In der Armut und Hoffnungslosigkeit, die hier herrschten, florierten Verbrechen und jegliche Form von Kriminalität. Immerhin hatten die Stadtväter angefangen, die heruntergekommensten Gebäude abzureißen. Die Bewohner wurden umgesiedelt, neue, adrette Häuser entstanden. Five Points war im Umbruch. Dazu passte es, dass Commissioner Roosevelt versuchte, der Bandenkriminalität hier einen Riegel vorzuschieben. Nando und Maggie bekamen vieles mit, der Polizeireporter des *Herald*, Declan Tully, ging in der Mulberry Street 300 ein und aus und hatte einen guten Draht zu Teddy, wie er Roosevelt nannte.

Nando passierte das Missionshaus der methodistischen Kirche. Hier, in der Old Brewery, war früher eines der elendesten Tenements untergebracht, im Schnitt lebten damals sechs Menschen in einem winzigen Einzimmerapartment. Kein Wunder, dass solch ein Viertel nichts Gutes hervorbringen konnte – mit Ausnahme von Ma Sally vielleicht. Sie mochte eine Verbrecherin sein, doch sie hatte ihre Prinzipien, ihre Ehre und tat nebenbei viel Gutes für ihre Jungs, die anderenfalls auf den Straßen dieser Stadt ein schlimmes Schicksal erwartet hätte. Nando wusste, dass er zum Teil mit diesem Gedanken auch sein schlechtes Gewissen zu beruhigen versuchte. Sein Handeln war in gewisser Weise ein Verrat an allem, was für Maggie wichtig war – Aufrichtigkeit, Integrität, Gerechtigkeit. Nur dass für Nando Loyalität ebenfalls großgeschrieben wurde. Er bog um die Ecke in die Mulberry Street, wo er sie schon von Weitem nahe dem Polizeirevier ausmachen konnte. Sie unterhielt sich mit Eliza Conner, der Polizeireporterin der *World*. Nando wusste, dass Maggie die ältere Frau bewunderte, nicht nur für ihre Arbeit, sondern auch für ihren Einsatz für die Frauenrechte. Als Maggie ihn entdeckte, hob sie die Hand und winkte ihn herbei.

»Wo warst du?« Sie klang misstrauisch, vermutlich ahnte sie, dass er von Zeit zu Zeit wieder in die dunklen Ecken von Five Points abtauchte. Er blieb ihr eine Antwort schuldig, weil in diesem Moment die Tür des Polizeireviers geöffnet wurde und Roosevelt hinaustrat. Er schien seine Ansprache heute auf den Stufen vor dem Revier halten zu wollen. Mehrere Polizisten stellten sich hinter ihm auf.

Nando seufzte. Hier draußen würde es noch schwerer werden, ein gutes Foto zu machen, die Dunkelheit, der stete Nieselregen, das Flackern der Gaslaternen. Er beeilte sich, um sein Equipment bereit zu machen. Maggie hatte Block und Bleistift im Anschlag, ebenso wie die Kollegen der anderen Blätter. Ein paar Zeichner hatten begonnen, eine schnelle Skizze des Commissioners anzufertigen, während neben ihm John Bale, der Fotograf des *Journal*, bereits seinen Blitz aufleuchten ließ. Nando beobachtete missbilligend, wie Bale einfach drauflosknipste. Er selbst sah sich um, fand einen geeigneten Winkel und baute seine Kamera auf dem Stativ dort auf. Viel zu konzentriert, um den Ausführungen zu folgen, drangen nur Wortfetzen an sein Ohr: *großer Erfolg, Schlag gegen das organisierte Verbrechen, Moloch ausheben*. Am Morgen würde er Roosevelts Worte ohnehin zusammengefasst und auf die Essenz hin gefiltert mit Maggies Bericht geliefert bekommen. Ein letztes Mal streute er Blitzlichtpulver auf, ließ die Flamme in den dunklen New Yorker Himmel züngeln und schoss genau das Bild, das er sich vorgestellt hatte. Roosevelt, dessen Gesichtsausdruck in diesem einen unbeobachteten Augenblick eher besorgt als entschlossen wirkte. Daneben das von Inspektor Morse, einem engen Freund des alten Commissioners, der selbstzufrieden seinen arroganten Schnurrbart zwirbelte. Dieses Bild sagte mehr als tausend Worte.

»Wie immer der perfekte Moment. Das Foto hat die ganze Misere hier eingefangen«, hörte er Maggie plötzlich neben sich. Die Pressekonferenz schien vorbei zu sein. Er kam unter dem roten Samttuch hervor und sah sie an.

»Ich weiß«, sagte er.

»Angeber«, neckte sie ihn, doch er zuckte die Schultern. Er wusste, was er konnte und was nicht. Fotografieren gehörte eindeutig zu den Dingen, für die er ein Händchen besaß.

Sie stand nun so nah, dass er ihren warmen Atem auf seinem Gesicht spüren konnte.

»Wusstest du, dass das Wort *fotografieren* aus dem Griechischen kommt und *malen mit Licht* bedeutet?« Sie klang nachdenklich.

Auch das wusste er, doch wenn sie ihm so nahe war, war er nicht einmal mehr in der Lage, zu nicken.

»Du bist somit ein Lichtmaler«, stellte sie leise fest und sah ihm in die Augen. Er glaubte, die gleiche Sehnsucht in ihrem Blick zu finden, die er verspürte. Das Leben um ihn herum schien wegzublättern wie die Schale einer Zwiebel, Schicht für Schicht. Zunächst verblassten die Geräusche, dann die anderen Menschen, dann selbst die Gebäude, die Straße, seine Kamera, bis es nur noch sie gab. Er konnte nicht anders, er streckte die Hand aus, legte seine Finger in ihren Nacken und zog sie zu sich. Er musste sie küssen, hier und jetzt, oder dieses Gefühl, dieses Sehnen, würde ihn verrückt machen.

»Hola, welch stürmische Geste«, vernahm er Bales ironischen Bariton. Maggie gab Nando genau in diesem Moment einen ordentlichen Schubs.

»Hey, mein Kleiner, nicht frech werden«, sagte sie unter dem

Gelächter der Umstehenden. Er spürte, wie er dunkelrot anlief. Doch sie wandte sich unbekümmert zu Eliza Conner, um das eben Gehörte noch einmal durchzusprechen. Der Moment schien lediglich in seinem wirren Geist eine Bedeutung gehabt zu haben. Was auch immer er von Fotografie verstand, von Frauen schien er jedenfalls nichts zu verstehen.

9

Maggie blickte stolz auf Nandos Foto vom gestrigen Abend. Er war wirklich ein Künstler, ein Lichtzauberer. Das Bild passte perfekt zu ihrem Artikel, in dem sie zwar den Erfolg von Minellis Verhaftung lobte, das Ganze aber als *Tropfen auf den heißen Stein* bezeichnet hatte. Sobald sich die Knasttür hinter ihm schloss, würde schon der Nächste in Minellis unrühmliche Fußstapfen treten. Sie seufzte und legte den *Herald* beiseite. Sie hatte auch die *World* und das *Journal* gekauft. Ohne eitel sein zu wollen, musste sie trotzdem feststellen, dass ihr Bericht – gepaart mit seinem Foto – die Problematik eindeutig am besten beschrieb. Simon hatte sie schon am Abend gelobt, als er beides in Druck gegeben hatte. Sie hatten zu dritt in seinem Büro eine Flasche Champagner geköpft und darauf angestoßen, dass der *Herald* seine Auflage im Dezember noch einmal gesteigert hatte. Ihr Kopf war angenehm leicht, auch wenn der Moment von gestern noch schwer auf ihr lag.

Wieder einmal waren sie ganz dicht an dieser unsichtbaren Linie entlanggetaumelt, hatten sie beide fast übertreten – und das mitten in der Öffentlichkeit. Sie hatte ihn absichtlich verletzt, indem sie ihn so harsch, und für alle hörbar, in seine Grenzen verwiesen hatte. Maggie war nicht stolz auf sich. Aber auf der anderen Seite musste sie ihm klarmachen, wie weit ihre Freundschaft gehen durfte. Ansonsten würden sie nie aus diesem Niemandsland zwischen Kumpanei und Liebe herausfinden.

Sie spülte ihre unausgegorenen Gefühle mit dünnem Kaffee hinunter und räumte dann den winzigen Frühstückstisch ab. Rosie war bereits bei den Dinwiddys und Nando eben ohne ein Wort

Richtung Fifth Avenue aufgebrochen. Er hatte einen lukrativen Auftrag von Levin Handy bekommen, für den er nur noch gelegentlich arbeitete, wenn es sich lohnte. Auf dem Stuhl neben ihr hing sein Hemd von gestern. Sie nahm es, wobei sein vertrauter Geruch aufstieg, der sich im Stoff verfangen hatte, und komische Sachen mit ihrem Magen machte. Sie presste einen Moment lang ihr Gesicht in das Karomuster, dann seufzte sie, ärgerlich über sich selbst und diese sentimentale Geste. Irgendetwas musste sich ändern. Die Enge in dem Apartment setzte ihr mehr und mehr zu. Sie konnten sich kaum aus dem Weg gehen, wobei seine Nähe sie zunehmend nervös machte – und das nicht erst, seit sie ihn nackt gesehen hatte.

Am Abend wollte sie mit Rosie und Nando sprechen. Drüben in Brooklyn, in einem Ortsteil, der sich Flatbush nannte, war ein kleines Haus zu vermieten. Viola Hanson, die in der Redaktion als Sekretärin angestellt war, hatte ihr davon erzählt. Viola lebte in der Nähe und kannte den Vermieter. Der Preis war mit zwanzig Dollar im Monat deutlich über dem, was sie hier bezahlten, aber sie alle drei verdienten mittlerweile gut und konnten sich etwas Besseres leisten. Dort hätte jeder ein eigenes Zimmer, und sie konnten sich Raum geben. Natürlich würde sie Johanna und die Behrs vermissen, aber die Lower East Side war ja nicht aus der Welt.

Im Gegenteil, sie wusste um die Pläne der Greater New York Commission, die daran arbeitete, alle Nachbargemeinden Manhattans miteinander zu einer großen Stadt zu vereinen. Eine erste Abstimmung hatte vor zwei Jahren sogar eine hauchdünne Mehrheit für den Zusammenschluss von Brooklyn und New York City gebracht. Doch das Referendum war nicht bindend gewesen, und so hatten sich etliche Brooklyner dagegengestemmt, weil sie fürchteten, dass mit dem Anschluss in ihrem beschaulichen Ort

Sodom und Gomorrha Einzug halten würden. Was nicht ganz von der Hand zu weisen war, denn Brooklyn war tatsächlich die kleine, anständige und ruhige Schwester der schillernden Metropole, die der East River voneinander trennte. Dadurch war es gelungen, dass Brooklyn in seinem Dornröschenschlaf verharrte. Und genau danach sehnte sie sich jetzt: Ruhe, Privatsphäre, eigene Möbel. Dank der Brooklyn Bridge mussten die Bewohner auch nicht mehr die Fähre nehmen, um von einer Seite der Stadt zur anderen zu gelangen. Es gab sogar eine Drahtseilbahn, die über die Brücke ging, und Pläne, die Hochbahnlinien auf Brooklyn auszudehnen. Der Weg in die Stadt wäre also gar nicht so viel länger. Viola hatte ihr gestern mitgeteilt, dass sie sich das Haus am kommenden Wochenende ansehen könnten. Maggie hoffte inständig, dass Nando und Rosie zustimmen würden. Allein konnte sie es sich definitiv nicht leisten.

In Gedanken noch immer bei dem Haus, zog sie sich an, um einkaufen zu gehen, da sie kurz vor den Festtagen schon frei hatte. Doch schon nach den ersten Schritten vor der Haustür wurde sie von einem jungen Mann aufgehalten. Er mochte vielleicht Anfang dreißig sein, sah aber viel älter aus, vielleicht, weil sein Gesicht den Eindruck erweckte, als hätte sich dort die Traurigkeit der Welt niedergelassen.

»Sie sind Maggie May?« Maggie zuckte, weil hier in der Lower East Side nur wenige ihr Pseudonym kannten, unter dem sie schrieb. Simon hatte ihr dazu geraten, weil sie sich mit ihren Enthüllungen nicht immer beliebt machte. »So bist du wenigstens etwas geschützt«, hatte er gemahnt und auf ihre Kolleginnen verwiesen, die ebenfalls alle unter einem Pseudonym schrieben. Annie Laurie etwa, die für Hearst in San Francisco schrieb, hieß in Wirklichkeit Winifred Sweet. Und Eva Gay, die Missstände von Arbeiterinnen in einer Kleiderfabrik für den *St. Paul Globe* aufgedeckt hatte, hieß eigentlich Eva Valesh. *Pen Name* nannte man das in der Branche. Maggie mochte ihren Pen Name und versteckte sich gerne dahinter. So konnte sie hier, zu Hause, Maggie Steele sein, das Mädchen, das ab und an bei Frank im Bierpavillon aushalf. Es war ihr fast unangenehm, dass der junge Mann sie in diesem Umfeld damit ansprach. Trotzdem nickte sie.

»Ich möchte Ihnen eine Geschichte erzählen«, sagte er leise, während er sich umblickte, als wäre er in Gefahr. Sofort war Maggies Spürsinn geweckt. Sie bedeutete ihm, ihr zu folgen. In einer Seitenstraße hatte ein Pub bereits geöffnet, und Maggie zog den Mann mit sich hinein. Es roch schal, nach abgestandenem Rauch und Bier, die einfachen Holzbänke waren klebrig, ebenso wie der Boden, der lange kein Wasser mehr gesehen hatte. Außer dem übellaunig dreinblickenden Barkeeper war die Kneipe menschenleer. Ideal also, um sich ungestört mit einem Informanten zu unterhalten. Sie nickte auffordernd. Der Mann rieb sich durch sein schütteres Haar, dann sah er sie aus seinen traurigen Augen verzweifelt an.

»Kennen Sie Dr. van Buren?«

Sie überlegte kurz. »Eric van Buren, der Arzt, der vor allem die Frauen aus den besseren Kreisen behandelt?«

Er bejahte. »Van Buren behandelt auch andere Frauen, aber mit weitaus weniger Feingefühl. Er mischt obskure Tränke und führt illegale Behandlungen durch, um …« Er brach kurz ab, während er nach den rechten Worten suchte. »… um ungewollte Nebeneffekte eines nicht ehelichen Zusammenseins zu beseitigen«, schloss er dann. Maggie schob sich auf die Kante der Bank, ihr Herz hämmerte, wie immer, wenn eine Geschichte vor ihr ausgebreitet wurde, die sie unbedingt der Welt erzählen wollte.

»Woher haben Sie Ihre Informationen?«, fragte sie leise.

Er rieb sich übers Gesicht. Dann atmete er tief und verzweifelt aus. »Meine Schwester Susan war eine dieser Frauen. Sie ist tot.« Betroffen fasste Maggie über den Tisch nach seinen kalt-klammen Händen. »Mein aufrichtiges Beileid.«

Er nickte abwesend. »Sie war Dienstmädchen. Der Sohn des Hauses hat sie verführt. Als sie merkte, dass sie ein Kind erwartet, hat sie sich einer Freundin anvertraut, die ihr van Buren empfahl. Natürlich können die armen Frauen nicht einfach in seine feine Praxis spazieren. Sie müssen einen Umschlag mit Geld bei seinem Kutscher abgeben. Dieser nennt ihnen dann Zeit und Ort. Van Buren hat nahe der Bowery ein paar Räume unter falschem Namen angemietet. Hier lohnt es sich besonders – die ganzen Huren, na ja, das können Sie sich ja selbst denken. Für ihn sind die Abtreibungen wohl nur eine Art Nebengeschäft. Er unterhält die Praxis dort, um medizinische Forschungen an den Ärmsten vorzunehmen. Testet Medikamente und komische Verfahren an den Leuten. All das habe ich aber erst später herausgefunden.«

Maggie nickte, während sie sich in Gedanken schon Notizen machte.

»Er hat ihr zwanzig Dollar abgeknöpft für einen Trank und eine Art Nadel, den Rest sollte sie selbst erledigen. Ich habe sie zu Hause gefunden, sie ist in meinen Armen verblutet.« Seine Stimme war gebrochen, und er schluckte mehrmals, bevor er fortfuhr. »Von ihrer Freundin weiß ich, dass das ziemlich häufig passiert. Niemand hat sich bislang um die toten Frauen geschert, van Buren am wenigsten. Er füllt sich nur seine Taschen mit ihrem Geld und lässt sich in den feinen Kreisen als großer Arzt feiern.«

Angewidert schüttelte sie den Kopf. »Es ist gut, dass Sie damit zu mir gekommen sind, auch wenn es mich wundert, dass Sie mich hier gefunden haben.«

Er blickte sich erneut nervös um, obwohl die Kneipe weiterhin leer war. »Ich schätze Ihre Arbeit. Den Tipp, Sie hier zu suchen, habe ich von einer jungen Frau, die in Ihrer Zeitung arbeitet. Sie schlug vor, dass ich Sie privat aufsuche, weil sie meinte, Ihr Chef würde Ihnen sicher verbieten, weiter in der Sache zu recherchieren.«

Maggie sah ihn verblüfft an. »Warum das denn?«

Sein Blick wurde hart. »Van Buren ist niemand, mit dem man sich anlegen sollte. Als er Wind davon bekommen hat, dass ich zur Polizei wollte, hat er mein Haus in Brand stecken lassen.«

Maggies Augen weiteten sich.

»Können Sie das belegen?«

»Ich bin in der Nacht spät von der Arbeit gekommen und habe von Weitem seinen Kutscher gesehen, wie er die Flasche mit dem brennenden Tuch durch unser Fenster warf. Als ich unser Haus erreichte, stand die untere Etage bereits in Flammen«

Er schwieg eine kleine Ewigkeit, dann sah er sie an.

»Meine Frau Annie und unser Sohn Liam sind in dieser Nacht in dem Feuer umgekommen.«

Kein Wunder, dass das der traurigste Mann in ganz New York war. Maggies Zorn auf den reichen Arzt loderte wie ein Höllenfeuer in ihr. So ein Schuft. Sie hatte schon mehrfach von ihren Quellen Andeutungen dahingehend bekommen, dass es Ärzte gab, die in den Armenvierteln der Stadt medizinische Experimente machten, auch von illegalen Abtreibungen war die Rede, bislang aber hatte sie nie einen so konkreten Hinweis erhalten. Sie wollte Gerechtigkeit, für seine Schwester, für seine Frau und seinen Sohn und für die unzähligen anderen, die ebenfalls unter den dubiosen Machenschaften des Mediziners leiden mussten oder dadurch sogar ums Leben gekommen waren. In ihr war bereits ein Plan gereift; sie musste diesen van Buren auf frischer Tat ertappen.

Der Mann, der sich ihr heute nur als John vorgestellt hatte, hatte Maggie erklärt, wie sie Kontakt zu dem Kutscher aufnehmen konnte. Gut, dass sie frei hatte, so würde Simon keine lästigen Fragen stellen. Maggie schlug trotzdem als Erstes den Weg zum *Herald* ein, weil sie die Unterstützung der Redaktionsassistentin bei dieser umfangreichen Recherche brauchte. Da sie früh unterwegs war, begegnete sie Simon zum Glück nicht. Sie kehrte danach in die Orchard Street zurück, um sich von Johanna ein altes Kleid zu leihen, und begab sich im Anschluss zur Third Avenue, wo van Buren seine richtige Praxis in einem hochherrschaftlichen Prachtbau unterhielt. Sie hatte all ihr Erspartes zusammengekratzt, sodass sie dem Kutscher, der wie beschrieben im Hinterhof herumlungerte, einen Umschlag mit zwanzig Dollar überreichen konnte. Der sah sie aus zusammengekniffenen Augen an, dann zog er sie am Arm näher, sodass sein fauliger Atem ihr Gesicht streifte und ihr Übelkeit verursachte.

»Das kommt davon, wenn ihr Weibsbilder die Beine für jeden Dahergelaufenen breit macht.« Mit mehr Gewalt als nötig presste er ihr einen Zettel in die Hand, dann gab er sie mit einem Stoß frei.

»Jetzt verzieh dich, Hure.«

Maggie musste schlucken. So war sie noch nie von jemanden behandelt worden, und der Gedanke, dass es manchen Frauen täglich geschah, schnürte ihr die Kehle zu. Sie fasste ihre Röcke und lief los, ließ all den kalten, sterilen Reichtum der Gegend hinter sich, bis sie an einer Straßenecke endlich das Gefühl hatte, wieder atmen zu können. Sie las die Adresse, dazu das Datum von morgen und sechzehn Uhr als Terminzeit. Maggie zerknüllte den Zettel und steckte ihn in ihre Jackentasche, dann machte sie sich auf den Heimweg. Mit jedem Schritt wurden die Straßen um sie herum enger, lauter, betriebsamer. Hier gab es deutlich weniger

Weihnachtsschmuck an den Häuserfassaden, aber dafür das pralle Leben. Lautes Lachen drang an ihre Ohren, ebenso wie die rauen Schreie der Marktfrauen, die ihre Waren in den unterschiedlichsten Sprachen feilboten. Hunde bellten und schnelle Musik drang aus dem Fenster einer Hinterhofkneipe. Maggie war gleich wohler, während sie den altbekannten Weg zur Orchard Street einschlug.

10

Rosie hatte ein schlechtes Gewissen dabei, Maggies Sachen zu durchsuchen, aber irgendetwas sagte ihr, dass ihre Cousine dabei war, sich wieder einmal in Schwierigkeiten zu bringen. Maggie war den ganzen Abend über angespannt gewesen, mürrisch und aufbrausend. Als Rosie sie gefragt hatte, ob sie am nächsten Tag zusammen zu Siegel wollten, um nach Weihnachtsgeschenken zu suchen, hatte sie unwirsch abgewehrt: *Geht nicht, ich hab einen beruflichen Termin.* Rosie hatte sie überrascht angesehen. *Du hast doch schon frei*, hatte sie verwundert festgestellt. Daraufhin hatte Maggie mit den Schultern gezuckt und sich früh schlafen gelegt, was so gut wie nie vorkam.

Am nächsten Tag war Rosie zeitig von den Dinwiddys zurückgekehrt, die mittags aufgebrochen waren, um Weihnachten in Connecticut bei Mr. Dinwiddys Geschäftspartner zu feiern. Maggie war schon fort, Nando einmal mehr für diesen Levin Handy unterwegs. Vor dem Christfest wollten viele Wohlhabende ihre Liebsten gerne noch fotografieren lassen. Sie sah sich in dem winzigen Apartment um. Ein ungutes Kribbeln in ihrem Magen brachte sie schlussendlich dazu, nach Hinweisen zu suchen, wohin genau ihre Cousine aufgebrochen war. Am Ende hielt sie einen zerknüllten Zettel mit der Adresse eines Arztes und dem heutigen Datum in der Hand. Ihre Sorge wuchs. Ob Maggie etwas fehlte? Sie musste mit Simon sprechen. Vielleicht wusste er etwas. Eilig schlüpfte sie in ihren Mantel und brach auf in Richtung Park Row.

Simon war in seinem Büro. Er diskutierte mit einem dickbäuchigen, kleinen Mann, dessen dünnes rotblondes Haar wirr von seinem Kopf abstand. Als er sich an Rosie vorbei aus dem Zimmer stahl, sah sie, dass die beiden über ein paar Zeichnungen gebrütet hatten.

»War das Pen Miller?«, fragte sie und blickte dem unscheinbaren Kerl nach, der einen eingetrockneten Kaffeefleck vorne auf dem Hemd hatte.

»Niemand Geringeres«, sagte Simon und bedeutete ihr reinzukommen. Sie blickte kurz auf den Comic, der auf Simons Schreibtisch lag.

»Und das muss dann Dingy Dog sein.«

Simon schob ihr die Bilder hin. Der kleine gelbe Hund hob sein Bein an einem Mann, der dem Bürgermeister verdächtig ähnlich sah. Sie musste lächeln, doch dann fiel ihr ein, warum sie gekommen war. Sie schilderte Simon ihre Beobachtungen.

»Wir sollten mal zu diesem komischen Arzt in der Bowery fahren. Soweit ich weiß, ist Maggie nicht krank, also muss es einen anderen Grund geben, warum sie diesen Mann aufsuchen will«, sagte er, nun ebenfalls besorgt.

Simon orderte eine Droschke, und gemeinsam brachen sie auf. Die Bowery Street, die der umliegenden Gegend den Namen gab, war eine breite Straße, rechts und links gesäumt von Eisenträgern, auf denen die Dampfzüge fuhren. Dahinter befanden sich baufällige Häuser, in denen fragwürdige Saloons und Etablissements Vergnügen aller Art für die meist bettelarme Kundschaft boten.

»Dieser Arzt scheint mir sehr zweifelhaft zu sein, wenn er seine Praxis gleich neben dem berüchtigten McGurk's betreibt«, sagte Simon nachdenklich, als die Kutsche an der angegebenen Adresse hielt. Rosie sah zu dem Häuserblock. Zwischen zwei unscheinbaren Bauten eingequetscht, ragte ein Saloon heraus, dessen Werbung billiges Bier und willige Mädchen versprach. Fragend blickte sie zu Simon.

»McGurk betreibt ein Bordell und geht wenig zimperlich mit den armen Frauen um, die hier arbeiten müssen. Sein Türsteher ist ebenfalls ein wenig sympathischer Zeitgenosse, war schon zweimal wegen Mordes angeklagt, hat aber den Kopf immer wieder aus der Schlinge gezogen. Und dem Barkeeper wird nachgesagt, die Gäste zu betäuben und auszurauben. Roosevelt hat den Laden schon länger im Blick.«

Simon blickte sie durchdringend an. »Ich befürchte, Maggie ist wieder hinter einer Geschichte her. Und wenn sie mich nicht einweiht, dann vermutlich, weil die Sache gefährlich ist.« Eilig stieg er aus der Kutsche.

Rosie folgte ihm beklommen zu dem verfallenen Haus, wo dieser Doktor angeblich praktizierte. Es war schon fast fünf, sie waren spät dran, Maggies Termin hatte schon vor einer Dreiviertelstunde begonnen.

»Sollen wir einfach reingehen?«, schlug sie vor, doch er schüttelte den Kopf.

»Damit könnte ihre Tarnung auffliegen.«

Rosie fühlte sich hilflos. Sie mussten doch irgendetwas tun können. Gerade als sie überlegte, auf Simons Warnung zu pfeifen und einfach in diese merkwürdige Arztpraxis zu stürmen, sah sie eine schmale Gestalt, die taumelnd aus einer engen Seitenstraße kam. Erst auf den zweiten Blick erkannte sie ihre Cousine in dem abgetragenen Kleid.

»Maggie«, schrie sie und rannte los, wobei es ihr völlig gleich war, dass sie ein paar Passanten anrempelte, die ihr derbe Flüche nachschickten. Maggie war kreidebleich, Blut lief ihr aus einer Wunde am Kopf, und sie sah benommen aus.

»Um Himmels willen, was ist geschehen?«, fragte Rosie, als sie bei ihr war und stützend den Arm um sie gelegt hatte. Simon war ihnen gefolgt und stand nun mit finsterer Miene vor ihnen.

»In was für einen Schlamassel hast du dich denn jetzt wieder gebracht?«

»Kann ich vielleicht erst mal zu mir kommen, bevor du mich verhörst?«, sagte Maggie giftig und stöhnte dann auf.

»Da drüben sind ein paar Weinkisten, setzt dich erst mal«, befahl Rosie und dirigierte Maggie wieder in die Gasse, in der es nach Fäkalien und verdorbenem Essen stank. Widerstandslos setzte Maggie sich auf die Kisten, während Rosie in ihrem Ärmel nach einem sauberen Taschentuch suchte, um das Blut fortzuwischen, damit sie den Schaden begutachten konnte.

Simon trommelte ungeduldig auf seine gekreuzten Arme.

»Ein kleiner Schnitt nur, zum Glück. Du wirst ein paar Tage Kopfschmerzen haben, aber ich denke, es ist nichts Schlimmes«, befand Rosie erleichtert, nachdem sie die Wunde untersucht hatte.

»Also?«, fragte Simon fordernd. Maggie seufzte, dann erzählte sie von ihrem Informanten und diesem Dr. van Buren. Rosies Augen weiteten sich entsetzt.

»Bist du des Wahnsinns? Wie kannst du dich denn nach dieser Geschichte mit so einem anlegen?«, stieß sie aufgebracht hervor. Simon pflichtete ihr bei, untermalte seinen Unmut aber mit ein paar Flüchen, bei denen sogar die Bewohner der Bowery rote Ohren bekommen hätten.

Maggie sah kleinlaut aus.

»Es tut mir ja auch leid. Ich weiß, dass es besser gewesen wäre, dich einzuweihen, aber ich wollte nicht, dass du mir die Geschichte wegnimmst. Du hast mich doch so gedrängt freizunehmen. *Hohe Belastung, gefährliche Einsätze, nicht dass du ausbrennst,* blabla. Da hatte ich deine Antwort schon im Voraus gekannt.«

Simon sah sie schuldbewusst an, dann jedoch straffte er die Schultern.

»Nichtsdestotrotz hätte ich davon wissen müssen. Du gehst immer höhere Risiken ein, was unvernünftig und unprofessionell ist«, schalt er sie. »Nicht mal Nando hast du mitgenommen?« Er blickte sich um, als würde er erwarten, dass dieser vielleicht doch irgendwo aus dem Schatten der Häuser treten würde. Dann versteifte er sich und ging mit eiligen Schritten dorthin, wo die Seitengasse sich zur Bowery hin öffnete.

»Das darf doch nicht wahr sein, das ist Minerva Wade vom *Journal*«, sagte er ungläubig und wies auf eine kleine, unscheinbar gekleidete Frau, die aus Richtung der Praxisräume kam und sich hektisch umblickte. Rosie folgte ihm. Als sie die Frau entdeckte, sah sie gerade noch, wie ein Mann sich hinter einem der Eisenbahnpfeiler aus der Dunkelheit pellte, Minerva Wade am Arm nahm und sie zu einer wartenden Kutsche begleitete. Simons Gesichtsausdruck war mörderisch, als er herumfuhr und zu Maggie eilte, vor der er sich nun in der schmutzigen Gasse hinhockte.

»Erzähl mir genau, was vorgefallen ist«, befahl er eindringlich.

»Na ja, ich war spät dran. Ich war zuvor noch bei Jeffrey DeLuca. Er ist Chemiker an der New York University. Ich fragte, ob er den Trank analysieren würde, den ich mir von van Buren erhoffte. Dann aber hab ich die Bahn verpasst, musste laufen und kam erst nach vier Uhr an. Trotzdem wollte ich den Termin unbedingt wahrnehmen. Also bin ich die Stufen runter, die zu dieser dubiosen Praxis führen. Das Nächste, was ich weiß, ist, dass ich blutend in der Gasse lag.« Sie wies hinter sich.

Simons Brauen fuhren finster zusammen. »Wenn wirklich Hearsts Leute dahinterstecken, dann ist das eine Kriegserklärung«, grollte er durch zusammengebissene Zähne.

»Ich hab den Angreifer nicht gesehen«, sagte Maggie bedauernd. »Es könnte in dieser Gegend vermutlich jeder gewesen sein.«

»Wenn Minerva Wade gerade getarnt als arme Dirne aus der Praxis eines illegalen Engelmachers kommt, der zudem an den Ärmsten seine Medikamente testet, dann wäre ein willkürlicher Angriff auf dich für meinen Geschmack eine Spur zu unwahrscheinlich.«

Maggie wurde plötzlich noch blasser, drehte sich eilig zur Seite und erbrach sich. Rosie trat zu ihr und rieb ihr besorgt den Rücken, wobei sie Simon einen strengen Blick zuwarf.

»Könnt ihr beiden nicht einmal Zeitung Zeitung sein lassen? Vermutlich hat Maggie eine Gehirnerschütterung. Hol eine Kutsche und bring uns nach Hause, sie kann sich ja kaum auf den Beinen halten.«

Er nickte und kehrte kurze Zeit später zurück, um Maggie zu stützen. In der Kutsche ließ diese sich erschöpft nach hinten sinken, nur wenig später rollte ihr Kopf zur Seite.

»Danke, dass du deinem Bauchgefühl nachgegeben hast. Das hätte weitaus schlimmer ausgehen können. Wer weiß, was für Gestalten als Nächstes diese Gasse betreten hätten.«

Er griff nach ihrer Hand und ließ seinen Daumen sanft über das Leder ihres Handschuhs gleiten. Trotz der Hitze, die in ihr aufstieg, hielt sie seinem intensiven Blick stand.

»Und du denkst wirklich, dass das andere Journalisten waren?« Sie wollte nicht glauben, dass jemand zu so einer Tat fähig war, nur um an eine Geschichte zu kommen.

»Ich habe gehört, dass Hearst für eine gute Schlagzeile über Leichen geht, es ist also anzunehmen, dass der Begleiter von Miss Wade Maggie erkannt und schnell daran gehindert hat, ebenfalls in diese Praxis zu gehen. Was mich wundert, ist, dass beide scheinbar zur gleichen Zeit einen Termin hatten. Das ist schon ein merkwürdiger Zufall. Überhaupt hatten wir in den vergangenen Wochen mehrfach das Pech, dass das *Journal* große Geschichten, in die wir viel Arbeit und Recherche gesteckt haben, plötzlich vor uns veröffentlicht hat.« Nachdenklich strich er sich übers Kinn, dann stupste er Maggie an.

»So lass sie doch«, flüsterte Rosie ungehalten.

»Schlafen ist ohnehin schlecht bei einer Gehirnerschütterung«, sagte er mitleidslos und rüttelte nun an der Schulter der schlafenden Maggie, die mit einem Ruck erwachte.

»Wem hast du von deinem Termin bei van Buren erzählt?«

Sie brauchte ein paar Sekunden, um die Frage zu begreifen, dann sah sie ihn aus großen Augen an.

»Nur Viola heute Morgen. Sie hatte diesen John an mich vermittelt. Ich bat sie, die Sache mit dem Brand zu verifizieren, und sie wollte natürlich die Hintergründe wissen.«

Simons Kiefer schob sich ärgerlich nach vorne. »Vielleicht haben wir einen Maulwurf in der Redaktion.«

11

Tatsächlich hatte das *Journal* am nächsten Morgen die Geschichte groß auf Seite eins. Was für ein Skandal. Gerade ein so renommierter Arzt wie van Buren, der sogar bei den Vanderbilts und den Morgans ein und aus ging. Das würde Wellen schlagen in der High Society – und die Auflage des *Journal* noch einmal nach oben schnellen lassen. Angewidert warf Simon die Zeitung auf den Frühstückstisch und zog sich den *Herald* ran, der an diesem Tag wenig spektakulär mit einem Interview mit dem designierten Präsidenten William McKinley aufmachte. Solide, informativ, aber eben wenig spektakulär.

Er seufzte und winkte Brooks heran, der ihm die Post bringen sollte. Müde rieb er sich die Augen. Der Markt war hart umkämpft. Neben dem *Journal* und der *World* drängte gerade die *New York Times* mit Macht nach vorne, nachdem dieser Adolph Ochs das siechende Blatt gekauft hatte. Genau wie Simon den *Herald*, hatte Ochs die *Times* von Grund auf neu ausgerichtet. *All the news that's fit to print* – alle Nachrichten, die es wert sind, gedruckt zu werden. Ein genialer Werbespruch, Ochs würde den Kuchen noch um einiges schmaler schneiden. Resigniert griff Simon sich den Stapel Briefe, den sein Butler neben sein Gedeck gelegt hatte. Ein paar Weihnachtskarten, ein paar Spendenbitten und diverse Rechnungen. Er wollte die Korrespondenz schon wegschieben, als sein Blick auf einen teuer aussehenden Umschlag fiel. Das dicke cremefarbene Papier trug das Siegel von William Randolph Hearst. Sein Puls beschleunigte sich. Mit feuchten Fingern brach er das Wachs und faltete den Brief auseinander. Es war eine Einladung zur Weihnachtsfeier im Worth

House, wo der Verleger im Vorjahr Residenz bezogen hatte. Er hatte eigentlich vorgehabt, den Heiligen Abend morgen mit Rosie, Maggie und Nando zu verbringen, um das Christfest klein, aber beschaulich zusammen zu feiern. Eine große Party mit New Yorks High Society hatte ihm dabei nicht vorgeschwebt. Doch nach dem Vorfall gestern würde er Himmel und Hölle in Bewegung setzen, um ein persönliches Wort mit Hearst tauschen zu können. Er würde diesem Kerl, der mit dem goldenen Löffel im Mund zur Welt gekommen war, zeigen, dass man einen Simon Broder nicht so leicht ins Bockshorn jagen konnte. Schließlich hatte er sich von ganz unten hochgekämpft, und er war noch lange nicht am Ende der Leiter angekommen.

Simon schickte nach Art Weinstein, dem jungen Mann, den er seit Neuestem als eine Art Privatsekretär eingestellt hatte. Er gab ihm mehrere Anweisungen, die den *Herald* betrafen, und trug ihm dann auf, diverse Weihnachtskarten zu versenden sowie Rosie einen Brief zukommen zu lassen mit der Bitte, ihn morgen zu Hearsts Feier zu begleiten.

Er hoffte inständig, dass Maggie und Nando ihm nicht allzu böse wären, aber die Einladung war eindeutig nur für Mr. Simon Broder und Begleitung ausgesprochen. Da konnte er schlecht mit seinem halben Reporterstamm auflaufen. Er ließ die Kutsche kommen und machte sich auf den Weg zur Redaktion, die ihm ohne Maggie irgendwie leer vorkam. Er hatte ihr ein paar zusätzliche Tage freigegeben und sie gestern angefleht, sich jetzt auch daran zu halten. Schon länger hatte er das Gefühl, dass sie sich übernahm in ihrem Bestreben, den immer größeren Scoop zu finden – die eine sensationelle Meldung, die sie vor allen anderen haben wollte. Sicher, er profitierte von ihrem Enthusiasmus, dennoch wollte er nicht, dass sie irgendwann zusammenbrach oder, schlimmer noch, dass ihr auf einem ihrer wagemutigen

Undercovereinsätze etwas zustieß. Der Vorfall in der Bowery war Beweis genug, wie oft sie sich mit ihren Recherchen in Gefahr brachte.

Er besprach die morgige Ausgabe mit seinem Editor, nahm den Weihnachtscomic ab, in dem Pen *Dingy Dog* am Ende mit einem fetten Knochen belohnte, und ließ sich von Declan Tully auf den neusten Stand bringen, was die Verhaftung von van Buren anging. Nando hatte ein großartiges Foto von dicken Eisschollen gemacht, die wie Inseln auf dem Hudson trieben, darunter sollte der Wetterbericht für die Feiertage stehen. Dazu besprach er mit Trevor Faulks eine neue Kampagne, bei der sie mit Bannern auf Kutschen und Zügen für den *Herald* werben wollten. Zugegebenermaßen hatte er die Idee bei Hearst geklaut, der so die Auflage einmal mehr steigern konnte.

Als der Nachmittag in einen viel zu frühen Abend mündete, trat er nervös und angespannt den Heimweg an. Ob Rosie ihm einen Korb geben würde? Fast rechnete er damit, denn sie würde vermutlich ebenfalls ein schlechtes Gewissen wegen der beiden anderen haben. Außerdem wäre es ein bedeutender Schritt, sich gemeinsam in der Öffentlichkeit zu zeigen. Als er vor seinem Haus ausstieg, war aus dem leichten Schneefall ein dichtes Treiben geworden. Er schlug seinen Kragen hoch und rannte, beschirmt vom Kutscher, auf die offene Tür zu, hinter der Brooks schon in der großen Eingangshalle darauf wartete, ihm aus dem Mantel zu helfen. Simon ertappte sich erneut dabei, dass er wie ein kleiner Junge darüber staunte, welche Privilegien die Reichen genossen. Erst in einem nächsten Gedankenschritt brachte er dieses ungläubige Staunen mit seinem jetzigen Leben überein. Oft genug kam er sich in solchen Momenten wie ein Schauspieler vor, der eine Rolle gab und irgendwann von der Bühne abtreten musste, um in sein wirkliches Leben zurückzukehren.

Brooks riss ihn aus seinen Gedanken, indem er ihm die Korrespondenz übergab. Sein Butler ahnte wohl, wie sehr ihm an einer positiven Antwort von Rosie gelegen war, und tatsächlich erkannte Simon sofort ihre fein geschwungene Handschrift auf dem Umschlag. Mit klopfendem Herzen öffnete er den Brief und stieß kurz darauf mit hochgereckter Faust einen Jubelschrei aus. Brooks verzog keine Miene, wenngleich Simon den Ansatz eines Lächelns auf seinen beherrschten Zügen fand. Sie hatte eingewilligt, ihn zu begleiten. *Maggie und Nando wollen mit Johanna und den Behrs feiern und dann in den Bierpavillon, also werden sie mich wohl nicht allzu schmerzlich vermissen*, hatte sie geschrieben. Er rannte die Treppe hoch und suchte nach der Samtschatulle, in die er den Ring gelegt hatte, seit sie wieder in sein Leben getreten war. Das schmale Goldband gehörte an ihren Finger, nicht an seinen. Er legte Ring und Verpackung für den nächsten Abend bereit. Mittlerweile hätte er ihr sogar den größten Diamanten bei Tiffanys kaufen können, doch das schlichte Schmuckstück hatte über die Jahre für ihn große Bedeutung gewonnen, nicht zuletzt durch Mutters Tod. Zudem war der Ring ein Symbol dafür, dass es sich lohnte, seine Träume niemals aufzugeben. Wäre es nicht eine schöne Fügung, wenn sie ihn einmal am Heiligen Abend abgelehnt hätte, um nun, vier Jahre später, seinen Antrag endlich anzunehmen?

Die Frage hatte ihn die ganze Nacht umgetrieben, weshalb er kaum Schlaf gefunden hatte. Der Tag wollte zudem nicht vergehen, die Stunden bis zum Abend zogen sich elend dahin, sodass er am Ende zwei Stunden in seinem teuren Smoking brütend im Salon vor dem Kamin gehockt hatte, bis die Uhr endlich sechs schlug. Er hatte ihr geschrieben, dass er sie um halb sieben mit seiner neuen Kutsche abholen würde, die er sich angeschafft hatte. Mit Stephens stand zudem seither ein erfahrener Kutscher in seinen Diensten, den er am Nachmittag mit seinem Brief und einem großen Karton in die Orchard Street geschickt hatte. Darin befand sich ein wunderschönes goldweißes Kleid aus Taft und Seide, das Art Weinstein am Morgen noch schnell auf sein Geheiß hin besorgt hatte. *Merry Christmas, ich hoffe, mein Weihnachtsgeschenk sagt dir zu,* hatte er eilig auf die Karte geschrieben, bevor Stephens damit Richtung Little Germany aufgebrochen war.

Als sie aus dem baufälligen Tenement trat, musste er unwillkürlich an einen Weihnachtsengel denken, den jemand zur Aufhellung in diese triste Kulisse gestellt hatte. Ihr rabenschwarzes Haar war kunstvoll hochgesteckt, kleine Löckchen umrundeten ihr perfekt geschnittenes Gesicht. Ihre Wangen flammten vor Kälte, ihre Lippen glänzten dazu passend kirschrot und einladend. Das teure Kleid unter ihrem schlichten Cape umspielte jeden ihrer Schritte, als sie langsam auf ihn zuging. Doch am schönsten war das strahlende Lächeln, das sie ihm schenkte, als sie ihm die Hand reichte und sich dann von ihm in die Kutsche helfen ließ. Simon hatte sich eingehend mit dem Thema Elektrizität beschäftigt und hatte sein Haus für viel Geld mit Kohlefadenlampen ausstatten lassen, aber die Spannung, die nun in der Kutsche herrschte, hätte vermutlich ganz New York zum Leuchten gebracht. Er räusperte sich verlegen.

»Danke, dass du mich begleitest.«

Ihre dunklen Brauen zogen sich kurz zusammen. »Nach dem Vorfall gestern hätten mich keine zehn Pferde davon abgehalten, mir diesen Schuft persönlich anzusehen.«

Er hob beschwichtigend die Hände. »Er hat sicher nie die Order dazu gegeben, Gewalt anzuwenden, doch klar ist, dass seine Leute, ebenso wie er selbst, so gut wie alles für einen Scoop machen.«

»Maggie war ganz schön sauer darüber, dass die Einladung nicht auch für sie und Nando galt. Sie ist eben schimpfend wie ein Rohrspatz abgezogen.«

Sie lachten beide, dann kehrte eine verlegene Stille ein, nur unterbrochen von den gleichmäßigen Hufschlägen der beiden Rappen, die die Kutsche zogen.

12

Endlich kam ihr Ziel in Sicht. Das Worth House lag auf der 25th Street, nicht unweit des Hoffmann House, eines gediegenen Hotels, in dem Hearst zunächst abgestiegen war, als er nach New York kam. In seinem neuen Domizil hatte er die komplette dritte Etage angemietet. »Man sagt, sein Innenarchitekt sei eigens aus Kalifornien gekommen, um alles im spanischen Stil einzurichten«, sagte Simon, und Rosie blickte interessiert zu dem von außen unscheinbar wirkenden Bau. Vor der Tür ging es zu wie in einem Taubenschlag, Kutschen kamen, spuckten edel gekleidete Gäste aus und fuhren wieder, nur um dem nächsten Gefährt Platz zu machen. Sogar ein paar Automobile hielten an, um die illustre Gästeschar weiter anwachsen zu lassen. Simon und Rosie stiegen aus und reihten sich in die Schlange ein, die sich an der Tür gebildet hatte. Diener nahmen sich der schneefeuchten Capes und Mäntel an, während ein livrierter Page die Besucher in einem Fahrstuhl ins dritte Geschoss brachte. Simon war durch sein finanzielles Glück und seinen Einstieg als Verleger im New Yorker Zeitungsmarkt durchaus schon bei vielen gut betuchten Familien ein- und ausgegangen, doch Hearsts Zurschaustellung seines Reichtums hatte noch einmal ein anderes Niveau. Balkendecken, sandfarben gekachelte Böden mit teuren Teppichen sowie Wände aus gebeizter Pappel. Überall hingen oder standen Kunstwerke, in Szene gesetzt durch elektrische Beleuchtung. Die Möbel wirkten antik und teuer, jedoch wild durcheinandergewürfelt, was Epoche und Stil anbelangte. Die Kronleuchter waren vergoldet, ebenso die Kandelaber, die zusätzlich zu den Kohlefadenlampen flackernde Lichtakzente setzten. Simon schmunzelte, als er Rosies staunenden Gesichtsausdruck sah. Jeder Gegenstand in den vielen Räumen schien zu schreien: *Sieh mich an, ich bin wertvoll.* In einem weitläufigen Salon stand ein Weihnachtsbaum, geschmückt mit Kerzen und Strohsternen. Der Geruch nach frisch geschlagener Tanne vermischte sich mit dem von teurem Parfüm, Punsch und Zigarrenrauch.

»Da ist er«, flüsterte Simon und deutete mit dem Kopf auf seinen Widersacher. Hearst war etwa zehn Jahre älter als er, also Mitte dreißig, trotzdem schmiegte sich eine deutlich jüngere Frau mit aufdringlicher Lache und tief ausgeschnittenem Dekolleté an seinen Arm.

»Wer ist die Dame?« Beim Wort *Dame* war Rosie etwas gestolpert, ihr war der Klassenunterschied also auch nicht entgangen.

»Seine Geliebte, Theresa Powers. Er ist schon seit seinen Harvard-Zeiten mit ihr liiert, eine Kellnerin und Showtänzerin, jedoch munkelt man, dass er drauf und dran ist, sie abzuschießen, obwohl er ihr gerade erst hier um die Ecke in der Lexington Street ein Apartment gekauft hat.«

Rosie sah ihn überrascht an. »So ein Schuft, so geht man doch nicht mit seiner Freundin um.«

Simon nickte bestätigend. »Er scheint ihrer überdrüssig geworden zu sein, am Status liegt es aber nicht. Er hat Geld genug, um sich auch eine nicht standesgemäße Frau auszusuchen.«

Ein Kellner reichte ihnen perlenden Champagner in Kristallflöten, ein Orchester spielte leise Musik im Hintergrund, ein paar Dienstmädchen gingen herum und servierten Häppchen auf einem Tablett. Abwesend griff Rosie eines und schob es sich in den Mund. Simon vergaß für einen Moment die opulente Umgebung und sogar die Tatsache, dass er seinen Widersacher gerade in der Menge ausgemacht hatte, weil er den Blick nicht von dem

Krümel abwenden konnte, der an ihrer Unterlippe haftete. Simon hätte ihn gerne weggeküsst, doch sie kam ihm zuvor, indem sie mit der Hand unbewusst über ihre Lippen fuhr.

»Er ist mir unheimlich, ich habe selten jemanden mit so stechenden Augen gesehen«, wisperte sie und lenkte damit Simons Aufmerksamkeit wieder auf den Gastgeber. Es stimmte, Hearst schien die Gabe zu haben, jemanden mit Blicken zu durchbohren. Das wurde Simon besonders bewusst, als der Blick des Gastgebers an ihm selbst hängen blieb. Das plötzliche Lächeln, das sich unter Hearsts akkurat geschwungenem Schnurrbart präsentierte, war nicht weniger falsch als das Muttermal, das seine Geliebte sich auf die Oberlippe geklebt hatte.

Zielstrebig bewegte Hearst sich durch den vollen Saal weiter auf Simon zu. Egal, wie oft er angehalten und von seinen Gästen mit Dank überhäuft wurde, behielt er sein Ziel immer im Auge.

Schließlich hatte es ihr Gastgeber durch den Raum geschafft und bliebt vor Simon und Rosie stehen. »Mr. Broder, es ist mir eine Freude, dass Sie kommen konnten. Wer ist Ihre bezaubernde Begleitung?« Rosie zugewandt griff er nach deren Hand, was in Simon den Impuls auslöste, den anderen wegzuschubsen. Er beherrschte sich jedoch.

»Mr. Hearst, erst einmal bedanke ich mich für die Einladung. Das ist Miss Rosie Pauls, eine gute Freundin.«

Hearst beugte sich über Rosies behandschuhte Hand und deutete einen Kuss an. Als er hochkam und ihr taxierend ins Gesicht blickte, musste Simon an ein Raubtier denken, das Appetit bekommen hat.

»Sie sind eine Bereicherung für diesen Abend, Miss Pauls. Ihre Schönheit kann sich höchstens mit dem Liebreiz der auf Leinwand gebannten Damen messen lassen.« Er deutete auf die unzähligen Gemälde, die, ähnlich wie die Möbel, keine klare Linie erkennen ließen. Renaissance hing hier neben barocken, klassizistischen und modernen Werken.

»Sie haben eine beeindruckende Kunstsammlung«, merkte Rosie an, um das Gespräch von sich wegzulenken, das ihr sichtlich unangenehm war.

»Nun ja, Kunst ist eine meine Leidenschaften, schöne Frauen eine andere.« Seine kühlen blauen Augen blickten bei diesen Worten herausfordernd. Simon juckte es in den Fingern, Hearst sein falsches Lächeln mit einem Schlag vom Gesicht zu fegen, doch in diesem Augenblick kam Theresa Powers zu ihnen und hängte sich besitzergreifend bei ihrem Freund und Mäzen unter.

»Willst du uns nicht vorstellen, Willi?«, gurrte sie. Anhand von Hearsts genervtem Gesichtsausdruck schloss Simon, dass an den Gerüchten wirklich etwas dran war.

Hearst tat seine Pflicht, schickte seine Herzensdame dann aber unter einem Vorwand zurück in die hinteren Räume. Er wollte sich gerade wieder an Simon wenden, als ein älteres Paar auf ihn zuschritt.

»John, Cettie, schön, dass ihr kommen konntet.« Er wandte sich Simon und Rosie wieder zu. »Sie entschuldigen mich einen Augenblick«, sagte er mit einer galanten Verbeugung, bevor er in der Menge verschwand.

»Waren das die Rockefellers?«, fragte Rosie fast ehrfürchtig.

»Yep, hier tritt heute halb New York zum Schaulaufen an – und die andere Hälfte ist ohnehin zu unbedeutend und mittelos für diesen elitären Haufen.« Schweigend tranken sie ihren Champagner, während im hinteren Teil des Saals einige Paare Walzer tanzten. Nervös tastete Simon in seiner Innentasche nach der schmalen Samtschatulle. Es war ein symbolträchtiger Abend, aber die rechte Stimmung kam in diesem überladenen, protzigen Ambiente nicht auf.

»Simon, du hier?« Die ungläubige Stimme gehörte Thomas Gilroy, dem ehemaligen Bürgermeister. Sie schüttelten einander die Hand.

»Ich bin selbst überrascht«, gestand er, bevor er Rosie vorstellte. Gilroy legte den Kopf schief.

»Na ja, es heißt ja immer: *Kenn deine Feinde*...«

Sie schwiegen einen Augenblick lang, dann sah sich Simon suchend im Saal um.

»Ich sehe zwar viel Prominenz, aber nicht einen einzigen Mitarbeiter. In San Francisco waren die Angestellten des *Examiner* angeblich gern gesehene Gäste auf Hearsts Partys.«

»Hat er hier wohl nicht mehr nötig. Er fühlt sich zu Höherem berufen.« Gilroy deutete auf ein paar Leute. »Das da ist der Besitzer der Hanfstaengl Gallery, Hearst ist sein bester Kunde. Dort drüben seht ihr A. C. Schweinfurth, der Architekt, der den Umbau hier gemacht hat. Und das da ist Edward Clark, der Anwalt von Hearsts Mutter. Er soll hier wohl den Babysitter geben und ein Auge darauf werfen, wofür der Junior das ganze Geld aus dem Minenverkauf ausgibt.«

Simon machte sich mental Notizen von allem hier, es war schließlich etwas dran an Gilroys Aussage, man sollte seine Feinde kennen.

»Und, wird der *Herald* nun auch ein Abendmagazin herausgeben? Beim *Journal* scheint das gut zu laufen«, fragte der Politiker dann interessiert, wobei er an seinem bauschigen Schnurrbart zwirbelte.

»Ist möglich«, gab sich Simon schmallippig. Er hatte nicht vor, interne Geheimnisse auszuplaudern – wer wusste schon, wie nahe sich Gilroy und Hearst standen. Schließlich waren sie Parteifreunde, der Verleger hatte keinen Hehl aus seiner Unterstützung für die Demokraten gemacht und im Wahlkampf deren

Kandidaten William Bryant unterstützt. Er hatte sogar an registrierte Wähler einen Penny per Post geschickt, damit sie vor der Wahl das *Journal* kauften, um sich für ihr Kreuzchen entsprechend beeinflussen zu lassen. Gebracht hatte es nichts, Bryant hatte verloren, wenn auch mit sechsundvierzig Prozent ziemlich knapp.

Gilroy verabschiedete sich irgendwann, um mit den Morgans zu plauschen, während Simon und Rosie durch die Räume schlenderten und dem Treiben zusahen. Ungeduld breitete sich in Simon aus, er fühlte sich trotz der hohen Decken erdrückt. Zudem hatte er die Hoffnung aufgegeben, noch einmal in Ruhe ein Wort mit Hearst wechseln zu können, sodass er Rosie, die schon mehrfach hinter vorgehaltener Hand gegähnt hatte, schlussendlich zur Garderobe führte, wo sie auf ihre Mäntel warteten, als ihr Gastgeber wie aus dem Nichts vor ihnen auftauchte.

»Und, Mr. Broder, Miss Pauls, genießen Sie das Fest?«

»Durchaus«, versuchte es Simon mit einer Mischung aus Zurückhaltung und Anerkennung.

Hearsts Blick fiel auf ihre Jacken, seine stechenden Augen verdunkelten sich.

»Na, na, Sie wollen doch nicht schon gehen, es ist gerade mal neun Uhr. Um zehn kommen noch ein paar Damen aus dem Theater für eine kleine Tanzvorführung«, lockte er.

»Vielen Dank, aber Miss Pauls ist erschöpft.«

Hearst nickte knapp, dann schenkte er Rosie ein mitleidiges Lächeln.

»Unter diesen Umständen wäre es natürlich sträflich, Sie zum Bleiben zu bewegen. Ich hoffe jedoch sehr, dass wir uns nun öfters begegnen werden, Mr. Broder. Ich bewundere durchaus, was Sie da aus dem Nichts auf die Beine gestellt haben.«

»Nun, dieses Kompliment kann ich so an Sie zurückgeben«, sagte Simon mit lackierter Freundlichkeit. Hearsts Miene wurde kalt, als er noch einen Schritt näher auf Simon zutrat.

»Ich habe viel Geld in den Aufstieg des *Journal* gesteckt, Mr. Broder, und ich werde mir meinen Erfolg von niemandem zunichtemachen lassen.«

»Auch diese Aussage kann ich exakt in dem Wortlaut an Sie zurückgeben.«

Hearst trat wieder von ihm fort.

»Dann wären die Fronten ja geklärt«, sagte er, verbeugte sich knapp und stolzierte davon.

»Das war keine Feststellung, Simon, sondern eine offene Drohung«, flüsterte Rosie beklommen neben ihm.

Auch da musste er zustimmen, doch nun wusste er wenigstens, woran er war. Er würde den Fehdehandschuh aufnehmen und kämpfen, und davon würde er sich auch von einem William Randolph Hearst nicht abbringen lassen. Schweigend gingen sie zur Kutsche, um den Heimweg anzutreten.

Simon war so in Gedanken, dass er erst wieder hochschreckte, als Rosie mit einem bedauernden Lächeln in der Orchard Street aus der Kutsche steigen wollte. Ihm dämmerte, dass seine Chance, ihr heute einen Antrag zu machen, fast vertan war, weshalb er eilig nach ihrer Hand fasste.

»Bitte geh noch nicht.«

Sie ließ sich wieder in die Polster fallen und betrachtete ihn abwartend, während sein Kutscher Stephens dankenswerterweise die Tür schloss. Er rückte etwas vor und griff nach ihren Händen, die sich trotz der Handschuhe kalt anfühlten. Er rubbelte sie in seinen Handflächen, dann führte er sie zu seinem Mund und blies seinen warmen Atem auf den feinen Stoff. Sein Blick tastete dabei ihr Gesicht nach Gegenwehr ab, jedoch schien sie seine Berührungen nicht nur zu akzeptieren, sondern durchaus zu genießen. Ihr Atem holperte etwas, als sie das Wort ergriff.

»Pass bitte gut auf dich auf. Dieser Hearst ist es gewohnt, zu bekommen, was er will. Und er will eindeutig die größte Zeitung von New York haben.«

»Nun, dann sind wir schon zwei«, befand er leichthin, doch sie zog die Stirn kraus, befreite sich aus seinem Griff und umfasste nun seine Hände.

»Versprich es mir«, bat sie eindringlich.

Er musste schlucken. »Dir liegt also etwas an mir?« Seine Frage war so leise gewesen, dass er nicht sicher war, ob sie ihn überhaupt verstanden hatte. Doch dann sah er, wie Röte über ihre Wangen kroch, bevor sie verlegen die Augen niederschlug.

»Es gab nie einen Zweifel daran, was ich für dich empfinde, Simon. Nur daran, was ich fähig bin zu geben.«

»Und wenn ich dir sage, dass ich nichts von dir erwarte, außer Aufrichtigkeit und den Versuch, etwas Glück zuzulassen?«

Atemlos wartete er auf ihre Antwort. Sie schien nach den rechten Worten zu angeln, wobei ihre Zungenspitze nervös über ihre Lippen fuhr. Er versuchte, zu ignorieren, was diese winzige Geste mit seinem Körper anstellte.

»Rosie, ich möchte, dass du meine Frau wirst. Ich will dir alles geben, was du bereit bist anzunehmen. Und ich gelobe zu warten. Wir müssen das Bett nicht gleich teilen, nicht gleich wie Mann und Frau leben. Ich habe vier Jahre auf dich gewartet, ich würde auch vierzig warten, wenn du nur an meiner Seite bist und zulässt, dass ich für dich da sein darf.«

Sie entzog ihm ihre Hände, die er bei seinen Worten wieder ergriffen hatte, und rieb sich müde übers Gesicht.

»Aber was kann ich dir geben? Es erscheint mir unfair, wenn

ich dir einfach nicht versprechen kann, dass sich *das Problem* jemals lösen wird.«

Sanft hob er ihr Kinn an, weil sie den Blick wieder auf ihre Stiefelspitzen geheftet hatte.

»Du machst mich zum glücklichsten Mann von New York, wenn ich dich zum Altar führen darf. Ist das nicht genug?«

Er wischte eine Träne mit seinem Daumen fort, die sich aus ihrem Augenwinkel gestohlen hatte.

»Ich liebe dich, Rosie Pauls, willst du meine Frau werden?«

Sie nickte beklommen, doch dann schenkte sie ihm ein wunderschönes, optimistisches, wenngleich wackliges Lächeln.

»Ich liebe dich auch. Ja, Simon, ich möchte nichts mehr, als deine Frau zu sein.«

Sein Herz schien vor Freude aus seiner Brust zu springen, während er sanft ihren Handschuh auszog, die Samtschatulle aus der Innentasche seines Anzugs fischte und ihr dann mit zitternder Hand das zarte Goldband überstreifte.

»Er hat meiner Großmutter gehört. Ich habe ihn lange genug getragen«, sagte er mit einem Zwinkern, das sie zum Lächeln brachte. Danach blieb er unschlüssig sitzen. Durfte er sie küssen, oder war das schon zu viel Körperlichkeit? Sie schien seinen Zwiespalt zu ahnen, denn sie rückte entschlossen vor, legte den Kopf schief und schloss die Augen. Atemlos beugte er sich ihren leicht geöffneten Lippen entgegen, die warm und süß waren. Der Moment war überwältigend, trotzdem zog Simon sich nach wenigen Augenblicken zurück. Alles in ihm pulsierte, er fühlte sich wie jemand, der am Verdursten war und einen winzigen Schluck Wasser kosten durfte, doch dann nicht mehr an den Becher mit der überlebenswichtigen Flüssigkeit durfte. Aber er wollte ihr beweisen, dass er sein Wort halten und sie nicht bedrängen würde. Verlegen schob er seinen Zylinder auf seinen Schoß, wo nur allzu deutlich zu erkennen war, wie sehr er sie begehrte. Was, wenn er seine Fähigkeit zu Geduld und Zurückhaltung überschätzte? Doch was jetzt zählte, war, dass sie eingewilligt hatte. Alles andere würde sich fügen, sprach er sich Mut zu.

»Komm, lass uns zum Bierpavillon fahren und den anderen die freudige Botschaft überbringen.«

13

Maggie saß schmollend an einem der klebrigen Tische und beobachtete, wie Dottie einmal mehr wie eine läufige Hündin um Nando herumscharwenzelte. Der Anblick war ihrer ohnehin düsteren Stimmung nicht zuträglich. Franz kam an den Tisch und stellte ihr ein frisch gezapftes Bier hin, dann nahm er neben ihr Platz und legte väterlich den Arm um ihre Schultern.

»Na, na, meine Kleine, wer wird denn am Heiligen Abend so finster dreinblicken? Du müsstest nur mit dem Finger schnipsen, und er käme gerannt.«

Sie schob unwirsch seinen Arm und seinen Spruch beiseite.

»Red keinen Blödsinn, er ist wie mein kleiner Bruder.«

Franz lachte kurz und rostig, dann wurde er wieder ernst, während er nachdenklich an seinem Schnurrbart zwirbelte.

»Warum belügst du dich selbst, Maggie? Ein Blinder würde sehen, dass da was ist zwischen euch beiden.«

»Ich brauche keine Barmannweisheiten heute Abend, Franz, stoß lieber mit mir an.« Entschlossen griff sie zu dem Krug und prostete ihrem langjährigen Freund zu, der wie all die Jahre, seit er den Bierpavillon übernommen hatte, am Heiligen Abend die Kneipe nur für enge Freunde geöffnet hatte. Dann stand sie auf und drehte eine Runde, um sich mit dem ein oder anderen zu unterhalten. Vielleicht würde etwas Small Talk sie auf andere Gedanken bringen. Doch das Gegenteil war der Fall – während John Kelsey ihr von seinem neuen Job in der Brauerei berichtete, wanderten ihre gelangweilten Gedanken zurück zum Vortag.

Es hatte sie getroffen, dass Simon, ohne zu zögern, Rosie als seine Begleitung gewählt hatte. Immerhin arbeitete sie, Maggie, tagtäglich gemeinsam mit ihm daran, Hearst Konkurrenz zu machen. Die walnussgroße Beule an ihrer Schläfe war Beweis genug, wie viel Einsatz sie für den *Morning Herald* brachte. Sie hätte an seiner Seite auf diese Party gehen sollen, um diesem reichen Westküstenheini zu beweisen, dass weder sie noch sonst wer beim *Herald* sich von solchen Einschüchterungsversuchen kleinkriegen ließen. Sie musste an die Karte denken, die sie erst vor wenigen Tagen von Hearst bekommen hatte: *Mr. Hearst wäre erfreut, wenn Sie sich bei ihm melden würden.* Das war sein üblicher Einstieg in ein Abwerbungsgespräch. Sie stand loyal zu Simon, hatte die Karte sofort zerrissen und in den Müll geworfen. Doch der Stich der Eifersucht, den sie bei dem Gedanken verspürte, dass Rosie heute an seiner Seite in diesem hinreißenden Kleid auf Hearsts Party tanzen würde, ließ sie zweifeln, ob Simons Loyalität ihr gegenüber das gleiche Ausmaß hatte.

»Wie findest du das?«, hörte sie John fragen und kehrte gedanklich in den stickigen Saal zurück, in dem nun einige angetrunkene Mädchen wild auf den Tischen tanzten, während die Kerle klatschten und grölten. Der Kronleuchter schaukelte dabei und warf dunkle Schatten an die Wände.

»Ganz prächtig?«, antwortete sie zögerlich und versuchte damit zu verbergen, dass sie ihm keinen Deut zugehört hatte.

»Dass mir der Chef das kaputte Fass vom Lohn abgezogen hat?«, fragte er nun entgeistert. Ups, sie hatte wirklich kein Wort von dem mitbekommen, was er vor sich hingebrabbelt hatte. Die sich schwungvoll öffnende Tür rettete sie vor weiteren Peinlichkeiten. Hatte sie jedoch geglaubt, ihre Stimmung sei schon auf dem Tiefpunkt angekommen, so vermochten die beiden neuen Gäste noch eins obendraufzusetzen.

»Champagner für alle – wir feiern heute Verlobung. Sie hat endlich *Ja* gesagt«, brüllte Simon in die Runde, wobei er Rosies Hand mit dem Ring wie einen Siegespokal nach oben hielt.

»Junge, wir sind hier nicht bei Delmonico's, du kannst Freibier ordern, den Champus gibt's an der Upper East Side.« Franz' lakonischer Hinweis holte alle auf den Boden der Tatsachen zurück. Eine Welle Gelächter trug die beiden neuen Gäste in den Saal, während Bert sich an sein Piano setzte und den Hochzeitsmarsch anstimmte. Franz zapfte fröhlich ein Bier nach dem anderen, was Dottie dazu bewegte, endlich ihren beharrlichen Posten an Nandos Seite aufzugeben, um die durstigen Kehlen mit Nachschub zu versorgen. Alle waren nach vorne gestürmt, um das Paar zu beglückwünschen, doch Maggie brauchte einige Augenblicke, um gegen den Kloß in ihrem Hals anzukämpfen.

»Schau nicht so belämmert, immerhin kannst du dir so endlich alle falschen Hoffnungen abschminken.« Nando stand hinter ihr, sein Kiefer mahlte, während seine harten Worte sie trafen wie ein Schlag. Wütend fuhr sie zu ihm herum.

»Nur weil du mir immer noch wegen der Sache in der Bowery böse bist, musst du jetzt nicht gemein werden«, fuhr sie ihn an.

»Das ist ein ganz anderes Thema, Maggie, darüber werden wir sicher nicht heute Abend sprechen. Aber wenn du den beiden gleich gratulieren gehst, sollte man dir deine Missgunst nicht bereits an der Nasenspitze ansehen.«

»Was fällt dir ein? Ich gönne Simon und Rosie ihr Glück von Herzen.« Sie faltete die Arme über der Brust, weil sie sich beherrschen musste, ihm sein höhnisches Grinsen nicht mit einer Ohrfeige vom Gesicht zu wischen.

»Ach ja? Ich kenne dich lange und gut genug, Maggie Steele. Auch wenn es stimmen mag, dass du Rosie alles Glück der Welt wünschst, aber doch bitte nicht an der Seite des einen Mannes, den du gern für dich selbst gehabt hättest.«

»Halt besser die Klappe, Nando Keitel. Du bist betrunken und könntest bereuen, was du sagst.« Ihre Stimme war leise, klang aber umso schneidender.

Er trat dicht auf sie zu, das leichte Schwanken verriet, dass sie mit ihrer Annahme richtiglag, er war zumindest angetrunken.

»Warum bist du nicht *ein Mal* ehrlich zu dir selbst, Maggie? Gesteh dir ein, dass du ihn vom ersten Tag an geliebt hast und er der Grund ist, warum du sonst niemanden in dein Herz lässt.«

»Vielleicht ist mir einfach noch niemand begegnet, der ihm das Wasser reichen kann.«

Der Satz war heraus, noch bevor sie sich in ihrem Zorn bremsen konnte. Sie sah, dass sie ihn verletzt hatte. Er ballte die Fäuste und presste wütend die Kiefer zusammen. Schwer atmend standen sie so voreinander, während der Saal und all die Geräusche in den Hintergrund rückten. Es war ein Moment, in dem sich die Spannung entweder in einem alles verzehrenden Kuss entlud oder man einander an die Kehle ging. Sie konnte sich nicht entscheiden, was von beidem sie gerade lieber getan hätte.

»Ich denke, es ist besser, wenn wir uns eine Zeit lang aus dem Weg gehen«, riss er sie harsch aus ihren Überlegungen. Sie starrte ihn mit offenem Mund an. »Was?«

»Sally hat mir schon vor Längerem ein Zimmer angeboten. Ich hole meine Sachen, dann bist du mich los.«

Noch ehe sie ihn aufhalten konnte, hatte er sich umgedreht und durch die Menge Richtung Ausgang gekämpft, vorbei an Rosie und Simon, denen er nur ein knappes »Glückwunsch« entgegenschleuderte, bevor die Tür geräuschvoll hinter ihm zuschlug. Die beiden sahen ihm entgeistert nach.

Maggie fing Rosies fragenden Blick auf, doch sie zuckte nur mit gespielter Gleichgültigkeit die Schultern.

»Zu tief ins Glas geschaut«, rief sie laut, um auch den Umstehenden, die die Szene mitbekommen hatten, den Wind aus den Segeln zu nehmen. Pflichtschuldig gesellte sie sich dann zu Rosie und Simon und gratulierte. Als Franz auf sie zukam und Simon ins Gespräch verwickelte, wandte sich Rosie direkt an Maggie.

»Du wirst doch meine Brautjungfer, oder?«, flüsterte sie und wirkte dabei weniger glücklich als angespannt. Maggie ahnte, was in ihr vorging, weshalb sie sich für ihre Eifersucht noch ein wenig mehr verabscheute. Sie nahm Rosies Hand und drückte sie fest.

»Natürlich, ich bin immer für dich da, das weißt du doch«, sagte sie und war froh, dass man wenigstens ihrer Stimme den inneren Tumult nicht anhörte.

Simon gesellte sich wieder zu ihnen und legte seinen Arm freundschaftlich um Maggie.

»Ich habe auch für dich ein kleines Weihnachtsgeschenk«, sagte er und zog sie mit sich in eine Ecke, wo sie etwas ungestörter waren. Rosie lächelte, sie schien Bescheid zu wissen.

Fragend sah Maggie ihn an, als er ihr einen schwarzen Metallschlüssel hinhielt.

»Was ist das?«

Er lächelte, nahm ihre Hand und legte den Schlüssel hinein.

»Das, Maggie Steele, ist der Schlüssel zu deinem eigenen Haus, drüben in Flatbush. Viola Hanson hat mir den Hinweis gegeben, dass du dich dafür interessierst, bevor ich sie heute Morgen rausgeschmissen hab. Sie bestreitet zwar, der Maulwurf für Hearst gewesen zu sein, in ihrem Schreibtisch fanden sich jedoch eindeutige Beweise. Aber egal, das Haus gehört dir. Ich hatte Sorge, das Apartment könnte dir nun zu groß werden, wenn Rosie auszieht.«

Er zwinkerte ihr zu, bevor er sie in eine feste Umarmung schloss und ihr einen Kuss auf die Wange drückte.

»Ich hoffe, du freust dich darüber«, raunte er in ihr Ohr. Seine warme Stimme verursachte ihr eine Gänsehaut und tröstete sie für einen Augenblick darüber hinweg, dass sich das Geschenk anfühlte, als würde er ihr Rosie damit abkaufen wollen. Sie räusperte sich, hoffnungslos überfahren von all den Ereignissen an diesem Abend.

»Das kann ich nicht annehmen, Simon. Du bist sehr großzügig, aber du hast es gekauft, es ist dein Haus.«

Er sah hilflos zu Rosie, die sich nun zu ihnen gesellte.

»Dann lass es ihn wenigstens günstig an dich vermieten. Ich weiß, wie sehr du unter der Enge des Apartments gelitten hast«, bat sie sanft. Maggie vermied es, ihre Cousine darauf hinzuweisen, dass sie wohl demnächst weitaus mehr Platz in der Orchard Street haben würde, als ihr lieb war.

Sie sah schnell von ihm und Rosie weg, während sie hastig nach ihrem Mantel angelte, der am Ausgang hing.

»Ich werde darüber nachdenken. Feiert noch schön, mir steckt die Sache in der Bowery noch in den Knochen, ich werde mal lieber nach Hause gehen.«

Bevor Simon oder Rosie versuchen konnten, sie aufzuhalten, war sie zur Tür heraus, wo die kalte New Yorker Nachtluft ihr so unbarmherzig ins Gesicht blies, dass sogar ihre Tränen stockten. Die Hände tief in den Taschen vergraben, machte sie sich auf den einsamen Heimweg. Sie stieg im Hausflur über einen betrunkenen Bewohner und sog den vertrauten Geruch ein, den sie nun bald hinter sich lassen würde, wenn sie Simons Angebot annahm. Ihr Herz schlug bei jeder Treppenstufe schneller, bis sie atemlos und ängstlich die Tür aufschloss. Sein Bett war ordentlich gemacht – wenigstens einmal im Leben, schoss es ihr traurig durch den Kopf. Wie oft sie ihn für seine Unordnung getadelt hatte. Ihr Blick schweifte durch den kleinen Raum. Seine Bücher waren fort, ebenso seine Kleidung, seine Kameras und sein restlicher Besitz. Maggie stieß einen verzweifelten Laut aus, während sie sich auf seinem akkurat gemachten Bett zu einer Kugel zusammenrollte und weinte wie schon lange nicht mehr. Sie hatte an einem Abend alle verloren, die ihr etwas bedeuteten. Sie würde noch mehr arbeiten müssen, um die Leere, die sich von der Wohnung auf ihr Inneres übertrug, ausblenden zu können.

14

»Wie sehe ich aus?«, fragte Rosie und blickte auf ihre Cousine, die brütend auf dem Bett lag und lustlos in einer Frauenzeitschrift blätterte. Bei ihren Worten fuhr ihr Kopf langsam hoch, und ihre Blicke trafen sich im Spiegel. Maggie stand auf und trat hinter sie. Ihre Stimme klang belegt.

»Oh Rosie, du siehst wunderschön aus. Du hättest der großen Hochzeit zustimmen sollen, so eine hübsche Braut hat Manhattan noch nie gesehen.«

Rosie knuffte Maggie in die Seite, dann richtete sie lächelnd den üppigen Schleier, der am Kopf von einem Blütenkranz gehalten wurde. Sie fühlte sich tatsächlich schön heute, irgendwie vollständig. Vielleicht konnten Glück und Liebe einen kaputten Menschen wirklich wieder zusammensetzen – selbst die verloren geglaubten Teile.

Sie zupfte an den langen, spitz zugeschnittenen Ärmeln, die mit Perlmuttknöpfen geschlossen wurden. Das Kleid hatte einen hohen Kragen aus Plauener Spitze, eine schmale Taille, Puffärmel und einen weiten Rock. Am Dekolleté ging der fast transparente Spitzenstoff in champagnerfarbene Seide über, die sich an diesem warmen Junitag wie eine kühle Umarmung auf ihrer Haut anfühlte.

Die letzten Monate waren nur so dahingeflogen. Simon und sie hatten sein Haus zusammen umgestaltet – *einen weiblichen Touch hineinbringen*, hatte er es genannt. Sie waren oft aus gewesen, zum Essen, im Theater oder in der Oper. Manchmal fuhren sie mit der Fähre nach Coney Island, wo sie den Menschen dabei zusahen, wie diese sich für fünf Cent zu einer halsbrecherischen Fahrt mit der Holzachterbahn aufmachten, danach aßen sie Eiscreme oder sahen am Pier den Möwen zu. Manchmal hielten sie sich an den Händen, und an besonders schönen Tagen zog er sie zum Abschied zu einem keuschen Kuss an sich. Sie spürte dann seine Erregung, fühlte, wie sein beschleunigter Atem über ihre Haut strich, und konnte nicht anders, als sich schnell wieder in ihr Schneckenhaus zurückzuziehen. Er blieb jedoch geduldig und aufmerksam und machte ihr niemals Druck oder einen Vorwurf.

Sie hatte bis zum Mai bei den Dinwiddys gearbeitet, die sie nur ungern gehen ließen. Doch es war unpassend, als Frau des bekannten Verlegers Simon Broder weiter als Nanny tätig zu sein. Man erwartete, dass sie nun bald selbst Kinder bekommen würde. Sie schluckte die Sorge, die sich bei dem Gedanken ausbreiten wollte, hinunter.

Amanda und Jacob hatten bitterlich geweint, als sie sich verabschiedeten, und auch Rosie hatte etliche Tränen vergossen, schließlich hatte sie die Kinder die vergangenen Jahre aufgezogen. Helga, die neue Nanny, die gerade erst mit dem Schiff aus Deutschland gekommen war, schob die beiden mit grimmiger Entschlossenheit wieder ins Haus, während Mr. Dinwiddy ihr noch einen Umschlag mit einem Bonus für ihre langjährigen guten Dienste zusteckte.

Sie hatte in der Zeit danach Maggie geholfen, das Haus in Flatbush heimelig zu gestalten und die Wohnung für die neuen Mieter herzurichten, eine Tante von Mrs. Behr, mit Mann, Sohn, Schwiegertochter und einem Säugling. Sie selbst hatte gestern die Schlüssel übergeben und danach ihren Besitz in das große Schlafzimmer in Simons Haus geräumt, das nur durch eine Verbindungstür von seinem getrennt war. Sie hatte es neu streichen lassen, sonnengelb, mit hübschen Möbeln und einem breiten Himmelbett, das den Raum dominierte und auf dem Maggie bis eben gelegen hatte. Rosie drängte den Gedanken an die Hochzeitsnacht ebenso beiseite wie den an mögliche Kinder.

»Hast du was von Nando gehört?«, fragte sie stattdessen beiläufig und sah, wie Maggies Miene sich verfinsterte.

»Er geht mir immer noch aus dem Weg. Seit dem blöden Streit haben wir kaum ein persönliches Wort gewechselt. Er hat nicht mal auf meine Einladung reagiert, sich das neue Haus anzusehen.« Sie seufzte und ließ sich wieder auf das Bett fallen. »Ich bin ihm neulich abends von der Redaktion aus gefolgt. Er wohnt in einem Zimmer über Ma Sallys Liquor Store. Und dreimal darfst du raten, wer ihn just dort besucht hat?«

»Dottie Baker?«, mutmaßte Rosie.

»Keine Geringere«, sagte Maggie finster.

Rosie setzte sich neben sie und streichelte ihr den Rücken.

»Du vermisst ihn«, stellte sie sachlich fest.

»Natürlich vermisse ich ihn. Er ist Teil meiner Familie. Ich weiß gar nicht, wie ich mich je in dem Haus wohlfühlen soll ohne euch beide.« Sie drehte sich vom Bauch auf den Rücken und starrte an die Decke, wo mit Stuck ein Eichenkranz rund um die Beleuchtung geformt war.

Rosie ließ sich neben ihre Cousine in die unglaublich weichen Daunenkissen fallen und verschränkte die Arme hinter dem Kopf.

»Warum sagst du ihm nicht endlich, was du für ihn empfindest?«, fragte sie leise.

Maggie setzte sich auf und warf ihr einen mörderischen Blick zu.

»Fang du nicht auch noch an. Es reicht mir, dass halb New York der Meinung ist, wir wären das perfekte Paar.«

Rosie setzte sich ebenfalls wieder hin, wobei sie vorsichtig das Kleid glattstrich.

»Ihr wärt ja auch das perfekte Paar. Warum stemmst du dich denn so sehr dagegen?«

Maggie kaute nachdenklich auf ihrer Unterlippe.

»Vielleicht habe ich Angst, was passiert, wenn ich es zulasse und es schiefgeht. Ich will meinen besten Freund nicht verlieren.« Sie hatte geflüstert, doch Rosie hatte jedes ängstliche Wort ihres Geständnisses gehört.

»Für eine Freundschaft gibt es ohnehin zu viele unausgesprochene Gefühle zwischen euch. Du siehst doch, wo ihr nun steht.«

Ungeduldig sprang Maggie auf und zupfte an ihrem guten Rock, den sie eigens heute angezogen hatte, um ihrer Rolle als Brautjungfer gerecht zu werden.

»Wird er kommen?«, fragte sie, während sie zum Fenster marschierte und einem Vogel zusah, der davor auf den üppig blühenden Zweigen eines Kirschbaums hin und her hüpfte.

»Ich habe nichts Gegenteiliges gehört«, sagte Rosie, ging zurück zum Spiegel und schob sich eine Locke zurück in den Dutt, den ihr vorhin eines der Dienstmädchen gesteckt hatte.

»Bist du so weit, Liebes?«, Simons Kopf erschien im Türspalt, doch noch bevor sie ihn dafür rügen konnte, dass es Unglück bringe, die Braut vor der Hochzeit zu sehen, stellte sie fest, dass er die Augen fest zusammenkniff. Sie unterdrückte ein Lächeln und war sich einmal mehr bewusst, welches Glück sie hatte.

»Wir kommen«, rief sie nun aufgeregt und angelte nach ihrem Brautstrauß – ein Bouquet aus weißen Rosen mit rosafarbenen Kamelien und Schleierkraut. Auch wenn sie nicht in einer Kirche oder Synagoge heiraten wollte und sich gegen ein pompöses Fest ausgesprochen hatte, wollte sie es sich nicht nehmen lassen, in Weiß zu heiraten. Sie hatten im Anschluss einen Umtrunk in der Redaktion des *Herald* geplant und wollten am kommenden

Wochenende mit dem Zug nach Kalifornien fahren. Simon wäre zwar gerne zum Honeymoon nach Europa gereist – *Paris, London, Rom*, hatte er enthusiastisch geschwärmt –, aber Rosie hatte genug von Schiffen. Sie wollte es nicht riskieren, dass irgendwelche alten Dämonen wieder die Oberhand gewannen, wo sie sie doch so erfolgreich verbannt hatte.

Sie wollten sich während ihrer Hochzeitsreise ein Weingut im Nappa Valley ansehen, das Simon zu kaufen gedachte, und danach planten sie ein paar Tage in einem schönen Hotel in San Francisco zu verbringen. Das genügte ihr.

Die Mietdroschke wartete vor der Tür. Simon war schon mit seiner eigenen Kutsche zur City Hall vorgefahren, die an der Ecke Park Row unweit des Verlagsgebäudes lag. Dort würde er seine Braut in Empfang nehmen.

Maggie folgte ihr, wobei sie andächtig den Schleier trug, der Rosies Meinung nach etwas zu lang und pompös war. Sie konnte sich fast einmal komplett darin einwickeln. Doch das Kleid hatte ihr so gut gefallen, schlicht, aber trotzdem raffiniert – und der Schleicher gehörte nun mal dazu. Sie schwiegen auf dem Weg zum Rathaus, beide tief in Gedanken versunken. Erst als die Kutsche hielt und Rosies Blick auf Simon fiel, der umwerfend aussah in seinem schwarzen Tuxedo, erlaubte sie sich ein zaghaftes *Na dann mal los.*

Maggie rührte sich jedoch nicht. Ihr Blick klebte an dem anderen Mann, der hinter Simon stand und sich gerade durch seine unbändigen schwarzen Locken fuhr. Er sah ebenfalls blendend aus in seinem dunklen Anzug. Ungezähmter als Simon, jünger und wilder, aber nicht weniger attraktiv. Rosie konnte verstehen, was Maggie an ihm fand. Er war beileibe nicht mehr der kleine, dürre Dieb, den sie einst unter ihre Fittiche genommen hatten.

»Na also, er ist gekommen«, sagte Rosie aufmunternd und griff Maggies Hand, die klamm und kalt war trotz der warmen Temperaturen.

Sie kletterten mit Stephens Hilfe aus dem Inneren und gingen auf die beiden Männer zu, die ähnlich nervös wirkten. Nando lächelte Rosie zu, doch seine Augen wanderten sofort wieder zu Maggie. Er räusperte sich, nickte dann aber nur, als fehlten ihm die Worte.

Maggie schien es ebenso zu gehen, denn sie erwiderte nur schweigend seinen Gruß, bevor sie mit kerzengeradem Rücken an ihm vorbeischritt und ungeduldig die Tür aufhielt.

»Wird jetzt hier geheiratet, oder was?«, fragte sie dann mit einem schiefen Grinsen.

»Ich habe so oft von diesem Augenblick geträumt, dass ich mich gerade kneifen musste, um zu sehen, ob es dieses Mal wahr ist.« Simon hielt Rosie seinen geröteten Handrücken hin, was sie zum Lächeln brachte. Dann hakte sie sich unter, und gemeinsam betraten sie das Rathaus, wo ein übellauniger New Yorker Standesbeamte wenig feierlich seine Pflicht erfüllte. Nur eine halbe Stunde später war sie offiziell Mrs. Simon Broder.

15

Lucy, das Zimmermädchen, hatte ihr Bett bereits aufgedeckt. Es brannten Kerzen, und auf dem Tisch am Fenster standen eine Flasche gekühlter Champagner sowie zwei Gläser. Rosies Hand flatterte wie ein nervöser Vogel zu ihrer Kehle, wo seit dem Nachmittag ein dicker Knoten zu stecken schien. Sosehr sie den Tag genossen hatte, sosehr quälte sie die Frage, was heute Nacht geschehen würde. Sie hatte sich fest vorgenommen, Simon nicht abzuweisen. Sie wollte ihm all seine Geduld und Liebenswürdigkeit hundertfach zurückgeben, ihm nicht nur mit Worten, sondern auch mit Taten beweisen, dass sie ihn von Herzen liebte. Doch mit diesem Vorsatz hatte sie sich so unter Druck gesetzt, dass sie kurz vor dem Durchdrehen war. Schnell schenkte sie sich ein weiteres Glas Champagner ein, das sie in einem Zug leerte. Statt zu beruhigen, schien die perlende Flüssigkeit nun in ihrem Magen Karussell zu fahren. Es erinnerte sie daran, dass sie tagsüber vor lauter Aufregung weitaus mehr getrunken als gegessen hatte. Sie stieß leise auf, als sich die Schiebetür zu seinem Zimmer öffnete.

»Hallo, Mrs. Broder«, sagte er mit seiner warmen Stimme und kam langsam auf sie zu.

»Hallo, Mr. Broder«, versuchte sie, seine Begrüßung spielerisch aufzunehmen, doch man hörte die Anspannung aus ihrer Stimme deutlich heraus. Er blieb vor ihr stehen und fuhr sanft mit beiden Händen über ihre abwehrend verschränkten Arme.

»Rosie, ich erwarte nichts. Ich will nur noch ein Glas mit meiner wunderschönen Frau trinken, danach gehe ich«, versprach er mit einem traurigen Lächeln. Sie hasste sich dafür, dass sie gegen diese dumme Angst nicht ankam. Doch wo ein Wille war, musste auch ein Weg sein. Entschlossen trat sie zu dem Sektkühler und schenkte zwei Gläser voll. Ihres leerte sie erneut in einem Zug.

»Es war ein großartiger Tag, auch wenn das Gezanke zwischen Nando und Maggie ein wenig genervt hat. Die beiden sollten es endlich hinter sich bringen, dann wäre die Luft bereinigt.« Er hatte in Gedanken gesprochen. Sie war davon überzeugt, dass er den Satz in diesem Kontext sonst nicht geäußert hätte. Doch nun war er heraus und erinnerte sie beide daran, wo ihr eigenes Problem lag. Ihre Blicke trafen sich. Rosie schluckte. Dann wandte sie sich um, pustete die Kerzen aus und stellte mit etwas zu viel Schwung das Glas auf den Tisch. Sie konnte seine Überraschung mehr ahnen als sehen, weil nur noch der fahle Junimond das Zimmer dürftig erhellte. Zielstrebig trat sie auf ihn zu und schlang ihre Arme um ihn.

»Küss mich, Simon«, sagte sie und versuchte, die Panik aus ihrer Stimme herauszuhalten. Er versuchte, sie zu bremsen, sie merkte, wie er sich sanft aus ihrer Umklammerung befreien und sie einmal mehr darauf hinweisen wollte, dass sie nichts überstürzen mussten, doch als sie sich noch fester an ihn presste, spürte sie, wie sein Körper reagierte und sein beherrschter Widerstand schmolz.

»Oh Rosie, bist du sicher?« Seine Stimme klang nun heiser und trug all die Sehnsucht in sich, die auch sie auf einer nicht körperlichen Ebene verspürte. Sie nickte nur, weil sie sich in diesem Augenblick selbst nicht über den Weg traute. Sie konnte nun keinen Rückzieher mehr machen.

Er hob ihr Kinn an und legte seine Lippen auf ihre. Sanft zunächst, verspielt, doch sein Atem beschleunigte sich irgendwann, seine Arme pressten sie mit erstaunlicher Kraft an sich und dann vertiefte er den Kuss. Seine Zunge fuhr hungrig über ihren Mund

und drang ein, Stoß um Stoß, ein Lippenbekenntnis seiner Leidenschaft.

»Oh Gott, Rosie, ich will dich so sehr«, flüsterte er, während seine Hände ihren Rücken hinaufwanderten und sich in ihr Haar gruben. Sie bekam kaum Luft, was nicht an seinem Kuss lag, sondern daran, dass sie sich in ihrem Mut hoffnungslos überschätzt hatte. Die Übelkeit kam so plötzlich, dass sie ihn nur noch von sich stoßen konnte, bevor sie sich auf den teuren persischen Teppich unter ihren Füßen erbrach.

Sie sank auf ihre Knie, weil das Würgen sie so schüttelte. Schweigend stand er über ihr, sein Gesicht eine schreckliche Mischung aus Verletztheit und Entsetzen. Wortlos verließ er ihr Zimmer. Sie wollte ihn zurückrufen, doch sie wusste nichts zu sagen. Er kehrte kurze Zeit später mit einem Eimer und einem feuchten Tuch zurück, das er ihr wortlos hinhielt. Rosie nahm das Stück Stoff und fuhr sich über ihr erhitztes Gesicht, während er die Bescherung aufwischte.

»Widere ich dich so sehr an?«, fragte er irgendwann gepresst in die Dunkelheit. Es zerriss ihr das Herz. Sie streckte die Hand aus, wollte ihn berühren, kam aber nur gegen das kalte Metall des Eimers.

»Es tut mir unendlich leid, Simon.«

Sie überlegte, ob sie den vielen Alkohol als Ausrede vorschieben sollte, doch dann würde sich diese Szene zwangsläufig irgendwann wiederholen. Sie seufzte tief und verzweifelt, bevor sie leise fortfuhr.»Ich dachte, ich könnte es. Ich wollte es für dich können. Aber es geht einfach nicht.« Die Tränen liefen, ohne dass sie auch nur einen Ton von sich gab. Er stand auf, eine dunkle Silhouette, die sie erschaudern ließ, weil der Anblick sie zu ihrem sechzehnjährigen Ich zurückkatapultierte. Sie schlang ängstlich die Arme um sich und zog den Kopf ein. Eine jahrelang einstudierte Geste, die am Ende nie etwas Schlimmeres hatte verhindern können. Auch jetzt nicht.

»Geh schlafen, es war ein langer Tag«, sagte er tonlos. Dann verließ er ihr Zimmer mit leisen, beherrschten Schritten.

Nur die leere Flasche Bourbon und die vom Schreibtisch gefegten Unterlagen in seinem verwaisten Schlafzimmer verrieten ihr am nächsten Morgen, wie tief ihre Reaktion ihn getroffen hatte. Rosie schloss die Augen und lehnte sich mit der Stirn gegen das kühle Holz des Türrahmens. Es war ihr egoistischer Wunsch gewesen, etwas Glück in diesem Leben zu finden – und nun würde sie damit ihn und sich selbst ins Verderben stürzen. Was hatte sie sich nur dabei gedacht?

16

Maggie und Nando verließen die Party im Verlagsgebäude, die auch kurz vor Mitternacht noch in vollem Gang war, etwa eine halbe Stunde nach Simons und Rosies Aufbruch. Maggie hatte zunächst kühl abgelehnt, als er anbot, sie zu begleiten, doch um diese Uhrzeit würde Nando einen Teufel tun und sie allein herumstromern lassen. Schweigend waren sie nebeneinander hergelaufen. Nachdem sie aber an einer Kneipenschlägerei und einer Horde Betrunkener vorbeigekommen waren, schien sie durchaus froh über seine Gegenwart, was immerhin ein Anfang war.

»Ich liebe New York im Sommer«, sagte Maggie neben ihm und sog die warme Nachtluft ein, die nach dem leicht salzigen Wasser des Hudson roch, nach den blühenden Bäumen im Battery Park und dem Dung der Pferde auf den Straßen.

Nando stieß ein verächtliches Schnauben aus.

»Was?«, fragte sie gereizt. Er blieb stehen und sah sie aus zusammengekniffenen Augen an.

»Ist es schon so weit mit uns gekommen, dass wir uns übers Wetter unterhalten müssen?«

Nun war sie es, die stehen blieb und die Hände in die Hüften stemmte.

»Du bist doch derjenige, der abgehauen ist und seither so tut, als wären wir nur Arbeitskollegen, die sich flüchtig kennen.«

Sie klang verletzt und wütend, was ihm absurderweise eine gewisse Befriedigung verschaffte.

»Warum bist du ausgezogen?«, fragte sie nun leiser, aber mit Nachdruck.

Er hätte sie so gerne in seine Arme gezogen und ihr gesagt, wie leid ihm alles tat. Dass der blöde Streit nur seiner Eifersucht geschuldet war. Er vermisste sie in jeder wachen Sekunde und sogar, wenn er schlief, denn dann tauchte sie ungefragt in seinen Träumen auf. Vermutlich wäre er längst reumütig zu ihr zurückgekehrt, um wenigstens auf seinem zwar undankbaren, aber eingespielten Posten weiterzumachen. Doch Ma Sally hatte ihm ins Gewissen geredet, als er an Weihnachten mit gepacktem Koffer bei ihr aufgetaucht war, um ihr Angebot mit dem Apartment in Anspruch zu nehmen. Sie hatten in Mas Büro eine Flasche Whiskey zusammen geleert und über seinen Kummer gesprochen.

»So wird das nie was mit euch. Du bist doch immer da, immer verfügbar, fängst sie auf, wenn der andere Typ sie fallen lässt, tröstest, kümmerst dich. Kein Wunder, dass die Kleine dich wie einen Bruder behandelt, wenn du dich wie einer verhältst.«

Nando hatte sich verzweifelt die Haare gerauft. Es musste schon weit gekommen sein, wenn er sich von einer ehemaligen Bardame und Hure Beziehungstipps geben ließ. Aber er schätzte Mas Rat wirklich.

»Und was soll ich deiner Meinung nach tun?«, hatte er gereizt gefragt.

»Mach dich rar, zeig ihr, dass es auch noch andere Frauen gibt, Eifersucht ist eine starke Triebfeder, Dearie«, hatte sie gegurrt und ihre langen Fingernägel dabei wie einen Kamm durch seine Locken gleiten lassen, als er sich vor ihr mit dem Kopf auf den Schreibtisch legte, um sich in seinem Selbstmitleid zu suhlen.

»Sie liebt mich aber nicht – zumindest nicht so. Es liegen Welten dazwischen, wie sie mich und wie sie Simon ansieht. Gegen ihn hab ich keine Chance.« Brütend hatte er sich aufgesetzt und die goldene Neige in seinem Glas kreisen lassen.

Ma hatte gelacht. »Ich kenn die Frauen, Sweetheart. Die meisten wissen erst zu schätzen, was sie hatten, wenn sie es verlieren.« Also hatte er sich ihre Worte zu Herzen genommen und war Maggie seither aus dem Weg gegangen. Doch bisher hatte diese Strategie keinen Erfolg gezeigt. Der Einzige, der litt, war vermutlich er selbst.

In den ersten Tagen und Wochen hatte er kaum mit ihr geredet, weil ein Wort aus ihrem Mund genügt hätte, um seinen Stolz und seine Vorsätze bereitwillig über Bord zu werfen. Mittlerweile schienen sie jedoch kaum mehr zusammen in einem Raum sein zu können, ohne sich zu streiten. Wenn er blau sagte, konnte man sicher sein, dass sie behauptete, es wäre grün. Ihre tägliche Zusammenarbeit glich damit einem Tanz auf einem Vulkan – in jeder Hinsicht. Er wusste, dass sich Pen, Declan und die anderen beim *Herald* das Maul über sie beide zerrissen.

»Was sich liebt, das neckt sich«, riefen sie wie ein alberner Chor Schuljungen, wann immer eine Meinungsverschiedenheit wieder mal in eine handfeste Diskussion ausartete. Auch heute war es nicht anders gewesen, dabei hatte er sich vorgenommen, für Rosie und Simon die weiße Flagge zu hissen. Aber Maggie konnte ihn reizen wie kein anderer Mensch auf der Welt.

Hatte sie ihm doch eben tatsächlich erklären wollen, dass er die Kamera besser an einer anderen Stelle aufbauen sollte, pah. Natürlich wusste er, dass sein Platz ungünstig war, um das Brautpaar abzulichten. Aber er hatte vorgehabt, heimlich ein paar Aufnahmen von ihr zu machen, und Maggie saß im perfekten Winkel zu dem Punkt, wo er gerade sein Stativ hatte aufstellen wollen. Das aber konnte er wohl kaum zugeben. Also hatten sie gezankt, und er hatte schlussendlich seine Ausrüstung genommen und war leise fluchend nach vorne geeilt, wo Simon und Rosie vor dem Standesbeamten dabei waren, ihre Ringe zu tauschen. Den Rest des

Tages waren sie sich aus dem Weg gegangen, was ihm einmal mehr das Herz zerriss. Er beobachtete sie die ganze Zeit, wie sie mit Declan tanzte, mit Pen trank und dann mit Simon leise in einer Ecke sprach, was ihn schier wahnsinnig machte, obwohl es Simons Hochzeit war und er damit de facto als Nebenbuhler wegfiel. Als sie sich eben verabschiedet hatte, war er ihr eilig nach draußen gefolgt, doch sie beide schienen überfordert mit der plötzlichen Zweisamkeit. Wie Fremde standen sie nun hier und sahen sich ratlos an. Sie wartete immer noch auf eine Antwort, aber Mas Worte kamen ihm wieder in den Sinn, und so zuckte er scheinbar gleichgültig mit den Schultern.

»Ich fand, dass es an der Zeit war, mir ein eigenes Leben aufzubauen.«

Ihre Miene blieb verschlossen, er konnte nicht ausmachen, ob seine Antwort sie verletzte. Irgendwann nickte sie, drehte sich fort und begann, langsam die Straße weiter hinunterzuschlendern. Er hatte sie in wenigen großen Schritten eingeholt.

»Und gefällt dir dein neues Apartment?« Sie klang spitz bei dem Thema.

»Ist ganz nett.«

»Gehört die gute Dottie auch zur Einrichtung?« Sie war erneut stehen geblieben und sah ihn herausfordernd an. Er verkniff sich ein Lächeln. Vielleicht war seine Taktik doch gar nicht so dumm, die Frage hatte ziemlich eifersüchtig geklungen.

»Sie war ein-, zweimal da, um mir bei ein paar ...« Er stockte absichtlich, bevor er fortfuhr. »... Einrichtungsfragen zu helfen.«

Sie zog finster ihre blonden Brauen zusammen.

»So nennt man das jetzt also. Ich hätte dir etwas mehr Geschmack zugetraut bei deiner *Einrichtung*.« Es hatte wohl kühl klingen sollen, doch er wurde das Gefühl nicht los, dass es in ihr brodelte und sie nur Sekunden vor einem Ausbruch stand.

Der Abend konnte vielleicht endlich das Eis zwischen ihnen schmelzen.

»Wenigstens muss ich mit Dottie nicht um jede Kleinigkeit streiten«, fuhr er mit seiner Taktik fort.

Ihre Augenbraue fuhr abschätzig nach oben. »Kein Wunder, Dottie hat den Verstand einer Wassermelone, und mit Wassermelonen kann man nicht streiten.«

Er hätte sie gerne noch weiter gereizt, doch ihre schlagfertige Antwort brachte ihn so zum Lachen, dass sie ebenfalls miteinstimmte und die Spannung zwischen ihnen sich zumindest für den Moment löste.

»Ich vermisse dich«, gestand sie so plötzlich, dass er zunächst glaubte, sich verhört zu haben. Er wollte ihr antworten, ihr sagen, dass er sie ebenso vermisste, doch sie kam ihm zuvor. »Ich finde es in Ordnung, wenn du dein eigenes Leben willst, aber wir können doch wieder Freunde sein. Ich möchte nicht dauernd mit dir streiten, Nando. Es wäre schön, wenn es zwischen uns wie früher sein könnte.«

»Genau das will ich nicht, Maggie. Ich will nicht dein Kumpel sein oder dein kleiner Bruder«, wagte er sich aus seinem Schützengraben, Sallys Mahnung in den Wind schlagend. Er fuhr sich nach Worten ringend durch seine Locken, die wie immer wild von seinem Kopf abstanden. Er wollte sie lieben, bis sie in seinen Armen schrie, wollte jeden Morgen neben ihr aufwachen und jeden Abend neben ihr einschlafen, wollte ihren klugen Kopf und ihr stures Herz erobern, doch all das blieb ungesagt, weil plötzlich hastige Schritte hinter ihnen auf dem Asphalt zu hören waren.

»Nando, Maggie, los, wir müssen sofort zur Eleventh Street, nahe dem East River hat man einen menschlichen Torso gefunden, in rotes Ölpapier gewickelt, Kopf und Gliedmaßen sauber abgetrennt. Nicht mal die Polizei hat bislang Wind davon, das wird unser nächster Scoop.« Declan Tully hatte sie atemlos eingeholt und zog Nando bereits ungeduldig am Hemd.

»Woher hast du die Information?«, fragte Maggie, die sogleich in den Reportermodus gewechselt war.

»Einer unserer Zeitungsjungen, Jimmy McKenna, hat mit seinem Kumpel John McGuire ein Paket aus dem East River gefischt. Die Jungs dachten, sie hätten etwas Wertvolles gefunden, aber stattdessen waren es die menschlichen Überreste. Jimmy hat zuerst mir Bescheid gesagt. Wir müssen uns aber beeilen, das macht garantiert schnell die Runde.«

Nando warf Maggie einen bedauernden Blick zu, sie zuckte mit den Schultern. Sie würden dieses Gespräch vertagen müssen.

17

»Was wissen wir bislang?«

Maggie trat vor und holte ihre Notizen aus der Tasche. »Männlich, weiß, starker Körperbau, ein Teil des Torsos wurde am 26. Juni im East River gefunden, sauber vom Rest des Unterkörpers abgetrennt, ungefähr dort, wo das Zwerchfell liegt. Der Kopf der Leiche fehlt.«

Hillary, die neue Sekretärin, die gerade mit einer Kaffeekanne die Runde machte, riss entsetzt die Augen auf und entschuldigte sich dann eilig, um mit leicht grünlicher Gesichtsfarbe Richtung Toilette zu verschwinden. Simon warf Maggie einen vielsagenden Blick zu. Er kannte nicht viele Frauen – und wenn er darüber nachdachte, auch nur wenige Männer –, die angesichts eines solchen Berichts so professionell geblieben wären. Sie räusperte sich, bevor sie fortfuhr.

»Nur einen Tag später, also am Samstag, haben Arbeiter die untere Hälfte des Torsos in einem Wald nahe der 176. Straße gefunden – ohne Beine und ebenfalls in rotes Öltuch gewickelt. Nando und ich haben uns das ganze Wochenende in der Nachbarschaft umgehört. Eben hat mir dann ein Mann, Frank Gardner, erzählt, dass einer der Masseure drüben am Murray Hills Bath seit Tagen vermisst wird. Er war auf dem Weg zur Leichenhalle, um einen Blick auf die Leichenteile zu werfen. Gardner meinte, er hätte den Mann so oft oben ohne gesehen, dass er keinen Kopf brauche, um ihn zu identifizieren. Wäre es der vermisste Masseur, dann würde es sich bei unserem Torso um einen gewissen William Guldensuppe handeln.«

Simon klatschte aufgeregt in die Hände. Diese Geschichte war pures Gold. Die New Yorker würden ihm die kommenden Ausgaben aus den Händen reißen. Vorsorglich hatte er die Auflage noch einmal erhöht. Mit 300 000 Stück war er nun fast da, wo Hearst und Pulitzer lagen. Und er würde sie übertrumpfen. Das hatte er sich schon nach Hearsts Weihnachtsfeier geschworen. Dank Maggies und Nandos schnellem Einsatz war der *Herald* eine der ersten Zeitungen gewesen, die über den Leichenfund berichten konnten. Seither war jede Ausgabe mit immer neuen Details weggegangen wie geschnitten Brot. Am Montag hatte er sogar eine Belohnung ausgesetzt für weitere Informationen zu der verstümmelten Leiche. Eine Idee, die Hearst und Pulitzer nur einen Tag später übernahmen, dafür mit einem deutlich höheren Geldbetrag. Er würde noch mal drauflegen müssen, wollte er in der Sache die Nase vorn behalten.

Für die heutige Abendausgabe hatte er die gesamte erste Seite freigeräumt. Sonst gab es ohnehin kaum Schlagzeilen, die mithalten konnten. Den Sieg der New York Giants über die Washington Senators hatten sie in der Sonntagsausgabe bereits gebührend ausgeschlachtet. Mit einem Stift zeigte er in die Runde.

»Declan, fahr zur Mulberry Street. Ich habe gehört, Stephen O'Brian hat den Fall übernommen. Hefte dich an seine Fersen, ich will alles wissen, was die Polizei weiß.« Declan nickte knapp.

»Nando, du gehst noch einmal zurück zu den beiden Fundorten, ich brauche mehr Bilder. Maggie, du fragst dich weiter im Umfeld durch, irgendjemand hat mit Sicherheit etwas gesehen oder gehört. Wenn nötig, biete Geld für Informationen, das lockert dem ein oder anderen sicher die Zunge. Lass dir von Simms, unserem neuen Kassierer, zehn Dollar geben. Pen, du fährst zu diesem türkischen Bad, wo das vermeintliche Opfer gearbeitet hat. Versuch an Bilder von diesem Guldensuppe heranzukommen oder zumindest an eine gute Beschreibung, damit wir morgen wenigstens eine Zeichnung drin haben. Ich werde zur Leichenhalle fahren. Wir treffen uns um vier Uhr wieder hier zum Abgleich.«

Wie Bienen schwärmten nun alle aus, Maggie jedoch blieb unentschlossen im Türrahmen stehen.

»Ist noch was?«, fragte er skeptisch.

»Simon, solltest du nicht gleich aufbrechen zu deiner Hochzeitsreise?«

Er zuckte kurz zusammen. Allein das Wort *Hochzeitsreise* war so scharfkantig, als wäre es eine Scherbe, die sie versehentlich aus den Trümmern seiner Träume gepickt hätte. Um sich weiterhin nichts anmerken zu lassen, begann er geschäftig, Papiere auf seinem Schreibtisch von rechts nach links zu schieben.

»Das hier hat Vorrang«, war nach einiger Zeit seine knappe Antwort. Er versuchte, seine gereizte Stimmung ihr gegenüber zu unterdrücken, sie konnte schließlich nichts für seine private Misere, aber am Ende des Tages ging es sie auch nichts an.

Maggies Brauen zogen sich wie Gewitterwolken zusammen.

»Ich kann mir beim besten Willen nicht vorstellen, dass es irgendetwas gibt, was für einen jungen Ehemann wichtiger sein könnte als seine Braut. Wir bekommen das hier auch ohne dich hin, Simon«, sagte sie beschwörend.

Was sollte er darauf wohl antworten? Dass er ein Feigling war, der sich über diesen Toten umso mehr gefreut hatte, weil die Geschichte ihm eine Entschuldigung gab, die Reise zu verschieben? Weil er so von früh bis spät im Büro bleiben konnte und Rosie nicht begegnen musste? Weil er sich zu Hause fühlte wie auf einem zugefrorenen See, bei dem das Eis jederzeit unter seinen unbedachten Schritten brechen konnte?

»Rosie hat Verständnis, wir werden die Reise zu gegebener Zeit nachholen«, war alles, was er hervorbrachte.

Natürlich wäre er jetzt lieber mit ihr in einem Erste-Klasse-Zugabteil oder einem schicken Hotelzimmer, aber nach dieser verhängnisvollen Nacht schienen sie beide nicht mehr zu der Unbeschwertheit zurückzufinden, die vor der Hochzeit geherrscht hatte. Er wollte sie mit jeder Faser seines Seins, er wollte wie Mann und Frau mit ihr leben und konnte nun nicht länger so tun, als ob das körperliche Zusammensein ihm gleichgültig wäre. Die Luft zwischen ihnen war durch diese Erkenntnis so aufgeladen, dass es reichte, wenn er einen Raum betrat, damit sie mit blasser Miene vor ihm zurückwich. Es war unerträglich.

»Mr. Broder, kommen Sie schnell, Luke Jenkins und Davy Brown haben was gefunden.« Jimmy McKenna war in sein Büro geplatzt, einer seiner Newsies, wie die Zeitungsjungen genannt wurden. Er hatte den ersten Leichenteil entdeckt. Maggie beugte sich etwas vor, um mit Jimmy auf Augenhöhe zu sein. Obwohl der Junge schon vierzehn war, reichte er ihr knapp bis zum Brustkorb, was an seinen krummen Beinen liegen mochte, durch die man eine Kanonenkugel hätte durchschieben können.

»Was haben deine Freunde gesehen, Jimmy? Hat es mit der Leiche zu tun?« Sie hatte ihn sanft an den Armen gefasst, was ihn zu beruhigen schien. Sogar seine Segelohren leuchteten weniger rot, als er ihr nun antwortete.

»Schätze schon, Ma'am«, sagte er mit dem gedehnten Lower-East-Side-Singsang. »Waren nämlich zwei herrenlose Beine, die Luke und Davy nahe dem Brooklyn Navy Yard gefunden haben. In rotes Öltuch verpackt. Wenn Sie mit den beiden reden wollen, finden Sie sie in der Nähe der Militärwerft am Ufer des East River.«

Simon beobachtete fasziniert, wie Maggies Miene seine eigenen Empfindungen widerspiegelte – eine Mischung aus Unglauben und Aufregung.

»Hier, danke für deine schnelle Information, Junge. Und nun lauf.« Sie hatte dem kleinen Newsie einen Dime zugesteckt, den Jimmy mit einem schiefen Grinsen in seine abgetragenen Knickerbocker verschwinden ließ, bevor er durch Simons Bürotür wieder ins Freie stürmte.

»Herrje, da muss eine Menge Wut im Spiel gewesen sein. Vielleicht ein Bandenkrieg? Eine offene Rechnung?«, mutmaßte sie.

»Oder etwas Zwischenmenschliches«, sagte Simon, der womöglich zu Ähnlichem fähig gewesen wäre, würde dieser Mistkerl Xaver Hubert noch leben.

»Eifersucht? Verschmähte Liebe?«, riet sie.

»Beides wäre gerade für die weiblichen Leser sicher aufregender als der x-te Tote eines Bandenkriegs. Lass uns zusammen die beiden Jungen befragen, dann sehen wir weiter.«

Seine Kutsche wartete schon. Maggie stieg vor ihm ein, er folgte und setzte sich ihr gegenüber. Die Tür war noch nicht ganz hinter ihm zugefallen, als sie nach seiner Hand griff. Überrascht sah er sie an.

»Simon, was ist wirklich los? Du wirkst bedrückt, gehetzt, gereizt. Dabei bist du frisch verheiratet mit der Frau, die du seit fast fünf Jahren liebst.«

Ihre Spürnase fand wie immer treffsicher die Leerstellen in seiner mager zurechtgezimmerten Geschichte. Darin lag auch beruflich ihre Stärke: Maggies Intuition war ebenso stark wie ihre Ausdruckskraft. Er rieb sich müde den Nacken, während die Kutsche sich Richtung Brooklyn Navy Yard in Bewegung setzte.

»Es ist kompliziert, Maggie. Die Vergangenheit ist wohl doch noch viel präsenter, als wir beide geglaubt haben.«

Sie nickte, wobei sie wenig überrascht schien.

»Ich weiß, wie sehr Rosie dich liebt – und du sie. Ich habe jedoch meine Zweifel, ob eure Liebe stark genug ist, ihre innere

Zerrissenheit zu heilen. Die Wunden, die sie seit damals mit sich trägt, sind wie schlecht geflickte Kriegsverletzungen, Simon. Manche verkrusten irgendwann, andere heilen nie ganz ab. Aber das wusstest du, als du erneut um ihre Hand angehalten hast.« Obwohl ihre Feststellung sachlich klang, verspürte er einen Stich, weil er sich diesen Vorwurf ebenso machte. Gequält schloss er die Augen. Als er sie wieder öffnete, fiel sein Blick auf seine Hand, die sie immer noch hielt. Ihr Daumen rieb sanft und mechanisch über die feinen Härchen an seinem Zeigefinger. Es war eine schlichte Berührung, doch sie bewegte ihn weit mehr, als sie es hätte tun dürfen. Eilig zog er seine Hand fort, nicht aber, ohne ihr ein entschuldigendes Lächeln zu schenken. Er ließ sich tief in die Polster sinken, um etwas Abstand zwischen sich und Maggie zu bringen. Sie senkte den Blick und biss sich auf die Lippe. Er hatte sie getroffen mit seinem hastigen Rückzug, was ihm unendlich leidtat. Derzeit schien er ein Händchen dafür zu haben, diejenigen zu verletzen, die ihm am meisten am Herzen lagen.

Während sie nun schweigend ihrem Ziel entgegenfuhren, fragte er sich, was wohl gewesen wäre, wenn er nur Maggie kennengelernt hätte. Vielleicht hätte er sich Hals über Kopf in sie verliebt. Sie waren sich in so vielen Dingen ähnlich, wohingegen Rosie und er nicht unterschiedlicher hätten sein können. Dieser Mordfall war das beste Beispiel. Sie wäre entsetzt, vor allem darüber, wie er die Sache betrachtete – nämlich als Trittbrett, um seine Auflage noch einmal hochzuschrauben. Maggie verstand das. Sie verstand dieses Kribbeln, wenn man an einer Sache dran war, und das womöglich noch vor der Konkurrenz. Verstand die Erregung, wenn halb New York am nächsten Tag über Dinge diskutierte, die im *Herald* gestanden hatten. Er kam nicht umhin, sie nach diesem Gedankengang eingehend zu betrachten. Sie war ihm lange Zeit kindlicher vorgekommen als Rosie, doch ohne dass er es registriert hätte, war sie neben ihm zur Frau geworden. Was ihm früher niedlich erschienen war, war heute durchaus ansprechend, wenn nicht sogar erregend. Sie war schmal gebaut, fast knabenhaft, doch ihre festen, runden Brüste waren Beweis ihrer Weiblichkeit. Er mochte ihre Grübchen und das Schilfgrün ihrer Augen. Oft wurde er überrascht von Maggies Attraktivität, die nicht so offensichtlich war wie die seiner Frau, sondern mehr im Verborgenen existierte und sich nur demjenigen voll offenbarte, der genau hinsah. Ihre Schönheit kam von innen, zeigte sich in einem Lächeln, in der Art, wie sie sich aufgeregt die Haare hinters Ohr strich, wenn sie einer Geschichte nachging, darin, wie sie hinter Fassaden blickte und ihre klugen Augen Zusammenhänge fanden, wo andere nur Chaos sahen.

Als sie aufblickte, schien sie ihn wie ein offenes Buch lesen zu können, denn ihre Wangen färbten sich so rot, wie seine sich anfühlten. Zum Glück hielt die Kutsche an, sodass der Moment sich nicht noch mehr aufladen konnte. Als sie an die Luft traten und Maggie Papier und Stift zückte, waren sie beide wieder auf sicherem Terrain.

Sie fanden Davy und Luke dort, wo es ihnen Jimmy beschrieben hatte. Tatsächlich hockten die beiden Jungen unweit der Militärwerft am Ufer des East River, immer noch sichtlich erschüttert von ihrem blutigen Fund. Maggie befragte die beiden Zeugen, während Simon die abgetrennten Beine untersuchte. Sie trat irgendwann zu ihm und ging, wie er, in die Hocke, wobei sie das blutige Öltuch mit ihrem Stift weiter anhob, um besser sehen zu können. Sie schluckte hörbar. Er griff in sein Jackett und hielt ihr ein Taschentuch hin, das sie schnell vor die Nase schlug. Der Gestank des fauligen Fleischs hatte ihm bereits den Magen umgedreht. Schmeißfliegen summten über den Überresten, während die feuchte Hitze, die über New York und der Bucht lag, ein Übriges dafür tat, dass ihr Gesicht noch fahler wurde.

»Wenn du mich fragst, dann waren hier zwei Mörder am Werk. Während der Kopf mit fast chirurgischer Präzision abgetrennt wurde, sieht das hier ziemlich stümperhaft aus«, sagte sie mit Blick auf die zerfaserte Haut und die zersplitterten Knochen, als sie sich wieder gefasst hatte.

»Genau mein Gedanke«, sagte Simon, der ihr das Tuch sanft aus den Fingern nahm, um die menschlichen Überreste wenigstens notdürftig zu bedecken.

Sie gaben den Jungen etwas Geld und schickten sie zur Mulberry mit der Bitte, die wieder mal hinterherhinkende Polizei von New York über ihren Fund zu informieren. Als die Kutsche anfuhr, um sie zum Leichenhaus zu bringen, sahen sie bereits die Konkurrenz ankommen.

»Ned Brown ist für das *Journal* an der Geschichte dran. Er ist ein echter Spürhund, wir müssen sehen, dass wir unseren Vorsprung nicht verlieren«, sagte er angespannt.

»Ach was, gestern hat das *Journal* noch die Theorie der Polizei vertreten, dass das Ganze ein makabrer Scherz von ein paar Medizinstudenten sei.«

»So ein Schwachsinn, der leitende Coroner hat doch schon am Sonntag bekanntgegeben, dass der Mann noch lebte, als er zertrennt wurde«, sagte Simon, während Maggie etwas in ihren Block schrieb.

»Stopp«, rief sie plötzlich aufgeregt. Simon klopfte gegen das Dach, sodass Stephens die Pferde zum Stehen brachte. Ihre Wangen glühten und ihre Augen blitzten, als sie ihn nun ansah.

»Das Öltuch – warum bin ich nicht eher darauf gekommen? Wir müssen den Laden finden, wo die Täter das Öltuch gekauft haben. Es muss neu sein, es waren keinerlei Gebrauchsspuren daran. Lass mich in den Läden herumfragen, fahr du weiter zum Leichenhaus. Dr. Tudhill hat vielleicht noch neue Erkenntnisse. Als ich heute Morgen mit ihm telefonierte, sagte er etwas davon, dass der Tote Hände wie eine Frau hatte. Sehr gepflegt und ohne Schwielen oder raue Stellen, das würde zu Mr. Gardners Annahme passen, dass es sich bei dem Mann um den verschwundenen Masseur handeln könnte.«

Simon nickte und ließ sie aussteigen. Nachdenklich blickte er ihr hinterher, als sie mit federnden Schritten durch die Hitze der Stadt lief, als könnten ihr selbst die mörderischen Umstände dieses Tages nichts anhaben. Er lächelte ob ihres Kampfgeistes. Das erste echte Lächeln seit Tagen.

18

Maggie starrte ungläubig auf den Zettel, den sie in den Händen hielt. Der letzte Laden hatte sich als Volltreffer erwiesen. Sie hatte nach kurzer Zeit von Mrs. Max Krieger in Kriegers General Store den Namen und die genaue Beschreibung der Dame erhalten, die vor etwa zehn Tagen rot-goldenes Öltuch bei ihr erstanden hatte. Ihr Herz zerplatzte fast vor Aufregung. Sie blickte auf ihre rasch dahingekritzelten Notizen. *Mrs. Augusta Nack*, eine Hebamme, die ihren Mann verlassen hatte und – an diesem Punkt schüttelte sie staunend den Kopf, dass sonst noch niemand darüber gestolpert war – mit ihrem Liebhaber William Guldensuppe über Werner's Drugstore lebte. Da Maggie nicht an Zufälle glaubte und der Name Guldensuppe zu ungewöhnlich war, um auf zwei Männer zuzutreffen, konnte es sich bei Mrs. Nack also nur um die Herzensdame des vermissten Masseurs handeln.

Während sie den Weg zu Werner's Drugstore einschlug, begegneten ihr ein paar Zeitungsjungen. *Ist der Tote ein gewisser Luis A. Lutz? Neffe glaubt, Onkel an den Überresten erkannt zu haben*, brüllte ein *Journal*-Austräger. *Hilfe aus der Welt der Geister? Medium Stella Gonzales analysiert das Mysterium um den Toten aus dem East River*, skandierte hingegen der Konkurrent der *World*. Der Fall war das Thema der Stadt in diesen letzten, heißen Junitagen.

Maggie machte einen Schlenker über die Redaktion, um zu sehen, ob Simon bereits die Identität bestätigt bekommen hatte, aber er war noch nicht zurückgekehrt. Stattdessen lief sie auf ihrem Weg nach draußen in Rosie.

»Liebes, du hier?«, fragte sie überrascht.

Rosie blickte kurz zu Boden, als müsste sie sich erst sammeln. Das Lächeln, das sie Maggie danach schenkte, wirkte aufgesetzt. »Ich wollte Simon fragen, ob ich uns einen Tisch bei Delmonico's reservieren soll, wo doch schon unsere Hochzeitsreise ins Wasser gefallen ist.« Sie drehte nervös am Stoff ihres Sommerkleides.

»Das ist sicher eine hervorragende Idee. Er sollte wirklich mal Pause machen. Ich werde ihn nachher zwingen, das Büro pünktlich zu verlassen«, befand Maggie, während sie sich bei Rosie unterhakte und diese mit sich auf die fast verwaiste Park Row zog. Die Hitze hatte die Menschen in die Häuser getrieben, nur wenige erschöpft aussehende Passanten waren unterwegs. Obwohl Maggie das Gespräch mit Mrs. Nack unter den Nägeln brannte, wollte sie doch die Gelegenheit nutzen, einen ungestörten Moment mit Rosie zu haben.

»Komm, lass uns ein Stück zusammen gehen. Ich habe noch etwas Zeit bis zu meinem nächsten Termin«, meinte sie und drückte aufmunternd Rosies Arm.

»Gut«, sagte diese zögerlich. Sie schien zu ahnen, dass Maggie sie auf etwas Unangenehmes ansprechen wollte, doch hatte offensichtlich nicht schnell genug eine Ausrede parat.

Sie liefen ein Stück im Schatten der Häuser und bogen dann auf den Broadway ab, der zum berüchtigten Tenderloin gehörte. Hier reihten sich Spielcasinos, Saloons, Bordelle, zwielichtige Theater und Nachtklubs aneinander. Seit es hier Elektrizität gab, nannten die New Yorker den Broadway auch The Great White Way, weil die vielen beleuchteten Werbetafeln die Gegend in der Nacht taghell illuminierten. Vor Sonnenuntergang war hier jedoch vergleichsweise wenig los, besonders in dieser Bruthitze. An einem Stand kaufte Maggie für sie beide Limonade, mit den

Bechern setzten sie sich in den Schatten einer bunten Markise, die zu einem Tanzlokal gehörte. Sie tranken ein paar Schlucke in einvernehmlichem Schweigen, bis Maggie das Wort ergriff.

»Magst du darüber reden?«

Sie vermied es, Rosie mit direktem Blickkontakt unter Druck zu setzen. Sie kannte ihre Cousine nach vier Jahren des engen Zusammenlebens gut genug, um zu wissen, dass sie sich schnell in ihr Schneckenhaus zurückzog, wenn man zu hartnäckig war. Es dauerte, doch dann seufzte Rosie tief.

»Vielleicht war es ein Fehler, dass wir geheiratet haben.«

Maggie schüttelte langsam den Kopf.

»Das denke ich nicht. Wenn zwei Menschen sich so lieben, dann gehören sie zusammen – in guten wie in schlechten Tagen. So habt ihr es euch doch auch versprochen.«

Jetzt war es Rosie selbst, die Maggie forschend in die Augen sah.

»Die schlechten Tage sollten aber nicht gleich den Einstieg in die Ehe markieren, Maggie. Simon war so aufmerksam, so geduldig, so liebevoll. Ich wollte ihm unbedingt etwas zurückgeben. Aber ich konnte nicht.«

Ihre Augen füllten sich mit Tränen. Maggie hätte sie unendlich gerne in ihre Arme gezogen, aber auch das hatte die Erfahrung sie gelehrt: Wenn Rosie sich öffnete, dann tat man gut daran, sie entscheiden zu lassen, wie viel Nähe sie zulassen wollte.

»Weißt du noch, als wir ankamen? Damals ging es dir die ersten Wochen auch sehr schlecht, aber du hast dich rausgekämpft aus diesem Tief. Und du kannst das wieder tun. Du bist stark und mutig, Rosie. Du gibst nicht auf, erst recht nicht, wenn dein Herz dranhängt.« Sie schenkte ihrer Cousine ein warmes Lächeln, die die Distanz nun überbrückte und Maggie zu einer kurzen Umarmung an sich drückte.

»Danke, Maggie. Ich wüsste nicht, was ich ohne dich tun sollte.«

»Du wirst es nun herausfinden müssen, weil ich mich sputen muss. Ich habe vielleicht die Freundin des Toten aus dem East River ausfindig gemacht und will sie unbedingt vor der Konkurrenz interviewen.«

Rosie schüttelte den Kopf.

»Du und Simon, ihr seid euch so ähnlich. Ihr habt beide einen morbiden Gefallen an diesem schrecklichen Fall gefunden«, sagte Rosie, doch ihr Lächeln war nachgiebig und milderte den sanften Tadel ab. Maggie fühlte sich trotzdem ertappt. Wie oft hatte sie in den vergangenen Tagen diese enge Verbindung zu Simon gespürt. Sie beide liebten den Job und waren wie zwei Spürhunde, die auf eine Fährte angesetzt worden waren. Sie musste aufhören, so an ihn zu denken, denn dafür bedeutete ihr Rosie einfach zu viel. Allein schon sie in Gedanken zu hintergehen, kam ihr schäbig vor. Sie richtete sich auf, strich ihren zerknitterten Rock glatt und sah auf ihre Armbanduhr.

»Soll ich den Tisch einfach reservieren, was meinst du?«, fragte Rosie unsicher.

»Mach das. Ein bisschen unbekümmerte Zweisamkeit und ein gutes Essen werden Wunder wirken, du wirst sehen.«

Sie küssten sich auf die Wangen zum Abschied, dann ging jede ihrer Wege. Maggie hoffte indes inständig, dass sie den richtigen Rat erteilt hatte. Es würde die Sache noch schlimmer machen, wenn Simon sich um den gemeinsamen Abend drücken würde.

So in Gedanken versunken, merkte sie gar nicht, wie schnell sie die Ninth Avenue erreicht hatte. Vor der Nummer 439 blieb sie stehen. Das Gebäude war heruntergekommen, der Putz blätterte ab. Die Auslage der Drogerie sah verstaubt und alt aus. Als Maggie durch die Hintertür den Hausflur betrat, lief ihr eine einsame

Ratte vor die Füße. Sie tat einen kleinen Sprung zur Seite, dann holte sie tief Luft und schellte an der Wohnung von Augusta Nack. Auf einem für die Gegend protzigen Messingschild stand in großen Lettern *Lizenzierte Hebamme*.

Es dauerte, doch dann hörte sie schlurfende Schritte. Die Tür öffnete sich einen Spalt, und Maggie sah sich einer Frau gegenüber, die mindestens zweihundert Pfund auf die Waage brachte. Sie war etwas kleiner als Maggie mit einem flachen weißen Gesicht und einem säuerlichen Zug um den Mund. Die Schürze über dem schlichten Hauskleid war fleckig, ebenso wie ihre Pantoffeln. Aus der Wohnung hinter ihr roch es nach Sauerkraut.

»Ja?«, fragte sie unfreundlich.

Maggie setzte ihr herzlichstes Lächeln auf.

»Mrs. Augusta Nack?«

Die andere nickte knapp.

»Maggie May vom *Herald*. Können wir uns über Ihren Lebensgefährten William Guldensuppe unterhalten?«

Mrs. Nack schickte sich schon an, die Tür wieder zu schließen, doch so schnell ließ sich Maggie nicht abwimmeln.

»Hören Sie, Augusta, wenn ich Sie ausfindig gemacht habe, dann wird es nicht lange dauern, bis die Kollegen vom *Journal* oder der *World* ebenfalls auf Ihrer Schwelle stehen. Nur sind die Jungs weniger zimperlich. Viele halten sich für die besseren Cops und nehmen auch schon mal eigenverantwortlich Verhaftungen vor. Ich hingegen würde Ihnen Gelegenheit geben, die Geschichte aus Ihrer Sicht zu erzählen.«

Der Köder war ausgeworfen. Die Frau hatte innegehalten und taxierte Maggie.

»Da gibt's keine Geschichte. Der Mistkerl ist abgehauen und hat mich sitzen lassen«, sagte sie mit einem harten deutschen Akzent. Eine Landsmännin also.

»Woher kommen Sie?«, fragte Maggie nun auf Deutsch. Die andere presste ihre ohnehin kleinen Augen zu schmalen Schlitzen zusammen.

»Frankfurt«, antwortete sie irgendwann.

»Ich komme aus Hamburg. Es ist immer schön, Landsleute zu treffen. Lassen Sie sich mein Angebot durch den Kopf gehen. Was haben Sie schon zu verlieren?«

Maggie lehnte sich mit verschränkten Armen in den Türrahmen, sodass Mrs. Nack sie nun unmöglich ausschließen konnte, zumindest nicht, ohne sie ernsthaft zu verletzen.

»Also gut«, sagte die Hebamme irgendwann und schlurfte in ihre Wohnung zurück. Maggie folgte mit schweißnassen Händen. Mrs. Nack hatte sich in der winzigen Wohnstube schwerfällig auf einen altersschwachen Stuhl fallen lassen, der unter ihrem Gewicht empört knarzte. Wortlos deutete sie auf den anderen Stuhl. Maggie setzte sich und sah sich in dem Apartment um. Es war schlicht, geradezu spartanisch eingerichtet. Allerdings fiel ihr sofort auf, dass auf dem Boden die Umrisse eines Teppichs zu sehen waren, der nun nicht mehr dort lag. Zudem hatte die Dame auf einer Kommode ein Bild mit dem Glas nach unten platziert. Es juckte Maggie in den Fingern, es zu betrachten.

»Dürfte ich um etwas Wasser bitten? Die Hitze setzt mir ordentlich zu«, log sie und fächelte sich gespielt erschöpft Luft zu. Mrs. Nack rollte genervt mit den Augen, stand aber auf und watschelte zu der kleinen Küchenzeile, wo sie Wasser aus einem Krug in ein wenig einladend aussehendes Glas goss. Maggie nutzte die Gelegenheit und ließ das Bild eilig in ihrer Handtasche verschwinden. Sie versuchte, etwas Small Talk zu machen, doch es fiel ihr nach vier Jahren recht schwer, sich in ihrer Muttersprache zu unterhalten. Deutsch benutzte sie nur noch, wenn sie Mutter schrieb, weshalb sie öfter Pausen machte, um nach den richtigen

Worten zu suchen. Die andere hingegen schien eher mit dem Englischen auf Kriegsfuß zu stehen.

Irgendwann hatte Maggie den Eindruck, ihr Gegenüber genug eingelullt zu haben.

»Seit wann wird Ihr Partner vermisst, Mrs. Nack?«, wechselte sie abrupt das Thema. Die Frau war so überrumpelt, dass sie wahrheitsgemäß antwortete.

»Seit vergangenem Freitag.«

»Mrs. Nack, ich habe mich umgehört, bevor ich zu Ihnen gekommen bin. Ihr Ehemann und Sie leben getrennt. Er hätte sicher einen guten Grund, seinem Gegenspieler den Garaus zu machen. Hat er Sie gezwungen, ihm zu helfen?«, wagte sie einen Schuss ins Blaue. Mrs. Nacks blasses, teigiges Gesicht flammte rot auf.

»Wer sagt so was?«, blaffte sie.

»Mrs. Nack, ich gebe Ihnen hier und jetzt die große Chance, die Sache aus Ihrer Perspektive zu erzählen. Sie haben es in der Hand – noch.«

Wie ein Pokerspieler bluffte sie und hoffte, damit durchzukommen. Mrs. Nack blähte ein paar Mal aufgeregt ihre riesigen Nasenlöcher auf, bevor sie weitersprach.

»Das kann mir alles gleich sein, wir gehen ohnehin nach Deutschland zurück.«

Maggies Kopfhaut kribbelte, sie wusste, dass sie den richtigen Fisch am Haken hatte. Sie musste der Angel nur noch ein wenig Spiel lassen. Doch in diesem Augenblick flog die Tür auf und ein Mann stand im Raum. Seine tiefliegenden Augen, die unruhig zwischen Maggie und Mrs. Nack hin- und herflogen, erinnerten an einen wütenden Straßenkater. Sein dunkles Haar stand ihm unordentlich vom Kopf ab.

»Bist du verrückt? Du sollst keinen reinlassen«, ranzte er

Mrs. Nack auf Deutsch an, wohl in dem Glauben, dass Maggie ihn nicht verstand.

»Pass auf, was du sagst, die kann uns verstehen«, sagte Mrs. Nack nun mit einer unfreundlichen Kopfbewegung in Maggies Richtung. Bevor Maggie auch nur ein Wort sagen konnte, hatte der Mann sie am Arm hochgerissen und zur Tür geschleift. Mit einem handfesten Stoß beförderte er sie auf den Flur und schlug ihr die Tür vor der Nase zu.

»Dämliche Kuh«, hörte sie ihn drinnen schimpfen. Die sich anschließende Ohrfeige war ebenso laut und vernehmlich. Maggie griff nach ihrer Tasche, die sie geistesgegenwärtig vom Boden hochgerissen hatte, als der Mann, entweder der gehörnte Gatte oder ein weiterer Liebhaber, Anstalten machte, sie hinauszuwerfen. Sie hatte alles, was sie brauchte.

Mit schnellen Schritten verließ sie das Haus und machte sich auf den Rückweg zur Park Row. Sie kam ein paar Minuten zu spät zur Vier-Uhr-Runde, Simon war bereits dabei, die Rechercheergebnisse für die kommende Ausgabe zusammenzufassen.

»Pen war leider nicht erfolgreich. Die Beschreibungen der anderen Masseure in dem türkischen Bad waren mehr als dürftig und reichten von klein und untersetzt bis hin zu hünenhaft, breit und tätowiert.«

»Dann seht mal her«, mischte Maggie sich ein, drängte sich durch die anderen nach vorne und hielt das Foto hoch, das sie bei Mrs. Nack hatte mitgehen lassen.

»Voilà, Mr. William Guldensuppe«, sagte sie wie eine Varietékünstlerin, die ein Kaninchen aus dem Hut gezogen hatte.

Simons Augen weiteten sich. Er nahm ihr den Rahmen ab und starrte ehrfürchtig auf den blonden Mittdreißiger, der mit freiem Oberkörper und gekreuzten, muskelbepackten Armen posierte.

»Unglaublich, eben hat der Coroner mir seine neueste Theorie mitgeteilt, nämlich, dass die Abschürfungen und Verletzungen am Torso daher stammen könnten, dass jemand versucht hat, eine Tätowierung zu entfernen, um so eine Identifikation zu erschweren.« Er sah sie an, dann riss er sie in seine Arme und drehte sich mit ihr einmal lachend durch den Raum.

Als er sie wieder absetzte, strahlte er über das ganze Gesicht. »Du bist ein Goldstück, Maggie Steele. Wir werden die Ersten sein, die über diese Sensation berichten können. Komm in mein Büro. Pen, gib das Foto in den Druck, dazu die Bilder, die Nando vom Fundort und den abgetrennten Körperteilen im Leichenschauhaus gemacht hat.« Er griff nach Maggies Hand und zog sie hinter sich her zu seinen Heiligtümern. Aus dem Augenwinkel sah sie, dass Nando eben das Verlagsgebäude betreten hatte und ihnen betroffen nachblickte. Sie schluckte schwer, weil sie an seine Worte von neulich denken musste. *Ich will nicht dein Kumpel sein und auch nicht dein kleiner Bruder ...* Sie würde es ihm in einer ruhigen Minute erklären – wenn sie sich selbst darüber im Klaren war, was genau sie empfand.

Die Bürotür schloss sich hinter ihnen, und Simon ließ sich beschwingt in seinen Stuhl fallen. Dann parkte er seine Füße großspurig auf dem Schreibtisch und kreuzte die Hände hinter dem Kopf.

»Ich will alle schmutzigen Details«, sagte er zwinkernd, als sie ihm gegenüber Platz nahm und von ihrem denkwürdigen Nachmittag berichtete. Am Ende ihres abenteuerlichen Berichts schüttelte er halb amüsiert, halb tadelnd den Kopf.

»Wie immer schlägst du all meine Warnungen, solche Alleingänge zu machen, in den Wind. Dafür hast du aber natürlich den Scoop für morgen gelandet. Das müssen wir feiern. Ich habe noch einen erstklassigen Bourbon da.« Er wühlte bereits in der Schublade, als sie sich räusperte.

»Simon, wolltest du heute Abend nicht etwas mit Rosie unternehmen?«

Die Frage hing schwer im Raum, während das Leuchten aus seinen Augen verschwand und dafür der schwermütige Ausdruck zurückkehrte, den er seit der Hochzeit zu verbergen versuchte.

»Es ist besser, wenn wir uns noch ein wenig aus dem Weg gehen, glaube mir. Ein romantisches Essen zu zweit, ein paar Gläser Wein, gelockerte Stimmung, und am Ende stehen wir wieder da, wo wir in der Hochzeitsnacht waren. Ich weiß, dass es feige ist, aber ich habe ihr gesagt, dass ich noch bis spät im Büro bleiben muss wegen des Falls.«

»So legst du noch mehr Steine auf die Mauer, die ihr gerade zwischen euch errichtet«, befand sie leise. Er nickte traurig, während er nach der Flasche Bourbon und zwei Gläsern angelte.

Er schenkte großzügig ein und reichte ihr eins. »Auf intelligente Frauen und feige Kerle«, sagte er selbstverachtend, während er ihr seinen Tumbler zum Anstoßen hinhielt. Als er sie mit einem warmen Lächeln bedachte, verkniff sich Maggie eine weitere Moralpredigt. Sie ignorierte das schlechte Gewissen, das grimmig in ihrem Magen hockte wegen ihres Versprechens, ihn heute früh genug für das Essen nach Hause zu schicken. Stattdessen stieß sie mit ihm an.

19

Rosie saß in der Kutsche und starrte auf die hell erleuchteten Fenster des Restaurants. Drinnen saßen schon etliche Gäste, Paare, Familien, Geschäftsleute, und genossen ihr Essen. Es sah einladend aus, trotzdem zögerte sie. Ob sie wirklich die Chuzpe besaß, den reservierten Tisch auch ohne ihren Ehemann in Anspruch zu nehmen? Es ziemte sich eigentlich nicht für Frauen, allein auszugehen, zumindest nicht am Abend, doch es reizte sie, diese Grenze heute zu überschreiten.

Sie war enttäuscht gewesen, nachdem Simon ihr einen Korb gegeben hatte. Angeblich banden der Mordfall und die neuesten Entwicklungen ihn an die Redaktion. Es mochte stimmen, jedoch ahnte Rosie, dass er die Arbeit gerade nur allzu gerne als Ausrede nutzte, um ihr aus dem Weg zu gehen – und sie konnte es ihm nicht einmal verübeln. Sie machte es ihm nicht gerade einfach und verhielt sich unmöglich, wenn er zu Hause war. Zuckte erschrocken zusammen, wenn er einen Raum betrat, wich ihm aus oder suchte unter einem Vorwand das Weite. Sie wünschte, sie könnte aus ihrer Haut heraus, aber je mehr Druck sie sich machte, desto mehr entwickelte ihr Körper ein Eigenleben. Sie schien keine Macht mehr darüber zu haben, wie er reagierte.

Nach Simons Absage hatte sie zunächst überlegt, den Abend mit einem Glas Wein und einem Buch vor dem Kamin ausklingen zu lassen, doch dann hatte sie eine merkwürdige Unruhe erfasst. Sie war durch die teuer eingerichteten Räume gelaufen, in denen sie sich immer noch fremd und vor allem nutzlos fühlte. Alles war perfekt aufgeräumt und sauber. Die Betten gemacht, die Wäsche gewaschen, die Böden geschrubbt und das Essen eingekauft und zubereitet. Rosie tat sich schwer, sich an diesen Luxus zu gewöhnen. Es erschien ihr dekadent, ihre Tage mit Nichtstun zu verbringen. Sie hatte ihr Leben lang gearbeitet, und es hatte ihr nie etwas ausgemacht. Als Mama damals krank geworden war, hatte sie die Hausarbeit übernommen. Sie konnte gut kochen, war geschickt im Nähen und verstand es, ein Heim sauber und gemütlich zu halten. Wäre nicht ihr Stiefvater gewesen, sie wäre sogar mit der Arbeit in der Metzgerei klargekommen, auch wenn ihr die Tiere leidtaten und der Geruch ihr oft Übelkeit verursachte. Jedoch hatte sie es gemocht, sich neue Rezepturen und Gewürzmischungen für die Würste und das Fleisch auszudenken. Und ihren Job als Nanny hatte sie geliebt. Die Arbeit mit den Kindern hatte sie erfüllt und zufrieden gemacht.

Nun, als Simons Ehefrau, konnte sie unmöglich weiterarbeiten. Man erwartete, dass sie gesellschaftlichen Pflichten nachging. Bälle organisierte, sich für wohltätige Zwecke engagierte und natürlich selbst Kinder in die Welt setzte. Die Welt der Reichen war ihr jedoch fremd, sie fühlte sich darin wie ein ungebetener Zaungast. Und an das Thema Kinder konnte sie nicht einmal denken, ohne dass die Angst ihr dabei die Kehle zuschnürte.

Die tägliche Langeweile half nicht, ihre Dämonen in Schach zu halten. Im Gegenteil, je ausgefüllter ihre Tage gewesen waren, desto ruhiger hatte sie sich innerlich gefühlt. Allerdings hatte das Gespräch mit Maggie etwas in ihr bewegt. Sie wollte kämpfen – um ihre Ehe, um Simon, aber auch für sich selbst. Sie wollte Fuß fassen in dieser neuen, fremden Welt, wollte *Stamina* zeigen, ihren Mann stehen. Genau deshalb hatte sie irgendwann beschlossen, den reservierten Tisch nicht abzusagen.

Mit einem letzten tiefen Atemzug nickte sie Stephens zu, der geduldig darauf gewartet hatte, dass sie ihm ein Signal geben würde. Er öffnete den Schlag und half ihr heraus. Rosie richtete ihre Röcke, nahm all ihren Mut zusammen und lief auf das imposante Gebäude zu, das genau auf der Ecke zwischen der Beaver und der South William Street stand und wie ein großes Dreieck wirkte. Ein livrierter Kellner öffnete ihr die Tür, ein weiterer kam ihr schon mit einer tiefen Verbeugung im Foyer des Restaurants entgegen.

»Sie haben reserviert?«, fragte der Mann, der einen starken italienischen Akzent hatte.

»Ja, für Broder, zwei Personen«, sagte Rosie und war stolz darauf, wie selbstsicher ihre Stimme klang.

»Mr. Broder kommt später?«, erkundigte sich der Mann, der nach einem schnellen Blick zu dem Schluss gekommen war, dass der Dame die Begleitung fehlte.

»Nein, Mr. Broder ist verhindert, ich nehme mein Mahl heute allein ein.«

Der Kellner nickte beflissen. Wenn er überrascht war, dass eine Frau allein in ein Restaurant ging, ließ er es sich zumindest nicht anmerken. Und schließlich war sie verheiratet, es war also nichts Anstößiges daran.

Der Kellner bedeutete ihr, ihm zu folgen, wobei er im Vorbeigehen schon eine Speisekarte griff. Der Raum war gut gefüllt, die Lautstärke beim Eintreten überraschte sie. Vermutlich hatten die dicken roten Samtvorhänge, die das Restaurant vom Eingangsbereich trennten, den meisten Lärm geschluckt. Ihr Tisch stand am Fenster, sie hatte einen guten Blick auf die Beaver Street und den lauen Sommerabend, der sein orange-violettes Kleid langsam abstreifte und in sein dunkles Nachtgewand schlüpfte, auf dem die ersten Sterne funkelten. Sie riss sich von dem romantischen Anblick los und studierte die Karte, während der Kellner ihr bereits Wasser in ein Kristallglas goss. Sie wählte den Hummer Newberg, eines der Gerichte, für die das Delmonico's berühmt war, dazu orderte sie Weißwein. Der Kellner nahm ihre Bestellung auf und verschwand Richtung Küche, während Rosie ihren Blick durch das Restaurant schweifen ließ. Etwa die Hälfte der Tische war besetzt. Sie beobachtete ein Paar dabei, wie es sich verliebt über die gedeckte Tafel hinweg bei den Händen hielt. Betreten wandte sie den Blick ab, weil diese intime Gerste sie nur allzu deutlich daran erinnerte, woran es in ihrer Ehe haperte.

»Sagen Sie nicht, dass man Sie versetzt hat«, hörte sie eine angenehme Stimme neben sich. Sie drehte sich in die Richtung, aus der die Stimme gekommen war, und sah einen Mann, der ebenfalls allein an einem Tisch ihr gegenübersaß. Er mochte etwa zehn Jahre älter als sie sein, mit leicht ergrauten Schläfen und einem ordentlich gestutzten Vollbart. Er lächelte freundlich und nickte, als sich ihre Blicke trafen. Rosie schlug unsicher die Augen nieder. Sie wollte nicht den Eindruck vermitteln, dass sie offen für Avancen wäre. Doch der Mann ließ sich nicht beirren.

»Wer immer auch eine so atemberaubend schöne Frau allein ausgehen lässt, ist ein Narr – oder ein Glückspilz.«

Mit dem Zusatz hatte er ihre Neugier geweckt.

»Wie meinen Sie das?«, fragte sie mit leicht geneigtem Kopf.

»Nun, entweder lässt der Kerl es darauf ankommen, oder er ist sich Ihrer Liebe ziemlich sicher«, befand er.

»Wir sind frisch verheiratet, leider ist ihm heute etwas dazwischengekommen«, fühlte sie sich genötigt zu erklären. Der Mann nickte mit einem wissenden Lächeln.

»Also doch ein Narr. Frisch verheiratete Männer sollten sich von nichts und niemandem aufhalten lassen, um Zeit mit ihrer Angetrauten zu verbringen.«

»Nun, leider kann es sich nicht jeder aussuchen. Mein Mann hat berufliche Verpflichtungen, die nicht warten konnten«, verteidigte sie Simon vor dem Fremden.

»Also doch auch ein Glückspilz – mit einer so verständnisvollen Frau.«

Sie zuckte die Schultern, unsicher, ob sie das Gespräch weiterführen sollte. Der Mann nahm ihr aber mit seinem freundlichen Plauderton, den er nun anschlug, den Wind aus den Segeln.

»Delmonico's ist wirklich ein nettes Restaurant, obwohl man hier auch die Konkurrenz der beiden großen Hotels spürt. Gerade das Waldorf mit seiner erstklassigen Küche macht den Delmonico-Brüdern zu schaffen. Wussten Sie, dass derzeit ein neues Delmonico's an der Fifth Avenue gebaut wird?«

»Ich hörte davon«, antwortete sie.

»Entschuldigen Sie meine Unhöflichkeit, ich habe mich nicht einmal vorgestellt. Dr. Jeffrey Fiend«, sagte der Mann und deutete eine Verbeugung an.

»Rosie ...« Sie stolperte kurz über den immer noch ungewohnten Nachnahmen. »Rosie Broder«, sagte sie dann mit fester Stimme.

»Sie sind aber nicht die Gattin des Zeitungsverlegers, oder?«, fragte Fiend.

»Tatsächlich bin ich genau die.«

Er nickte kurz anerkennend. »Beeindruckend, was Ihr Gatte hier auf dem Zeitungsmarkt in so kurzer Zeit bewegt hat. Sie müssen sehr stolz auf ihn sein.«

Sie stutzte kurz. Bislang hatte Rosie den *Herald* immer als eine Art Nebenbuhlerin betrachtet. Sie war eher eifersüchtig gewesen, weil diese so viel mehr Aufmerksamkeit von ihm bekam. Doch nun versuchte sie, Simons Arbeit durch die Brille dieses Fremden zu betrachten, und schämte sich fast dafür, dass sie nicht mehr Interesse an der Arbeit ihres Mannes gezeigt hatte. Zögerlich nickte sie. Um möglichen Fragen bezüglich der Zeitung auszuweichen, auf die sie vermutlich wenig zu antworten gewusst hätte, lenkte sie das Thema in eine andere Richtung.

»Und Sie sind Arzt?«

»Psychiater. Ich habe unter anderem bei Theodor Meynert in Wien studiert, wo ich einen jungen Kollegen namens Siegmund Freud traf. Mit ihm habe ich einige sehr interessante Theorien zur Behandlung von seelischen Krankheiten entwickelt. Wir befassten uns beide unter anderem mit Hypnose als Mittel der Wahl, um verschüttete Traumata aufzuspüren und zu heilen.«

Rosies Interesse war geweckt. Sie sah den Mann aus großen Augen an.

»Das klingt aber äußerst spannend. Würden Sie mir mehr darüber erzählen?«

»Wäre es vermessen, wenn ich mich dafür zu Ihnen an den Tisch setzen würde? Wir könnten uns beim Essen Gesellschaft leisten.«

Rosie dachte kurz nach, doch der Gedanke, dass der Mann ihr womöglich bei ihren Problemen helfen konnte, war stärker als die Sorge, was die Leute sagen würden. Sie deutete einladend auf den leeren Stuhl ihr gegenüber, und Fiend winkte den Kellner herbei, um sein Gedeck an den anderen Tisch bringen zu lassen. Zeitgleich wurde das Essen aufgetischt.

»Delmonico-Steak, haben Sie das schon mal gekostet?«, fragte ihr neuer Bekannter und schnitt ein Stück ab, das er sich dann mit vorfreudigem Lächeln in den Mund schob. Rosie schüttelte lächelnd den Kopf. »Es ist mein erster Besuch hier.«

Der Duft ihres Hummers stieg ihr in die Nase und ließ ihr das Wasser im Mund zusammenlaufen. Die cremige Soße aus Sherry, Butter und Sahne war so umwerfend gut, dass sie kurz überwältigt die Augen schließen musste.

»Ja, Ihr Gatte ist gleich in mehrfacher Hinsicht zu bedauern.

Nicht nur verpasst er dieses großartige Essen, ihm ist auch Ihr Anblick verwehrt, während Sie es genießen.«

»Ich hoffe, Sie haben meine freundliche Einladung an diesen Tisch nicht missinterpretiert«, fragte sie, nun mit deutlicher Schärfe, um gleich die richtigen Grenzen zu setzen. »Keine Sorge, Mrs. Broder. Ich wollte Ihnen nicht zu nahe treten, es war lediglich als Kompliment gemeint.«

Sie nickte und aß zunächst schweigend weiter. Dann jedoch obsiegte ihre Neugier.

»Erzählen Sie mir noch ein wenig von Ihrem Beruf.«

Er wischte sich den Mund mit der Stoffserviette ab, die er danach neben seinen Teller legte. Dann faltete er gewichtig die langen Finger unter dem Kinn und betrachtete sie einige Augenblicke lang.

»Sehen Sie, Mrs. Broder, ich will Sie nicht verstören. Das ein oder andere Thema könnte vielleicht für eine junge Frau ...« Er suchte einige Momente nach der richtigen Vokabel. »... delikat sein«, schloss er.

»Oh, keine Sorge, ich bin nicht so zart besaitet«, beruhigte Rosie ihn und rückte etwas vor, um ihm zu bedeuten fortzufahren.

»Nun gut. Ich bin Anhänger einer neuen Richtung, die sich Psychoanalyse nennt. Wir suchen nach frühkindlichen Traumata in der Biografie der Patientinnen, die mit Neurosen und Hysterie zu uns kommen. Oft, so hat es unser Forschungszweig gezeigt, liegen die Ursachen in einer Störung der Sexualität durch ein verdrängtes Erlebnis. Zu diesem Punkt muss man kommen, indem man sich in die Seele hineinhört und -fühlt.«

Er sah sie nun durchdringend an. Vermutlich war ihm aufgefallen, dass ihr sämtliche Farbe aus dem Gesicht gewichen war, als er unbewusst genau ihr Problem beschrieben hatte. Sie brauchte einige Momente, um sich zu sammeln. Fiend ließ ihr Zeit, er schien wirklich ein aufmerksamer Beobachter zu sein. Statt sie zu bedrängen oder weiter zu plaudern, winkte er den Kellner heran und deutete schweigend auf ihr leeres Glas. Dankbar trank sie noch ein paar wenig damenhafte, große Schlucke, bis sich ihr aufgewühltes Inneres beruhigt hatte. Doch die Angst, zu viel von sich preiszugeben, ließ sie weiter beharrlich schweigen. Als die Stille am Tisch begann, sich schwer und bedeutsam auszubreiten, erlöste Fiend sie schließlich mit seinem freundlichen Rückzug.

»Mrs. Broder, ich hoffe, Sie halten mich nicht für unhöflich, aber ich habe noch eine Verabredung auf ein Bier mit einem Kollegen.« Er fasste in seine Innentasche und zog eine Visitenkarte heraus.

»Sollten Sie jemals Bedarf an meinen Diensten haben, zögern Sie nicht, mich zu kontaktieren.«

Dankbar nahm sie die Karte an sich, während er die Rechnung für sie beide beglich und sich dann mit einem wissenden Lächeln verabschiedete. Vermutlich ahnte er, dass das nicht ihr letztes Zusammentreffen sein würde. Sie blickte ihm gedankenverloren nach. Vielleicht war es so etwas wie Schicksal gewesen, dass sie heute allein essen gegangen und hier auf Fiend getroffen war. Mit neu gewonnener Zuversicht trat sie in den lauen Sommerabend. Die Restwärme des Tages stieg vom Gehweg hoch, während Rosie auf Simons Kutsche zuging, die mit den anderen Droschken gegenüber dem Lokal gewartet hatte. Sie wollte Stephens schon Anweisung geben, sie nach Hause zu fahren, als ihr ein Gedanke kam.

»Fahren Sie mich bitte zum *Herald*.« Aufgeregt knetete sie die Finger, während die Pferde antrabten. Sie würde Simon überraschen. Sie wollte ihm zeigen, dass sie nicht aufgeben würde. Dass sie kämpfen wollte. Sie hatte ihre dunkle Vergangenheit bislang nie wie eine Krankheit betrachtet, doch womöglich war es genau das, und ein Arzt wäre in der Lage, ihr Linderung zu verschaffen. Fiends Visitenkarte steckte wie ein Schatz in ihrem Retikül. Sie war gespannt, was Simon dazu sagen würde. Einen Versuch wäre es doch allemal wert. Vielleicht konnte der Psychiater sie am Ende vor sich selbst retten.

Als die Kutsche hielt, hämmerte ihr Herz vor Aufregung. Sie ging auf den schlichten Backsteinbau zu, in dem nur noch hinter einem der großen Fenster schwaches Licht brannte. Natürlich war es Simons Büro. Sie wollte schon zur Eingangstür eilen, als sie innehielt. Fassungslos starrte sie auf die beiden Silhouetten, die im Schein seiner Schreibtischlampe eng beieinanderstanden. Simons breites Kreuz war ihr schräg zugewandt, während er seine Arme um die andere Person gelegt hatte. Trotz der dämmrigen Beleuchtung hätte sie Maggie unter Hunderten erkannt. Ihr blondes, halblanges Haar, ihre schmale Taille, ihre Stupsnase. Vielleicht waren es nur Sekunden, doch für Rosie schien der Kuss nicht enden zu wollen. Im Gegenteil, die beiden waren so vertieft, dass sie Rosies schmerzverzehrten Schrei nicht einmal wahrnahmen. Wie betäubt taumelte sie zur Droschke zurück, doch noch bevor Stephens ihr den Schlag aufhalten konnte, wurde ihr übel. Eilig drehte sie sich zur Seite und erbrach den teuren Hummer in die Büsche. Danach fühlte sie nur noch Leere. Sie bedeutete dem Kutscher, dass sie seine Dienste nicht mehr benötigte, und lief los – ziellos, haltlos, verloren. Irgendwann endete sie vor dem Tenement in der Orchard Street. Johanna war tatsächlich der einzige Mensch, der ihr nach Maggies und Simons Verrat einfiel, bei dem sie Unterschlupf finden konnte. Mit Tränen in den Augen schob sie die schwere Holztür des heruntergekommenen Gebäudes auf.

20

Es waren nur wenige Sekunden gewesen, doch sie hatten gereicht, um Maggie in ihren Grundfesten zu erschüttern. Alles, woran sie bislang geglaubt hatte, schien wie ein Kartenhaus in sich zusammenzufallen. Dabei hatte sie in den vergangenen Jahren so unzählig viele Nächte damit verbracht, sich vorzustellen, wie es wäre, von Simon geküsst zu werden. Und nun, da es geschehen war, fühlte es sich einfach nur falsch an. Kurz bevor er sich zu ihr gebeugt hatte, hatte Maggies Herz aufgeregt geflattert. Sie wusste, auf was der Moment hinauslaufen würde. Simon stand dicht vor ihr, sie konnte seinen Atem auf ihrem Gesicht spüren und sehen, wie sein Blick an ihren Lippen haften blieb. Sie hatte es gewollt, doch sobald sich ihre Münder berührten, kam schnell die Erkenntnis, dass der Kuss nichts in ihr auslöste außer Schuldgefühlen und Selbstverachtung. Wie konnte sie Rosie das nur antun? Er war ihr Mann, er liebte sie, und sie liebte ihn. So einfach war die Gleichung, in der Maggie nicht vorkommen durfte.

Sie hatte ihn schnell von sich gestoßen, während ihr die Tränen in die Augen schossen. Er wirkte ebenso erschüttert. Sie fand jede verstörende, erdrückende Gefühlsregung, die sie verspürte, wie in einem Spiegel auf seinen sonst so selbstsicheren Zügen. Sie keuchten beide schwer, jedoch nicht vor Leidenschaft, sondern der Tatsache geschuldet, dass sie sich hatten hinreißen lassen in diesem einen dummen Moment – beide waren sie euphorisch gewesen wegen Maggies Recherche und leichtsinnig wegen Simons Alkohol. Anders konnte sie sich ohnehin nicht erklären, wie es zu dem Kuss gekommen war.

»Ich gehe jetzt besser«, hatte sie tonlos gesagt, ihre Tasche und ihren dünnen Sommermantel gegriffen und war in die viel zu warme Nacht gestürmt. Sie hatte nicht zurückgeblickt, und er hatte zum Glück nicht versucht, sie aufzuhalten. Maggie genoss den Fußmarsch nach Flatbush, auch wenn es eine ziemliche Strecke war, die sie zurücklegen musste. Am Ende jedoch hatte sie wieder einen klaren Kopf. Klar genug, um die Sache im sich wild drehenden Karussell ihrer Gedanken noch einmal von allen Seiten zu beleuchten. Fakt war, dass der Kuss ihr die Augen geöffnet hatte: Sie hatte all die Jahre die Idee von ihm geliebt, jedoch unbewusst schon lange erkannt, dass sie nicht zusammengehörten, dass sein Herz immer für Rosie schlagen würde. Trotzdem hatte dieser dumme Kuss alles geändert. Wie sollten sie jetzt im Arbeitsalltag zu der freundschaftlichen Unbeschwertheit zurückfinden? Wie konnte sie Rosie unter die Augen treten mit der Schuld, die sie auf sich geladen hatte?

»Dumme Kuh«, schalt sie sich selbst und schlug sich vor den Kopf, sodass ein einsamer Passant sie argwöhnisch betrachtete, während er kopfschüttelnd die Straßenseite wechselte. Sie scherte sich nicht darum. Vielleicht war es an der Zeit, New York den Rücken zu kehren. Sie hatte neulich Gunnar Lensky getroffen, einen von Hearsts Muckrakern, der kurz nach den ersten Erfolgen des *Herald* die Stadt Richtung San Francisco verlassen hatte.

»Wir könnten eine Frau von deinem Format gebrauchen«, hatte er ihr bei einem Bier gesagt und ihr seine Karte hingeschoben. Maggie hätte im Traum nicht daran gedacht, Lenskys Angebot anzunehmen, doch nun hatte sich ihr Blatt gewendet. Es wäre das einzig Richtige, Rosie zu beichten, was geschehen war, um ihr dann anzubieten, den *Herald* und möglicherweise sogar die Stadt zu verlassen. Sie musste ihr jedoch vorher unbedingt erklären, dass dieser Kuss nichts bedeutet hatte. Dass er im Gegenteil heilsam gewesen war, weil sie vermutlich beide erkannt hatten, dass es für Simon immer nur Rosie geben würde. Sie seufzte schwer, während sie in ihre Straße einbog und bereits in der Tasche nach dem Schlüssel suchte. Als sie hochblickte, erschrak sie jedoch, weil sich gleich vor ihrer Haustür eine Gestalt aus der Dunkelheit schälte.

»Nando«, rief sie erleichtert, als das Licht einer Straßenlaterne sein vertrautes Gesicht anstrahlte.

Etwas an der Art, wie er entschlossen auf sie zuging, ließ ihr Herz so plötzlich höherschlagen, dass ihr fast schwindelig wurde. Mit wenigen langen Schritten stand er vor ihr. Allein seine Nähe führte dazu, dass alles in ihr zu kribbeln begann. Ihr Atem beschleunigte sich, und ihr Mund öffnete sich, doch sie brachte kein Wort heraus. Auch er schwieg, während sie einander tief in die Augen sahen. Hitze schoss durch sie hindurch, was an dem Feuer liegen konnte, das in seinen schwarzen Augen loderte. Es bedurfte keinerlei Worte. Sie beide taten zeitgleich einen letzten Schritt aufeinander zu. Dann endlich lagen seine Lippen auf ihren. Seine großen, rauen Hände umfassten dabei unendlich zart ihr Gesicht. Er vertiefte den Kuss, presste sie hungrig und verzweifelt an sich mit all der aufgestauten Leidenschaft der vergangenen Jahre. Maggie entrang ein Laut, der irgendwo zwischen einem Schluchzen und einem Lachen lag. Was für ein verrückter Abend, schoss es ihr durch den Kopf. Sie war einundzwanzig Jahre durchs Leben gegangen, ohne je geküsst worden zu sein, und an einem einzigen Abend geschah es gleich zweimal. Nur dass es dieses Mal so komplett anders war, denn Nandos Kuss fühlte sich an, als hätte sie endlich das eine, fehlende Puzzleteil gefunden, das ihr Bild vervollständigte. Sie klammerte sich an ihn, weil sie nicht genug von diesem berauschenden Gefühl bekommen konnte.

»Lass uns reingehen«, flüsterte sie irgendwann atemlos, schwerelos, kopflos.

Er sah sie aus seinen dunklen Augen herausfordernd an.

»Wenn ich jetzt mit dir dort hineingehe, Maggie Steele, gibt es kein Zurück mehr.«

»Wer will schon zurück?«

Sein schiefes Grinsen war Antwort genug. Entschlossen zog sie ihn wieder an sich. Küssend, taumelnd und lachend bewegten sie sich auf die Haustür zu, gegen die er sie ein paar wilde Momente presste, um seinen Standpunkt noch einmal klarzumachen. Maggie betete, dass die Nachbarn schon schliefen, während sie fahrig versuchte, das Schloss zu finden. Endlich traf sie, woraufhin sie in den dunklen Hausflur stolperte und Nando mit sich zog. Die Tür fiel krachend hinter ihnen zu, doch sie nahmen kaum Notiz davon. Zu sehr waren sie damit beschäftigt, diesen unglaublichen Kuss auszukosten. Irgendwie waren sie die Treppe hochgekommen und standen nun schwer atmend in Maggies Schlafzimmer.

»Bist du dir wirklich sicher?«, fragte er eindringlich.

Sie nickte, weil sie nicht mehr in der Lage war, sinnvolle Sätze von sich zu geben. Sie wusste nur, dass er alles war, was sie in diesem Augenblick wollte. Sie schien in Flammen zu stehen, und seine Berührungen waren das Einzige, was dieses brennende Sehnen löschen konnte. In einer fließenden Bewegung zog er sich sein Hemd über den Kopf, wobei zwei Knöpfe absprangen, weil er sich nicht die Mühe gemacht hatte, es vorher zu öffnen. Das Hemd flog nur wenige Sekunden später achtlos hinter den Knöpfen her zu Boden. Sie starrte gebannt auf seinen muskulösen Oberkörper. Auch wenn sie ihn durch das kleine Versehen in der Orchard Street schon einmal nackt gesehen hatte, erregte der Anblick sie unglaublich. Sie zitterte, als sie begann, die zarten Perlmuttknöpfe an ihrem Sommerkleid zu öffnen. Er schloss fast gequält die Augen, als sie danach nur in ihrer Spitzenunterwäsche und den feinen Seidenstrümpfen auf ihn zutrat.

»Gott, Maggie, du bist so unglaublich schön«, flüsterte er, während er sie ehrfürchtig an sich zog. Sie konnte die Wärme seiner Haut spüren und den Rhythmus seines Herzens, der mit ihrem im Einklang schlug. Als er sich nun zu ihr beugte, war der Kuss fast scheu, hatte aber eine Tiefe, dass sie glaubte, sich darin zu verlieren. Ihre Knie wurden weich, sodass sie sich noch mehr an ihn klammerte.

»Himmel, wo hast du gelernt, so zu küssen?«, fragte sie nach einer kleinen Ewigkeit, als sie endlich wieder in der Lage war, ihre Stimme zu benutzen.

»Das willst du nicht wissen«, sagte er trocken, wobei er sie so plötzlich umfasste und hochnahm, dass sie einen kleinen, heiseren Schrei ausstieß. Er legte sie sanft auf das Bett, dann schälte er sich aus seiner Hose. Ihr stockte erneut der Atem. Angst, Aufregung und Vorfreude hielten sich die Waage, doch Maggie war noch nie ein Feigling gewesen. Beherzt entledigte sie sich ihrer seidenen Wäsche und streckte die Arme nach ihm aus. Es schien das Natürlichste auf der Welt, als er sich nun, wie Gott ihn geschaffen hatte, neben ihr ausstreckte.

Sie ließen sich unendlich viel Zeit, um sich zu erkunden, sodass sie bereits im Einklang waren, lange bevor sie begannen, sich zusammen zu bewegen. Er war über ihr, hielt sie mit seinem Blick, während sein Körper sie auf eine Klippe zutrieb, über die sie irgendwann taumelnd in ein unbeschreibliches Glücksgefühl stürzte. Erst dann schloss er die Lider, um ihr zu folgen.

Als er sie danach eng an sich gepresst hielt, hatte Maggie das Gefühl, am sichersten und wunderbarsten Ort der ganzen Welt zu sein.

Sie musste eingedämmert sein, denn erst ein lautes Klopfen riss sie aus ihrem verwegenen Traum, in dem das eben Erlebte eine einnehmende Rolle spielte. Benommen blinzelte sie in die Dunkelheit. Nando war neben ihr bereits aufgewacht. Sein ganzer

Körper war angespannt, während er sie fragend ansah. Das Klopfen wurde vehementer. Sie zuckte die Schultern, während sie eine ungute Vorahnung beschlich. Sie stieg aus der Wärme seiner Umarmung und zog sich schnell ihren Morgenmantel über. Dann lief sie im Dunkeln die Treppe hinunter. Durch das milchige Glas der eingelassenen Scheibe erkannte sie die Umrisse eines Mannes. Ihr Herz hämmerte nun wie eine Faust von innen gegen ihre Rippen. Sie hatte nicht abgeschlossen, weshalb sie nun einfach den Griff drehte und die Tür aufzog.

»Simon?«, fragte sie schwach. Er sah furchtbar aus. Blass und mit tiefen Schatten unter den Augen. Sie schluckte schwer. Was, wenn der Kuss eben für ihn doch eine andere Bedeutung gehabt hatte als für sie? Angst kroch wie eine kalte Hand ihren bloßen Nacken hinauf.

»Es geht doch nicht um unseren Kuss?«, platzte es angespannt aus ihr heraus. Für einen Augenblick sah er sie völlig verdattert an, dann huschte die Erkenntnis über seine gehetzten Züge.

»Nein, natürlich nicht, jedenfalls nicht im eigentlichen Sinne. Es geht um Rosie. Sie ist verschwunden. Ist sie bei dir?«

Just in diesem Augenblick knarzte eine Diele im oberen Geschoss, und er stieß erleichtert den angehaltenen Atem aus.

»Sie ist hier«, schloss er aus dem Geräusch und lehnte sich gegen den Türrahmen, als hätte die Erkenntnis ihn aller Kraft beraubt.

Statt Rosie erschien jedoch Nando oben an der Treppe. Sein Gesicht eine beherrschte Maske, während er zwischen Maggie und Simon hin und her blickte.

Kurz flackerte Überraschung in Simons müdem Blick auf, doch dann schien er Nando wieder völlig zu vergessen.

»Sie ist nicht hier«, stellte er entmutigt fest, bevor er fortfuhr. »Sie muss uns gesehen haben, Maggie. Als ich dich eben küsste, muss sie am Fenster gewesen sein. Stephens, mein Kutscher, hat mir berichtet, dass sie zu mir wollte, dann aber völlig verstört weggelaufen sei. Ich habe die ganze Gegend abgesucht. Zu Hause ist sie nicht. Ich habe auch schon im Bierpavillon und bei den Dinwiddys nachgefragt. Ich hielt es eigentlich für unwahrscheinlich, dass sie zu dir gegangen ist, aber ich wollte nichts unversucht lassen. Ich muss sie finden, Maggie. Ich muss es ihr erklären, verstehst du?« Verzweifelt raufte er sich die ohnehin schon wild durcheinanderstehenden Strähnen, dann rieb er sich müde übers Gesicht. Maggies Wut verrauchte. Zunächst hätte sie ihn am liebsten angeschrien, wie er einfach so in ihre kleine Blase aus Glück und Zufriedenheit hatte platzen können, doch nun hatte die Sorge um Rosie auch sie erfasst. Ebenso wie das schlechte Gewissen. Sie war genauso daran schuld wie er.

»Warte, ich ziehe mich an, dann suchen wir sie gemeinsam.«

Er nickte und begann, unruhig vor ihrer Tür auf und ab zu tigern. Sie lief nach oben, in Gedanken schon nach einer Erklärung suchend, die sie Nando geben konnte. Auch wenn Simon zu durcheinander gewesen war, um wirklich von ihm Notiz zu nehmen, so hatte Maggie sehr wohl gesehen, wie die Erkenntnis jeden Funken Wärme und Sorge aus seinem Blick getilgt hatte.

»Nando?« Fragend steckte sie den Kopf zur Tür des Schlafzimmers hinein. Er saß auf dem Bett und hatte sich bereits angekleidet.

»Ich kann es erklären«, stammelte sie, doch er blickte sie so kalt an, dass sie eine Gänsehaut bekam.

»Ich glaube, dass es da wenig zu erklären gibt. Du liebst ihn noch immer, und weil du wieder einmal bemerkt hast, dass du ihn nicht haben kannst, kam ich dir heute gerade recht.«

Seine Worte waren wie eine Ohrfeige.

»Wie kannst du so etwas sagen? Kennst du mich wirklich so schlecht?«

Er zuckte die Schultern. »So, wie es aussieht, ja.«

Maggie zerriss es das Herz. Er war aufgestanden. Sie trat auf ihn zu und streckte den Arm nach ihm aus, doch er schüttelte ihre Hand unwirsch ab.

»Geh zu ihm. Such nach Rosie. Sie hat das alles nicht verdient.« Seine Stimme war ebenso hart wie seine Miene, als er sich an ihr vorbeidrängte. Es schnürte ihr die Kehle zu.

»So warte doch. Ich helfe Simon, Rosie zu finden, danach komme ich heim und wir reden darüber«, flehte sie.

»Ich wüsste nicht, was es da noch zu reden gibt«, befand er kühl, ohne sich zu ihr umzuwenden. Doch immerhin verharrte er in der Bewegung.

»Nando, ich liebe dich«, flüsterte sie und überraschte sich selbst mit diesem Geständnis.

Alles in ihm schien sich anzuspannen, bevor er zu ihr herumfuhr. Sie hatte eine Regung erwartet, einen Riss in seiner kalten Maske, stattdessen traf sie auf beherrschte Nonchalance.

»Man sagt, es gibt für alles im Leben einen richtigen Zeitpunkt. Vielleicht ist es aber für manche Dinge einfach zu spät.«

Mit diesen Worten drehte er sich um und verschwand in der Dunkelheit. Maggie setzte ihm verzweifelt nach, doch seine langen Schritte hatten ihn bereits in die untere Etage gebracht. Mit einem wortlosen Nicken ging er an Simon vorbei. Dann war er fort. Stumme Tränen liefen ihr die Wange herab. Sie war hin- und hergerissen. Einerseits wollte sie nichts lieber als ihm nachlaufen. Sie musste es ihm erklären, musste irgendwie durch seinen verletzten Stolz hindurchkommen. Andererseits war die Sorge um Rosie wie eine steinerne Last, die auf ihr Herz drückte. Am Ende entschied sie, sich Simon anzuschließen. Sie war es ihm und ihrer Cousine schuldig.

21

Simon starrte Nando ungläubig hinterher. War er tatsächlich gerade aus Maggies Schlafzimmer gekommen? Er hatte keine Ahnung gehabt, dass die beiden ein Paar waren. Um Himmels willen, damit wurde die Sache sogar noch komplizierter. Jetzt hatten sie beide die Menschen verletzt, die ihnen am meisten am Herzen lagen. Er rieb sich zum tausendsten Mal an diesem Abend die Stirn, als könnte dadurch, wie bei Aladins Wunderlampe, eine rettende Idee zum Vorschein kommen, doch sein Kopf war so leer, wie sein Herz voll war. Er wollte nichts mehr als Rosie finden, sie nach Hause bringen und Abbitte leisten. Er war ihr aus dem Weg gegangen, hatte sich in seinem Selbstmitleid gesuhlt, statt auf sie einzugehen. Schließlich hatte er gewusst, worauf er sich bei dieser Beziehung einließ. Und beim ersten Hindernis hatte er das Handtuch geschmissen. Er war ein grauenvoller Ehemann und ein schlechter Mensch, denn obendrein hatte er seine Freundschaft zu Maggie riskiert und damit auch, seine beste Mitarbeiterin zu verlieren. Was für ein Hornochse er doch war. Endlich stand sie vor ihm, tapfer gegen ihre eigene Verzweiflung ankämpfend.

»Warst du schon bei Johanna?«, fragte sie mit brüchiger Stimme. Er schüttelte den Kopf, erleichtert, dass sie weiterdachte als er. Mit langen Schritten lief er auf den Zweispänner zu, sie folgte mit Abstand. Ungeduldig stieg er ein und hielt ihr die Hand hin, die sie nach kurzem Zögern ergriff, um sich in die Kutsche ziehen zu lassen. Simon nannte Stephens die Adresse, danach jedoch breitete sich verzweifeltes Schweigen im Inneren aus. Das nachtschlafende New York huschte am Fenster vorbei, doch Simon hatte wenig Sinn für die Schönheit der Stadt. Er sah weder die Lichter, die sich im East River spiegelten, noch die zartrosa Streifen, die einen neuen Morgen mit all seinen Möglichkeiten ankündigten. Die Lower East Side mit Little Germany lag noch im Tiefschlaf. Die Laternenanzünder hatten die Lichter längst gelöscht, die Arbeiter und ihre Familien schliefen noch, während die Herumtreiber, Trinker, Spieler und Nachtschwärmer gerade erst ihre Betten gefunden hatten. Wie eine träge Katze lag diese ungewohnte Ruhe über den dunklen Straßen, bereit, beim kleinsten Geräusch aufzuschrecken. Er vermied es weiterhin, Maggie anzusehen oder mit ihr zu reden, denn was zwischen ihnen stand, ließ sich nicht mit ein paar dahergesagten Worten aus der Welt schaffen.

Als die Kutsche endlich in die Orchard Street bog, merkte er, dass er die ganze Zeit seine schweißnassen Hände zwischen seinen Knien wie zum Gebet zusammengepresst hatte. Und tatsächlich schickte er nun den stummen Wunsch nach oben, dass sie da sein möge. Beklommen stieg er aus der Kutsche. Erst jetzt wurde ihm klar, wie das aussehen könnte, wenn er und Maggie zusammen hier auftauchten. Er räusperte sich verlegen. Sie schien genau das Gleiche gedacht zu haben, denn sie seufzte schwer und starrte auf ihre Schuhspitzen.

»Kannst du in der Kutsche warten?«

»Und wenn sie da ist?«, frage Maggie leise.

Er zuckte hilflos die Schultern.

Sie nickte verständig. »Gib mir ein Zeichen, und ich bin weg.«

Erleichtert stimmte er zu, dann machte er sich auf den Weg zu dem heruntergekommenen Tenement. Die Haupttür war offen. Mit langen Schritten stieg er die Treppe hoch und klopfte. Es dauerte, doch dann hörte er schlurfende Schritte. Die hagere

Gestalt von Johanna Schäfer erschien eingehüllt in einen dunklen Morgenmantel mit einer flackernden Gaslaterne im Türspalt. Ihre Miene war ebenso abweisend wie anklagend.

»Sie ist hier«, stellte er erleichtert fest, ihren vorwurfsvollen Blick ignorierend.

Die alte Dame holte Luft, wobei sie aussah wie ein wütender schwarzer Schwan, der sich zum Angriff aufplustert.

»Sie haben Nerven, hier um diese nachtschlafende Zeit aufzukreuzen«, zischte sie.

»Ich muss nur wissen, dass es meiner Frau gut geht«, flehte er verzweifelt. Sie kniff ihre Augen zu zwei missbilligenden Schlitzen zusammen, die fast verschwanden, so faltig waren ihre Züge.

»Wie soll es ihr nach diesem unwürdigen Vorfall gut gehen?«, giftete die alte Frau, wobei ihre Laterne empört hin und her schaukelte.

»Ich muss mit ihr sprechen, bitte, Miss Schäfer«, nahm er einen letzten Anlauf, der auf eine entschlossene Mauer der Abwehr traf.

»Auf keinen Fall. Die Arme ist gerade erst eingeschlafen. Sie können morgen zu einer christlicheren Zeit wiederkehren. Und nun gute Nacht, Sir.«

Mit diesen Worten flog die Tür so donnernd ins Schloss, dass nun vermutlich alle anderen Bewohner erschrocken in ihren Betten saßen. Seine Schultern sackten mit seinem letzten Rest Hoffnung herunter. Mutlos stiefelte er zurück zur Kutsche, wo Maggie ihn bereits erwartete. Er berichtete ihr kurz, was geschehen war.

»Geh am Morgen hin, wie Johanna es vorgeschlagen hat, Simon. Sie wird dich anhören. Erklär es ihr, überzeug sie von deiner Liebe. Sie ist groß genug, um Rosie noch einmal dazu zu bringen, dir zu vertrauen, glaub mir.« Sie klang müde und bitter.

Er fühlte sich unendlich mies. »Es tut mir alles so schrecklich leid. Ich hätte mich nie zu diesem Kuss hinreißen lassen sollen.« Sie schüttelte betreten den Kopf. »Wir waren beide beteiligt. Die Schuld trifft nicht nur dich«, räumte sie leise ein. »Dabei hat es sich genauso falsch angefühlt, wie es war, oder?«, setzte sie nach und blickte ihn fragend an.

»Wie immer präzise formuliert«, sagte er in einem müden Versuch, die Sache mit etwas Humor aufzulockern.

»Und was machen wir jetzt mit dieser Erkenntnis?«, wollte er irgendwann wissen.

»Vielleicht könnten wir die Zeit nutzen und nach Five Points fahren? Es gibt jemanden, dem ich eine Erklärung schuldig bin«, sagte sie mit einem kleinen Lächeln.

»Soll ich dich wirklich begleiten? Auch er wird kaum erfreut sein, uns zusammen zu sehen«, gab Simon zu bedenken, doch sie machte eine wegwerfende Handbewegung. »Wir würden nur unnütz Zeit verlieren, wenn du erst zu dir fährst, um mir dann die Kutsche zu überlassen. Außerdem mag ich nur ungern allein durch diese Gegend fahren.«

Da stimmte er ihr zu. Er gab Stephens erneut Anweisung, der die Pferde daraufhin durch die graublaue Dämmerung westwärts durch Five Points lenkte. Vor Ma Sallys Liquor Store hielten sie erneut, jetzt war es Maggie, die nervös die Hände rang.

»Es wird alles gut werden, du wirst schon sehen«, sprach er ihr Mut zu. Maggie nickte und stieg aus. Er beobachtete, wie sie mit durchgedrücktem Kreuz auf die hinter dem Laden liegende Tür zuging, die zu den Apartments im Obergeschoss führte. Ihr Klingeln wurde mit einem wenig damenhaften Fluch beantwortet. Simon sah, wie eine verschlafene und übellaunige Ma Sally den Kopf zum Fenster herausreckte, die feuerroten Haare auf Papier gedreht, damit sie am Morgen mit ihren Locken ihre Gegner bezirzen konnte.

»Ach, sieh mal an, die kleine Missy. Du suchst nach unserem Jungen, nicht wahr?«, fragte sie und lehnte ihr üppiges Dekolleté auf ihre nun auf dem Fensterbrett verschränkten Arme. Maggie nickte, was der berüchtigten Gangsterbraut ein kehliges Lachen entlockte.

»Ich hab ihm immer gesagt, die Frauen wissen erst dann, was sie hatten, wenn sie es verlieren«, sagte sie und schüttelte den Kopf, während sie mit einer Hand bereits nach dem Fenstergriff angelte, um die Unterhaltung zu beenden.

»Bitte warten Sie, Ma Sally. Ich muss ihn sprechen, unbedingt«, sagte Maggie mit Nachdruck und presste erneut die Schelle.

»Du weckst mir noch das ganze Haus, Mädchen. Lass es gut sein, er ist nicht hier.«

Maggie starrte nun mit in den Nacken gelegtem Kopf zu der anderen hoch.

»Bitte sagen Sie mir, wo er ist«, flehte sie völlig schamlos. Ma trat jedoch vom Fenster weg. Simon sah, wie Maggie verzweifelt die Fäuste ballte, doch Sekunden später erschienen die roten Papierlocken wieder in der Öffnung. Dann segelte ein Umschlag herunter auf die Straße und fiel Maggie vor die Füße. Sie bückte sich, während oben ein Knarzen verriet, dass Ma gleich das Fenster schließen würde.

»Ich weiß selbst nicht, wo er hin ist. Allem Anschein nach war der kleine Mistkerl entschlossen, hier alle Zelte für immer abzubrechen«, rief sie noch durch den Schlitz, bevor sie die Scheibe mit einem endgültigen Klacken nach unten schob. Maggie kam wieder zur Kutsche, den Umschlag, der ihren Namen trug, beäugend wie ein gefährliches Tier. Sie waren eine Weile schweigend gefahren, als sie den Brief mit plötzlicher Entschlossenheit aufriss. Ihre Augen flogen über die wenigen

Zeilen, dann starrte sie Simon aus unendlich traurigen Augen an.

»Er ist wirklich fort. Er schreibt, ich soll nicht nach ihm suchen und dass es besser so ist.« Sie klang elend, nur mühsam hielt sie neue Tränen zurück. Simon griff kurz tröstend nach ihrer Hand, die trotz der Wärme in der Kutsche eiskalt war.

»Er ist aufgebracht, aber der Kleine kriegt sich sicher wieder ein. Darüber ist bestimmt noch nicht das letzte Wort gesprochen«, versuchte er, sie zu trösten. Doch Maggie schüttelte entschieden den Kopf.

»Nein, dieses Mal ist es anders, Simon. Er klang vorhin sehr endgültig, obwohl ich ihm gesagt habe, dass ich ihn liebe.«

Simon lächelte sie nun milde an. »Es hat aber auch wirklich lange gedauert, bis du dir das eingestanden hast. Dann war dieser vermaledeite Kuss zwischen uns am Ende ja vielleicht doch noch für irgendetwas gut.« Sein sich anschließendes Lächeln lag irgendwo zwischen betreten und melancholisch.

»Mag sein«, sagte sie nachdenklich und starrte in den noch jungen Morgen. »Und was ist, wenn Ma recht hat? Wenn ich erst jetzt zu schätzen weiß, was ich an ihm hatte, wo ich ihn verloren hab?«

Er wollte darauf antworten, als der Kutscher die Pferde mit einer ruckartigen Bewegung zum Stehen brachte.

»Stephens, was ist?«, rief Simon ungehalten. Stephens Gesicht erschien am Fenster, als er sich mit unergründlicher Miene zu seinen Fahrgästen hinabbeugte.

»Sir, entschuldigen Sie, aber sehen Sie nicht auch den gelben Schein dort drüben, wo der *Herald* ist?«, fragte der Kutscher. Erst jetzt fiel ihm der rauchige Geruch auf, der von der Straße her wehte. Simon fuhr ruckartig hoch, dann griff er mit beiden Händen durch das offene Kutschfenster zum Dach, um sich mit dem

Oberkörper aus der schmalen Öffnung zu schieben. Entsetzt starrte er in Richtung Park Row, wo dunkler Qualm aufstieg und die Flammen bereits gelb und garstig in den dunstigen Morgenhimmel leckten.

»Großer Gott, steh uns bei, der *Herald* brennt ...«

To be continued ...

Nachwort

Liebe Leser:innen, über zwei Jahre habe ich mich intensiv mit meinen Figuren befasst, aber auch mit der Epoche, in der meine Geschichte spielt, und mit den Orten, an denen meine vier Protagonisten leben, lieben, lachen und leiden – allen voran natürlich New York. Eine spannende Zeit auch für mich als Autorin, in die Sie beim Lesen mit Maggie, Nando, Rosie und Simon hoffentlich eintauchen konnten. Mit Sicherheit ist Ihnen dabei aufgefallen, dass sich manche Namen und Begebenheiten bekannt anhören. Das liegt daran, dass meine Protagonisten zwar fiktiv sind, jedoch war es mir ein Anliegen, ihre Lebenswelt so authentisch wie möglich zu gestalten, weshalb ich mir die Freiheit genommen habe, reale Menschen, Geschichten, Begebenheiten und Ereignisse in die Handlung einzubauen. *Eine grenzenlose Welt* ist so auch ein bisschen Geschichtsstunde geworden. Angefangen beim Choleraausbruch in Hamburg 1892 über die Art, wie Menschen damals auf den großen Auswandererschiffen der Hapag in ein neues, unbekanntes Leben aufbrachen, bis hin zum real tobenden Zeitungskrieg in New York zwischen William Randolph Hearst und seinem ehemaligen Mentor Joseph Pulitzer. Einzug ins Manuskript fanden dabei vor allem Themen, die mich während meiner Recherche besonders fasziniert haben, etwa der Mordfall William Guldensuppe, der New York im heißen Sommer 1897 in Atem hielt, oder die wahre Mother Mandelbaum, eine Unterweltgröße, an die meine fiktive Ma Sally angelehnt ist. Aber auch kleinere Nebenschauplätze und Begebenheiten habe ich mir aus der wirklichen Welt damals »entliehen«, um meinen Helden eine glaubwürdige Kulisse schaffen zu können, wie den Goldrausch, der Mitte des 19. Jahrhunderts eingesetzt hatte, das Leben in den beengten Tenements und generell in Little Germany, die Eröffnung des berühmten Kaufhauses Siegel Cooper, die aufkeimende Frauenbewegung und die Bedeutung der Tearooms dafür, das traditionsreiche Restaurant Delmonico's als Treffpunkt der New Yorker Upper Class und nicht zuletzt die Zeitungsredaktion des *Herald*, die an die realen Vorbilder der *World*, der *Times* und des *Journal* angelehnt ist.

Im Vorfeld zu meiner Recherche für *Eine grenzenlose Welt* habe ich unter anderem auf der Website https://www.statueofliberty.org/ eine virtuelle Immigration mitgemacht, mir dort Zeitzeugenberichte von Auswanderern angehört, habe mir in der Library of Congress reale Zeitungsseiten aus dieser Zeit ansehen können (und von dort auch Themen »entwendet«), habe mir die spannenden Podcasts der Bowery Boys unter www.boweryboyshistory.com angehört, habe mir die Sonderausgaben von *Spiegel Geschichte* (Deutsche Auswanderer) und der Zeitschrift *Damals* (Auf in die neue Welt) durchgelesen, mich durch zwei empfehlenswerte Biografien über William Randolph Hearst (Ben Procter, *William Randolph Hearst, The Early Years 1863–1910* und W. A. Swanberg, *Citizen Hearst*) sowie einen interessanten Roman übers Auswandern (Gerd Fuchs, *Die Auswanderer*) gearbeitet. Habe die Stadt New York bis ins kleinste Detail online erkundet und gegoogelt und meine Erinnerungen an eine Reise dorthin (2011) aufgefrischt, habe mir unzählige Dokumentationen, Clips und Reportagen angesehen, bin also komplett in die Welt meiner Protagonisten eingetaucht, damit die Geschichte später auf dem

Papier ein möglichst lebendiges Kopfkino erzeugt. Ich hoffe, Sie als Leser:in konnten das genauso tun, konnten eintauchen in meinen »Film« und vielleicht ganz nebenbei noch etwas lernen über diese unglaubliche Stadt und diese aufregende Zeit zu Beginn des 20. Jahrhunderts. Mein Ziel war es, dass Sie beim Lesen so viel Spaß haben wie ich beim Recherchieren und Schreiben und dass wir uns ganz bald wiedersehen, wenn es für Maggie, Nando, Rosie und Simon heißt: *Eine grenzenlose Welt: Schicksal* (erscheint am 19. Juni 2024).

Herzlichst
Sonja Roos

Danksagung

Wenn ein Buch entsteht, dann ist es nicht nur die Arbeit der Autor:innen, die in ihrem stillen Kämmerlein hocken und sich die Fingerkuppen wund tippen, sondern es ist auch das Werk vieler Menschen, die am Entstehungsprozess beteiligt sind. Von daher gehört für mich zu jedem Buch auch ein dickes Dankeschön an all diese Menschen dazu.

Zuallererst danke an meine Lektorinnen Maria Runge und Eva Sterzelmaier. Maria hat schon bei der Vorstellung meiner vagen Idee daran geglaubt, dass *Eine grenzenlose Welt* einmal eine großartige Geschichte wird, Eva hat alles dafür getan, dass mir das auch gelungen ist. Euch beiden also an erster Stelle das Dankeschön.

Allen, die bei Goldmann daran mitgewirkt haben, dass *Eine grenzenlose Welt* den Weg zu den Leser:innen gefunden hat, namentlich Katrin Cinque und Barbara Hennig, aber auch allen anderen, die ihren Anteil an der Entstehungsgeschichte hatten.

Meinen Agenten Peter und Regina Molden von der Literarischen Agentur Molden in Köln, die mich wie immer auf dem Weg von einer losen Idee bis hin zum letzten Satz begleitet haben und überhaupt von Anfang an an meiner Seite waren.

Meinen Autorinnenfreundinnen Claudia Winter, Michaela Abresch, Barbara Leciejewski, Stephanie Jana, Ursula Kollritsch, Meike Werkmeister, Susanne Arnold und Tessa Randau – es ist so schön, wenn man mit Gleichgesinnten über das sprechen kann, wofür man brennt, was einen zum Teil 24/7 beschäftigt und was das »normale« Umfeld irgendwann nicht mehr hören kann. Danke euch für jeden Impuls, jede Rückmeldung, jedes Sichmitfreuen und -mitleiden. Ich gebe es gerne zurück. Und ein dickes Dankeschön an Marita Spang für das Lesen und den Quote zum ersten Teil meiner Trilogie.

Danke an alle Buchhändler:innen, Büchereimitarbeiter:innen und Veranstalter:innen, Blogger:innen und Influencer:innen: Ihr helft uns Autor:innen, dass unsere Geschichten sichtbar werden und wir von unseren Leser:innen nicht nur als Namen auf dem Cover, sondern als Menschen wahrgenommen werden können.

Das dickste Dankeschön geht wie immer an meine Familie: an meine drei wundervollen Töchter, die mich leider oft mit dem Laptop teilen müssen, an meine Mama, an Lalla, an meinen großen Bruder Axel und allen voran natürlich an meinen »Partner in Crime« Tom, der wirklich jeden Schritt auf dem Weg mitgeht – immer. DANKE.

Und natürlich wie immer ein großes Dankeschön an alle Leser:innen: Ohne Sie wären unsere Geschichten nur Druckerschwärze auf Papier, das in einer Schreibtischschublade herumliegt. Danke fürs Kaufen, Lesen, Empfehlen und Unterstützen! Keep on going!

Autorin

Sonja Roos, 1974 geboren, wuchs in einem kleinen Dorf im Westerwald auf. Sie studierte Germanistik und Anglistik und arbeitete als Redakteurin und Kolumnistin bei der Rhein-Zeitung. Sonja Roos lebt heute mit ihrem Mann, drei Töchtern, einem Hund und diversen Meerschweinchen in ihrer alten Heimat, dem Westerwald.

Sonja Roos im Goldmann Verlag:

Der Windhof. Roman
Die Lavendeljahre. Roman
Die Sonntagsschwestern. Roman
Eine grenzenlose Welt – Aufbruch. Roman
Eine grenzenlose Welt – Schicksal. Roman
Eine grenzenlose Welt – Zukunft. Roman

(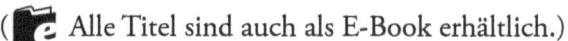 Alle Titel sind auch als E-Book erhältlich.)

Unsere Geschenkempfehlung

Auch als Hörbuch und E-Book erhältlich

Alle acht Bände der international gefeierten »Sieben-Schwestern«-Reihe jetzt in hochwertiger, limitierter Sonderausstattung. Ein Schmuckstück für jedes Bücherregal: Edel gestalteter Schuber und liebevolle Gestaltung der acht Bände im Hardcover mit Farbschnitt. Das perfekte Geschenk für alle Lucinda-Riley-Fans und diejenigen, die es noch werden wollen.

goldmann-verlag.de

GOLDMANN